江苏高校优势学科建设工程资助项目
南京大学"985工程"建设项目

文学经典与民族文化研究
主编 江宁康

西方启蒙思潮
与文学经典传承

江宁康 著

人民出版社

责任编辑:李惠 pphlh@126.com
装帧设计:雅思雅特

图书在版编目(CIP)数据

西方启蒙思潮与文学经典传承/江宁康 著. -北京:人民出版社,2015.6
(外国文学经典与民族文化研究丛书/江宁康主编)
ISBN 978 - 7 - 01 - 014748 - 2

Ⅰ.①西⋯　Ⅱ.①江⋯　Ⅲ.①英国文学-文学研究②文学研究-美国
Ⅳ.①I561.06②I712.06

中国版本图书馆 CIP 数据核字(2015)第 070314 号

西方启蒙思潮与文学经典传承
XIFANG QIMENG SICHAO YU WENXUE JINGDIAN CHUANCHENG

江宁康　著

人民出版社 出版发行
(100706　北京市东城区隆福寺街 99 号)

北京艾普海德印刷有限公司印刷　新华书店经销

2015 年 6 月第 1 版　2015 年 6 月北京第 1 次印刷
开本:710 毫米×1000 毫米 1/16　印张:21.25
字数:294 千字　印数:0,001-2,000 册

ISBN 978 - 7 - 01 - 014748 - 2　定价:49.00 元

邮购地址 100706　北京市东城区隆福寺街 99 号
人民东方图书销售中心　电话 (010)65250042　65289539

总　序

　　哈罗德·布鲁姆在其大作《西方经典》中列出了一千两百多部外国文学经典之作，但他仍以书目中缺少东方文学经典而深感遗憾。我们这套"世界文学经典与民族文化研究系列丛书"虽然也无法尽揽东西方名著于内，但却力图在若干国别文学经典与民族文化认同等方面做出一些深入的研究与论述。我们这套丛书的出版是外国文学研究领域内一批学者集体努力和辛勤耕耘的结果，其意图不仅在于把外国文学研究与民族文化研究相结合而进行一次跨学科的学术探索，而且在于从全球化的视野中对若干国家的文学经典建构进程做一次跨文化的学术研究，进而在外国文学研究和民族文化认同等方面的跨学科和跨文化研究中取得观念的突破和方法的创新。

　　文学创作是通过文字书写的方式来塑造各种艺术形象，从中表达人类的思想感情，再现历史的风霜雪月，传承民族的精神血脉。从各民族的文学史和文化史的发展历程来看，文学经典历来具有民族书写和文化认同的重大意义。例如，中国的《诗经》和《楚辞》等先秦典籍既是中华民族的文学经典之作，也是中国人文化认同的标志性创作，其文化影响力和文学传承性至今不衰。古希腊的《荷马史诗》和古印度的《摩诃婆罗多》等巨著既是民族文学的开创之作，也是民族历史的辉煌叙述。可以说，一个民族的文学经典常常代表了该民族的独特文化传统，保存了该民族的持久集体记忆，展示了该民族的审美创造成就，传承了该民族的价值观念体系。同时，各民族的文学创作都会反映出人类的共同理想追求，表现出人类共同的思想情感，从而在世界各民族之间架设起一座沟通心灵的桥梁。在全球化时代各民族之间文化交流日趋频繁之际，各民族的文学经典作品已经成为民族文化的重要象征，并且在各国的文化交往中成为各自文化实力的生动展示。从文学经典与民族文化的相互关系来看，文学经典作品对于维护一个民族的身份认同、增强民族的文化活力和建构民族的文化传统等方面具有重大的历史意义和现实意义。所以，文学创作和民族文化之间具有密不可分的血脉联系，正如钱穆先生在《民族与文化》一书中指出的："民族创造了文化，但民族亦由文化融成。"这种"互相建构"的机制就是霍米·巴巴在其论著《民族与叙述》中一再强调的民族身份的文化建构性和文学叙述性，而文学叙述，特别是经典作家作品中传达的民族叙述与本土风情对于民族身份建构和民族国家认同具有极为重大的意义。

在全球化时代的世界文学地图上，西方国家的文学经典在域外传播的时空范围随着其海外资本的扩张不断地延伸着，东方国家的文学经典也随着经济的崛起而不断地进入西方国家的文化时空。各国、各民族和各地区的文化交流与人员往来日益频繁，因此各民族文学经典对于文化认同和文化融合更加具有指标性的意义。在世界文化的舞台上，各民族文学经典作品正在各种新媒体如影视与网络等媒介上被不断地再现、改编和传播，世界文学地图也变得更加斑斓交错、壮景迭现。高雅与通俗、语言与图像、个人与民族、东方与西方——这些不同领域里的各种文化差异正在被新的文学创造所消解，而全球性想象和文学书写也在文化全球化与文化民族化的双向进程中不断得到更新和发展。文学经典与民族文化正在比肩前行、交融壮大，而全人类的创造性艺术才能和超民族文化融合也在这一进程中不断地得到生动展示。本套丛书既是见证此进程的一幅集锦地图，也是跨学科、跨文化研究的一项重要工程，其学术创新性和文化影响力必将在日后的岁月中不断地彰显出来。

江宁康

2014 年 1 月

目 录

引　言

　　西方启蒙运动既是一场改变西方现代历史进程的思想解放运动，也是推动西方诸国从封建专制体制转向现代民主体制的社会变革运动，而西方启蒙文学在这场史无前例的伟大运动中发挥了极为关键的宣传和推动作用。西方启蒙运动开启了西方诸国新文化和新思想建构的大幕，其孕育和张扬的自由、平等、民主和人权等现代价值观念不仅具有地方性的时代意义，而且"很快便跨过了国界"，具有了世界性的普遍意义。① 时至今日，人们常常提及的各种观念词语如现代性（modernity）、世界公民（citizens of the world）、全球主义（globalism）和世界主义（consmopolitanism）等也都是来源于或凝练于启蒙运动时期。② 西方启蒙运动的兴起和传播过程是现代进步思想文化与封建专制思想和愚昧社会习俗进行交锋的过程。在这一长期的、曲折的、有时甚至是激烈的历史变革时期里，英国、法国、荷兰、美国、德国、俄国、意大利、西班牙和瑞典等西方国家通过启蒙运动的洗礼，逐渐摆脱了拉丁文化霸权和罗马天主教神权的体制性束缚，最终形成了本民族的现代文化传承和新的文学经典谱系，构成了迄今为止仍然有效的西方诸国民族文化地图。长期研究启蒙运动的专家乔纳森·伊斯瑞尔近来指出，1970 年代以来的西方学界对于启蒙运动进行了反思甚至批判，例如福柯就认为启蒙运动不仅意味着思想解放，而且意味着新的思想遏制；"今日学界在有关启蒙运动的研究中产生了全球性的文化哲学冲突，其严重性和广泛性使得这一领域里的学者们需要明确自身的责任，以便尽可能细致地勾画出这一现象的完整面貌。"③ 在全球化

---

① ［法］托克维尔：《旧制度与大革命》，冯棠译，商务印书馆 2013 年版，第 43 页。

② Anthony Pagden, *The Enlightenment*, New York: Random House, 2013, p. xi.

③ Jonathan Israel, *Democratic Enlightenment*, Vol. 1, Oxford University Press, 2011, p.2.

进程日益加速的 21 世纪里，我们需要重申启蒙价值观的正能量意义，细致分析启蒙思潮的各种思想特征，深入探讨启蒙文学的经典传承。因此，积极开展"启蒙学"的研究不仅对人们重新认识西方现代文化思想变革具有迫切的理论意义，而且对许多非西方国家的当代文化思想转型也有十分重要的现实意义。在近年来的西方启蒙研究中，从启蒙时期各国的文化风俗、书籍出版、哲学思想、文学创作以及政治改革等方面进行跨学科和跨文化的研究已经成为一个显著的学术前沿。例如，美国学者乔安娜·斯达奈克对于启蒙时期法国思想史、文学史和出版史进行了交叉研究，显示出近年来"启蒙学"研究的学科深度；①另一位美国学者大卫·哈维从后殖民主义视角来研究法国启蒙运动与东方文化、特别是与中国文化的关系，显示了"启蒙学"研究的文化广度。②这两位西方学者出版的有关启蒙运动研究的近期论著提示我们，西方"启蒙学"研究在 21 世纪的第二个 10 年里将会出现更多的前沿成果。

从历时性的视野中看，西方启蒙运动在各国的表现不尽相同，而且经过了比较长的传播和运行时期。荷兰的文化史学者彼得·李伯赓认为，启蒙运动发生在"1680 年代到 1820 年代，启蒙运动经历了从开始兴起到全盛时期、直到完全胜利"的 140 多年漫长变革时期。③近年来，美国学者安东尼·帕格登对于启蒙运动的界定与李伯赓相似，时间跨度仍然较窄，即从 17 世纪的最后 10 年到 19 世纪的初期 10 年之间大约 120 年左右。④这样的历史分期注重了启蒙运动的社会变革历程，却忽略了启蒙思潮在文化思想方面对于文艺复兴运动的传承性。正是考虑到这样一种思想史的实际传承轨迹，恩格斯把文艺复兴和启蒙运动这两个重大的历史文化事件联系起来，为启蒙运动的兴起和发展勾勒了一个更长的历史时期轨迹。恩格斯在评述卡尔·考茨

---

① Joanna Stalnaker, *The Unfinished Enlightenment,* Ithaca: Cornell University Press, 2010.

② David Allen Harvey, *The French Enlightenment and Its Others*, New York: Palgrave Macmillan, 2012.

③ [荷] 彼得·李伯赓：《欧洲文化史》下卷，赵复三译，明报出版有限公司 2003 年版，第 137 页。

④ Anthony Pagden, *The Enlightenment*, New York: Random House, 2013, p.ix.

基论托马斯·莫尔的著作时指出，资产阶级启蒙运动的第一种形式呈现为 15—16 世纪意大利、法国和英国等地的"人文主义"，而 18 世纪成熟的启蒙运动则是其第二种形式。①恩格斯的看法为我们今日反思西方启蒙运动和启蒙思潮的源流、认识欧洲诸国文化转型的内在机制提供了一个宏大的历时性视野，使我们能够更加全面地分析从意大利文艺复兴到法国大革命这一长达近五百年的西方文化思想的变革进程。从西方近现代文化思想史的角度来看，启蒙思潮及其引发的思想解放运动并非 18 世纪西方社会和文化进程的激进突变，其早期的思想源头可以上溯至 14 世纪开始的西方文艺复兴运动，特别是来自 15 世纪意大利佛罗伦萨等地"市民人文主义"思潮的影响。

美国历史学家 R. R. 帕尔默等人认为，缘起于意大利的西方文艺复兴运动标志着"古代"与"现代"的分野，标志着改变欧洲各国政治机制和人民思想观念的长期历史进程的开端；15 世纪的意大利人率先培育了这些人文主义的思想观念，并且"对其他国家的强大影响力至少持续了 200 多年。"②另一方面，马克思和恩格斯曾一再强调过英国近代文化思想家对于法国启蒙思想家和文学家的影响，例如第一个为弑君行为辩护的英国诗人弥尔顿和英国"自由思想的始祖"洛克等人对于法国启蒙运动和大革命的重要影响。③马克思和恩格斯的论述有助于我们从共时性的文化影响关系上更清晰地认知西方诸国在民族文化复兴中的文学经典建构过程。事实上，英国在文艺复兴运动后期开始了第一次工业革命的进程，从而为英国启蒙主义思潮的传播奠定了社会和经济的基础；但是，英国文艺复兴时期的文学创作往往受到意大利文艺复兴运动的影响，这种影响最早出现在乔叟（1343 ？—1400）的作品中。乔叟出使意大利期间受到过薄伽丘作品的影响，因此他在自己作品中大量地取材于意大利的历史和文化，而他的长篇叙事诗《特洛勒斯与克丽西德》（1385 ？ ）就是对薄伽丘的作品《费罗

---

① ［德］恩格斯："俄国沙皇政府的对外政策"，见《马克思、恩格斯论艺术》第 2 卷，中国社会科学出版社 1983 年版，第 108 页。

② R. R. Palmer, et al., *A History of the Modern World, to 1815*, 10ᵗʰ edition, 北京大学出版社 2009 年版影印本，第 56 页。

③ 参见《马克思、恩格斯论艺术》第 2 卷，中国社会科学出版社 1983 年版，第 131—132 页。

斯特拉托》的借鉴改编。16 世纪以后，英国的莎士比亚所创作的十四行诗对于彼特拉克的诗歌有所传承，而莎士比亚的多部取材意大利近代社会生活的戏剧如《威尼斯商人》和《罗密欧与朱丽叶》等更是显出这种文化艺术血脉的传承性。① 安东尼·帕格登近来指出，福柯尽管对于启蒙运动有所批评，但他把启蒙运动视为 15—16 世纪文艺复兴和宗教改革的延续是有道理的，因为文艺复兴和宗教改革在"文化、知识和道德方面的巨大变化"也是后来才得到启蒙运动所界定和认同的。② 这就是说，由于启蒙运动带来人们的思想观念变化，文艺复兴和宗教改革的历史意义和巨大贡献才得到后来人们广泛的承认与推重。所以说，深入反思和细致阐释西方启蒙主义及其文学成就必然地要涉及文艺复兴以来的西方文化思想传承，这一历时性／共时性的双重视野和"文艺复兴—启蒙运动一体化进程"就是本书作者的第一个基本研究思路。

西方启蒙运动的影响绝非局限在思想文化领域内，而是在多国的社会领域内激发了严重的政治动荡以致革命，在国际舞台上引起了西方诸国维护自己民族文化主权的斗争。在启蒙理性和新教伦理影响下，西方诸国先后出现了文化思想领域、经济发展领域、科学技术领域、社会政治领域、日常生活领域里的革命性变化。这些革命性的力量集合起来形成合力，大大促进了资本主义社会的形成和发展，推动了西方诸国现代民族国家的主权建构和身份认同。在这样一种遍及西方各国、历时数百年却发展不平衡的历史进程中，启蒙思潮弘扬的基本原则逐渐成为西方诸国普遍认同的现代价值观念。由于受到启蒙思潮的广泛影响，近现代西方文学艺术领域里出现了诸多的新兴文艺观念、建构了厚实的民族文化基础，而这时期内以西方诸民族语言创作的国别文学经典则成了启蒙思潮和启蒙运动的重大标志性成果。事实

---

① 例如，莎士比亚的一百多首十四行诗传承了意大利文艺复兴时期诗人彼特拉克的抒情诗，而莎剧《罗密欧与朱丽叶》《维罗纳二绅士》《威尼斯商人》《奥赛罗》和《暴风雨》等都直接取材于意大利的历史、传说或市民生活。

② Anthony Pagden, *The Enlightenment*, New York: Random House, 2013, p.14. 帕格登认为，从文艺复兴到启蒙运动构成一条延续的谱系轨迹，文艺复兴为宗教改革铺平了道路，宗教改革为科技革命开辟了新纪元，而科技革命则为启蒙运动奠定了思想基础。

上，西方文艺复兴运动和启蒙运动的兴起与扩散都与各民族文学创作的繁荣紧密相连，而作为启蒙运动高潮的法国大革命更是受到当时启蒙文学家和思想家的深刻影响。

从发生学的意义上说，西方人文主义和启蒙思潮大多由思想观念进步的文学家们所推动和发展——他们中的许多人出生于市民阶级，具有很高的艺术才情，强烈地反对封建专制，不懈地批判宗教迷信。他们的思想观念与时代进步的脉搏一起跳动，其经典作品表现的先进思想甚至具有超越其前辈大师的时代意义。实际上，研究西方启蒙主义思潮与探讨启蒙文学经典形成是两个不可分割的相关课题。没有启蒙思潮就没有启蒙文学，因为许多启蒙文学家的影响力首先在于其作为启蒙思想家的影响力。例如法国伏尔泰和卢梭等启蒙作家的文学创作在大革命期间起着鼓舞人心的作用，其中的人物形象和激烈言辞甚至被广大民众作为革命榜样或动员口号加以引用。托克维尔在《旧制度与大革命》中曾写道：

> 作家们不仅向这场革命的人民提供了思想，还把自己的情绪气质赋予人民。全体国民接受了他们的长期教育，没有任何别的启蒙老师。……那时连政治语言也从作家所讲的语言中吸取某些成分；政治语言中充满了一般性的词组、抽象的术语、浮夸之词以及文学句式。这种文风为政治热潮所利用，渗入所有阶级，而且不费吹灰之力，便深入到最下层。①

这段描述表达了托克维尔对于法国启蒙运动和启蒙文学之间密切关系的基本看法，实际上也指出了启蒙思潮兴起和传播期间西方诸国文学创作的一个基本艺术特征——具有启蒙思想的人物性格和充满政治涵义的大众语言相结合的特征。当然，各国启蒙文学的发展进程和创作成就呈现了多姿多彩的画面，例如英国的现实主义小说，法国的哲理小说和喜剧，德国的市民悲剧和诗剧，意大利的风俗喜剧，俄国

---

① ［法］托克维尔：《旧制度与大革命》，冯棠译，商务印书馆 2013 年版，第 187 页。

和西班牙的抒情诗歌和寓言，美国和瑞典的政论散文和诗歌，等等。但是，就西方近现代文学创作的人文关怀主题、世俗生活题材和民族语言形式等特征来说，从意大利文艺复兴文学到欧洲诸国启蒙主义文学之间确实存在一个长期延续的经典传承谱系。

从西方文化变迁和民族认同的角度来看，发端于意大利诸城邦的文艺复兴到启蒙运动所引发的法国大革命之间大约经历了五百年时间，而西方诸国的现代民族主体认同也就是在这个时期内逐渐形成的。欧洲诸国在"三十年战争"结束以后于 1648 年签订了《威斯特伐利亚和约》，这一具有深远历史意义的事件推动形成了现代主权国家的国际政治体系。这一重大事件也意味着西方诸民族国家必须建立起本民族的领土主权和文化秩序，为本民族在工业革命进程中的复兴和繁荣奠定法理和文化的基础。从那时起到启蒙运动时期，西方诸国民族文化转型的催化剂就是中世纪以后逐渐成熟的各民族方言俗语复兴。这些民族语言经过俗语文学经典的优化和现代教育体制的规范，逐渐成为民族主体人群求知、思考和交流的工具。随着启蒙运动时期罗马天主教会势力的不断衰落，西方各国的民族意识高涨，地方性的民族文化迅速繁荣。各国兴起的民族主义思想渊源甚至可从但丁的《神曲》中寻觅到艺术表现的踪迹。在 17—18 世纪启蒙思潮的影响下，西方诸民族的俗语文学经典化使得新的民族文化资本积累起来，并在现代民族国家的体制内消解了拉丁文化的霸权地位。如果没有西方诸国的启蒙运动，专制政治体制仍将继续，贵族文化秩序不会瓦解，建立在自由、民主和法治基础上的现代社会也不会形成，西方诸国的现代化转型更是不可能完成。所以说，17—18 世纪西方诸国的民族文学经典建构既是启蒙思想运动的一部分，也是各民族现代文化转型的一部分，而文化观念现代化和俗语文学经典化就是其中两个关键性的转变特征。当然，启蒙时期西方诸国的社会变革进程是不平衡的，西欧诸国特别是英国、荷兰和法国等地在资本主义经济发展的影响下，市民阶级壮大和科学技术进步迅速推动和促进了民主政治的建设；而意大利、德国、俄国、西班牙和瑞典等国却没有实现启蒙运动的政治理想，因为这些地区由于国土分裂或工业落后而导致民族资产阶级力量弱小，启蒙思想和科学技术无法成为社会变革实践的推动力量。但是，作为人文思想结晶的各国启蒙文学创作却始终具有跨越国界的影响力，先进国家和民族的文化思想常常随着文学和哲学论著的传播而在西方诸国蔓延、扎根、结果，最终赋予启蒙思潮以世界性的普遍意义。

但是，与文艺复兴运动的"回归过去"倾向有所不同，西方启蒙思想家们不是在复兴古典文化基础之上进行的文化改良与社会调和，也不是简单地译介古代典籍或模仿外来文化，而是注重从现实社会和民间文化中汲取新的思想营养，从普遍人性、公平正义和追求真理的准则出发来进行理性的思考，并用本民族鲜活的语言文字书写启蒙主义的思想观念和价值准则。这实际上就是狄德罗等人在编撰《百科全书》时所做的一切，而法国人也正是以"百科全书派"来称呼本国的那些启蒙思想家们。狄德罗认为，撰写《百科全书》的目的就是要"改变人们普遍的思想方式"，爱尔维修则认为，"人的一切差别都是后天获得的。"①这些观点针对王权专制和教会迷信的思想禁锢和等级观念，鼓吹思想自由和人权平等，主张以启蒙哲学话语和普及平民教育来颠覆僧侣和贵族的文化专制秩序，并且批判了资本主义掠夺和剥削导致的社会不平等。从现代思想观念的层面上看，启蒙思潮的主要特征就是倡导通过自由思考与理性批判来达到真理认知，通过人权保障和社会平等来实行民主法制，通过科技进步和市场经济来实现国家富强。为了这些崇高的理想，许多启蒙思想家献出了毕生的精力和才智。正如恩格斯所说的，狄德罗和卢梭等启蒙思想家"为了'对真理和正义的热诚'而献出了整个生命"。②马克思和恩格斯对于历史并不遥远的西方文艺复兴和启蒙运动的论述具有十分重要的指导性意义，特别是在肯定启蒙思想家批判封建专制和宗教迷信等方面仍然值得我们认真领会。因此，注意借鉴马克思和恩格斯对于启蒙运动和启蒙文学的评价观点，以此来分析西方启蒙思潮对于诸民族文学经典形成的影响，这就是本书的第二个基本研究思路。

---

① 柳鸣九等：《法国文学史》上册，人民文学出版社 1979 年版，第 362—362 页。
② 参见《马克思、恩格斯论艺术》第 2 卷，中国社会科学出版社 1983 年版，第 156—160 页。

由于西方启蒙运动主要出现在那些社会、经济和文化发展比较快的国家中，所以本书也注意从这些国家的文化市场形成和文化思想传播的角度来分析启蒙思潮的意义和诸民族的文化复兴。从近代工业文明对于资本主义经济发展的推动作用来看，自文艺复兴到启蒙运动的数百年间也是西方主要资本主义国家相继建立起本国市场经济的时期。在这一漫长的时期里，工厂主、银行家、农庄主及企业家等与市民知识分子、工匠、农人及商贩等阶层构成了社会的第三等级，而这一人口庞大的第三等级正是建立市民社会和市场秩序的主要变革力量。在资本主义工商经济支持下的市场化机制逐渐瓦解了贵族和君主共谋的宫廷化体制，也正是在市场化中壮大的第三等级精英阶层中产生了人文主义和启蒙主义的主要思想家和文学家。他们在思想文化上同封建专制和神权迷信进行了坚决的斗争，并为建立西方现代文化价值体系奠定了扎实的思想基础。我们至今仍然可以从洛克、休谟、孟德斯鸠、伏尔泰、狄德罗、卢梭、康德、歌德、席勒和富兰克林等人闪耀着启蒙思想光辉的论著和创作中受到教益，而启蒙时期西方诸民族的文学家们更是为世界文学经典宝库留下了许多不朽的篇章。换句话说，启蒙时期的西方思想家和文学家们往往是密切联系在一起的，有些人自身就具有思想家和文学家的双重身份。更值得注意的是，西方启蒙思潮和文学创作在不同国家的知识分子群体中产生了各具特色的思想倾向和人格特征，并在他们的思想论述或文学创作中表现了出来。由18世纪启蒙运动的中心地区法国生发，并传播到各地的启蒙思潮中，出现了两类不同思想特征的作家/思想家——"伏尔泰式"和"卢梭式"两种知识分子类型作家/思想家。前者在思想观念上具有人文主义的道德立场，敢于揭露封建贵族的腐朽面目，但又带有一定的保守倾向，往往赞成开明专制体制，具有显著的温和改良立场；后者的政治立场往往是激进的、革命的，主张彻底颠覆封建君主专制、建立民主共和的现代政体，对平民大众抱有真挚的同情，具有鲜明的激进主义立场。这两类知识分子作家和思想家都在文学创作中表现了各自的政治倾向和启蒙观念，并在世俗化和民族化的文学创作中为各自国家的文学经典建构做出了贡献。因此，从思想经典和文学经典两方面来交叉研究启蒙思潮和启蒙文学，从而对近年来西方学界出现的"重申启蒙"倾向做出历史和文化的反思，这就是本书的第三个基本研究思路。

总之，本书将对意大利、英国、法国、德国、美国、俄国、西班牙及瑞典等西方国家的启蒙思潮的兴起和传播轨迹进行研究，在对各国现代文化转型和文学经典传承等重要问题的分析中找出启蒙思潮与民族文化复兴的联系和规律。从研究思路上来说，共时性／历时性的视野、借重马克思和恩格斯对于启蒙运动的评价、文学史与思想史的结合等正是本书对西方启蒙思潮和启蒙文学进行深入探讨的三个基本研究思路。由于本书的基本思考框架是把欧洲文艺复兴与启蒙运动看做一个延续的西方文化思想史进程来进行研究，因此作者在论述诸民族文学经典的传承轨迹时注意从启蒙思想主题和民族艺术创新这两个层面来阐释作品意旨和人物性格。同时，本书还注意从经济市场化、文化世俗化、社会城市化、政治民主化和国家民族化等角度对于启蒙思潮的形成和传播进行分析，进而探讨在诸民族文化传承与更新过程中，启蒙思潮的理性原则和人的解放等思想观念是如何得到广泛传扬并深入人心的。

在 21 世纪初西方文化思想潮流的演变中，怀疑和否定启蒙理想及其价值观念的后现代主义思潮已经不再风行，人们开始重申启蒙理性原则和追求人类自身解放。从历时性的视野中看，这种变化绝不是启蒙思潮的回光返照，而是因为启蒙运动的基本原则并没有过时，启蒙主义的思想遗产仍有强烈的现实意义。在全球化时代的社会风云变幻中，如何认识和批判资本的嗜血性、帝国的扩张性、权力的腐败性和风俗的滞后性等问题仍然是人们不得不时刻面对的现实挑战。在这样一种复杂的文化思想形势下，回顾启蒙运动的源流、探究启蒙思潮的轨迹、重申启蒙主义的原则——这些思想探索和历史反思必然具有十分重要的现实意义。从这个意义上说，启蒙运动所高举人的解放的理想旗帜并没有倒下，启蒙主义倡导的科学理性原则并没有过时，启蒙思潮弘扬的现代价值观念并没有失灵，而作为西方诸民族文化自觉标志的启蒙文学经典更没有丧失其犀利的批判锋芒和崇高的审美价值。

对于这些历久不衰的价值观念和审美理想，我们可以从西方诸国启蒙文学经典中找到很多艺术表现的形象载体，而正是这些启蒙文学经典的跨民族、跨文化的传播把启蒙思想光辉播撒到了全球各地。今日我们亟须重新梳理和认识西方启蒙主义思潮的价值观念和现实意义，进一步扩展"启蒙学"的研究领域，因为这必将对全球化时代各民族国家探索复兴之路提供有益的历史借鉴，也将对深入探究世界文化的现代转型与各国文学的经典传承产生丰富的思想启迪。

第一章　意大利人文主义与启蒙思潮萌芽

西方启蒙运动的兴起并非只是 18 世纪发生的一场文化思想运动，也并非仅是涉及西方国家近现代社会转型的一场政治变革运动，而且还是西方文化体系从拉丁文化霸权主宰下的古典秩序向民族文化复兴和现代秩序建构的复杂进程。可以说，西方社会的历史进程在 17—18 世纪发生突变，特别是英国"光荣革命"、美国独立革命和法国大革命的相继爆发必然有着文化思想上长期的量变过程；而导致西方启蒙思潮形成的早期源头则可以上溯至 14 世纪开始的西方文艺复兴运动，特别是来自 15 世纪意大利佛罗伦萨等地"市民人文主义"（civil humanism）思潮的影响。① 市民人文主义源于意大利工商业发达的城邦地区，反映了当时广大市民阶级的社会理想和经济利益，是对中世纪以来形成的贵族专制和僧侣特权的反抗，其实质是提出了近现代资产阶级社会（或市民社会）的价值观念和行为准则。正是由于这个原因，所以恩格斯在评述卡尔·考茨基论托马斯·莫尔的著作时曾经指出，资产阶级启蒙运动的第一种形式就是 15—16 世纪意大利、法国和英国等地的"人文主义"，而 18 世纪成熟的启蒙运动则是其第二种形式。② 恩格斯勾勒的"文艺复兴－启蒙运动一体化进程"视野得到了历史的验证，因为正是在意大利最早出现了现代社会意义上的工商经济和市民社会，而在此基础上逐步产生了现代秩序和资产阶级崛起的历史要求。实际上，14 世纪以后的意大利诸城邦国是最早实行资本主义工商经济的地区，并且

---

① 启蒙时代的英国等地出现了对于"市民人文主义"的重新认识和传播。参见 [英] 亚历山大·布罗迪：《苏格兰启蒙运动》，贾宁译，浙江大学出版社 2010 年版，第 10 页。

② [德] 恩格斯："俄国沙皇政府的对外政策"，见《马克思、恩格斯论艺术》第 2 卷，中国社会科学出版社 1983 年版，第 108 页。

迅速地形成了世俗的市民社会和资产阶级群体。在这一时期内，地中海区域的经济和贸易比大西洋区域的发展水平要高，而且此时的西欧两大列强英国和法国正陷入百年战争（1337—1453）的缠斗之中，无暇顾及自身经济的创新发展。只是由于意大利城邦国家在16世纪以后逐渐被西班牙和法国所控制，原来经由地中海的欧亚商路被地理大发现所开辟的大西洋至世界各地的新航线所取代，大西洋区域的经济发展才超越了地中海区域，而意大利的启蒙主义思想萌芽也因为长期的外国殖民统治而没有得到生长壮大。英法百年战争以后，法国完成了民族国家的统一事业，而英国势力虽然退出欧洲大陆，却也形成了民族主义的国家认同，但是意大利却变成了外国殖民统治的落后区域。

15—16世纪的地理大发现带来了资本主义的全球扩张，欧洲工商经济中心开始从地中海地区转移到大西洋沿岸，几个主要西欧国家如英国、荷兰和法国等地相继产生了现代工业革命和海外贸易扩张。这些国家的经济发展逐渐导致了欧洲资产阶级的壮大，市民社会也逐渐形成，于是出现了从文艺复兴到启蒙运动的现代文化转型。这种转型在一些国家如英国和荷兰是逐步地、渐进地完成的，在另一些国家如美国和法国则是急速地、革命性地完成的，而在意大利和西班牙这样的国家则出现了某种历史断层——文艺复兴运动并没有逐渐演变为启蒙主义运动，而是出现了罗马教会和贵族阶层共谋的某种政治和文化的复旧与倒退。但是，不论文艺复兴时期的西方诸国经历了什么样的历史转型，恩格斯把西方文艺复兴和启蒙运动这两个重大的历史事件联系起来加以分析是极其睿智的，因为这样一种宏大的历史视野可以把从意大利文艺复兴到法国大革命这一长达近五百年的西方文化思想史的发展进程凸显出来，尤其是突出地显示了西方国家在文化世俗化、社会城市化、经济市场化、政治民主化和国家民族化等五大进程中的历史演变轨迹。在这样的历史视野下，我们就能够建立起一个从文艺复兴到启蒙运动的历时性认知体系，并依照这种话语体系来反思西方启蒙主义思潮的源流和欧美诸民族文化的传承历程。正因为此，本书的研究思路和阐释脉络也就必然地要从意大利文艺复兴运动和人文主义思潮开始。

第一节　早期人文主义与民族文化复兴

西方文艺复兴运动是一场历史意义重大的文化变革运动，而作为其核心思想的人文主义思潮贯穿于从中世纪末向现代社会过渡这一漫长的历史时期内，其思想内容也随着每一个不同的发展阶段而产生变化。由于西方文艺复兴运动最早在 14 世纪出现于工商经济繁荣的意大利诸城邦国，所以施万尼茨认为，欧洲文艺复兴应该始于 1400 年，终于 1530 年，其间大约持续了 130 年。[①] 施万尼茨有关文艺复兴开始和终结时期的说法受到了一些学者的质疑，但是他对 1400 年开始的欧洲文化和政治变局的判断还是比较符合历史发展轨迹的。正如恩格斯称赞但丁（Dante Alighieri,1265—1321）"是中世纪的最后一位诗人，同时又是新时代的最初一位诗人"那样，[②] 但丁的抒情诗《新生》（1292—1293）和长篇巨著《神曲》（1307—1321）的出版吹响了意大利文艺复兴的号角，而但丁本人积极参与佛罗伦萨市民政治并为意大利民族统一而呼唤的活动也预示了后来整个欧洲思想变革大潮的兴起。20 世纪 50 年代后期，美国历史学家汉斯·巴伦（Hans Baron, 1900—1988）曾经提出，意大利早期人文主义思潮在 14 世纪和 15 世纪的表现是不同的，即出现了从"早期人文主义"向"市民人文主义"的思想观念嬗变；他认为，这两种人文主义思潮之间有一个突变性的跳跃，即前者更多地强调文化思想上"人性"对于"神性"的胜利，而后者更强调市民直接参与民主政治的现代社会观念。巴伦认为，市民人文主义者关注社会政治事务，主张在佛罗伦萨实行共和政制，"让所有人都获得同样的自由，……市民在法律面前，在承担公共义务方面具有平等的权利。"[③] 21 世纪初，巴伦的文艺复兴研究在海外学界

---

① [德]迪特里希·施万尼茨：《欧洲：一堂丰富的人文课》，刘锐等译，山西人民出版社 2008 年版，第 71 页。

② [德]恩格斯：《〈共产党宣言〉1893 年意大利版序言》，《马克思恩格斯选集》第 1 卷，人民出版社 2012 年版，第 397 页。

③ Hans Baron, *The Crisis of the Early Italian Renaissance: Civic Humanism and Republican Liberty in the Age of Classicism and Tyranny*, Princeton: Princeton University Press, 1955, p. 419.

再度引起了人们的重视，因为他的看法实际上是对恩格斯有关欧洲文艺复兴时期的人文思潮与后来启蒙思潮"一体说"的呼应。从具体的观念内涵上看，意大利市民人文主义的一些观念与后来的启蒙主义思潮有着某种现代价值观念的传承性，特别是其提倡个人自由和市民民主，反对贵族特权；主张共和政体，反对君主专制；赞美经商致富，反对禁欲主义等思想观念超越了单纯的"人性"战胜"神性"的人文主义思想观念，而直接提出了"民主"战胜"专制"、"共和"战胜"君王"等具有启蒙主义精神的政治见解。

从意大利文艺复兴时期的文学经典作品中，人们也能找到从早期人文主义到具有启蒙思想萌芽的市民人文主义的叙述话语和形象塑造。彼得·伯克认为，"现实主义、世俗主义和个人主义通常被视为文艺复兴时期意大利艺术的三个特征；"但是，这些分类有时不太清晰，而事实上"在有些文学体裁中，日常生活现实主义甚至充斥前景，如表现普通人生活的中短篇小说（novella），这种文学类型从 14 世纪的薄伽丘到 16 世纪的班代罗一直受到青睐。"① 伯克所指的日常生活现实主义具体地界定了意大利文艺复兴时期以及之后出现的现实主义文学，以便区别于 19 世纪由司汤达的小说和库尔贝的绘画等人所代表的那种现实主义流派。同时，伯克还注意到在意大利文学发展进程中，从 14 世纪一直到 16 世纪都延续着自薄伽丘开始的那种体现市民人文主义的世俗文学创作。正如意大利文学批评家德·桑克蒂斯所说的，薄伽丘是"14 世纪的伏尔泰"，而他的《十日谈》则被薄氏自己称之为《人曲》，以表示从但丁的《神曲》到《十日谈》之间的时代变化和文学传承。② 确实，从《神曲》到《人曲》的变化就是一种文学世俗化的倾向，而这种变化也证实了汉斯·巴伦所认知的"市民人文主义"具有相当普遍性的思想意义。如果从文化阐释的角度来分析早期人文主义思潮的发展演变，那么我们可以在但丁（1265—1321）、彼特拉克（Francesco Petrarca,1304—1374）到薄伽

---

① ［英］彼得·伯克：《意大利文艺复兴时期的文化与社会》，刘君译，东方出版社 2007 年版，第 19—22 页。

② 参见王军、王苏娜：《意大利文化简史》，外语教学与研究出版社 2010 年版，第 223 页。

丘（Giovanni Boccacio, 1313—1375）的作品中看到，这三位经典作家实际上已经用不同的艺术形象表现了具有资本主义社会价值观的创作主题，形成了一个从"超凡入圣"到"个人自我"、再到"市民民主"的思想观念嬗变过程。这三位经典作家的文学创作不仅促进了当时意大利市民人文主义思潮的兴起，而且对整个欧洲文艺复兴乃至后来的启蒙思潮都产生了深远的影响。

"市民人文主义"是反映了14—15世纪意大利城邦共和国的市民阶级要求获得平等社会地位、个人世俗幸福以及实行共和体制等社会理想的一股新的人文主义思潮。由于新兴资产阶级在经济上的崛起和壮大，他们更需要在文化思想上表达自己阶级的利益和愿望，"市民人文主义"就是体现新兴资产阶级利益的一股重要思潮。[1]这股新思潮的历史意义在于超越了单纯追求人性和反对神性的人文主义理想，而进一步提出了具有近现代资产阶级社会理想的启蒙主义观念，其代表人物有萨鲁塔蒂（Coluccio Salutati, 1331—1406）和布鲁尼（Leonardo Bruni, 1369—1444）等人。[2]从人文环境上看，堪比古希腊雅典的佛罗伦萨的人口在15世纪时有6万多人，其中有许多人属于市民知识分子或商人阶层。萨鲁塔蒂和布鲁尼等市民阶级（资产阶级）代表性人物与彼特拉克和薄伽丘等人都曾在经济发达的佛罗伦萨生活与工作过，而薄伽丘和萨鲁塔蒂甚至可以说是同时代的人。这些市民阶级的代表人物既受到早期人文主义作家的影响，又积极参与了建构新的资产阶级文化秩序的政治活动，所以他们也是传承人文主义、张扬启蒙意识的重要人物。恩格斯看到了意大利文艺复兴运动与托斯卡纳地区资产阶级城邦共和国之间的有机联系，认识到资本主义工商经济在这些地区的繁荣促进了资产阶级文化思想的发展。这种发展是"存在决定意识"的又一例证，因此他提出欧洲人文主义思潮是"资产阶级启

---

① 法国学者托克维尔发现，14世纪时候法国等地的资产阶级作为整体已经崛起，并且"在政治议会中起的作用始终是重要的，常常举足轻重，其他阶级每天都感到需要重视资产阶级。"参见 [法] 托克维尔：《旧制度与大革命》，冯棠译，商务印书馆2013年版，第126—127页。

② Charles G. Nauert, *Humanism and the Culture of Renaissance Europe*, 2nd edition, Cambridge: Cambridge University Press, 2006, p.14.

蒙运动的第一种形式"显然是有其道理的。① 恩格斯正确地指出了西方近现代文化思想上的历史连续性，把从人文主义到启蒙主义视为一个延续性的资产阶级文化思想发展历程。恩格斯的这一认识对我们深入理解启蒙主义思潮的起源和传承脉络是极为重要的，因为这为我们打开了一个比较宏观的历时性视野来考察西方启蒙思潮与诸民族文化复兴的具体进程。正是在这一认识的引导下，本书著者把人文主义视为启蒙主义的先声，认为意大利市民人文主义的兴起已经明确宣告了新兴资产阶级对于贵族专制文化和教会愚民文化的挑战。

启蒙主义思潮的核心观念是"理性至上"，而人文主义思潮的核心观念是"人性至上"。但是，这两种思潮在对待科学理性、个人自由、社会平等和政治民主等方面却有思想传承的相通之处，其中心点在于人的解放——既是人性和思想从专制主义、蒙昧主义的束缚下获得解放，也是个人和社会从封建等级、权贵政体的压迫下获得解放。从文艺复兴到启蒙运动这一相当长的历史时期内，"人的解放"始终是各民族国家争取经济发展和社会进步的一个核心问题，而这一问题解决的好坏与否则直接地影响到相关国家民族复兴的历史大业。意大利作为现代民族国家的建构与兴衰史就体现了这样的一种历史规律性，而我们从意大利文艺复兴时期的早期文学经典作品中也可以看出这种历史演变的思想印记。在但丁、彼特拉克和薄伽丘等人的文学创作中，以往许多批评及阐释只关注其中体现出的反禁欲主义即"人性"对"神性"的胜利，却忽略了这些经典作家对于现代资产阶级社会文化观念的倡导和赞美，而这种思想倾向却是市民人文主义的基本特征。实际上，从但丁的《神曲》开始，到彼特拉克的《诗集》，再到薄伽丘的《十日谈》，其中的人文主义关怀并没有局限于赞美人的自然天性，而对人的社会属性也给予了高度的艺术关注。他们创造的艺术形象例如贝亚特丽丝、劳拉和市民社会笔下的各色人物等不仅体现了从"天上"到"人间"的思想观念转变，还传达了从"君主"到"民众"的社会观念转变，而后一种转变正是市民人文主义思潮的

---

① ［德］马克思、恩格斯：《马克思、恩格斯论艺术》第 2 卷，中国社会科学出版社 1983 年版，第 108 页。

一个重要政治主张。意大利文艺复兴时期文学经典与现代观念的密切呼应是西方近现代文化思想史的一种典型特征，其影响一直延伸到西方诸国的启蒙运动，例如法国启蒙思想家大多也是启蒙文学的经典作家。卡西勒认为，自从文艺复兴时期出现了新的哲学观念之后，文学和哲学之间就产生了"直接的、重大的相互关系。而启蒙时代更跨前一步，……启蒙运动断定这两门学问的本性是统一的，并寻求这种统一。"①卡西勒的看法不啻是从思想史的角度肯定了恩格斯有关"文艺复兴—启蒙运动一体化进程"的立场，而文学与哲学或文学与思想之间的"直接"、"重大"以致"统一"的相互关系更是为我们分析和认知文学经典与各种思潮之间的思想联系做出了积极的提示。我们也可以认为，这种"文学与哲学相互结合"的话语模式就是西方文化思想史上一种重要的观念创新方式。

如果从这样一种西方文化思想发展史的角度来看，但丁、彼特拉克和薄伽丘等人的作品对早期欧洲人文主义思潮的推动作用是十分重要的；甚至可以说，没有这几位早期人文主义者在意大利文学创作上的筚路蓝缕之功，就不会有后来市民人文主义思潮的兴起，甚至也不会有意大利民族的文化复兴。实际上，文学创作在当时已经成为意大利人文主义思潮兴起和传播的一种重要方式，因为从14世纪开始，"一个新的作者阶层把文学视为他们一生的主要事业，他们互相交往写作，也为大批公众写作，以写作来处理普遍存在的问题，或审视自身的心态。"②例如，但丁作为"新时代的最初一位诗人"，③他在《神曲》中就把维吉尔当作一位智者和理性的化身，是维吉尔指引但丁穿过黑暗的密林、游历地狱和净界，成为向但丁传达"理性所见"的一位精神导师。在《神曲》中，但丁依照"三位一体"的神圣旨意来安排诗行与章节之间的结构，而且把升入天堂视为最高的幸福追求。但是，但丁对于理性的赞誉和以托斯卡纳市民俗语进行写作则明确体现

---

① ［德］E. 卡西勒：《启蒙哲学》，顾伟民等译，山东人民出版社 1988 年版，第 269 页。

② R. R. Palmer, et al., *A History of the Modern World, To 1815*, 10th edition, 北京大学出版社 2009 年版影印本，第 61 页。

③ ［德］恩格斯：《〈共产党宣言〉1893 年意大利文版序言》，《马克思恩格斯选集》第 1 卷，人民出版社 2012 年版，第 397页。

了新的人文主义价值观。① 他的俗语书写和作品主题使作品本身立即具有了挑战罗马教皇神权及其专制文化的重要意义，因为罗马教皇的权威需要的是迷信而不是理性，是古典拉丁文而不是佛罗伦萨市民所讲的地区方言。另一方面，《神曲》精心塑造了贝亚特丽丝这样一个"超凡入圣"的资产阶级市民形象，但丁由她而不是由教皇或主教引导进入了天堂，这也具体地显示出作者对人间市民地位的赞许和对"人人皆可成圣"信念的肯定。从这一形象的文化意义上看，贝亚特丽丝甚至可以说是 16 世纪欧洲宗教改革运动的某种预示性象征。

作为新时代第一位经典作家的但丁，他不仅是文艺复兴的思想先驱，甚至也是启蒙运动的思想先驱。恩格斯等人把文艺复兴与启蒙运动视为一体化历史进程，这在但丁的艺术和思想成就中就可以找到例证。但丁通过自己的文学创作和俗语著述而产生了持久的思想和艺术影响力，这不仅体现在他怀着深切的同情赞许了世俗人性的尊严，而且在于他对教会专制和贵族骄奢的深刻揭露和尖锐批判上。这种揭露和批判已经超越了当时人文主义寻求人性解放的文化理想，而成为启蒙主义反对教会神权和专制王权的政治抗争。历代学人往往重视《神曲》在赞颂人性方面的叙事抒情，但丁也因此被后人视为第一位人文主义文学的经典作家。例如，他在地狱篇里以哀婉的笔调描写了青年保罗和弗朗西斯卡的男女爱恋，突出描写了两个孤魂在地狱第二层里飘荡不定、仍然互相拥抱的形象，对他们的爱情诉求给予了深切的同情。但是，我们更应该看到但丁没有仅仅停留在抒写人性诉求的层面上，他还进一步对现实社会中的教会和贵族进行了批判。他以严厉的措辞鞭挞了教皇的贪婪和无耻，在地狱的第八层里让教皇邦尼法斯八世的身体倒插在地狱里不断呼号、颤抖。这个颠倒的教皇形象突出地体现了作家激扬战斗的反抗意志，对教会和教皇形成了尖锐的祛魅性批判。在《神曲》中，但丁还激烈地谴责了买卖圣职和赎罪卷的教会中人，指斥他们说："因为你们的贪婪使世风日下、凄惨不堪，把好人

---

① 奥尔巴赫认为，拉丁文在公元五世纪就遇到了俗语的挑战，罗马元老院的"高级拉丁语"已经不能为平民所理解，而通俗拉丁语在与野蛮语言的不断混合中发展成为各种方言的变体。参见 [美] 约翰·杰洛瑞：《文化资本》，江宁康等译，南京大学出版社 2011 年版，第 66 页。

踩在脚下，把恶人捧上了天。"①但丁写下的这些诗句没有采用拉丁语的典雅文体，而借用了犀利、直率的市民语言，以怒斥和责骂来批判教会人士的虚伪、贪婪和残暴，表现出与教会势力不共戴天的决然态度。但丁的这些反神权和反专制的叙事与描写即使与启蒙文学经典相比也属于比较激进的艺术表现，而与那些仅仅赞美个人情愫的十四行抒情诗歌相比更具有鲜明的政治批判勇气。

在对市民阶级人物的描写中，但丁毫不掩饰地表现出赞赏之情，其塑造的市民形象也透露出"市民人文主义"的理想色彩。从社会形态上看，但丁所赞美的其实也是城市化的市民生活，而不是乡镇化的农民生活，因此具有社会风俗转化的特征。在《神曲》中，但丁常常以自己经历过的现实中人物为原型来表现自己的市民人文主义理想，尤其是《神曲》主人公青年时代的梦中情人贝亚特丽丝。作为一位银行家的女儿，贝亚特丽丝既是引领但丁幸福的向导，也是佛罗伦萨市民社会的人文理想象征。这个具有高度审美创造特征的形象体现了近代意大利的世俗文化精神，即人们对肉体美和德行善的赞誉，体现了市民阶级渴求人性解放和精神获救的双重意愿。贝亚特丽丝的父亲是当地的一位银行家，这样的资产阶级家庭在近代欧洲封建贵族等级体制中是没有什么社会地位的，甚至到了启蒙时期仍然属于卑微的"第三等级"。贝亚特丽丝属于身份低下的市民阶级中的一员，是贵族和教会阶层所轻视的平民俗人。但是，这样一位世俗美女却担当了引导但丁进入天堂的向导，取代了掌管天国钥匙的圣徒彼得的位置，其"超凡入圣"形象的寓意显然包含了挑战教会神权的世俗精神，也体现了主张市民身份平等的反封建意识。哈罗德·布鲁姆认为，"贝亚特丽丝就是神圣加世俗的寓言……是但丁崇高愿望的理想化身；"而柯尔提乌斯则一针见血地指出："通过贝亚特丽丝一个人，人类就凌驾于尘世万物之上。"②这一位被神圣化了的世俗女性体现了但丁自己的社会

---

　　①　[意]但丁：《神曲·地狱篇》，黄文捷译，译林出版社2011年版，第159、163页。此处的批判语言与《圣经·新约》中"马太福音"的第十章第9—10节的文字形成呼应："你们的腰带里不要装金银铜钱。"

　　②　[美]哈罗德·布鲁姆：《西方正典》，江宁康译，译林出版社2011年版，第64、76页。

观念和爱情追求，但这种艺术形象的塑造也反映了当时意大利城邦市民社会的现实状况。

由于当时地中海贸易兴旺带来了意大利诸城邦工商经济的繁荣，佛罗伦萨等地的资产阶级精英积累了丰厚的财富，因而也形成了挑战贵族和教会的世俗力量。贝亚特丽丝及其家庭成员在当时的佛罗伦萨有较高的社会声望，因为他们通过经商和金融业而变得富有，也因此成为新兴资产阶级的政治代表。市场经济和市民社会需要现代民主和平等观念来对抗教皇和贵族的等级制社会束缚，而贝亚特丽丝正是体现了这种市民社会价值观的一个俗世形象。在这样的时代发展要求下，作为同样属于市民阶级家庭出身的但丁挑选贝亚特丽丝作为自己偶像实属顺理成章。在托斯卡纳地区，新兴的市民人文主义思潮的核心是推崇市民阶级的个性诉求和民主愿望，而作为该地区中心城邦的佛罗伦萨既有古希腊人文精神的传承，又有近代工商经济发展带来的世俗精神高涨。在这一交融了古代精神与近代思想的资产阶级城邦国家内，但丁及其《神曲》的出现显然顺从从中世纪转型为现代社会文化的历史必然进程。因此，从艺术构思上来看，《神曲》挑选市民阶级的代表贝亚特丽丝作为引领天堂之门的向导有着鲜明的时代意义。这种艺术构思本身就增强了这一"超凡入圣"形象祛除教皇神圣魅力的符号作用，象征着世俗之人享有与教会神权同等的力量——同样具有自主升入天堂的能力。但丁塑造的这个形象其实已经暗示了后世马丁·路德宗教改革的基本思想，即人人可以自主成圣的新教伦理。同时，贝亚特丽丝在天堂入口处担当的职责也包含了信徒人人平等的现代市民宗教观，而这种平等观念正是市民人文主义思想的价值体现。

从数百年来对《神曲》的解读来看，历代的但丁研究者都对贝亚特丽丝这个形象 / 符号给予了高度的关注。也许，《神曲》中最需要解释的地方就是作品主题徘徊于圣俗之间的内在矛盾，而贝亚特丽丝这个形象集中地体现了这种矛盾。从文化阐释学的观点来看，贝亚特丽丝这个艺术形象是一种意蕴丰富的"超凡入圣"的文化符号。她既象征着但丁早年柏拉图式的爱情梦幻，也象征了但丁追求个性解放的人文主义理想。更值得注意的是，但丁和贝亚特丽丝同属于市民阶级成员，既没有教会的庇荫，也没有贵族的头衔；可是，但丁却在《神曲》中给贝亚特丽丝加上了天堂向导这样一个由俗成圣的光环，因此在贝亚特丽丝形象的塑造上就体现了但丁以俗语写俗人所造成的两种"陌生化"效果：超凡入圣的市民形象和俗语雅言的文字书写。前者体现了对新时代市民身份的赞誉，后者表明了对中世纪教会文化，特别是对古典拉丁文专制的反叛。尽管当时但丁还没有直接提出市民民主的政治观念，可是他在《神曲》中体现出的这两种倾向既带有市民人文主义的基本立场，也标志了意大利民族文化与罗马教廷的裂变。

总之但丁的《神曲》具有人文主义理想和启蒙主义萌芽的双重思想意义，而这双重意义集中体现在贝亚特丽丝这个"超凡入圣"的形象塑造上。但丁在贝亚特丽丝身上寄托了对于普遍人性和市民尊严的崇高期望，例如《神曲·天堂篇》里有一些隐喻性的表达就说明了这种期望："贝亚特丽丝聚精会神地注视那永恒旋转的重重天体；/ 而我则从那上边移开眼光，…… 无法用言语来说明何谓超凡入圣。"① 这些诗句中提到的"超凡入圣"涉及中世纪神学有关人的灵肉二分观念，即俗世之人的自我主体处于某种心理分裂的状态，人的肉欲与灵的获救始终处于矛盾冲突之中，人的世俗人性因而也低于获救灵魂的神性。但是，人文主义思潮正是在这一点上与基督教神学观念针锋相对，即它坚持认为人的世俗欲望和人的自然性情是正常的、合理的、崇高的。虽然但丁还没有完全摆脱基督教文化观念的影响，没有让人的主体性在俗世得到充分展示，但是他在《神曲》中赋予了贝亚特丽丝灵肉合一的完整主体人格，并为她塑造了具有"超凡入圣"人性的现代市民身份，从而打破了教会对于圣徒和俗众之间划下的禁锢界限，展示了他对于世俗之人的全新认知。哈罗德·布鲁姆认为，贝亚特丽丝的形象"对教会甚至文学天主教就是一种冒犯。"② 这个评价再次说明了但丁《神曲》的思想进步性，而这对刚刚走出中世纪的欧洲诸国文学创作具有十分重大的划时代意义。可以说，贝亚特丽丝这个形象在相当大的程度上已经体现了市民人文主义思潮对于个性解放和

---

① ［意］但丁：《神曲·天堂篇》，黄文捷译，译林出版社2011年版，第3页。
② ［美］哈罗德·布鲁姆：《西方正典》，江宁康译，译林出版社2011年版，第60页。

人人平等的社会理想追求，而这种理想追求与数百年后西方启蒙运动的社会理想可谓一脉相承。

霍克海默和阿多诺认为，祛除宗教神话和树立人的自主意识是从文艺复兴到启蒙运动一直彰显着的西方现代思想轨迹。人们需要从西方思想史的角度去理解这些思想和观念，因为"整个资产阶级社会的现实运动都表现为这些观念，而这些观念又体现在人和制度上。"①这就是说，从文艺复兴开始的思想观念转变直到启蒙运动时期才具体地落实到社会制度层面上来，而这一漫长过程既是思想史的历史演变进程，也体现了现代社会对于政治体制和文化观念改革的合理要求。确实，工业革命以后的西方现代社会形成过程也是自由、平等和民主等现代观念的形成过程。由于文艺复兴时期的意大利各城邦国家政治经济发展很不平衡，其境内出现了共和制、君主制和教皇制并存的局面，而佛罗伦萨等城邦共和国的商品经济发展使得资产阶级市民社会迅速壮大起来，一度出现了美第奇家族支持下的资产阶级政治体制改革。所以，当时的意大利既有复兴古典文化的人文主义诉求，也有要求市民民主和个人自由等社会权力的启蒙主义诉求。由于当时的意大利民族仍然处于分散的城邦制纷争状态，诸城邦的政治和经济发展不平衡状况决定了早期人文主义包含了两种不同层次的文化观念转变：1. 从教会权威到王室权威的"从神到人"的观念转变，大多数城邦国家经历了这种转变；2. 从王权专制到市民共和制的"从王到民"的观念转变，少数经济发达地区如佛罗伦萨等地出现了这种转变，这就是市民人文主义思潮兴起的历史背景，也是后来启蒙运动所追求的目标。值得注意的是，后一种文化观念转变在西欧诸国出现的较晚，而不少西欧国家的民众在文艺复兴时期仍然保持着对于王室和贵族的尊崇和敬畏。例如，英国王室和欧洲贵族常常是莎士比亚戏剧所表现的主要对象，而法国社会直到启蒙运动时期仍然保留着对于君王和僧侣阶层的法定特权。实际上，"从神到人"的转变虽然是人文主义思潮的核心观念，但是，这时的"人"的观念并没有把君主和市民区分开

---

① ［德］霍克海默、阿多诺（阿道尔诺）：《启蒙辩证法》，渠敬东等译，上海人民出版社2003年版，第1、3页。

来，而市民阶级作为资本主义社会的最大群体却一直受到君主和贵族的歧视性对待。这种社会等级观念是封建贵族文化的产物，它在法国直到1789 年大革命以后才被逐步清除，但在佛罗伦萨等工商经济发达的城市共和国，市民阶级早在四百多年前就一度发展得相当壮大。这一阶级当时提出了市民民主的政治要求是符合历史发展进程的，尽管后来西班牙和法国的殖民势力对意大利国土的控制打断了这一历史进程。

张椿年认为，意大利的佛罗伦萨和热那亚等城邦国家最早制造了金币等国际性货币，其海外贸易的发达使得这些城市异常繁荣，而"城市的进一步发展意味着市民的增加，对劳动力和原料的进一步需求，因此城市和封建主之间的矛盾必然日益尖锐；"于是，具有启蒙思想萌芽的市民人文主义"强调市民民主"，而市民人文主义具有浓厚的佛罗伦萨的地方精神，"因为当时唯有佛罗伦萨仍以坚持国家的共和制形式而自豪。"① 在这种情势下，意大利的一些发达城邦如佛罗伦萨等地出现了德国学者施万尼茨所认为的"贵族－平民混合文化。"② 作为平民/市民阶级成员的但丁、彼特拉克和薄伽丘等人显然站在了平民文化一边，以自己的世俗文学创作表现了新的文化价值观念，而他们采用的托斯卡纳—佛罗伦萨地方语言又成为意大利近现代民族语言的基础。所以说，这几位文学巨匠既开启了从人文主义到启蒙思想的现代思想传承脉络，又奠定了意大利民族复兴的现代文化基石。如果以但丁的《神曲》作为整个西方文化转型的序幕的话，那么，彼特拉克的诗歌则掀起了意大利文艺复兴文学的第一个高潮。实际上，彼特拉克对 14 世纪以后欧洲文艺复兴运动的影响一度超过了但丁，其原因就在于他的"彼特拉克体"抒情十四行诗在域外传播的非常广远，直接推动了许多国家和地区人文主义文学的繁荣。在彼特拉克的抒情诗歌中，个人自主意识是核心思想，个人的自主个性和对爱情的自由追求成了诗人不断赞美的主题，而这种思想主题恰好契合了从早期人

---

① 张椿年：《从信仰到理性——意大利人文主义研究》，方志出版社 2007 年版，第 10、25、27 页。

② ［德］迪特里希·施万尼茨：《欧洲：一堂丰富的人文课》，刘锐等译，山西人民出版社2008 年版，第 5 页。

文主义到市民人文主义的思想嬗变。彼特拉克本人也具有强烈的世俗情怀和个人主义倾向，甚至对于人们普遍尊崇的亚里士多德也抱着理性的认识，视其为一位睿智的学者，认为他即令是一位伟人，也不可能万事皆知。[①]

彼特拉克的代表作是《歌集》，包含了三百余首爱情诗篇，集中表达了诗人对一位法国骑士的妻子劳拉的爱慕之情。需要指出的是，彼特拉克的数百首诗歌创作于 1330—1374 年间，其时，市民人文主义的代表性人物萨鲁塔蒂已经参与佛罗伦萨市政工作，而另一位代表性人物布鲁尼不久也将进入青春期。可以说，这两位社会政治活动家是在彼特拉克等人的影响下成长起来的，因此具有思想观念上的传承关系。在彼特拉克的诗歌中，诗人所表现的强烈情感不仅突破了禁欲主义的思想束缚，而且体现了个人自主恋爱的意志和个性张扬的愿望。在这些诗歌中，彼特拉克以火热的语言吐露了对劳拉的爱意，充分表现了自己的个人意志和自主愿望。例如，他在《歌集》第 88 首中最后一节写道："虽然我仍然活着，但堕入情火 / 九死一生实在让我痛苦不堪。我的冤家。"[②]从个性解放的角度看，彼特拉克和市民人文主义者在精神上是共通的，因为人文主义的本质就在于将人性从中世纪的宗教神性禁锢中解放出来，不论是早期人文主义者还是市民人文主义者对此都同气相应。因此从文化传承的角度看，没有彼特拉克等人对人文主义理想的赞美，就不会有市民人文主义思潮的兴起。不过，比起但丁在《神曲》中对贝亚特丽丝这一"超凡入圣"形象的精神依恋来说，彼特拉克的《诗集》在直抒胸臆的表白上更为大胆、更为坦诚、更适合市民俗众的审美趣味。《歌集》向人们展示了充满人性解放活力的个性自主意识，而对爱情的追求显示了彼特拉克的人文主义观念已经超越了单纯的人性至上的早期阶段。耀斯认为，彼特拉克的抒情诗的真正价值在于赞美人内心世界的崇高灵魂，而不是仅仅描写外在的山川美景，并把人的"审美知觉从基督教禁欲主义的内心世界和救世思想中解脱了出来"，使人在自我灵魂中发现了许多伟大事物的形

---

① 参见阎宗临：《欧洲文化史论》，广西师范大学出版社 2007 年版，第 37 页。

② ［意］彼特拉克：《歌集》，李国庆等译，花城出版社 2000 年版，第 130 页。

象，发现了自我和上帝，因而"到达真正的自我的精神境界。"① 这种"自我"感性和"自主"精神的双重境界经过艺术想象的升华，进一步凝聚成人文主义艺术的崇高美学品位。事实上，我们在后来的莎士比亚和歌德等人的诗歌中都可以见到彼特拉克诗歌的影响，而彼特拉克大量使用了反讽、夸张、借代和逆喻等修辞手法来表达丰富的情感也使他成为西方现代抒情诗的开创性作家。② 另外，彼特拉克还借助民间歌谣的文体来表现世俗之人丰富的自我感性世界，表现意大利市民"强烈地渴求物质财富、世俗权力、人性之爱、家庭生活；"这使他意识到，"文艺复兴时期的人文主义从根本上说是一种俗众的文化（a culture for lay people），特别是属于那些精力充沛、富有才智的城市民众的文化，而正是他们把意大利打造成了基督教欧洲的最富裕、最文明的地方。"③ 这段评价是对市民人文主义及其代表阶层的贴切解释，而彼特拉克的抒情诗歌正是对这种时代氛围和世俗精神的最好表现。更为重要的是，彼特拉克的文学创作还为意大利民族文学的经典化进程打下了厚实的艺术基础，因而为意大利民族文化从中世纪拉丁文化中裂变转型、形成民族国家的现代文化建立了辉煌的功勋。

不过，彼特拉克注重人性和情感的袒露超过了对现实社会政治的关注，这使萨鲁塔蒂等市民人文主义者认为彼特拉克过于注重个人的情感需求，缺少对于市民参政的积极追求。这种看法实际上说明，当时佛罗伦萨的社会政治矛盾已经超越了单纯的人性与神性的对立，而是在资本主义生产关系基础之上产生了新的阶级矛盾，即资产阶级和平民阶层对于贵族君主的不满与抗争。汉斯·巴伦区分"早期人文主义"和"市民人文主义"时就以当时人们是否参与公共事务作为准绳。其实，汉斯·巴伦的看法也有一定的局限，因为历史上的但丁和

---

① ［德］汉斯·耀斯：《审美经验与文学解释学》，顾建光等译，上海译文出版社1997年版，第108—110页。

② 逆喻（oxymoron），彼特拉克在十四行诗中常用的一种修辞手段，例如"聪敏的傻瓜"等。在彼特拉克十四行诗"她曾让金发自由飞扬"的前两节中，就有"空泛的怜悯"这种逆喻的用法。

③ Charles G. Nauert, *Humanism and the Culture of Renaissance Europe*, 2nd edition, Cambridge: Cambridge University Press, 2006, p. 64.

薄伽丘等人都直接参与过佛罗伦萨城邦的政治活动，而彼特拉克在1350 年结识了薄伽丘以后还给予后者许多宝贵的物质和政治支持。值得注意的是，这三位意大利文艺复兴时期的经典作家主要以俗语文学创作颂扬了人文主义的核心观念，从文化艺术上参与了市民社会的思想建构，这些成就要比他们直接做过的一些市政工作更加重要，也更具有政治意义。德国学者施莱格尔在 19 世纪初的研究中就指出，意大利文艺复兴时期的文学经典以各地方言和俗语写作，代表了"纯粹的人文主义文化"，促进了近代欧洲诸国人文主义和浪漫主义文学的兴起。[①] 如果我们知道欧洲浪漫主义文学正是受到启蒙思潮激励而形成的一个重要文学流派的话，那么，我们对施莱格尔关于欧洲文学传承谱系的看法就会产生认同感。当然，彼特拉克时代还没有消除欧洲中世纪文化的影响，"感性的人"从"神性的人"解放出来后还没有变成"理性的人"，因此，讴歌人性和注重感情就成了早期意大利文艺复兴文学的重要主题。彼特拉克的诗歌突出地表现了这一文学主题，正如他在第 122 首诗中所写的："自从爱情之火燃烧在我的心中，/天旋地转十六年，爱火从未止息和平静，…… 欲望的火苗和本能也不会稍稍减弱减缓。"[②] 这首诗中的比喻形象地表现了一位陷入情网的恋人的炙热感情，如"爱情之火"和"欲望的火苗"等比喻更是生动地表达了人性自我的奔放热情。这种诗风与铺陈雕饰甚至是刻板的古典拉丁语诗风形成鲜明的对照，却充分体现了追求个性自由和人性解放的人文主义思想精髓。比起但丁《神曲》中欲言又止的委婉情愫和具有宗教背景的象征符号来说，彼特拉克的诗歌不啻表现了处于历史上升阶段市民阶级的大胆和狂热；而比起象征、梦幻和寓言等"圣经式"修辞手段来说，"彼特拉克体"诗歌的比兴、拟人和直抒胸臆等手法无疑是追求精神和肉体解放的市民人文主义观念的最佳表述。从文学经典的影响和流传来看，彼特拉克抒情诗受到欧洲各国普遍的欢迎和尊重，这是因为他的诗歌更为生动形象地传达了人文主义思潮的核心价值

---

① Wallace Ferguson, *The Renaissance in Historical Thought*, Toronto: University of Toronto Press, 2006, pp.152—153.

② [意] 彼特拉克：《歌集》，李国庆等译，花城出版社 2000 年版，第 171 页。

观——寻求人性解放，赞美世俗幸福，歌颂个人的自由意志等。正是这些思想特征使得尼采认为，彼特拉克成为了启蒙主义的最早先驱，"启蒙的旗帜上应当标记着三个伟人的名字：彼特拉克、伊拉斯谟和伏尔泰。"①

如果说，彼特拉克的诗歌表现了西方人由屈从神性向张扬个性和追求自由转变的话，那么，薄伽丘的市民俗语小说则表现了市民阶级对于僧侣和贵族的反抗与批判，而这种思想政治倾向恰恰是启蒙运动时期新兴资产阶级的主要政治倾向之一。这也就是说，我们看待西方启蒙运动不能仅仅局限在一两个国家疆域之内，而要从资本主义工商业发生之初的时代和地区开始追踪其思想萌芽，也就是要从资本主义工商业在欧洲兴起之际开始观察。正如恩格斯所主张的，意大利早期资本主义的发展使得西方人文主义到启蒙运动之间形成了某种历时性的传承及延续。资产阶级在登上历史舞台之际必然要摒弃封建贵族和宗教僧侣坚守的旧价值观念，同时主张新的文化和社会观念，并集中体现在如何看待人的地位和社会制度等问题上。在中世纪宗教神学观念影响下，人的主体地位被宗教信仰所边缘化，人的自然属性被宗教神性所压制，而人的社会属性更是被教会神权所控制。由于中世纪的罗马教皇掌握着世俗君王的加冕权，所以即使作为"人"的君主也不得不接受神的代表即教皇的控制。这种"政教合一"的神权政治造成了意大利诸城邦以致整个西方社会的分裂，因此也必然在资本主义和城市工商经济发展起来后首先遭遇到挑战。从但丁的时代开始，意大利各城邦共和国就对罗马教权形成了这种挑战，以后又有英国国王与罗马教皇的公开决裂等世俗君权与神圣教权之间的对立，而诸民族文化与拉丁文化霸权之间的冲突更是日渐彰显。

从西方文化思想发展史的角度看，这些矛盾体现了资产阶级新文化对于封建贵族和教会专制文化的观念冲突，体现了新兴资产阶级要求建立自由、平等和民主共和国的政治理想。马克思认为，"君主政体的原则总的说来就是轻视人，蔑视人，使人非人化；……哪里君主制

---

①　James Schmidt, *What Is Enlightenment*? Berkeley: University of California Press, 1996, p.25.

的原则占优势，哪里的人就占少数；哪里君主制的原则是天经地义的，哪里就根本没有人了。"①马克思的这段话言简意赅地说明了君主专制和人的解放之间具有不可调和的矛盾，也指出了西方启蒙运动在反抗封建君主专制方面的历史进步意义。不过，由于资产阶级工商经济的繁荣和发展，封建君主和资产阶级之间的阶级矛盾在意大利城邦共和国中却有所缓解。这是因为，佛罗伦萨在美第奇家族统治之前实行的长老会议式民主制已经带有资本主义社会的某些政治特征，即"商人和企业主组成的市民民主政权"。②因此，佛罗伦萨共和国也就具备了实行人的自然属性和社会属性双重解放的资产阶级革命的可能性。认识到这一点对于我们理解薄伽丘的文学创作和思想观念极为重要，因为正是薄伽丘的《十日谈》包含了浓厚的世俗精神和市民民主的气息，所以他对市民阶级的赞美和对贵族君主的嘲弄已经具有了启蒙主义思想的一些萌芽。实际上在佛罗伦萨共和国的文化史演变过程中，薄伽丘扮演了一个极为重要的角色：他翻译过荷马史诗，撰写过《但丁传》，还在佛罗伦萨大学讲授过《神曲》。薄伽丘晚年成为佛罗伦萨人文主义知识分子群体的领袖性人物，并极力推崇彼特拉克诗歌的杰出成就，而他与市民人文主义思潮的代表性人物萨鲁塔蒂也有过交往。换句话说，如果汉斯·巴伦有关两种人文主义——早期人文主义和市民人文主义——看法成立的话，薄伽丘其人其作就是连接这两种人文主义思潮的一座桥梁，而市民人文主义的思想精髓则包含了启蒙主义思潮的某些积极因素。

与彼特拉克作品在域外传播的经历类似，薄伽丘的短篇小说集《十日谈》出版后也对英国、法国、德国和西班牙等国家的叙事文学产生了广泛的影响，例如英国乔叟的《坎特伯雷故事集》和法国纳瓦尔的《七日谈》，等等。因此从文化传播学的角度上看，意大利文艺复兴中产生的文化艺术经典对于整个欧洲现代文化的发展具有奠基性

---

① [德]马克思、恩格斯：《马克思恩格斯全集》第1卷，人民出版社1982年版，第411页。

② 1382年以前的佛罗伦萨最高行政机构是9名长老组成的长老会议，之下设置有两个办事机构：即"贤人会议"（由城市四个街区的12名成员组成，负责行政）和"旗手会议"（由16个商业公司的主管构成，负责军事等。）参见：张椿年《从信仰到理性——意大利人文主义研究》，方志出版社2007年版，第16、86页。

的意义，而市民人文主义思潮中包含的启蒙思想萌芽也是不容忽视的一份重要思想文化遗产。从文学虚构技巧和戏剧性来说，薄伽丘的文学艺术才华不逊于但丁，特别是他在汲取民间文学因素和市井俗语来"讲人间故事"方面更胜一筹。虽然《十日谈》中的一些故事带有直白的欲望袒露和低俗的市井趣味，但是，其中绝大多数的故事叙述都没有《神曲》中弥漫着的宗教气息，并以幽默和睿智的叙事与彼特拉克诗歌的感情宣泄形成明显的对照。从语言文化的角度看，薄伽丘小说的"市井琐事"和"市民情调"是对14世纪中期的古典拉丁文化的直接挑战，也是对市民社会风俗的积极倡导。值得注意的是，《十日谈》的思想倾向不仅仅反对教会的禁欲主义和蒙昧主义，而且也反对贵族文化的等级制和专制性。在《十日谈》通篇以"村言俗语"毫不掩饰地对男女私情津津乐道的背后，隐藏着作者依靠民间世俗话语进行文化反叛和思想解放的意旨。在对教会和君主双重压迫的反抗和嘲弄过程中，薄伽丘实现了为市民阶级价值观念张目的人文关怀主题。正如巴赫金在评论拉伯雷作品时所指出的，文艺复兴时代的作家善于借鉴民间文化的粗陋、诙谐、夸张与怪诞等表现手法，其目的就是要"与教会和中世纪官方的严肃文化相抗衡"，以看似粗俗的表述来颠覆正统话语的权威地位。[①]

　　例如，在《十日谈》"第四天·第五个故事"中，作者鲜明地表现了市民人文主义的思想主题。这个故事讲述了墨西那少女莉莎贝达与下人罗伦佐的一场恋爱悲剧：富商之女莉莎贝达爱上了伙计罗伦佐，两情正欢之际却遭遇少女三位兄长的阻挠，为了不让家财落入罗伦佐之手，三位兄长把罗伦佐诱出后杀死；莉莎贝达梦中遇到罗伦佐的魂灵，于是在次日找到后者的遇难地，挖出其头颅带回闺房；莉莎贝达把情人头颅埋入花盆，日日以泪浇灌盆中罗勒兰草，身形日渐憔悴；三位兄长得知后把花盆移走，私埋头颅于他处，然后逃往那不勒斯；莉莎贝达失去花盆后一病不起，终至香消玉殒。[②]C.伯洛斯指出，这个故事描写了一位世俗少女为情而亡的悲剧，这种"准圣徒式"故

---

①　[俄]巴赫金：《拉伯雷研究》，李兆林等译，河北教育出版社1998年版，第4页。

②　[意]薄伽丘：《十日谈》，方平等译，上海译文出版社2010年版，第316页。

事一直流传于从西西里到那不勒斯的广大区域，而薄伽丘为这个故事增添了某种崇高的悲情意蕴。在薄伽丘寓意丰富的这段叙事中，故事里的"头颅花盆"象征了一种"世俗化的圣器"，而故事的背景则体现了"与宫廷趣味相左的市井和商人的气息。"[①]这段评语指出了这个悲情故事的两个意义，即赞美了不论贵贱都有爱的权力的平等意识，并且真实地再现了商人阶层以财富论人的势利风气。后一种见利忘义的市侩风气正是资本主义社会的常见之事，但薄伽丘通过文学创作批判了这种资产阶级社会的市井陋习。[②]薄伽丘写作《十日谈》其实就是再现当时意大利市井社会的现实，而那时的佛罗伦萨等城邦已经处于早期资本主义工商经济的历史阶段，社会和政治发展形势已经远远超越了刚刚走出中世纪的那些封建君主专制国家。汉斯·巴伦把薄伽丘等人的创作视为早期人文主义的代表作，认为其与市民人文主义不属于同一个思潮。他的看法把意大利文艺复兴时期的文化思潮进一步细化分析，这当然会加深人们对于意大利人文主义的认知与理解。但是，汉斯·巴伦的看法缺少了历时性意识，忽略了市民人文主义的积极倡导者萨鲁塔蒂和布鲁尼等人对早期人文主义者如彼特拉克和薄伽丘等人思想观念的传承性，因此难以解说从 14 世纪到 15 世纪长达两百多年的意大利人文主义文学为何绵延不止的经典传承性。

如果说，但丁、彼特拉克和薄伽丘等人表现了早期人文主义思想的话，那么从薄伽丘、萨鲁塔蒂到布鲁尼等人则倡导了市民人文主义的思想观念。这种新的思想观念是建立在佛罗伦萨等地新兴的市民社会基础之上的，因此就包含了开创后来启蒙思想的那些现代政治文化的思想萌芽。实际上，在意大利人文主义思潮和启蒙思想萌芽的历史传承轨迹中，薄伽丘是一个重要的文化枢纽式的人物——他有着但丁和彼特拉克等人反对宗教神权、赞美人性情感的共同思想倾向，但是，"他的写作风格不同于但丁或彼特拉克，作品中既没有深奥的哲

---

① Charles Burroughs, *The Italian Renaissance Palace Facade*, Cambridge: Cambridge University Press, 2002, pp. 44—45.

② 薄伽丘的《十日谈》对于法国近现代文学影响很大，其法文全译本在 1545 年就在法国出版和流行。在《十日谈》的影响下，法国还出现了改编本的《新故事百篇》和《七日谈》等叙事作品。参见李赋宁等主编：《欧洲文学史》第 1 卷，商务印书馆 1999 年版，第 183 页。

理，也没有令人费神的神学教义或华丽的辞藻。在他的早期作品中，他仿效法国叙事体文学作家和游吟诗人不同凡响的艺术表现手法，把广大民众视作心目中的主要读者，但他同时又蔑视民众，认为他们是'没有知识的贱民'。"①张世华对于薄伽丘的这段评价指出了意大利文艺复兴时期文学创作中的某种复杂特征，即薄伽丘等人一方面高度重视世俗题材和市民俗语在文学叙述中的作用，放弃了中世纪以来常见的宗教题材和圣经语言；另一方面这些来自市民阶级的作家并没有放弃精神贵族的某种自我意识，但这种高人一等的自我意识却来自于文化优越感，而不是出自于血统高贵意识。换句话说，这就是典型的资产阶级知识分子的文化优越意识，其普遍地存在于工业革命以后西方诸国的市民社会中。所以说，恩格斯把意大利文艺复兴视为启蒙运动的第一波是有道理的，其立论基础则是历史唯物主义关于存在决定意识的观点，即资本主义生产关系及其社会现实早在意大利文艺复兴时期就已经出现在一些城邦制共和国中，例如佛罗伦萨和热那亚等地，因而产生了类似后来启蒙时期的那种社会观念和时代精神。

还要注意的是，作为西方诸国中率先发生文艺复兴的地区，意大利文艺复兴时期的文学创作对于意大利民族统一和建立新的民族文化传统起到了极大的推动作用。薄伽丘以地方俗语和俗世叙事为意大利的文化语言复兴奠定了坚实的基础，并对意大利民族文化走出拉丁文化传统的束缚产生了积极的影响。事实上，薄伽丘的叙事受到民间俗文化的广泛影响，特别是他吸收了意大利西西里和那不勒斯等地民间传说的一些文化元素和叙事母题。例如，前述故事中的"亡灵托梦"和"头颅花盆"带有古希腊"异教"文化的印迹，具有极其强烈的戏剧性效果，而故事尾声的哀歌则来自一首西西里民歌，显示出当地民间风俗文化的鲜明特色。薄伽丘大量借鉴中世纪民间俗文化的元素，表现了以民间文化对抗教会文化的创作策略。正如布克哈特曾指出的，但丁、薄伽丘和马基雅维利等人借重托斯卡纳俗语和民间文化，这是对陈腐的修辞癖和拟古主义者的抵制；他们"用活的语言来记载他们自己直接观察所得到的现实的结果"，"明确地宣布放弃高雅风格

① 张世华：《意大利文学史》（修订本），上海外语教育出版社 2003 年版，第 72 页。

和采用一种生动有力的民众语言。"[1]由于薄伽丘的叙事带有浓厚的民间传说韵味，充满了夸张的情节和嘲弄的语言，因而《十日谈》对于封建贵族门第观念的批判更加尖锐，体现了比但丁《神曲》和彼特拉克《歌集》更为鲜明的平民特征和民主意识，也体现了市井俗众特有的直率、朴素和浅显等话语特征。可以说，《十日谈》的叙事风格既有现实主义的细腻、真诚和批判性，又有浪漫主义的夸张、奇想和戏剧性。正如 M.R. 汤姆森在论及《十日谈》的叙事技巧时所指出的："薄伽丘的叙事策略之一就是保持忧郁和戏谑两者之间的平衡。"[2]这说明了，薄伽丘作为一位早期人文主义者始终在抵制强大的封建文化传统，而他对于教会虚伪和贵族等级制所进行的戏弄显示了强烈的批判意识。这种批判意识也是后来者萨鲁塔蒂等人提出"市民人文主义"的思想推动力，因为后者所要追求的正是以政治体制改革来消除薄伽丘对市民民主社会的担忧。事实上，后来佛罗伦萨以及整个意大利地区沦为教皇、法国和西班牙军队的专制统治证实了薄伽丘的忧虑是有道理的，而具有早期启蒙思想萌芽的市民人文主义思潮也因为佛罗伦萨等地的经济衰落和贵族与教会势力的卷土重来而逐渐消退。14 世纪后期和 15 世纪前期将近百年时间里，意大利的俗语文学发展一度陷入停滞状态；不少学者专注于古希腊罗马文化典籍的解读和阐释，一时出现了所谓"无诗的世纪"之说。但是，这种文学创作消沉的局面到了 15 世纪后期和 16 世纪则大为改观，意大利文坛上的文艺复兴思潮再次勃兴，一大批诗人和学者带着新的思想和创作登上了民族文化复兴的大舞台。

第二节　意大利启蒙主义的思想萌芽

1492 年，意大利人哥伦布受西班牙国王和王后的派遣远航美洲，以后达·伽马和麦哲伦又率船队远航到达亚洲。新航路的发现促进了

---

① ［瑞士］雅各布·布克哈特：《意大利文艺复兴时期的文化》，何新译，商务印书馆 1983 年版，第 375 页。

② Mads Rosendahl Thomsen, *Mapping World Literature*, London: Continuum, 2008, pp. 132—133.

大西洋沿岸诸国资本主义的海外扩张，却使地中海沿岸地带的商贸经济逐渐衰退。1498 年，法国军队入侵意大利；1500 年，西班牙与法国占据了那不勒斯；1508 年，教皇、西班牙、法国和神圣罗马帝国的势力联合起来控制了威尼斯；1529 年，西班牙排挤了法国势力而控制了意大利。自此以后，近代意大利城邦共和国经济和社会的一度繁荣就盛景不再，意大利民族复兴和国家统一的理想又一次遭遇了挫折。16 世纪后期的西欧诸国正在经历着工业革命带来的巨大社会变化，而英国的文艺复兴运动也迎来了新的高潮。但是，最先在西方出现的意大利文艺复兴运动却逐渐落下帷幕，意大利民族文学的发展最终由阿里奥斯托（1474—1533）和塔索（1544—1595）等人的文学创作画上了一个句号。前者的长诗《疯狂的罗兰》（1516）再现了中世纪的骑士传奇故事，而后者的长诗《被解放的耶路撒冷》（1575）叙述了十字军东征的历史故事。这两部叙事代表作的出现标志着意大利文艺复兴文学最终出现了某种回潮，即从但丁和彼特拉克等人开始的反对宗教神权和走出中世纪的意大利文学又回到了中世纪去寻找创作的灵感。但是，即使在这两部代表性经典作品中，人性诉求和人文情怀仍然得到了形象的表现，宗教偏见受到了一定的抑制。从艺术风格和思想意义上看，史诗《疯狂的罗兰》采用了古典的八行诗体，长达 4000 多节，共约 3 万多句诗行；其内容主要描写中世纪骑士罗兰在宗教战争中爱上了一位异教徒女子安杰丽佳的故事，并在叙事诗主线中穿插了基督徒和信奉伊斯兰教的萨拉逊人之间的战争以及贵族艾思泰公爵祖先的发迹经历。这部作品继承了古罗马贺拉斯和朗吉努斯等人提倡的崇高和得体的审美风格，同时又把民间传说中的故事情节和形象融入其中，体现了从古典到俗世文化趣味兼容并包的艺术胸怀。与《疯狂的罗兰》有所不同，塔索的长篇叙事诗《被解放的耶路撒冷》具有比较复杂的思想主题，即作品一方面赞美人性真情，表现了人们对世俗男女之爱的追求，另一方面又显示出宗教观念和贵族意识的难以超越性。作品以十字军在东征中攻打耶路撒冷并保卫该城的战争故事为主线，穿插了骑士尼纳尔多与魔女艾尔米达之间的生死爱情以及基督徒敖林德和索菲罗尼亚之间的恩爱等传奇故事。这部作品在艺术上试图模仿荷马和维吉尔的史诗风格，在呼唤民族意识、反对土耳其人的扩张势力等方面深化了作品的现实意义。这两部作品代表了意大利文艺复兴后期的文学创作高峰，同时也意味着意大利文学经典传承中一个十分重要阶段的完成——把古罗马拉丁文的文学经典谱系和当时的俗语文学创作及民间文学遗产接续、糅合了起来，从而形成了意大利民族文学从古典到当下的传承脉络。这一时期的许多文学创作既传承了古罗马文学艺术的审美风格和艺术体裁，也展现了意大利民间文化的生命活力和丰富内容。

不过，意大利文学史并不是由简单的循环论所决定的，意大利民族文学从文艺复兴到民族经典形成过程中出现的怀旧思潮只是短暂现象，许多新的思想和学说还在不断出现，例如马基雅维利（1469—1527）的《君主论》和圭恰尔迪尼（1483—1540）的《意大利史》等。在艺术领域里，达·芬奇（1452—1519）、米开朗基罗（1475—1564）和拉斐尔（1483—1520）等人的绘画显示了意大利文艺复兴艺术的最高成就。达·芬奇对于人体解剖学的研究增强了人们对人自身生理状况的关注，特别是他对人体肌肉组织的解剖学分析和对人类繁育与胚胎的生物学研究等工作破除了基督教有关灵肉二分的神学理论。达·芬奇认为，人的亲身经历而不是神学的教义才是真知的来源，因此他还在植物学和物理学等领域里做了许多悉心的研究。显然，达·芬奇的科学研究对于人们理性地认识人性和神性等问题具有极为重要的科学史意义，显示了意大利文艺复兴时期的学术研究已经开启了现代工业革命的科学进步之门。同时值得注意的是，威尼斯画派的一些代表性人物如乔尔乔涅（1477—1510）和提香（1490—1576）等人与前述三位绘画大师主要创作宗教题材绘画有所不同，他们创作了不少描画世俗生活题材的作品。他们创作的一些非基督教题材的人物和风景画作，尤其是对女性人体的丰满形象进行的真实描绘，充分反映了16世纪意大利城邦国威尼斯的繁荣富裕生活场景。与之相呼应的是政治实用主义挑战了宗教道德主义，例如马基雅维利等政治理论家高度重视从宗教体制转入世俗政治的研究，反映了世俗的功利主义等资本主义价值观念。例如，认为君主要兼有人性和兽性的马基雅维利在《君主论》中提出，"人们必须像军队的统帅和共和国的领袖那样，争得世俗荣耀，否则宗教绝不会赐福于他们。然而，我们的宗教却不鼓励实干者，它只赐福于谦卑的默祷者，认为谦卑和鄙视世俗之物是至善。"[1] 与马基雅维利同时代的圭恰尔迪尼进一步阐发了追求现实利益和世俗荣誉的实用主义思想，认为赞誉和不朽只会与胜利者站在一起，而失败者则要承担起恶的罪名。这些政治思想观念都是早期资本主义城邦制国家的政治现实的反映，也是对罗马教会道德观念和神学思想的明显背离。所以说，从但丁、彼特拉克和薄伽丘等早期文艺复兴代表性人物倡导俗语写作和张扬人性开始，意大利近现代文化思想史就与各城邦共和国的资本主义发展史几乎同步演进着。在这一历史的进程中，迅速发展的近代工商经济和市民社会改变了佛罗伦萨、热那亚和威尼斯等地的文化环境，促使启蒙思想的萌芽在这些地区逐渐孕育、破土、发芽。薄伽丘所处时代的俗语写作和市民意识的兴起具有重大的思想进步意义，显示了在意大利一些城邦国家开始出现从"神"到"人"的思想观念的转变，而俗语创作的文学作品进一步传播了新兴资产阶级的文化政治观念体系。实际上在意大利文艺复兴运动的后期，由托斯卡纳方言形成的俗语文学创作已经有了厚实的社会基础。当时在佛罗伦萨的执政官洛伦佐·美第奇的庇护下，许多作家和艺术家来到佛罗伦萨进行艺术创作，而美第奇本人也常常以创作诗歌为荣。其他意大利城邦国家的统治者也笼络了一批文学艺术家进行创作，因而在15世纪末和16世纪初形成了意大利近现代文学的一个高度繁荣时期。由意大利民族俗语书写的诗歌、小说、戏剧和理论等全面兴盛，并为现代意大利民族语言的成熟和流行奠定了坚实的文化基础。所以说，意大利诸城邦国家最早开始摒弃以拉丁语书写的神圣罗马帝国官方文化，并在托斯卡纳地区方言基础上建立了新的民族语言和书写体系。从14世纪开始，由地方性语言书写的民族文

---

[1]　Niccolò Machiavelli, *Discorsi sopra la prima deca di Tito Livio*, Libro II, Cap. II. 本处转引自王军、王苏娜：《意大利文化简史》，外语教学与研究出版社 2010 年版，第 249 页。

学成了意大利近现代文学的经典谱系滥觞，即从但丁和彼特拉克开始一直到哥尔多尼和帕里尼等人的文学创作所构成的近现代意大利民族文学的传承脉络。

但是，意大利诸城邦国家在经历了两个多世纪的繁荣发展之后，在资本主义大扩张的进程中却逐渐被边缘化。地理大发现和西欧诸国的工业革命削弱了意大利的经济实力，正如马克思指出的，"15 世纪末开始的世界市场的革命破坏了意大利北方的商业优势。"[①]经济停滞以及其他的政治因素导致了意大利文艺复兴运动的衰落。16 世纪以后，意大利受到了两个巨大的政治挑战：其一是西班牙贵族和军队对于意大利诸城邦国长期的殖民主义统治，其二是罗马教廷反对宗教改革活动的长期猖獗。1559 年，法国在对西战争中失败，被迫和西班牙签订了《卡托·康部雷齐和约》，并彻底放弃了在意大利北部地区的控制权。于是，信奉天主教的西班牙君主势力完全控制了意大利。同时，由教会设立的宗教裁判所和严格禁书令等导致了文化大倒退，例如薄伽丘的作品《十日谈》以及其他人文主义代表作品都被删改或禁止，而一些传播先进思想的意大利学者如布鲁诺（1548—1600）由于宣扬和发展了波兰天文学家哥白尼（1473—1543）的"日心说"而被处以火刑。在西班牙战胜法国取得对意大利的控制权以后，天主教会在西班牙君主的支持下对异教徒进行了大规模的迫害。意大利境内许多文艺复兴以来的文化名人受到迫害，如诗人塔索等人；而西班牙境内的犹太教和伊斯兰教徒被迫改宗基督教或迁徙异国，还有多达两万多的妇女在 1560 年到 1630 年间被以女巫的名义处以火刑。[②]

与此同时，西欧诸国的经济崛起导致贸易中心的转移，而奥斯曼帝国的扩张则阻碍了意大利经济赖以繁荣的地中海商贸通道。另外，西班牙外来统治者的经济倒退措施也危害了意大利各城邦国一度兴旺发达的纺织业和银行业。这样，南欧的意大利逐渐从原先西方世界的文化中心沦落为被"殖民"的边缘地带，而工商业的凋零和西班牙统治者的腐败进一步加剧了这种衰落的趋势，使得意大利没有及时地进

---

① [德] 马克思：《资本论》第 1 卷，人民出版社 2004 年版，第 2004 页。

② 王军、王苏娜：《意大利文化简史》，外语教学与研究出版社 2010 年版，第 823 页。

入工业革命进程之中，而是倒退到以农业和手工业为主要经济生产方式的前工业阶段。这种历史倒退对于意大利的"文艺复兴—启蒙运动一体化进程"是一个很大的挫折，而对于意大利人民建立统一的现代民族国家的理想更是一个沉重的打击。从欧洲各主要国家在工业革命以后的发展全局来看，意大利本来有可能在走出中世纪以后最早实现工业革命和现代化建设，但事实是它最终落在了英国、荷兰以及法国之后。但是，如果从历时性的全局视野中看，意大利最早出现的资本主义工商经济和市民社会构成了现代资产阶级价值观念的物质基础，而正是在这一经济基础之上产生了佛罗伦萨和热那亚等地的市民人文主义和启蒙主义思想萌芽。在意大利遭受外族入侵和教会反攻等历史挫折之后，意大利的市民人文主义和启蒙主义萌芽传播到了英国和法国等地，并在那里逐渐形成了宏大的历史变革浪潮。① 在这一传播过程中，意大利近现代俗语文学经典产生了重大的文化影响，例如英国、法国和荷兰等国的作家或学者就从意大利文艺复兴时期的经典作品中获得了很大的教益。当启蒙主义思潮随着西欧诸国社会变革而不断高涨之际，意大利又受到了英法等国启蒙运动的影响，并且产生了本民族的启蒙文学经典之作。这种巡回或流转的思潮轨迹其实说明了一个道理，即欧洲诸国在近现代历史变迁中或迟或早都卷入了西方资本主义经济和社会发展的进程之中，只是各民族国家的卷入时间和发展进度不尽相同，而有些国家更是经历了曲折的弯路。人们从这样一个历时性视野中还可以看到西方诸国的现代化进程所具有的共时性特征，即这些国家的现代化进程与工业化、城市化、民主化和世俗化等重大变迁是同时产生、互相促进的；这些重大历史变迁的主要指导思想就是启蒙主义思潮所引发的现代资产阶级价值观念和社会理想，其中以自由竞争和市场机制、民主理念和法治原则、人道思想和个人主义等思想观念的影响最大。

---

①　意大利早期资本主义工商经济的发展带来了普通人的解放，即平民阶层的形成和这一阶层开拓创造活力的解放。因此，意大利早期城邦资本主义国家的发展对整个欧美国家的启蒙运动和现代民族国家建设产生了重要的影响。这方面的典型例子有带来了美洲大发现的哥伦布（Cristoforo Colombo, 热那亚航海家）和亚美利哥（Amerigo Vespucci, 佛罗伦萨人）；前者在1492年发现了美洲新大陆，后者在1501年到达巴西。

　　在意大利后期人文主义文学创作中，阿里奥斯托和塔索等人创作的叙事诗虽然带有中世纪文化的烙印，但是，不论是前者的《疯狂的罗兰》还是后者的《被解放的耶路撒冷》都注重描写人间的爱情，尤其是不同宗教和不同文化背景的男女青年的爱情故事。这一共同的题材集中于叙述人性诉求和世俗欲望，在相当大的程度上延续了文艺复兴时代的人文主义精神，而这种文学主题和世俗题材在意大利启蒙文学中也得到了经典性的传承。在这种文学传承的影响下，意大利的文化艺术一方面受到外族统治者和罗马教会的双重压制，另一方面也延续了人文主义精神和科学理性意识。在 16 世纪末和 17 世纪初，一位伟大的意大利科学家伽利略（Galileo Galilei, 1564—1642）以现代天文学的知识颠覆了教会的神学权威，以天文望远镜观测的实际结果证实了哥白尼和布鲁诺等人的"日心说"理论，破除了基督教和《圣经》中有关"地心说"的迷信。另一位意大利学者马尔皮基（Marcello Malpighi, 1628—1694）经过自己多年的观察和实验，并借助显微镜技术系统地研究了人体的循环结构和功能，为现代医学的进步做出了很大的贡献。可以说，西方近代史上的重大科学发现和技术进步都有着意大利学者的劳动甚至献身，而这些科学技术的创造性成就也促进了启蒙主义思想的传播和发展。由于科技进步在意大利城邦制共和国中最早出现，进而推动了社会的城市化和经济的大发展。尽管意大利在 16 世纪开始遭受了外族政权的控制和教会势力的反扑，失去了在欧洲长达两个多世纪的文化领先地位，但是，意大利诸城邦在文化世俗化、社会城市化、经济市场化、政治民主化和国家民族化五个方面最早形成了资本主义发展的有利趋势，并对意大利民族历史和现实变革产生了多重的影响。虽然意大利的现代资本主义进程后来遭遇了挫折，国家的统一迟至 19 世纪中叶以后方才实现，但是，由于欧洲诸国的文化传播和人员流动随着资本主义工商业的发展繁荣而增强，特别是印刷资本主义的出现加快了这一传播过程，因此从欧洲范围来看，意大利市民人文主义思潮和现代城邦社会形态对于 17—18 世纪的社会变革和启蒙运动来说是两份重要的文化政治遗产。正是由于传承了本地区人文主义和启蒙主义的思想萌芽，意大利启蒙主义文学中出现了一些重要的代表性人物，例如哥尔多尼（1707—1793）、贝卡利亚（1738—1794）、戈齐兄弟（1713—1786；1720—1806）、帕里尼（1729—1799）和阿尔菲耶里（1749—1803）等人。另外，康帕内拉（1568—1639）、维柯（1668—1744）和巴雷迪（1719—1789）等人对于意大利文化思想的现代化进程也产生了重大影响，他们的理论著述对意大利民族的启蒙文学发展建树良多，而哥尔多尼等启蒙作家的创作对西方文学的经典传承更是功不可没。

　　然而，意大利的近现代历史发展轨迹十分曲折，尤其在经历了14—15世纪二百多年文艺复兴盛世之后，意大利又很快地经历了近三百年的异族统治和民族分裂状态。这个欧洲最先出现文艺复兴运动和经济繁荣的国家直到1861年才基本实现了政治统一。但是，此时的意大利文化和经济状态却仍然处在落后的农业国状态。在文化上，由于长期的分裂和割据状态，意大利语言还没有遍及全境各地，早期人文主义时期成长起来的托斯卡纳—意大利语并没有化解各地方言的文化壁垒，因此也难以建立统一的民族文化体系。当时在全意大利2500万人口之中，只有2%即60万左右的人会说、会写意大利语，而另外98%的意大利人只会说当地方言，而且没有读写的能力。[①]在经济上，意大利直到19世纪中期还是一个以农业生产为主的落后国家，其市场化的进程遭到长期民族分裂状况的阻碍，语言、货币、度量、交通和法制等方面的统一规范也没有形成。因此，与英国、荷兰和法国等国家比起来，意大利的社会发展在17—18世纪期间基本处于停滞状态。也正因为这样的历史滞后性和诸城邦发展的不平衡性，意大利民族文化和文学艺术的发展才更值得人们注意，因为那些为数不多的思想家和文艺家跟上了整个欧洲文化的前进步伐，接受和传播了先进的启蒙思想。法国学者斯达尔夫人曾经指出过意大利社会和文化的特殊性："在意大利，诗歌和美术以其无法模仿的魅力促进了形象思维，……宗教迷信曾试图迫害伽利略，而意大利的许多诸侯却向他伸出援助之手。"[②]这种特殊性说明了意大利的罗马神权和城邦王权之间存在着激

---

① 参见王军、王苏娜：《意大利文化简史》，外语教学与研究出版社2010年版，第344页。
② [法]斯达尔夫人：《论文学》，徐继曾译，人民文学出版社1986年版，第129—130页。

烈的思想政治斗争，而意大利民族文化和现代思想形成在一定程度上也就得益于这种复杂的政治局面。正是在意大利新旧势力对峙的局面中，康帕内拉和维柯等人卓然出场，成为产生了全欧洲影响的重要思想家。他们传承了意大利近现代文化思想的主要成就，延续了意大利人文主义的思想血脉，并对后来出现的启蒙主义思潮显示出历史和文化的独特前瞻性。

在 16 世纪的历史进程中，意大利受到了西班牙腓力二世殖民统治和天主教会复辟势力的双重压迫。西欧其他国家的工业革命却迅速地发展，特别是英国和荷兰等地的资本主义工商经济不断地向外扩张，进而导致了西方诸国的民族意识高涨和现代文化转型。在这种形势下，英国的托马斯·莫尔（Sir Thomas More，1478—1535）和尼德兰（荷兰）的伊拉斯谟（Desiderious Erasmus, 约 1466—1536）等人的论著体现了先进的民主政治思想，对后来在意大利等国出现的启蒙主义思潮产生了一定的影响。莫尔虽然是一位保守的天主教人士，但他的著作《乌托邦》开创了近代空想社会主义的先河；同时，他对于君主专制制度的批判，对于资本主义原始积累罪恶的揭露，以及他对于世俗大众特别是贫穷农民的同情和赞誉等都体现了人文主义的思想光辉，也表达了有关建立平等、自由和民主社会的理想。莫尔的政治学说显然已经带有启蒙主义理想的一些特征，而他对意大利康帕内拉等思想家的积极影响更是不可小觑。

作为托马斯·莫尔好友的伊拉斯谟是尼德兰的一位著名人文主义思想家，一生是虔诚的天主教徒，长于用拉丁文撰写论著。他是一名私生子，其父母在 1483 年死于鼠疫之前一直照料他的生活。伊拉斯谟 25 岁时成为了一名神父，并在修道院里成为了一名古典学者。伊拉斯谟曾经在意大利、法国和英国等地访问和游历，在巴黎获得神学学位，并在英国剑桥大学住过一段时期。他曾经翻译整理了希腊文版的《圣经·新约》，而马丁·路德再据此本译成德文，从此风行天下。伊拉斯谟所写的著作有《基督教骑士手册》和《论儿童的教养》等，但其最为有名的作品是《愚人颂》。伊拉斯谟的人文主义思想中带有基督教的基本观念，他也反对马丁·路德的宗教改革主张，但是他却始终批评罗马天主教会的放纵和腐败行径，甚至拒绝了罗马教廷授予的枢机主教职位。所以说，他的人生轨迹与托马斯·莫尔有不少相似之处，即两人都是虔诚的天主教徒，但是都对教会的腐败和社会不公给予了尖锐的揭露；两人都同情普通民众的苦难，但是又都主张渐进式社会改良；两人都对古希腊文化典籍熟读于心，善于用拉丁文写作，但是都对本民族语言书写的文学经典产生了重要的影响。

托马斯·莫尔和伊拉斯谟虽然不是意大利人，但是他们都熟悉意大利人文主义思潮的思想要旨，而他们对于古希腊罗马文化的研习和熟悉也有助于他们的思想在意大利的传播。当意大利近代文化思想从早期人文主义发展到市民人文主义之际，意大利诸城邦的近代工商资本主义经济也在蓬勃发展，因此个人主体意识和民主自由意识也不断高涨。尽管意大利遭受到外来统治和天主教会的双重压迫，但是，由于当时欧洲诸国之间人员交往和文化交流的频繁，现代社会价值观和资本主义精神也就不断地在意大利传播和复苏。同时，意大利长期的城邦分裂状态导致了意大利各地区的发展不平衡，因而也产生了文化政治形态的多样性。这种特殊的人文地理环境决定了西方诸国的文化同源性和发展互动性，因而也为意大利启蒙思潮的兴起奠定了文化思想的基础。正是由于存在着这样共同的思想基础，意大利文艺复兴运动及其成就才能够引领欧洲人文思潮二百年，即使16世纪以后意大利的现代民族国家建构进程遭遇了重大挫折，但是它在文化思想上仍然与后来崛起的英国、荷兰以及法国有着千丝万缕的联系。实际上，我们可以从托马斯·莫尔、伊拉斯谟到康帕内拉等人的经典论述中找到一条寻求人类俗世幸福的思想脉络，而这条人文思想脉络也进一步把整个欧洲文艺复兴运动和启蒙主义运动联系了起来。

在西方文艺复兴到启蒙运动的一体化进程中，托马斯·莫尔的空想社会主义观念出现在16世纪初期，但是其深远的影响却经过伊拉斯谟、康帕内拉、圣·西门一直延伸到马克思和恩格斯。因此，从人文主义—启蒙主义一体化进程的视野来看，莫尔的观念既有古希腊政治文化的传承，也有早期意大利市民人文主义的影响，更有地理大发现和工业革命等资本主义扩张时期文化观念转型的影响。正如恩格斯在论述托马斯·莫尔的著作所指出的，他的思想观念具有"人道主义"的精神，并进一步发展成为"天主教的耶稣会精神"，但仍然代表了 15—16 世纪的"资产阶级启蒙运动的第一种形式"。[①] 不过，15—16 世纪之交的欧洲资本主义发展仍然处于初期阶段，大规模的工业生产和现代社会秩序还没有形成，因此托马斯·莫尔的乌托邦理想也只能是古代农业—手工业的社会理想加上基督教救世观念的综合体。但是，莫尔的社会理想中还体现了浓厚的市民阶级意识，而这种市民阶级意识正是意大利市民人文主义的核心观念，也是启蒙运动时期广大第三等级反对贵族和君主专制政体的核心思想。恩格斯在《自然辩证法》的导言中曾经论述过市民阶级在文艺复兴时期的历史功绩，认为"从十五世纪下半叶开始的时代，国王的政权依靠市民打垮了封建贵族的权力，建立了巨大的、实质上以民族为基础的君主国，而现代欧洲国家和现代的资产阶级社会就在这种君主国里发展起来。"[②] 恩格斯的分析既是对意大利和英国等地社会变革的精辟总结，也是对 15—16 世纪欧洲民族国家转型的洞察。

由于传承了文艺复兴的巨大文化成就，15 世纪下半叶以降的意大利在文学、艺术和学术等领域出现了前所未有的繁荣，例如俗语文学的兴旺，阿里奥斯托和塔索等人的诗歌经典创作，达·芬奇、米开朗基罗和拉斐尔等人的传世绘画，马基雅维利和圭恰尔迪尼等人的新政治学，再有哥伦布等人对于美洲新大陆的发现，等等。这些名垂青史的人物多是意大利市民阶级的成员，与但丁和薄伽丘等人在社会阶层属性上有着很多相似性，而在文学艺术经典传承上也是血脉相通的。对于意大利诸城邦国来说，市民阶级对贵族和教会远不如对邦国君主忠诚，而在那些由大金融家如美第奇家族统治的佛罗伦萨等地，市民阶级更是积极地参与了现代社会秩序的建构过程。由于意大利得益于一度繁荣的地中海贸易和纺织业等工商经济，并在欧洲最早出现了孕

---

① [德] 马克思、恩格斯：《马克思恩格斯论文学与艺术》上册，人民文学出版社 2002 年版，第 390 页。

② [德] 马克思、恩格斯：《马克思恩格斯论文学与艺术》上册，人民文学出版社 2002 年版，第 367 页。

育资产阶级社会的城邦共和国，因而吸引了许多外国游客和商人。托马斯·莫尔和他的朋友伊拉斯谟都在意大利旅行过，他们的思想带着恩格斯所说的那种反封建的现代政治意识。伊拉斯谟曾经作为《乌托邦》的出版监制人而参与到该书的传播过程中，而在伊拉斯谟的著名论文《愚人颂》里也常常表现出与莫尔类似的反对贵族和教会专制的思想倾向。在这篇受到莫尔不少鼓励而写成的著作中，伊拉斯谟揭露了僧侣们的虚伪，指出了教士们的愚蠢，批评了奸商们的贪婪。他写道：那些僧侣"就是用污秽、无知、土气、傲慢无礼来为我们扮演着使徒们的生活；""基督教似乎是和某种愚蠢同类，和智慧没有任何渊源；""假若一个商人在作伪证时踟蹰犹豫，因说谎被捕时涨红了脸，在进行盗窃和重利盘剥时，让他自己受到不合适的顾虑之影响，那他怎能赚大钱呢？"① 伊拉斯谟的反讽式言辞辛辣地抨击了教会和僧侣的虚伪愚昧，同时也尖锐地揭露了商人阶层唯利是图、说谎造假等劣行。如果说《愚人颂》的批判锋芒是从反面来提倡德行和理性的必要的话，那么，托马斯·莫尔在《乌托邦》中就是从正面来歌颂德行和理性的永恒价值。当然，不论莫尔还是伊拉斯谟，他们都没有全然否定基督教的原教旨教义，而是主张某种改良式的宗教改革。他们的这些思想在意大利思想家康帕内拉的论著中再次得到了阐发，因而也在英国、荷兰和意大利人文主义和启蒙主义传承脉络上建起了思想沟通的桥梁。需要注意是，15—16世纪人文主义的思想传播与当时欧洲诸国商品经济和国家间贸易的活跃有关，也与欧洲诸民族国家的政府或君主往往采取不同的文化政策有关。思想的跨国家自由传播与当时欧洲开始的民族国家建构和拉丁文化裂变几乎同步，而各君主国之间的势力竞争也在一定程度上助长了这种趋势。由于资本主义发展的不平衡性，新兴的民族国家如英国、法国以及新独立的荷兰等国在经济等方面有了巨大的进步，并对其他相对滞后的欧洲国家产生了很大的影响。休谟在《论艺术和科学的诞生和进步》一文中认为，欧洲各民族国家通过商业和政治联系在一起，它们之间的互相竞争并不妨

---

① ［荷］伊拉斯谟：《愚人颂》，见周辅成编：《西方伦理学名著选辑》上卷，商务印书馆1964年版，第408—411页。

碍各自文化的繁荣和人员交流，而民族国家的文化多元化颠覆了神圣罗马帝国和教廷的文化专制秩序，有助于人们培育起自主思想和批判精神。[①] 例如，意大利人文主义学者康帕内拉曾受到西班牙占领当局的严酷迫害，但他后来被释放后就流亡到法国长期居住。这种跨国家之间的文化交流和人员流动促进了先进思想的传播，鼓励了资产阶级思想家不断地反抗君主专制和教会控制。这种现象在启蒙运动时期更甚，例如法国的伏尔泰曾一度到英国去避难近 3 年，由此获得了对英国政治改革的直接认识，为他宣传英国资产阶级革命提供了素材；伏尔泰还曾应普鲁士国王腓特烈二世之邀去柏林，做过一段时期的宫廷侍从，传播了启蒙思想。

由于意大利独特的历史变迁，所以该地区在经历了 14—15 世纪的早期资本主义工商经济繁荣之后逐渐衰退，而西班牙军队的占领和罗马教会的反攻更是加剧了这种衰退。可是，由于跨国间思想自由传播的促进作用，意大利的人文主义思潮并没有因此而断裂，而且一直延伸到了启蒙思想的形成和发展。在这一个漫长的思想演变阶段中，康帕内拉的贡献极大，因为他不仅以《太阳城》一书对现代社会政治理想进行了描绘，而且以自己创作的许多十四行诗为意大利民族文学的复兴做出了贡献。托马斯·康帕内拉（Tommas Campanella, 1568—1639）1568 年出生在意大利南方的卡拉布里亚，自幼喜爱诗歌。他在14 岁时进入修道院当修士，很快就沉浸在修道院的古代典籍中，饱读了古希腊罗马典籍和中世纪思想家的经典著作。他 16 岁时开始写作十四行诗，留下了不少精品佳作。但是，康帕内拉不是一位顺从的修道士，而是具有独立人格和思想见解的反叛者。他从 1591—1597 年的6 年间就因发表反宗教著作 3 次坐牢。1591 年，康帕内拉因《感官哲学》一书的出版而第一次被宗教裁判所逮捕。1597 年底，他在受监禁6 年之后获释，并被勒令返回那不勒斯故乡。但是，他却来到罗马、佛罗伦萨、波尼亚和威尼斯等地游历，最后在帕多瓦地区的贫民区找到了一个家庭教师的职业，同时积极地思考着意大利民族的命运等

---

① ［法］茨维坦·托多罗夫：《启蒙的精神》，马利红译，华东师范大学出版社 2012 年版，第 149 页。

问题。他积极参加了反抗西班牙哈布斯堡王朝殖民占领的民族解放运动，并因此在 1599 年 9 月被西班牙当局逮捕，关进监狱达 27 年之久。在狱中，康帕内拉受到了严刑拷打，但他始终没有屈服。他在狱中有时装作疯狂，私下却用藏起来的笔进行写作。1601 年下半年，他在狱中写成了具有深远影响的《太阳城》一书，以后又写了《论最好的国家》一文，发展了《太阳城》所表述的空想社会主义的理想。1616 年，他写成了《捍卫伽利略》一书，以《圣经》中的引文为伽利略进行辩护，说明伽利略的看法与《圣经》主旨并无违碍。他于 1628 年 7 月获释，很快就又投入到民族解放运动中去，在那不勒斯等地组织人民进行反西班牙占领军的起义。1634 年，康帕内拉因为遭遇叛徒告密而被西班牙当局追捕，于是匆忙逃亡到了法国。他在法国巴黎的五年间专注于修改和出版自己的著作，还撰写了许多政治评论文章，抨击西班牙的殖民统治，呼吁法国政府支持意大利人民的解放斗争。1639 年 5 月，康帕内拉病逝于巴黎。

在《太阳城》中，康帕内拉采用了对话体裁，借助一位热那亚航海家和一位朝圣香客招待所管理员之间的对话来描述一个全新的、不为人知的外邦社会。在这个社会里，人们没有私有财产，一切成员按照平等的原则进行消费，人人参加劳动生产，儿童由国家抚养教育，每个人都接受良好的教育，人民尚武，男女自由交欢，房屋和食宿都是公有，全城由一位名叫"太阳"的祭司进行统治，他手下有三位领导者，分别叫做"威力""智慧"和"爱"。这是一个在欧洲从没有过的理想社会，全城由有知识和有德行的贤人来管理，而不是依靠那些凭借血统或裙带关系占位的权势者。太阳城的学者们景仰哥白尼，不承认亚里士多德是哲学家，信仰唯一的上帝，但又尊敬人类和太阳。康帕内拉写道："太阳城的居民却在一切公有的基础上采用这种制度。一切产品和财富都由公职人员来进行分配；而且，因为大家都能掌握知识，享有荣誉和过幸福生活，所以谁也不会把任何东西攫为己有。"[1]他把太阳城里的居民享有的追求幸福生活的权力视为天赋的、

---

[1] ［意］康帕内拉：《太阳城》，陈大维等译，商务印书馆 1980 年版，第 10 页。

人人享有的权力，这就使他的观点带有强烈的社会主义的色彩，而这种人人平等的观念却来自于他对基督教义的扩展认识。所以，他在《论最好的国家》一文中也写道："圣托马斯公平地指出，给予所有权是为了管理和掌握财产，而财产的使用权是公有的。教皇是上帝的奴仆，皇帝则是教会的奴仆。"[①]这种公有思想一方面带有空想的性质，另一方面却启迪了启蒙主义有关平等和民主的思想。实际上，康帕内拉以激情充沛的文字表达了消除贫富差距的愿望，主张国家管理任人唯贤，呼吁妇女参与社会工作，倡导宗教宽容精神，赞许前膛火枪和印刷机器等技术发明带来的时代进步等。在《太阳城》中，他还驳斥了西班牙人发现美洲新大陆的说法，认为是意大利的热那亚人（哥伦布）发现的新大陆，而这又是在上帝旨意的指引下取得的；同时，他还强调人类理智的重要作用，"因为这个国家的生活基础是受到天赋理智支配的。因此，国家的公民仿佛像多神教一样，都受到基督教的教导。"[②]康帕内拉虽然受到基督教思想的深刻影响，即恩格斯所指出的那种与托马斯·莫尔相似的基督教耶稣会的思想，但是他的不少观点却在后来的启蒙运动中得到了人们的发扬和坚守。例如，他对于人类理智的强调是法国启蒙思潮的一个重要内容，他关于人人追求幸福的呼唤可以在美国的《独立宣言》中找到回声，而他对于西班牙殖民统治的不满也在后世民族解放运动中得到了人们的肯定。事实上，康帕内拉不仅是一位具有时代进步意义的思想家，而且是意大利民族独立和解放的参与者。所以说，康帕内拉个人身上具备了寻求民族解放和宣扬社会主义的两种文化政治身份，或者说，他既是民族的救亡者，也是思想的启蒙者。

更为重要的是，康帕内拉的诗歌创作对于意大利民族文学经典的传承做出了很大的贡献。在他的那些充满政治理想的诗歌中，康帕内拉在诗作"论宇宙间重大罪恶的根源"中写道："自私自利是主要的罪恶根源，它是以无知作为丰富的养料。我到世界上来就是为了击溃无知的。"在"论平民"这首诗中，康帕内拉表达了对于平民大众的复

---

① ［意］康帕内拉：《太阳城》，陈大维等译，商务印书馆1980年版，第89页。

② ［意］康帕内拉：《太阳城》，陈大维等译，商务印书馆1980年版，第71页。

杂感受。他写道：

　　一只花花绿绿的巨兽——平民。
　　它不知道自己的力量，只知道绝对服从。
　　……
　　而对于那些用废话蒙哄它，压迫它的思想的人来说，
　　它又是多么可怕啊！
　　……
　　如果有人教会它怎样做，
　　那么，它终究会杀死他。①

　　这首诗歌的战斗性是毋庸置疑的，因为诗人所强调的是平民百姓的力量，所担忧的是平民百姓的愚昧，所警告的是那些愚弄人民的权贵，所预言的却是平民百姓起来反抗的前景。如果人们联想到一百多年以后法国大革命所表现出来的平民怒火，那么，人们就更有理由去高度赞赏康帕内拉诗歌中的激扬文字和反叛精神了。对于康帕内拉的这种赞誉有着西方文化思想史的缘由，因为他在《太阳城》等著作中表达的空想社会主义传承了柏拉图的《理想国》思想，还带有浓厚的早期基督教有关上帝面前人人平等的思想；更具代表性意义的是，他与托马斯·莫尔、伊拉斯谟和闵采尔等人都发扬了人文主义的社会理想，对启蒙时期法国的孟德斯鸠、卢梭、狄德罗和伏尔泰等人的自由、平等和理性等观念产生了相当的影响。对于意大利民族文化复兴和近现代文学经典的传承来说，康帕内拉反对西班牙殖民统治的政治活动和唤醒平民大众的文学创作是互相激励的，二者都具有思想传承的历史意义。正是经由康帕内拉的努力，14—15世纪以来的意大利人文主义思想得以传承下去，并经过16—17世纪的广泛传播，直到18世纪以后进一步推动了意大利民族文化的复兴和启蒙文学的繁荣。所以说，意大利现代启蒙主义的思想萌芽早就孕育在14世纪的市民人文主义思潮之中；但是只有在康帕内拉的文化思想论著中，人们才看到

① ［意］康帕内拉：《太阳城》，陈大维等译，商务印书馆1980年版，第92—93页。

了意大利人文主义和启蒙思潮之间贯穿着的一根思想红线，进而形成了与 18 世纪欧洲启蒙思潮相呼应的思想传承轨迹。

第三节　意大利启蒙文学的经典传承

在西欧的英国和荷兰等国家正在朝着经济市场化、文化世俗化、社会城市化、政治民主化和国家民族化等方向不断迈进的时期里，南欧的意大利人民却仍然面临着争取民族独立的重大历史使命。在近代欧洲诸民族国家从拉丁文化霸权中裂变出来之后，各国之间的国家利益之争和资本主义竞争等进一步把意大利诸城邦国卷入了时代变革浪潮之中。同时，由于工业革命带来了生产方式的转变，由此导致了经济基础和社会观念的转变，进而促进了整个西方在文化思想上的巨大转变。从历时性的视野中看，文艺复兴到启蒙运动的思想观念转变实质上是一场以资产阶级为主体的新文化运动，其中有关人性、人权、自由、民主、平等、博爱、理性和科学等新的价值观念体系就是在新兴经济基础之上形成的上层建筑，是西方社会从中世纪向现代社会转型时期文化思想解放的结晶。在形成这些现代价值观念的过程中，启蒙主义的文学创作和批评理论发挥了十分重要的思想建构作用，例如维柯的论著《新科学》、哥尔多尼的喜剧《一仆二主》、帕里尼的讽刺诗《一天》以及阿尔菲耶里的悲剧《索尔》《布鲁托》和《米拉》等就是意大利启蒙文学思潮中的代表性作品。这些作品通过开创性的情节构思、典型人物的性格塑造、市民大众的艺术形式、现代意识的主题意旨和民族语言的规范书写等方面为 18 世纪意大利的启蒙文学和思想建设做出了很大的贡献。

意大利作为一个继承了古罗马文化的半岛国家，其民族文化传承中既有南方地中海沿岸商贸经济的海洋文明，又有北方伦巴第和托斯卡纳平原地区农耕经济的大陆文明，而古希腊罗马多神教的影响和基督教一神教的主宰和专制进一步加重了这个地区文化习性的不平衡性：海洋文明的冒险、自由精神和农耕文明的实用、集体观念互相交错；多神论导致的圣俗一体意识与一神论强调的来世获救意识之间不断产生冲突。阎宗临认为，虽然意大利文艺复兴运动促进了个人意识的觉醒，但是意大利人的国家意识形成很晚。中世纪以来，古罗马文化、基督教文化和北方蛮族（日耳曼）文化构成了神圣罗马帝国的三大要素，但是这三大要素"不能维持他们的平衡。所以致卫教冲突，灵肉轻重的斗争，民族间的仇怨，不断地排演出来；"结果导致了意大利长期不能获得统一。[①] 这种独特的历史进程在 18 世纪的意大利仍然没有真正转变，"意大利只是一种地理表述，不是单一的政治体，而是由半岛之外野心勃勃的王朝君主和帝国缔造者所控制的一系列地区。"[②]

15 世纪末开始，意大利地区的诸城邦国逐步落入了西班牙和法国的殖民统治范围。西班牙查理一世在 1519 年当选为神圣罗马帝国的皇帝，后又担任了奥地利大公，随即就依靠各地贵族和军队镇压了西班牙市民阶级的反抗，取消了各城市的自治权力，并联合天主教会和教皇势力在西班牙和意大利掀起了反宗教改革运动。法国 1526 年的战败使西班牙在意大利的殖民统治进一步得到巩固，法国从 1494 年开始对意大利的入侵和控制受到了遏制。但是，而意大利人民并不屈服于外来殖民统治，他们不断进行反抗斗争，试图重新恢复意大利的民族独立和统一。1527 年到 1530 年间，意大利佛罗伦萨爆发了反抗西班牙人的市民起义，1647 年意大利的西西里和那不勒斯爆发激烈的民族起义再次打击了西班牙在意大利的殖民统治。在这段时期内，尼德兰在 1566 年爆发了反抗西班牙统治的民族革命，并在 1581 年宣布成立荷兰共和国（尼德兰联合共和国）。接着，英国舰队在 1588 年打败了西班牙"无敌舰队"，法国军队在 1598 年彻底驱除了西班牙势力。17 世纪尼德兰的经济繁荣和 1640 年葡萄牙的独立进一步削弱了西班牙的帝国统治，直到 1648 年《威斯特伐利亚和约》的签订标志着西班牙霸权在欧洲的衰落。这一条约的签订也意味着各国开始了独立的民族文化建构进程，而天主教会对于新教徒的遏制和迫害也被迫停止了。1713

---

① 　阎宗临：《欧洲文化史论》，广西师范大学出版社 2007 年版，第 35—37 页。

② 　[美] 罗宾·温克等：《牛津欧洲史》第 2 卷，赵闯译，吉林出版集团 2004 年版，第 114 页。

年，西班牙王位被具有法国血统的菲利普五世所继承，西班牙失去了在意大利米兰、撒丁和那不勒斯等地的殖民统治。1720年，奥地利哈布斯堡王朝在意大利的伦巴第地区开始了比较开明的殖民统治，削弱了贵族的特权如免税法等，还废除了宗教裁判所和农奴制等。18世纪的意大利诸城邦国在奥地利的统治下开始了经济改革和文化开放的新进程。[①] 在经济上，米兰、威尼斯和佛罗伦萨等地开始与欧洲各大国进行商业贸易活动，当地出产的小麦、葡萄、橄榄和纺织品等成为主要的出口商品，而14—15世纪就曾一度繁荣的金融业和手工业也开始复兴。随着资本主义工商经济的逐渐复苏，各城邦国内的市民社会和通俗文化也兴旺起来，而欧洲各国之间的商贸活动和文化交流进一步推动了文化市场形成和艺术观念转变。这些变化虽然缓慢，但是却孕育了新的时代精神和价值观念，助长了新的社会秩序逐渐形成。正如罗宾·温克等人在《牛津欧洲史》中所指出的，欧洲进入了18世纪以后，新的社会结构和文化秩序开始形成，因为此时：

> 一个更加庞大的中产阶级出现了，对能够使生活更为舒适而价格适当的工业品的需求在增长，识字率在不断提高。由于书籍、报纸、音乐会和艺术展览的激增，高层文化大众化了，这帮助扩大了关注政治与艺术的公众规模。"公共舆论"这种长期以来为领导者所恐惧的模糊力量正在获得巨大的权威，甚至君王和国王也认为，他们必须尊重它，至少口头上是如此。[②]

欧洲诸国在1648年《威斯特伐利亚和约》签订以后经历了一个相对稳定发展的时期。各民族国家的资本主义发展进程虽然快慢不一，但是，宗教改革以来出现的文化多元化倾向在诸民族国家间得到了扩散。在18世纪开始之际，英法等国已经形成了强大的中央集权型的君

---

① 1556年，西班牙国王和神圣罗马帝国皇帝查理五世退位，并将西班牙和低地（尼德兰等地）分封给儿子菲力二世，将奥地利和哈布斯堡王朝的主要地盘分封给弟弟费迪南一世。自此，原来的西班牙帝国一分为二，两个地区的经济、文化和社会的发展也逐渐出现分野，最终形成了不同的现代历史发展轨迹。

② [美] 罗宾·温克等：《牛津欧洲史》第2卷，赵闯译，吉林出版集团2004年版，第4页。

主立宪或君主专制国家，而这种统一的现代民族国家对于其他处于分散割据状态的地区如德意志或意大利来说就是鲜活的样板。值得重视的是，意大利的现代民族国家建构与启蒙主义思潮具有相互推动的作用，或者说，民族文化和文学艺术的经典传承在意大利民族独立和国家统一过程中发挥了重要的认同作用。与其他地区和民族有所不同的是，意大利人传承了古罗马的辉煌文化遗产，同时也形成了以罗马教廷为核心的基督教文化体系。这两种文化的经典作品一直传承延续，形成了对抗外族殖民统治的民族文化主体力量。在欧洲文艺复兴运动长达数百年的思想影响下，特别是意大利早期人文主义巨大成就的持久影响下，18世纪的欧洲启蒙主义思潮也在意大利诸城邦产生了激荡与回响。罗伯特·勒纳等人指出，17世纪欧洲的科学革命是18世纪启蒙运动的重要推动力量，因为科学发现和技术创新促使人们不是回到过去，而是面向未来进行探寻。于是，新大陆的发现和"日心说"的建立这两大成就改变了人们的基本思维方式，而"此前的经院学者对人类理性的强调和文艺复兴时期重新发现古代希腊典籍有助于使欧洲思想迈进科学之门。但知识变革最直接的原因是十六世纪两项对传统假设的挑战，这就是新大陆的发现以及人们认识到地球围绕太阳运转而不是相反。"①实际上，这两大发现都有着意大利人的重要贡献：新大陆的发现与意大利热那亚人哥伦布的海上探险分不开；"日心说"的主张更是在意大利人布鲁诺（Giordano Bruno, 1548—1600）遭受的火刑惩罚中得到升华。这说明了一个道理，即欧洲启蒙运动的共时性和历时性相交汇特征是十分明显的，即从早期人文主义到后期启蒙思潮的长期进程中形成了历时性延续，并从意大利到英国、法国、尼德兰、德国、俄国、欧洲其他国家以及美国而传播开来的共时性影响。随着资本主义世界市场的形成、科学的迅速发展和新教伦理的广泛传播，现代意大利的民族文化和市民社会逐渐复苏，早期人文主义的思想传承经由康帕内拉等人再度发扬光大，直到启蒙思潮的兴起。

　　18世纪欧洲的波诡云谲掩盖不了旧制度的衰落和旧帝国的瓦解，

---

①　[美]罗伯特·勒纳等：《西方文明史》，王觉非等译，中国青年出版社2003年版，第612页。

而西班牙王朝统治势力和天主教会势力的衰退更加助长了现代理性和启蒙思潮的传播。在这一世纪里，英国的君主立宪体制和工业革命成功导致了法国势力的相对衰退，普鲁士人的民族意识不断高涨导致了德国人对于国家统一的追求，俄国军队在 1709 年的波尔塔瓦会战中击败了瑞典而导致俄罗斯帝国势力的崛起，美国独立战争的胜利则进一步推动了现代西方诸民族国家的独立建国进程。这些国际风云变化所积聚的能量最终在 1789 年法国大革命中爆发了出来，从而给全欧洲也包括意大利的启蒙主义思潮和启蒙文学经典形成做出了厚重的历史背书。法国大革命后的拿破仑军队在 18 世纪末的 1796 年进入意大利本土，战胜了奥地利哈布斯堡王朝军队，使得近代以来第一个统一的意大利王国——撒丁王国（1720—1861）政权得以巩固。虽然在拿破仑战败以后，意大利全境再次成为外族统治者的势力范围，但是意大利人民的民族独立和国家统一意识却更加高涨，直到 1861 年再次建立意大利王国，而 1870 年罗马城归并意大利王国则标志着意大利现代民族国家的真正形成。所以说，意大利 18 世纪启蒙主义思潮的兴起也是意大利民族复兴漫长历程的一部分，而意大利启蒙时期的文学经典作品既是古罗马文化和早期人文主义的传承结晶，也是意大利启蒙主义思潮的时代见证。更值得重视的是，意大利本土的工商经济在加入了欧洲市场后逐渐复苏，发源于 14 世纪城邦社会和工商经济的市民文化传统在此时也迅速地恢复。各种文化媒体如《咖啡馆》《观察家》和《文学批评》等杂志在 18 世纪后期的出现构成了现代社会的公共空间，也为启蒙思潮的传播提供了很大的便利。

在 17 世纪末，米兰、罗马、比萨和热那亚等地的诗人们组织起来形成了著名的"阿卡狄亚诗派"。这些诗人抵制庸俗的文风，摒弃巴洛克艺术的繁缛文体，提倡自然和淳朴的语言，并以古希腊罗马时代的田园牧歌为传承的楷模，试图恢复彼特拉克十四行诗的风格。"阿卡狄亚诗派"的代表性人物有保罗·罗利（Paolo Rolli, 1687—1765）、梅塔斯塔齐奥（Metastusio, 1698—1782）、卡洛·弗鲁戈尼（Carlo Innocenzo Frugoni, 1692—1768）和乔万尼·梅利（Giovanni Meli, 1740—1815）等人。其中的诗人保罗·罗利曾经在英国伦敦给英王乔治二世的子女做过 18 年的家庭教师，其创作的抒情诗富有音乐感；梅塔斯塔齐奥为意大利音乐剧增加了叙事内容，促进了意大利歌剧的成熟与繁荣；卡洛·弗鲁戈尼创作了不少无韵诗，为美化民族俗语做出了贡献；乔万尼·梅利则用西西里方言创作了不少歌颂自然和人性的诗歌。张世华认为，"阿卡狄亚派诗歌文学的诞生和发展进一步加强了意大利各地知识分子的联系，促进了文化上的交流，因而为传播文化和营造文学艺术领域里的民主气氛做出了积极的贡献。"[①] 从意大利当时的社会文化氛围上看，阿卡狄亚诗派的出现既是市民俗语文化复苏的表现，也是早期人文主义文学经典的传承，而更重要的是这一诗派实际上发出了意大利启蒙文学创作的先声。这些诗人不但表现了市民阶层的生活与情感，而且对于意大利民族语言写作和诗歌文体创新都做出了很大的贡献。他们的诗歌创作表明了 14—15 世纪的意大利文艺复兴文学经典得到了传承，并体现了与西欧启蒙思潮同声呼应的倾向，如诗人保罗·罗利曾在英国接受了启蒙理性思想，而乔万尼·梅利则受到了法国启蒙思想家卢梭的直接影响。霍布斯鲍姆认为，虽然意大利在 1848 年之前"终未组成一个政治实体，但意大利各阶层人物共享同一种文学文化，"例如但丁的作品对当时的意大利人来说更为通俗易懂，显示了 14 世纪以来意大利俗语文学的民族文化传承性。[②]

　　尽管人们对于"阿卡狄亚诗派"的艺术成就评价不一，但是从意大利人文主义到启蒙思潮这样一个长期的历史轨迹上看，我们可以看到这是一个承前启后的重要文学流派。"阿卡狄亚诗派"继承了意大利早期文艺复兴的文学遗产，发扬了彼特拉克所开创的抒情诗风，并在吸取古典文化题材和通俗文化形式等方面做出了积极的贡献；另外一方面，"阿卡狄亚诗派"成为团结意大利文化精英的一个重要阵地，例如著名诗人梅塔斯塔齐奥 1718 年加入了该诗派，而著名文学理论家和哲学家维柯（1668—1744）早在 1701 年就加入该诗派。[③] 这些文化名

---

① 张世华：《意大利文学史》（修订本），上海外语教育出版社 2003 年版，第 213 页。
② ［英］艾瑞克·霍布斯鲍姆：《资本的年代》，张晓华等译，江苏人民出版社 1999 年版，第 108 页。
③ 参见刘意青、罗经国主编：《欧洲文学史》第 2 卷，商务印书馆 1999 年版，第 476—477 页。

人传承了古希腊罗马的艺术经典谱系，书写了现代意大利民族语言和文化的崭新篇章，并为启蒙思想在意大利的传播做出了很大贡献。当然，因为受到整个政治环境的影响，"阿卡狄亚诗派"不可能在18世纪初就引领意大利社会变革运动，但是其中的一些代表性人物却在民族自主、人的理性、市民社会和民主政治等方面提出了具有启蒙主义倾向的思想观念。

1713年，历时11年的"西班牙王位继承战争"结束，交战双方奥地利／英国与法国／西班牙之间签订了《乌德勒支条约》，意大利的统治权从西班牙转入到奥地利哈布斯堡王室的控制之中。在奥地利王室的支持下，萨沃依公国在1718年建立了撒丁王国，从而为意大利最终建立统一的民族国家奠定了政治基础。西班牙殖民统治的结束标志着意大利进入了一个新的发展阶段，西班牙贵族保守和腐败的文化被新兴的欧洲工业国家文化所取代，新的文化思想也开始从英国、法国和荷兰等地传入意大利。为了在欧洲工业强国进入18世纪的背景下认识意大利启蒙思潮和启蒙文学等问题，乔瓦尼·巴蒂斯塔·维柯（Giovanni Battista Vico，1668—1744）的文化和诗学理论是帮助我们深入探究其中奥秘的关键所在。

维柯出生在意大利那不勒斯的一个小书商家庭，父母为人善良和蔼。他虽然家境清寒，但从小勤奋好学。维柯10岁转学到教会办的语法学校，成绩优异，一直名列前茅，曾经几次跳级。但由于没有显赫的家庭社会背景，维柯在学校受到了排挤，于是他选择了退学回家自学。维柯聪颖好学，从小学到中学的课程，包括文学和逻辑学这些人文学科教育的重点课程，他都是通过自己的摸索不断掌握其中的窍门，从而获得了许多的知识积累。由于学校所授知识不能满足他的需要，他的大部分时间用于自学，通过长期自学逐渐培养了自己独立思考的能力，为他以后的研究打下了坚实的基础。维柯在16岁时开始自修民法和宗教法，对罗马法尤其感兴趣。同时，他也十分关注原始艺术与原始思维等问题，曾经写过短诗"咏玫瑰花"等，并对于古希腊罗马文化与东方文化的差异和特征有着深入的思考。维柯1686年起迁居到瓦托拉市，担任代拉·罗卡侯爵子女的家庭教师长达9年。在工作空闲的时间里，他如饥似渴地饱览群书，开始形成自己的形而上学和方法论。同时，他也具有常人所没有的胆识，例如他在18岁时就到最高法庭为父亲做辩护并最终胜诉。维柯青少年时期的意大利正处于西班牙王朝统治之下，当时的那不勒斯是意大利的文化中心，汇集了许多学者，各种新思想也从欧洲各地不断传播进来。在这样的氛围中，维柯变得博学多闻，尤其专注语言学、法学、历史学、诗学和哲学的修养，并认识到各种学科之间融会贯通的重要性。1701年，维柯加入了阿卡狄亚诗社，并在1709年模仿彼特拉克的诗作《三姊妹》而创作了结构类似的颂诗。以后，他在那不勒斯的皇家大学教授修辞学，并发表了有关意大利民族文化和拉丁语的论著。1725年，他在英国思想家培根的著作《新工具》的影响和启发下，出版了《关于各民族的本性的一门新科学原理》一书，即《新科学》的第一版。该书在1744年第三版时更名为《关于各民族的共同性的新科学的一些原则》。

在17—18世纪之交的年代里，意大利仍然处于西班牙帝国和罗马教廷的双重控制之下，但是这种政治和宗教上的压抑环境并不能阻碍欧洲其他国家的先进思想在意大利的传播。例如，荷兰的人文主义学者和作家伊拉斯谟不仅在欧洲各地拥有众多读者，而且他本人与荷兰、英国、法国、意大利、德国保持联系的朋友就有100人以上。同时由于印刷资本主义发展和欧洲文化市场的形成，意大利的出版业也逐渐繁荣，尤其是威尼斯的出版商人在全欧洲建立了书籍印刷和发行网络，并一度把威尼斯建成了书籍出版中心，直到17世纪后期荷兰的阿姆斯特丹取代威尼斯而成为欧洲出版文化中心；另一方面，由于意大利诸城邦国长期的分而治之，各地社会文化环境随着经济发展的快慢而呈现不平衡性，所以意大利北部较发达地区的文化环境比较宽松，那里的"企业家、市民阶级和教会的知识分子共同商讨振兴经济和文化，使得北部意大利在18世纪末成为欧洲最繁荣的地区之一。"① 于是，意大利本土人文环境和社会氛围就形成了某种保守和求新共存的交错形态，而维柯本人在其论著中体现的思想矛盾就是一个

———————

① ［荷］彼得·李伯庚：《欧洲文化史》下卷，赵复三译，上海社会科学院出版社2004年版，第383—384、412页。

典型的例子。作为欧洲文化思想史上的一个跨世纪人物，维柯经历过17世纪英国经验主义思潮的高涨，也了解大陆理性主义的基本观点，但是他更多地坚守着柏拉图的基本观点；他自幼接受过天主教会的教育，主张维护拉丁语的尊严，并曾受到格塔诺主教和罗卡大主教等人的提携，但他也熟悉彼特拉克和薄伽丘等人用托斯卡纳方言创作的文学作品。可以说，维柯是一个具有双重思想倾向的平民学者，即他一方面具有人文主义的思想倾向，另一方面也对天主教会和拉丁文化霸权情有独钟。朱光潜认为，由于意大利的那不勒斯先后受到西班牙、奥地利和法国波旁王朝的统治，这种复杂的政治环境使得维柯"在启蒙运动初期面临艰难处境和他本人思想和性格上的矛盾。"[①]正是在这种特殊的政治、社会和文化环境的影响下，意大利的启蒙主义思潮就没有其他欧洲国家那样的激进色彩，因此在文学创作中也常常表现出与现实妥协的主题基调。不过，对于思想家和哲学家的维柯来说，他在自己的论著中还是表现出背离正统经院哲学和天主教教义的倾向。他的《新科学》在西方思想史上有着举足轻重的价值，其中采用了历史哲学的研究方法，建立了三种类型世界的历史循环论理论，即人类历史发展经历了神的世界、贵族的世界和人的世界等三个不同的阶段。维柯在《新科学》一书中强调了经验与理性的统一，认为历史学研究要从确定的历史事实出发，这样才能得出科学的原则；"凭这些原则，我们对确凿可凭的历史事实就可以追溯出它们最初的起源，这些事实靠最初的起源才站得住，彼此才可融会贯通。"[②]

维柯的思想观念受到当时欧洲自然科学进步和技术发明的影响，例如开普勒发现的行星运动三大定律、牛顿发现的力学三大定律、哈维对人体血液循环系统的发现和培根的经验主义思想等确实改变了人类的世界观，而人们的生活方式也因为蒸汽机等工业技术的发明而产生很大的变化。但是，维柯认为自然科学固然促进了人类对自然世界的认识，帮助人类走出蒙昧的藩篱，却不能把握人的精神世界。他提出，只有依靠人文科学才能全面认识人类自身和人类发展史，而人文

---

① ［意］维柯：《新科学》，朱光潜译，人民文学出版社1986年版，第579页。
② ［意］维柯：《新科学》，朱光潜译，人民文学出版社1986年版，第80页。

科学研究也具有自然科学那样的规律性和确定性。为了达到这一目的，他要开创一门"新科学"，即一种全新的认识论，使人文科学也纳入真正的科学范围之内。在这种新思想的指引下，维柯完成了意大利文化思想史上的一部划时代大作《新科学》。在这本书中，维柯摆脱了科学中心论的立场，从人类共同本性的角度来探讨古希腊人的智慧和理性，对原始神话、民族文化起源和人类思想史的发展等问题进行了深入的论述，开创了历史哲学的研究领域。维柯批判了把哲学和历史分别而论的思想倾向，认为这一思想的代表人物笛卡尔的认识论具有相当的局限性。笛卡尔认为哲学应该是探究确定性问题的科学，比如数学、物理学和形而上学，然而历史由于处于不断变化的社会生活之中，具有很大的不确定性，因而不能成为哲学研究的对象。维柯指出，笛卡尔的认识论之所以局限在自然科学领域，而且排斥人文社会科学，是因为他割裂了事实和观念的联系，然后又试图用"我思故我在"的第一哲学原则或"我"的思想作为唯一确实的存在来弥合两者的裂痕；但是，从"我思故我在"出发必然导致人类认识的主观性和随意性，缺少辩证思维的合理性。与笛卡尔不同，维柯认为人类历史是"确凿可凭"的，是有规律可循的，人类可以对其发展的规律进行研究。历史研究中的一条公理就是"人类世界确实是由人类创造出来的，所以它的面貌必然要在人类心智本身的种种变化中找出"。新科学就是以历史哲学为代表的人文科学，是"比几何学更为真实，因为它涉及处理人类事务的各种制度，比起点、线、面和形体来更为真实"。[①]维柯认为，历史研究应该将经验和理性相统一。历史哲学就是要从人类文化传统出发，探讨人类心理与文化发展的关系，提炼出相应的历史哲学原理，这就需要把经验与理性相融合。维柯的方法论弥补了启蒙运动时期人们对理性和自然科学过分依赖的缺陷，体现出朴素唯物主义和辩证法的思想。

同时，《新科学》还延续了康帕内拉对于古希腊柏拉图的"理想国"政治理想的传承，提出了在"神的时代"和"英雄时代"之后将

① ［意］维柯：《新科学》，朱光潜译，人民文学出版社1986年版，第143—144页。

出现"人的时代"。在"人的时代"里，平民和贵族具有平等的社会权利，而且人的理性活动占据了思维活动的主流。这些看法对于当时处于罗马教廷统治下的神学话语霸权是一种挑战，也是维柯对于意大利人文主义思想传统的发扬光大。尽管维柯不太赞成笛卡尔的大陆理性主义的哲学观念，但是他对于英国经验主义的接受和对于人类共性的探寻却具有十分重要的意义。维柯认为，各民族虽然习俗差异巨大，兴衰更迭，但却遵循一个基本发展方向，符合历史发展的永恒规律，这种规律"是由一切民族在他们兴起、进展、成熟、衰颓和灭亡中的事迹所例证出来的。"① 由于历史发展规律的相似性，因此产生了人类各民族的共同性原则。维柯把这些共同性原则分为思想和语言两个部分，前者涉及自然神学和由此发展出来的伦理学、政治学和法学，其核心就是神的信仰、灵魂不朽和节制情欲三大新科学原则，适用于人类社会的所有民族；② 后者涉及语言的起源和特征，维柯认为一切原始民族的文学都发端于诗歌，其原因出于人类的自然需求，源于人类最基本的生产和生活中的实际需求。维柯在考察了各民族徽章、纹章、钱币和语言的起源之后提出：

> 我们将明白清楚地显示出异教人类的创建者们如何通过他们的自然神学（或玄学）想象出各种神来；如何通过逻辑功能去发明各种语言，如何通过伦理功能去创造出英雄们，通过经济功能去创建出家族；通过政治功能去创建出城市；通过他们的物理功能去确定出各种事物的起源全是神性的；通过专门研究人的物理功能，在某种意义上，创造出人们自己；通过宇宙功能，为他们自己制造出一个全住着神的世界；通过天文，把诸行星和星群从地面移升到天上；通过时历，使经过 [测量的] 时间有了一种起源；又如何通过地理，例如希腊人，把全世界都描绘为在他们的希腊本土范围之内。③

---

① ［意］维柯：《新科学》，朱光潜译，人民文学出版社 1986 年版，第 525 页。

② ［英］彼得·沃森：《人类思想史——平行真理：从维柯到佛洛依德》，姜倩等译，中央编译出版社 2011 年版，第 36 页。

③ ［意］维柯：《新科学》，朱光潜译，人民文学出版社 1986 年版，第 153 页。

维柯在这里提出了"人创历史"的观点，认为人们在实际的生产和生活中，根据自身的需要，通过劳动和思想，不断创造出历史。他认为，"这个包括所有各民族的人类世界确实是由人类自己创造出来的（我们已把这一点定为本科学的第一条无可争辩的大原则）。"①这种人文主义历史观打破了过去经院神学有关"神创历史"的宗教观点，强调了人文主义的核心思想——人是宇宙中心的思想。尽管维柯的历史循环论把神的时代视为每一次历史循环的起点，由此表明了某种时代和文化的局限性，但是他却是在以明确的语言宣扬人的主体地位和人类社会平等的价值观念。在他鼓吹各民族的平等地位和人类共性之时，他在很大程度上是在挑战西班牙帝国对于意大利民族的殖民统治，而他的市民平等原则显然传承了意大利早期人文主义思想、呼应了正在欧洲传播的启蒙主义思潮。

还要看到的是，维柯的历史循环论并不主张机械地重复历史，而是不断进步的螺旋式历史发展循环论，这就与柏拉图理想国的贵族统治模式区分了开来，显示出一定的历史进步意义。维柯认为神的时代、英雄时代和人的时代对应的政体分别是氏族公社、贵族政体和君主独裁政体，对应的语言则分别是神的语言、象征语言和民众语言。但是，人的时代也要消灭等级制度，获得人性平等，出现民主政体。他提出，历史的进程有自身的规律性，这种规律性需要人类的智慧和理性来认识，而他建立的历史哲学就是要找到这种规律性，指导人类的行为和思想。这种理性主义的观点来自于他对古希腊人诗性智慧的赞赏和发扬，而《荷马史诗》则是充分体现诗性智慧的思想宝库。维柯认为人类原始民族的创造者都是某种诗人和哲人，他们以一种诗性思维，即隐喻的原则创造了事物，创造了各门技法和各门科学的原始开端，从而在某种意义上来说正是人创造了人类自己。他认为，原始人类的逻辑思考方式与现代人不同，他们是以感觉来体验世界，是一种诗性智慧。它先于理性的逻辑思维出现，是原始人类认识世界的方式。"人类过去在很长一段时期内都还没有认识真理和推理的能力，而

---

① ［意］维柯：《新科学》，朱光潜译，人民文学出版社 1986 年版，第 536 页。

理性正是理智感到满意的那种内心公道（主持公道的心）的泉源"。
维柯认为，原始人类不会抽象思维，只能感觉，以形象思维的认知方
式来想象、把握外物；"因为能凭想象来创造，他们就叫做'诗人'，
'诗人'在希腊文里就是'创造者'"。① 在这样的认识基础上，维柯批
评了大陆理性主义忽略人类感性思维的倾向，强调感性认识是一切理
性逻辑思维方式的基础。他指出：

> 诗人们首先凭凡俗智慧感觉到的有多少，后来哲学家们凭
> 玄奥智慧来理解的也就有多少，所以诗人们可以说就是人类的感
> 官，而哲学家们就是人类的理智。所以亚里士多德关于个别的人
> 所说的话也适用于整个人类："凡是不先进入感官的就不能进入理
> 智。"……人心在从它感觉到的某种事物中见出某种不属于感官
> 的事物，这就是拉丁文动词 intelligere（理解）的意义。②

维柯主张从感性到理性的认识论看法虽然与法国启蒙思潮的理性
至上原则有所冲突，但是他对于诗性智慧、古代神话和史诗的探讨仍
然具有思想创新的意义，特别是他对西方文学经典的起源和人的艺术
创造能力做出了新的文化阐释。维柯对古希腊神话的文化阐释是西方
文学理论的经典论述，极大地提高了人们对于古希腊神话和史诗的认
识水平。他对于荷马史诗中人物形象的细致分析不仅丰富了人们对西
方文学经典作品的理解和认识，而且从人类创造能力的高度上肯定了
古希腊人的艺术想象力，对于各民族人性的共同特征做出了十分详细
和生动的辨析。例如他在分析荷马史诗的人物形象时指出，"希腊人把
英雄所有的一切勇敢属性以及这些属性所产生的一切情感和习俗，例
如暴躁、拘泥繁文缛节、易恼怒、顽强到底不饶人、狂暴、凭武力僭
夺一切权力等这些特征都归到阿喀琉斯一个人身上。""希腊人也把来
自英雄智慧的一切情感和习性，例如警惕性高、忍耐、好伪装、口是
心非、诈骗、老是说漂亮话而不愿采取行动、引诱旁人自堕圈套、自

---

① [意]维柯：《新科学》，朱光潜译，人民文学出版社 1986 年版，第 144、159 页。
② [意]维柯：《新科学》，朱光潜译，人民文学出版社 1986 年版，第 150 页。

欺等这些特性都归到尤利西斯一人身上。""这两种人物性格由于都是全民族所创造出来的，就只能被认为自然具有一致性（这种一致性对全民族的共同意识［常识］都是愉快的，只有它才形成一种神话故事的魔力和美）；而且由于这些神话故事都是凭生动强烈的想象创造出来的，它们就必然是崇高的。"①维柯在这里对希腊神话和史诗的分析强调了民族特性与审美趣味之间的密切关系，还突出地肯定了民族俗语在文化创造活动中的重要地位。他认为，人类的语言具有形象性，而用语言所表现的对象都是实在的事物，这就是诗性的逻辑。原始初民的各种文化活动都带有诗性的智慧，或者说就是具有形象思维的能力。维柯认为，人类语言的不同是源于生活的地域和习惯的不同，然而在实质上所要表达的意思是大体相同的，这也是源于人类的共同性原则。他提出："各族人民确实由于地区气候的差异而获得了不同的特性，因此就产生了许多不同的习俗，所以他们有多少不同的本性和习俗，就产生多少不同的语言。因为凭上述他们特性的差异，他们就从不同的角度来看人类生活中的同样效用和必需，这样就有同样多的民族习俗兴起，大半彼此不同，有时甚至互相冲突，有多少民族就有多少语言，其原因就完全在此。一个明显的凭证就是谚语。"②维柯关于语言多元化的看法实际上挑战了拉丁文长期的话语霸权，而他自己对于古罗马文化典籍和近代意大利俗语文学经典的同样重视就具体地体现了这种挑战性。所以说，不论是从人文主义思想的传承还是从民族俗语文化的提倡等倾向来看，维柯的《新科学》在人文主义—启蒙思潮的一体传承脉络中堪称一部经典论著，而其对于意大利民族文化的身份建构来说也是颇有贡献的。以赛亚·伯林认为，维柯在研究民族文化史方面具有重要的开创性地位；伯林引用了歌德在 1787 年对于维柯的赞誉为证，即歌德在读过《新科学》之后所说："大家都把他的地位置于孟德斯鸠之上。略读过这本书后，我觉得它简直就是本圣书，它预言了在未来终将迎来的美好和正义。"③确实，维柯的历史哲学及

---

①　［意］维柯：《新科学》，朱光潜译，人民文学出版社 1986 年版，第 394—395 页。

②　［意］维柯：《新科学》，朱光潜译，人民文学出版社 1986 年版，第 198 页。

③　［英］以赛亚·伯林：《启蒙的三个批评者》，马寅卯等译，译林出版社 2014 年版，第 120 页。

其民族文化理论对于 18 世纪意大利的现代思想和文学创作发展具有重要的指引意义。但是，他自身存在的思想矛盾使他不能深入地批判贵族君主专制和教会保守势力，因此他对于意大利启蒙主义思潮的实际建树就难与 18 世纪的戏剧家哥尔多尼相媲美。

哥尔多尼（Carlo Goldoni, 1707—1793）出生于意大利威尼斯一个市民家庭，父亲是内科医生。哥尔多尼年幼时曾随着父亲辗转于意大利北部的多个城市，因此从小就对人生百态有着较多的直接认识。他的出生地威尼斯和意大利北方城市多属工商业经济比较发达地区，市民文化特别是通俗戏剧也比较繁荣，因此哥尔多尼自幼就喜欢戏剧创作和演出。他在 9 岁时创作了第一部剧本，16 岁时甚至参加了一个巡回剧团的外出演出，以后又因为写作诗歌嘲讽贵族而受到开除学籍的处罚。1732 年，哥尔多尼获得了帕多瓦大学的法律学位，接着就在威尼斯、米兰和比萨等地担任律师，一度还出任过热那亚共和国驻威尼斯的领事。丰富的域外生活经历使得哥尔多尼有机会接触到当时欧洲诸国的先进思想，并且阅读到其他国家经典戏剧家的各种作品。同时，意大利在 14 世纪诸城邦国开始繁荣起来后出现的通俗文艺创作一直受到市民大众的欢迎，即使在 16 世纪西班牙殖民统治和罗马教廷文化复辟的环境中，意大利市民的消费文化也没有全然消失。当时出现了一种"即兴喜剧"（也叫"假面喜剧"），演员根据简单的故事概要而即兴发挥，在舞台上带着面具进行插科打诨式的表演，语言俗套，性格雷同。即兴喜剧的繁荣也是意大利城邦市民文化的繁荣，它一方面迎合了资产阶级市民文化的审美趣味，抵制了宫廷文化的繁文缛节和雕琢词章，另一方面传播了民族习俗和个性理想，揭露了贵族的虚伪和暴发户的贪欲。哥尔多尼认为，喜剧的作用就是以嘲笑和讽刺来惩罚邪恶，是对社会弊端的一种救治。他认为，"喜剧的发明原是为了根除社会罪恶，使坏习惯显得可笑。"他还认为，意大利喜剧应该比法国喜剧更具有独创性，因此剧作家"要求几乎所有的人物，哪怕在插话之中，也都要有性格。"[①] 从西方文学经典谱系的传承来看，意大

---

① 伍蠡甫主编：《西方文论选》上卷，上海译文出版社 1979 年版，第 551—552 页。

利传统的即兴喜剧缺少严肃崇高的审美情趣，没有完整感人的故事情节；但是，在资产阶级文化和消费市场不断扩张的 18 世纪后半期，即兴喜剧的通俗性和现实性为启蒙思想的广泛传播提供了一个很好的展示平台。在这样的时代要求下，哥尔多尼对于即兴喜剧的形式改革和剧情创新取得了很好的艺术效果，并在传播启蒙思想方面也起到了重要的作用。斯达尔夫人曾经指出，哥尔多尼作品具有法国喜剧中"对人心的缺点的真实而感人的描绘。"①斯达尔夫人的这个评价是对意大利 18 世纪文学成就少有的赞赏之一，因此更值得人们加以重视。事实上，哥尔多尼主张艺术独创和性格塑造等观点打破了模仿古人和类型化人物的古典主义美学桎梏，从而在发展欧洲现代戏剧和推动启蒙思想深入世俗民众等方面做出了相当大的贡献。

由于受到了法国和意大利古典主义戏剧的影响，哥尔多尼的早期创作多为悲剧，直到 1747 年他的风俗喜剧《高雅的女人》（*La donna di garbo*）获得巨大成功。1748 年，他成为威尼斯一家著名剧团的"舞台诗人"，开始专事戏剧创作。此后，他就专注于用意大利地方俗语创作新型的社会喜剧，达到一百五十多部。1749 年，哥尔多尼在《喜剧剧院》和《回忆录》中系统地总结了自己的创作心得，对于新型喜剧的语言风格和人物形象等进行了理论梳理。哥尔多尼对于当时粉饰太平的巴洛克风格作品十分不满，而对于现实生活中暴露的种种社会病态体会深切，因此，他决心把品味不高的"即兴喜剧"改革为具有现实批判意义的社会喜剧。1762 年，哥尔多尼为了免受意大利境内保守势力的干扰而移居巴黎，并用意大利语和法语创作了不少社会喜剧剧本。1793 年，哥尔多尼在巴黎逝世，身后留下了 267 部戏剧作品。哥尔多尼的代表性剧作有《一仆二主》（1745）、《狡猾的寡妇》（1748）、《咖啡馆》（1750）、《女店主》（1753）和《老顽固》（1760）等。《一仆二主》是哥尔多尼改革"即兴喜剧"的第一部重要成果，其语言风格虽然带有"即兴喜剧"的一些痕迹，但是在形象塑造和戏剧冲突等方面已经显示了新型喜剧的艺术感染力。《狡猾的寡妇》则是哥

---

①　[法]斯达尔夫人：《论文学》，徐继曾译，人民文学出版社 1986 年版，第 141 页。

尔多尼创作的性格喜剧的代表作，剧中刻画了女主人公罗藻娜泼辣而机敏的个性，"剧中热忱赞美诚实的爱情，流露出作者的爱国主义的情怀"。[①]他的另一部剧作《女店主》进一步深化了《狡猾的寡妇》所体现的思想主题和独特性格，以机巧的情节构思和生动的人物塑造为新型喜剧的经典建构做出了贡献。这部喜剧自1753年在威尼斯上演以来已有二百多年历史，但依然是剧院中最受欢迎的保留剧目之一，迄今已被译成二十多种语言在各国传播。从哥尔多尼的这几部新型社会喜剧的艺术成就来看，其经典作品的地位形成也是18世纪中期意大利民族文学发展繁荣的鲜明标志。他的剧本着力描写了市民人物性格和采用了地方俗语的文体风格，这些特征显示出他对早期意大利俗语文学经典如薄伽丘等人作品的继承和创新。如果从更远一点的经典脉络走向来看，他的喜剧更是对古罗马喜剧家如米南德和普劳图斯等人经典作品的传承，但在语言风格上则从拉丁文的严谨质朴转向了地方俗语的活泼轻快。在对"即兴喜剧"的改革上，哥尔多尼的创新集中体现在以下四个方面：反映现实生活的剧情叙述、注重性格塑造的人物形象、嘲讽丑恶行为的喜剧风格和体现民族意识的爱国思想。在戏剧的思想倾向方面，哥尔多尼的喜剧创作揭露了权贵阶层的骄奢和虚伪，嘲讽了趋炎附势者的庸俗和贪婪，表现了下层市民的善良和勤勉。

在1750年的《说谎人》剧本中，哥尔多尼借鉴了法国剧作家高乃伊的同名剧本，塑造了新兴商人潘塔隆顽固守旧、循规蹈矩但又追求个人利益，向往美好生活的喜剧形象，嘲讽了资产阶级在追逐利益和恪守传统之间的两难心理。不过，与他在《封建主》等作品中对封建贵族的尖锐抨击相比，他对资产阶级的批评是温和的、善意的。在《咖啡馆》（1750）和《诚实的冒险家》（1751）中，哥尔多尼也塑造了这一类具有市民理想主义色彩的新兴资产阶级人物形象。哥尔多尼的后期代表作有《老顽固》（1760），讲述了两代人在婚姻问题上的对立态度，讽刺了顽固的封建旧思想，赞许了新一代人追求个人幸福的

---

① 吕同六："前言"，参见哥尔多尼：《哥尔多尼戏剧集》，孙维世等译，人民文学出版社1999年版，第4页。

自由精神。从哥尔多尼的创作方法上看，他主要还是采取了现实主义的喜剧创作构思，剧本大多取材于意大利当代社会生活和民情风俗，塑造了形形色色、性格各异的意大利社会各阶层的人物，特别是带着赞许或同情的笔调所描写的那些市民小人物。在艺术形式上，他剔除了即兴喜剧的低俗和调侃，打破了人物类型的固定模式，借鉴了法国现实主义戏剧的经验，形成了结构紧凑、情节起伏、清新自然、接近生活的新喜剧风格。更为重要的是，哥尔多尼不再推重拉丁文写作，而是传承了意大利人文主义先驱的话语特征，主要以威尼斯方言为主，多有采集民间俗语俚语，因此喜剧语言充满了现实生活的气息。哥尔多尼主张，新喜剧不应采取即兴式的对话方式，而要在戏剧提纲基础上写出结构完整的固定剧本；人物形象要抛开面具式的表演，而要塑造贴近生活的鲜明性格，并对人物的台词和动作都要有具体的构思。在他的喜剧改革努力下，意大利新喜剧逐步突破了传统即兴喜剧那种插科打诨、调笑取乐的风格，重视反映现实生活，强调塑造人物性格，坚持运用民间和地方俗语，剧情幽默生动又真实感人，从而为意大利现实主义喜剧创造了众多鲜明的经典人物性格。在当时的意大利文坛上，英法等国的文学新潮产生了不小的影响，特别是启蒙文学和浪漫主义文学强调人性和理性的思想特征，因此对处于专制王权和神学教权双重压力下的意大利现代作家具有重要的影响。1750 年，哥尔多尼改编了英国作家塞缪尔·理查逊（Samuel Richardson，1689—1761）的书信体感伤小说《帕米拉》（1740）为剧本，更名为《未出阁的帕梅拉》。[①] 在这部剧作中，他取消了当时即兴喜剧所盛行的人物假面道具，排除了类型化注释人物的艺术手法，并删除了一些哗众取宠、引人发笑的仆人配角形象，强调了女仆帕梅拉坚守道德贞操的人格形象，突出了剧本的现实主义思想主题。不过，哥尔多尼的戏剧改

---

① 英国作家理查逊的小说在海外传播甚广，法国的卢梭和狄德罗、德国的歌德和俄国的普希金都曾经受到他的感伤主义小说的影响，而意大利的哥尔多尼所改编的剧本不仅在意大利上演，而且在英国等地也被人们搬上舞台，产生了很大的影响。这一事例也说明了，18 世纪欧洲诸国之间的文化思想交流是十分频繁的、互相影响的，因此，西方启蒙运动和启蒙文学也必须在一个共时性的视野中才能得到更好的阐释。

革也遭到适应了即兴表演模式的演员们的反对，并受到了贵族阶层和天主教会的各种压力。这种保守的文化氛围妨碍了哥尔多尼的喜剧创作，但却无法使他向成规陋习缴械认输。他在移居法国之后仍然坚持艺术创新和社会批判的创作道路，并积极吸取了当时英法等国启蒙文学创作的优秀成果。在他的长期创作实践和大量优秀作品的推动下，新喜剧在技巧和思想上都有了重要的突破，剧本越来越多地从现实生活场景中吸收素材，贴近平民生活情趣，注重人物性格的深刻塑造，从而使意大利现代戏剧在艺术和思想上都能够融入到欧洲启蒙主义文学的主潮之中。

哥尔多尼的经典剧作《一仆二主》创作于1745—1753年间，是哥尔多尼对意大利即兴喜剧进行改革的重要成果，也是意大利启蒙文学的主要代表作。该剧摆脱了即兴喜剧的结构散漫和性格类型化等弊端，其剧情的发展节奏紧凑，充满了戏剧性的巧合和误会，对话语言多有反讽和幽默等手法，表现了市民阶层的真实情感和生活。在剧中，哥尔多尼对底层人民的艰辛生活做了真实的描述，赞美了劳动人民的善良和机智性格，突出地刻画了为赢得爱情而不懈努力的女主人公的形象。这部剧本的核心情节是年轻一代为了爱情而执著实现浪漫理想的故事，显示了意大利近现代文学中一个历久弥新的主题。在剧中，作者设计了三对不同身份的青年人在恋爱过程中的误解和波折，在一波三折的故事展开过程中突出了人物性格的不同特征，而剧本最后的大圆满结局更是大大增强了作品的喜剧性、出奇性和现实性。

《一仆二主》的剧情开端发生在布里格拉旅馆里，威尼斯商人巴达龙纳本来已将女儿许配给了债权人费捷里柯·拉斯波尼先生，但他刚刚获得消息，得悉拉斯波尼先生由于反对其妹彼阿特里切与恋人弗罗林多的爱情，不幸在与弗罗林多发生争执时被刺死。于是，巴达龙纳终于同意了女儿克拉里切与其恋人西里维俄的婚事，并与亲家准备为两位年轻人举办一次订婚仪式。正当两位新人的订婚庆祝举办之时，有一位外地的仆人忽然到访。这位仆人名叫特鲁法尔金诺，他通报说自己的主人、传闻中的死者拉斯波尼先生正在门外等候。很快，拉斯波尼先生来到了惊诧不已的众人面前，这使得巴达龙纳只好取消了女儿与西里维俄的订婚，并宣布仍将女儿嫁给拉斯波尼先生。但是，这位不速之客"拉斯波尼先生"只是其妹彼阿特里切女扮男装之身。彼阿特里切假冒哥哥来到威尼斯，为的是寻找恋人弗罗林多。她虽因哥哥的去世而悲痛，但也被恋人弗罗林多固执强烈的爱情而感动。她计划先获得哥哥的遗产，然后再用这笔钱来帮助深爱自己却陷入困境的恋人摆脱麻烦。她向旅馆老板说明了真相和自己的意图，请求老板帮助证明她的假身份，并帮她保守秘密。此时，因为失手杀人而逃亡威尼斯的弗罗林多碰巧也来到了同一家旅馆，与自己的恋人同在一处。在旅馆里，仆人特鲁法尔金诺淳朴厚道、机智敏捷，为了赚钱谋生甚至同时为两个主人服务。恰巧，仆人特鲁法尔金诺所服务的两位主人正是一对恋人彼阿特里切和弗罗林多。在为主人传递书信时，特鲁法尔金诺自己也爱上了克拉里切的女仆斯米拉尔金娜。于是，三对恋人由于偶然机遇而碰到一起，其中的仆人特鲁法尔金诺承担了在各人之间穿针引线的角色，但却隐瞒了自己一仆二主的实情。

受到两位主人雇佣和信赖的特鲁法尔金诺到邮局取信件时，由于自己目不识丁，将三封信混淆，使得弗罗林多看到了彼阿特里切的信件，因而获知恋人女扮男装正在四下寻找自己的下落。情侣克拉里切与西里维俄彼此深爱，但是克拉里切因为父亲强迫她与"费捷里柯"（彼阿特里切）成婚而备受折磨。彼阿特里切不忍心克拉里切遭受精神的折磨，对她坦白了实情，两人成为好友，克拉里切也发誓保守秘密。西里维俄误会了克拉里切和彼阿特里切的关系，以为他们真的即将完婚，愤怒地向巴达龙纳拔剑。勇敢的彼阿特里切击败了西里维俄，前来安慰西里维俄的克拉里切向恋人表达忠贞，但因为要信守保密的誓言而无法说出真相，被恋人的冷漠话语刺伤。用餐时间，侍奉两个主人的特鲁法尔金诺奔忙不休，以致多次混淆了两边主人的食物，差点被识破真相。此时，克拉里切派女仆斯米拉尔金娜送信给彼阿特里切，特鲁法尔金诺趁机向她表明爱意，并且和斯米拉尔金娜拆了彼阿特里切的信。但是他们都认不出几个词，而特鲁法尔金诺因为再次私拆了信件而挨了彼阿特里切的打。当特鲁法尔金诺为两个主人晾晒衣物时，搞错了双方的衣物，结果弗罗林多和彼阿特里切在穿衣时分别辨认出了衣物中属于对方的物件，特鲁法尔金诺只好谎称那是他原来死去主人的物件。弗罗林多和彼阿特里切都以为恋人已经死去，他们悲痛万分地欲拔剑自刎，在众人劝阻的纷乱中，俩人同时看到了对方，幸福地拥抱在一起。另一方面，克拉里切和西里维俄终于消除了误会，和好如初。戏剧结尾一幕，两对恋人幸福地订婚，而斯米拉尔金娜则借机请求克拉里切同意自己嫁给特鲁法尔金诺。至此，特鲁法尔金诺只好当众承认了自己一仆二主的事实，还滑稽地赋了一首即兴诗自嘲，同时也表达了自己对恋人的爱情。

这部喜剧创作于意大利资本主义经济发展的初期，大量的农村贫民来到城市寻找生机，构成了市民社会的下层群体。当时的意大利正遭受殖民者的侵略，经历了连年的战火，百姓食不果腹，流离失所。仆人特鲁法尔金诺就是从别尔加莫农村流浪到威尼斯的一个农民。他身上那淳厚勤劳、朴实善良的品质正是劳动人民的写照，而苦难的生活和艰辛的劳动也造就了他乐观机智的性格特点。一个辗转流浪到城市的农民如果没有在城市谋生的职业，那只能出卖体力和自由来养活自己。幸好特鲁法尔金诺后来遇到弗罗林多，因为他热心帮忙又机敏能干，于是被弗罗林多看中，雇他做自己的仆人。后来，他又被彼阿特里切所雇用。为了摆脱穷困，特鲁法尔金诺觉得能"拿两份薪水，吃两份饭"总是好事，于是开始了"一仆二主"的冒险历程。在威尼斯，他的主人彼阿特里切让他在广场等待，自己去处理账务，特鲁法尔金诺直等得饥肠辘辘，也不见主人回来。他在大都会的广场上思忖着自己的困境时自言自语道：

　　　　既然教导我们说，要好好待候自己的主人，要爱他们；那么也应该告诉主人们一下，让他们对待仆人也慈悲点儿！这儿有一家旅馆，我进去看看，也许能找点什么东西放在嘴里嚼嚼。如果主人来找我怎么办呢？就让他找好了，反正是他的错，总该有点良心啊！我走了……使得，我忘了——这倒是小小的麻烦事——

我一个子儿也没有呀！啊，可怜的特鲁法尔金诺，你要是做一个仆人的话，见他妈的鬼，还不如做……做什么？老天爷，我什么也不会做呀！①

　　这段独白清楚地表明了特鲁法尔金诺对于上流社会和富裕阶层的不满，显示了下层人民对于人格平等和社会正义的强烈愿望。这种愿望对于正在受到异族统治和教会压制的意大利人民来说几乎是一种奢望，但是，哥尔多尼的剧本却利用喜剧人物语言作了充分的表达。在这部以小人物充当情节转换枢纽的喜剧中，仆人特鲁法尔金诺在两个主人间奔波周旋，使出了浑身解数，经历了弄错信件，送错金币，装错衣箱等层层误会、错上加错的喜剧场面，使该剧充满了真实的生活气息。除了特鲁法尔金诺憨厚又机敏的喜剧性格之外，剧中其他角色也具有十分鲜明的个性特征。例如彼阿特里切为恋人弗罗林多铤而走险，具有敢作敢为的冒险精神，而她对爱情的忠贞和信仰也使她成为剧中最具魅力的女性角色。另外，女仆斯米拉尔金娜也具有深厚的女性自主意识，她追求婚姻自由，勇敢争取幸福的精神体现了强烈的个人主义精神。在宣传女性自主个性的主题意旨上，这部剧本甚至超过了文艺复兴以来其他作家的文学创作，即使莫里哀笔下的喜剧人物在表现个性自由、主张社会平等方面也无法与之比照。

　　哥尔多尼与启蒙主义崇尚理性和科学的立场相一致，强调喜剧要摹仿自然和现实生活，从自然和现实生活中汲取丰富的营养。他认为，喜剧通过摹仿自然、取材自然就可以克服原来即兴喜剧低俗浅薄的缺点，进而以自然的人物情节取代荒诞不经的故事。同时，哥尔多尼高度重视喜剧创作中的人物性格塑造。他认为，自然的人物塑造必然能够在观众那里引起共鸣。他从莫里哀的剧作中认识到戏剧人物塑造的重要价值，并且进一步得出了意大利喜剧要创作出丰富多样、鲜明生动的性格的结论。"我们要求主要人物性格有力，有独创性，为大家所熟知；要求几乎所有的人物，哪怕是在插话之中，也都要有性

① ［意］哥尔多尼：《哥尔多尼戏剧集》，孙维世等译，人民文学出版社1999年版，第19页。

格。"①这些艺术观念的实践给哥尔多尼的喜剧增添了浓厚的现实主义色彩，也使得他的喜剧作品成为 18 世纪西方戏剧经典的保留剧作。1753 年，哥尔多尼的著名性格喜剧《女店主》（ *La locandiera* ）发表，成为他戏剧创作的一个里程碑。在这部喜剧中，哥尔多尼彻底摆脱了使用面具和插科打诨等即兴喜剧的表现手法，更加真实地摹仿生活，人物性格更加自然，其同情平民、歌颂女性、讽刺贵族的主题思想更为鲜明。这部喜剧讲述了美丽、机智和泼辣的旅馆女老板米兰多琳娜戏弄她的几个贵族追求者的故事。米兰多琳娜的美貌和风情使入住她旅馆的几位贵族老爷深深着迷，他们整日在她面前百般示好，献尽殷勤；米兰多琳娜却对这群纨绔子弟嗤之以鼻，但碍于经营旅馆的需要不得不与他们周旋。在尽情地戏弄了那些贵族老爷之后，她选择嫁给了忠实可靠、又深爱自己的旅馆仆人法勃里修斯。女店主的婚姻选择是一次平民的胜利，也是那些骄奢淫逸、虚伪懒惰的贵族老爷的失败。

从思想主题上看，《女店主》讲述了一个封建贵族阶级正在衰落的故事，也是一个新兴资产阶级和平民阶层正在崛起的故事。这种社会和阶级的兴衰更替正是启蒙主义思潮所代表的历史发展进程，而哥尔多尼的戏剧则借助大众文化媒体的方式宣传正在欧洲各地蔓延的启蒙思想。这部剧中主人公之一的侯爵是没落贵族的代表，他尽管囊中羞涩，却时时不忘夸耀自己的尊贵出身。在第一幕中，侯爵警告资产者出身的伯爵说："你和我之间，是大有悬殊的"，并讥讽伯爵"是买来的领地的伯爵"，还炫耀自己说道："我有我的身份，当然就受到人们的尊敬"。②可是，在资本主义社会正在形成的意大利，侯爵的贵族爵位并不能给他带来财富和地位。侯爵无法像伯爵那样用各种贵重的礼物取悦米兰多琳娜，也没有足够的赏钱来获得仆人的尊重，于是只好宣称他提供给米兰多琳娜的是某种特殊的"保护"。为了能像伯爵一样体面地送礼物给女店主，侯爵谎称管家耽误了汇款时间，向骑士借了一枚金币使用，还"毫不客气地"喝完了仆人给骑士送来的巧克力饮料。在第二幕中，侯爵送给女店主用借来的金币买的一条丝绸手

---

① 余秋雨：《戏剧理论史稿》，上海文艺出版社 1983 年版，第 241 页。

② [意] 哥尔多尼：《哥尔多尼戏剧集》，孙维世等译，人民文学出版社 1999 年版，第 306 页。

绢，却不忘在伯爵面前炫耀，让米兰多琳娜"赶快把那条手帕给伯爵看看。"在得到伯爵的赞美之后，他又虚伪地说："收起来，我倒情愿你不提起它来。我所做的事情不要叫别人知道。"①对贵族阶级进行辛辣的嘲讽是哥尔多尼戏剧的主要风格，这种思想倾向在受到西班牙殖民统治的意大利实属少见，因为这种倾向对当时西班牙的君主贵族权威和古典主义趣味是一种直接的挑战。从更为广泛的意义上说，这种艺术倾向通过市民大众喜闻乐见的喜剧形式传播开来以后，推动了启蒙主义思潮在意大利的兴起和扩散。

嘲讽贵族阶级的剧情在该剧第五幕里也有生动的表现。例如，伯爵把女店主随手扔在脏衣篮里的骑士赠送的小金瓶悄悄放在自己的衣袋里，可是因为被女演员黛砚妮拉撞见，又谎称那是铜瓶。黛砚妮拉不信，伯爵只好把瓶子送给了她以示自己的高贵和慷慨。这事之后，他开始惴惴不安，撒谎借钱说要支付旅馆开支，实则是为了准备在女店主发现金瓶的事时能有钱偿还。伯爵这一角色的特点是虚伪和滑稽，他吝啬小气，却总要表现得高人一等，让大家都以为他高贵慷慨，而实际上他已堕落成了一个贪小便宜，满嘴谎言的丑角。更为重要的是，哥尔多尼已经察觉到金钱和门第相互勾结的资本主义社会弊病，特别是他塑造的那位伯爵形象带有资产阶级暴发户的特征：他用钱买来爵位，出手阔绰，财大气粗，认为金钱可以夷平任何身份地位的悬殊，更可以让人随心所欲。他的狂妄言辞暴露了当时拜金主义的社会价值观："一件东西是什么价值，我并不介意；只要能花点什么，我就喜欢"；"当你不缺少金钱的时候，人人都会尊敬你。"②这一人物性格的特征既有没落贵族的自负和虚伪，也有资产阶级暴发户的狂妄和无耻。在欧洲近现代文学经典之中，哥尔多尼塑造的这类艺术形象具有相当显著的开创意义：这些形象继承了意大利早期文艺复兴文学如薄伽丘作品中的市民人文主义气息，却超越了单纯揭露封建贵族骄奢虚伪生活的题材范围，带着十分强烈的批判现实主义的特征，把旧

---

① ［意］哥尔多尼：《哥尔多尼戏剧集》，孙维世等译，人民文学出版社1999年版，第335页。
② ［意］哥尔多尼：《哥尔多尼戏剧集》，孙维世等译，人民文学出版社1999年版，第39页。

贵族和新暴发户都放在艺术审判台上加以鞭挞。从西方文学经典传承的角度看，哥尔多尼的喜剧作品是欧洲文艺复兴文学和启蒙文学两大思潮之间的重要环节，在思想观念上超过了古典主义戏剧从旧时代和君主贵族中寻找英雄题材的创作模式。

在《女店主》中，女店主米兰多琳娜是哥尔多尼塑造得最为生动和成功的女性性格。她热情爽朗，聪慧自信，精明泼辣。她有自己的主见和判断，言行果敢，具有很强的女性独立意识和个人主义财富观、自由观。她重视现实生活中的奋斗和成功，却瞧不起依仗门第的贵族。她说："贵族对我并不重要；我看重的是财富，而不是贵族。我唯一的快乐就是看见人家服侍我，向往我，崇拜我。这正是我的弱点，正像这几乎是所有女人的弱点一样。我并不打算嫁给谁；我谁也不需要；我正正当当地生活着；我享有我的自由。"①她对爱情和婚姻持有强烈的平等意识和自由意志，对伯爵的钱财和侯爵的地位都不感兴趣。她说，"用上他（伯爵）的全部财产，和他所有的礼物，他也绝不能叫我爱他。侯爵也一样，用他那可笑的保护，说实话，更不行。假定我非和他们当中的一个结合不可，那当然要挑选花钱多的一个。"②米兰多琳娜的自信和自尊挑战了剧中那位自恃清高、仇恨女性的骑士。骑士是一位桀骜不驯，冷漠骄横的贵族，对女性抱着厌恶、恐惧和仇视的态度，自认为从来没有爱过女人，认为女人是男人的一个不堪忍受的祸害。他把女性看得与疾病和妖术一样的危险，坚决地远离她们，认为爱上女性的人都是傻瓜。他嘲笑侯爵和伯爵为了女店主神魂颠倒，挥霍钱财，而他却似乎满不在乎。可是，当女店主略施小计挑逗骑士时，他就无可救药地坠入情网，彻底改变了对女店主的态度，认为女店主"应该享受一位国王的爱"，而他——一位高贵的骑士只能"像只小狗一样"跟着女店主，祈求得到她的"爱，同情和怜悯。"③当他最终被女店主戏弄、嘲讽和抛弃之后，这位傲慢自大的骑士立刻变得垂头丧气，郁闷无比。女店主最后选择了一个出身平民

---

① [意]哥尔多尼：《哥尔多尼戏剧集》，孙维世等译，人民文学出版社1999年版，第316页。
② [意]哥尔多尼：《哥尔多尼戏剧集》，孙维世等译，人民文学出版社1999年版，第316页。
③ [意]哥尔多尼：《哥尔多尼戏剧集》，孙维世等译，人民文学出版社1999年版，第376页。

的仆人法勃里修斯，从他那里获得了真诚和朴实的爱情。应该说，米兰多琳娜是西方文学经典谱系中成功女性形象的代表之一，《女店主》也是启蒙主义文学作品中塑造女性人物最为成功的作品之一。实际上，不论是在文艺复兴文学还是后来的浪漫主义或现实主义文学经典作品中，作为一个社会丛林中的胜利者而出现的女性人物形象是十分少见的。米兰多琳娜抛弃贵族、选择平民的爱情故事超越了"美丽女子迟早嫁入富贵人家"的传统故事套路，在社会价值取向上代表着一个人获得了自己的人格尊严和平等地位，显示了女性主人公对于男权地位挑战的胜利，而她精心经营旅店获得成功的事例则象征着资产阶级对于贵族阶级的胜利，实质上意味着启蒙主义理想——自由、平等和理性等价值观念的胜利。

哥尔多尼的喜剧创作成就是意大利启蒙主义文学的一大重镇，而与他同时代的另外一些启蒙文学代表性作家也值得人们高度重视。这些作家中以诗人帕里尼（Guiseppe Parini，1729—1799）和悲剧作家阿尔菲耶里（Vittorio Alfieri, 1749—1803）两人最为著名。前者的长诗《一天》（Il giorno）和后者的悲剧《布鲁图》以及颂诗《摧毁了巴士底的巴黎》等已经成为意大利启蒙主义文学的经典之作，其影响并不亚于哥尔多尼的喜剧作品。帕里尼出生于意大利北部勃西希奥城一个小丝绸商家庭，从小得到远亲的资助来到米兰读书，后来成为一位神父，并在当地一位公爵家中做家庭教师。1752 年，帕里尼的第一部诗集《里帕诺·埃乌比利诺诗选》出版，从此享誉文坛。1763—1765年，他的长诗《一天》的第一、二部分"早晨"和"正午"出版，作品嘲讽了贵族阶级的享乐空虚生活，揭露了贫富差距的社会问题。帕里尼的作品充满了对意大利民族文化的自豪感，表达了意大利人民对新生活的憧憬，因此他被视为意大利启蒙文学的代表性人物而受到尊敬。帕里尼的作品是阿卡狄亚田园诗歌向启蒙文学转化的里程碑，他的启蒙思想观念体现在论著《贵族论》（Dialogo sopra la nobiltà）中。在这篇对话体政论作品中，帕里尼强调了人人生而平等的启蒙思想，讽刺了封建贵族的血统和门第观念；同时，这部作品的语言轻快风趣，充满了生活气息，因此在形式上具有鲜明的世俗文化特征。帕里尼在后来的写作生涯中还创作了不少优秀的作品，例如《颂歌集》包含了 19 首古典诗歌风格的作品，采用古罗马诗人贺拉斯的庄严诗体表达了对于人类尊严和意大利民族文化的赞美。

帕里尼的长诗《一天》在他生前出版了前两部"早晨"和"正午"，余下部分由他的传人雷以纳在 1801 年整理出版，包括"下午"和"夜晚"两个部分。诗歌中的每一章都结合自然景物的变化来抒写诗人的所见、所闻和所感。例如在"清晨"篇中，作者写道：

> 广阔的地平线上显露出
> 日出黎明的第一缕晨曦，
> 动物、植物、田野、河川
> 一片欣喜。
> 勤劳的农夫离开
> 留有妻儿温暖体温的被窝，
> 从床上一跃而起；
> ……
> 赶着耕牛沿小径朝田畴走去，
> 从低垂的树枝上
> 掉下一串串的露珠如宝石般晶莹。
> ……
> 血统高贵的老爷，
> 是世间至高无上的臣民，
> ……
> 你周旋在晚宴、歌剧和舞会之间，
> 漫漫长夜似乎永不消逝。①

在这一篇章中，帕里尼对于那些终日劳作的穷人的凄惨命运给

---

① 张世华：《意大利文学史》（修订本），上海外语教育出版社 2003 年版，第 251—252 页。

予了深切的同情，而对贵族老爷骄奢淫逸的享乐生活进行了讽刺和揭露，在两者对照之间表达了鲜明的平民思想和反封建立场。在"下午"一章中，诗人写道：

> 太阳从意大利的磐石山巅背后，
> 道出最后一声问候，
> 旋即作别，
> 它在没入阿尔卑斯、亚平宁和蜿蜒的海洋地平线之前，
> 老爷，好像它还想瞧瞧你的脸。
> 但现在它只能看到凄惨的收割者，
> 手执镰刀，疲惫不堪，
> 在属于你的这片土地里，
> 埋头苦干，精疲力竭；
> ……
> 它看到灰头土脸的村民，
> 背着从你田里收割的庄稼，
> 站在沉重的车前；
> 它看到摇橹船夫粗硬的胸膛，
> 他们穿梭于江湖纵横的水域运送货品，
> 只为满足你的穷奢逸乐。[1]
> ……
> 一位衣冠楚楚的年轻男子，
> 他肆意地坐在左边位子上，
> 伸开双腿，显摆他修长优美的身姿，
> 内心漫溢的源自门第的骄傲，
> 在他的脸上一览无余。
> ……

---

[1]　摘译自 Barbolani 翻译的西班牙语版：Guiseppe Parini, *El día*. Trans. Mª Cristina Barbolani. Alicante: Biblioteca Virtual Miguel de Cervantes, 2012. http://www.cervantesvirtual.com/obra/el—dia/ 第 86 页。中文译文由南京大学西班牙语系宋尽冬博士翻译。

> 另一位老爷刚买了贵族头衔，
>
> 他得意洋洋，竖起耳朵倾听，
>
> 他觉得所有人的口中都在赞美，
>
> 他那高贵伟岸名字的荣光，
>
> 啊！该怎么痛骂一顿不停吱吱作响的笨重车轮呢，
>
> 还有马蹄发出的巨响，
>
> 空气、风和所有败坏他心中欢乐的一切。①

帕里尼在《一天》这首诗中凸显了自己独特的艺术风格和鲜明的政治立场，即以自然景物或乡村风光的生动描写为背景，以平民大众的规范语言写作，在贫富生活场景的强烈对照中显示了对农民痛苦处境的深切同情，表达了对贵族老爷骄奢生活的深刻批判。帕里尼的诗歌和政论文创作代表了意大利启蒙主义文学在艺术和思想上的一个高峰，并对意大利民族文学的繁荣做出了很大的贡献。1899 年，统一以后的意大利政府在米兰为他修建了一座纪念碑，显示了他在意大利民族文化和文学经典传承中享有的突出地位。

对于意大利民族文学形成与建构做出了重要贡献的作家来说，他们的艺术成就也是意大利民族独立进程的重要标志，而帕里尼和阿尔菲耶里等人的文学创作堪称启蒙运动时期意大利民族文学独立发展的里程碑。不过，帕里尼是上承阿卡狄亚诗派、下传意大利启蒙诗歌创作的经典诗人，而阿尔菲耶里则是上承古希腊罗马悲剧传统、下启意大利自由诗体悲剧的经典剧作家。但是，阿尔菲耶里的悲剧创作比哥尔多尼和帕里尼的作品具有更为强烈的政治色彩，在表现启蒙主义的思想主题，特别是反抗专制暴政、鼓吹自由理想等方面好比是意大利启蒙文学的嘹亮号角。正是由于阿尔菲耶里戏剧作品的鲜明思想主题，斯达尔夫人认为他的剧本属于"雄健有力"的创作。② 确实，对于出生于贵族家庭的阿尔菲耶里来说，反叛自己的阶级利益和文化

---

① 摘译自 Barbolani 翻译的西班牙语版：Guiseppe Parini, *El día*. Trans. Mª Cristina Barbolani. Alicante: Biblioteca Virtual Miguel de Cervantes, 2012, pp. 96—98. http://www.cervantesvirtual.com/obra/el—dia/，中文译文由南京大学西班牙语系宋尽冬博士翻译。

② [法] 斯达尔夫人：《论文学》，徐继曾译，人民文学出版社 1986 年版，第 142 页。

观念既是他个人独立和思想进步的体现，也是欧洲启蒙主义思潮普遍性胜利的表现。阿尔菲耶里幼年时就十分刚强而独立，他父亲过早地去世给他幼小的心灵留下了深刻的印记，因此他的性格中逐渐形成了郁闷和孤独的悲剧性特征。1758 年，阿尔菲耶里进入都灵军事学院深造，但是他经历 8 年学习之后并没有成为职业军人，而是到欧洲各地游历、交友。他在法国游历期间接受了启蒙主义思想的影响，对伏尔泰和卢梭等人的政治主张深表赞赏。1775 年，他创作了第一部悲剧《克里奥帕特拉》，表现了古罗马时代的政治风云变幻。这部戏剧在都灵上演之后引起轰动，从此也把阿尔菲耶里投入到终身的文学生涯之中。1777 年，阿尔菲耶里和英国的斯图亚特公爵夫人在佛罗伦萨同居，并在 1786 年双双迁居法国巴黎。正是在启蒙运动中心地带的巴黎，阿尔菲耶里目睹了大革命的兴起，因此在思想上变得更为激进。他的诗歌《摧毁了巴士底的巴黎》热情讴歌了法国人民在 1789 年 7 月 14 日摧毁巴士底狱的壮举，表达了反抗暴政、支持革命和追求自由的时代情怀。但是，法国大革命带来的血雨腥风和社会混乱很快就让阿尔菲耶里产生了不安甚至是某种幻灭感，于是他在 1792 年从巴黎返回意大利佛罗伦萨，从此沉浸于文学创作和政论著述中，直到 1803 年在佛罗伦萨去世。阿尔菲耶里的文学作品在他生前就产生了很大的影响，被译成多种外文出版。他在戏剧和诗歌中表达了对民族自由的呼唤、对专制暴君的批判和对意大利国家统一的期望等。这些鲜明的思想观念和他激扬高亢的语言风格使他在意大利文学史上具有独树一帜的经典地位。

　　阿尔菲耶里一生共创作了 19 部悲剧，在富有喜剧文学传统的意大利可谓卓尔不凡。他的悲剧大多取材于古罗马历史上的重大事件和人物，注重人物性格心理的刻画，剧情发展线索清晰，戏剧情节往往集中于叙述主要人物的曲折命运，因此带有庄严的古典悲剧色彩。他的悲剧代表性作品有《克里奥帕特拉》《索尔》《米拉》和《布鲁图》（包括《老布鲁图》和《小布鲁图》两部作品）等。《索尔》描写了以色列王索尔与腓力斯人的殊死决战，悲剧的主人公索尔在女婿大卫的支持下，率领族人大败敌军。但是，由于大卫勇敢作战、受到以色列人拥护而引起了索尔的嫉妒，大卫不得不离开前线。最终，索尔王不能抵御腓力斯人的大举反攻，兵败身亡。阿尔菲耶里在描写索尔王的心理活动时十分深入细致，把他的焦虑、独断、嫉妒和多疑的性格充分地展示出来，成功地塑造了一位悲剧性的历史人物。阿尔菲耶里的剧本《小布鲁图》是为了"献给未来的意大利人民"而创作的。这部剧本叙述布鲁图为了保卫罗马共和国而毅然处死凯撒的故事。这部戏剧虽然以历史史实作为题材，但是阿尔菲耶里却虚构了布鲁图是凯撒的儿子进而为了共和而设计除掉实行暴政的凯撒的故事。这样一来，这部戏剧就具有了重要的现实意义，其反抗暴政的锋芒直指当时奴役意大利人民的外国占领者，表现了争取民族独立、追求人民自由的现代意大利民族精神。正是因为这种思想倾向，阿尔菲耶里的悲剧既是意大利启蒙文学的经典之作，也是意大利民族解放的铿锵鼓角；所以，阿尔菲耶里被视为"意大利民族复兴运动的先驱"，其艺术成就对 19 世纪意大利浪漫主义诗歌产生了很大的影响。[1]

　　在剧本《老布鲁图》中，老布鲁图（Lucius Junius Brutus）为了维护罗马的共和体制、维护罗马人民的自由权利，与科拉提诺（Collatino）一起推翻了古罗马第七任国王塔克文（Lucius Tarquinius）的暴政，两人随即被推举为罗马共和国的首任执政官。这部戏剧上演后得到广泛的好评，很快地在欧洲各地巡演。1820 年，西班牙剧作家和政论家安东尼奥·萨维农（Antonio Saviñón）将其译为西语，改名为《自由罗马》（*Roma Libre*），更加突出地传达了戏剧的主题意旨。作为一位传承了古罗马文学经典中崇高文体的悲剧作家，阿尔菲耶里善于用充满激情的对话来刻画主人公的无畏精神，语言率直、豪迈，具有强烈的感召力量。例如在剧本的第二幕第五场中，阿尔菲耶里生动地塑造了布鲁图呼唤人民起来反抗暴政的英雄壮举：

　　布鲁图：啊，我的孩子们！我真正的孩子们！

---

① 张世华：《意大利文学史》（修订本），上海外语教育出版社 2003 年版，第 258 页。

你们赋予我此等荣誉，

我将用行动向你们证明，

我爱你们胜过所有一切，胜过我自己……

我的战友带着全副武装的人们，

从城市迅速赶到村庄，

收复并且保护

被卑劣的塔克文家族不忠和粗野的喽啰们

在一片爱国呼声中丢弃的堡垒。

平民、名流、绅士，所有人都汇聚一堂，

你们所有人都在这里抵制他们，

给初生的自由增添了新的力量。

……

元老们，作为那个家族的精英，

你们难道能蔑视自己，

和低贱的平民团结一致吗？

啊，不，事实上你们多么高高在上！

我的目光触及的任何一个地方，

我看到并注视的都是罗马人，

所有人都配得上这个名字，

他们不再遭受暴君的奴役，不再，

暴君曾在一片卑劣的沉默中，

封上我们危险可怕的嘴唇，

在一片对其律令的卑劣赞同中，

大行无耻之事……

瓦雷里奥：你说得对，但我的心头也有一个声音在回响，

　　　　　……

　　　　　我们被奴才的部门役使，

　　　　　参与了专制压迫，

　　我们的境遇更惨，

　　在众多被刀斧律令屠宰的受害者中，

　　平民从不认为我们也是无辜的人。

　　这种情况下，我们无路可走，

　　唯有团结我们的意愿，

　　把它和高尚人民的意愿紧紧结合在一起，

　　并且永远，永远，

　　不去妄想趾高气扬地超越它，

　　除了在对专制者的仇恨上，

　　这个仇恨，是罗马的神圣根基……

人民：你们的强大，你们的豁达，你们的尊贵，

　　　都超出了我们几千倍！

　　　我们接受，

　　　伟大的美德和光荣之战……

　　　暴君必败，

　　　还有谁，谁敢试着跟罗马人对抗，

　　　跟公民们对抗？ ①

　　上面引用的这段对话体现了阿尔菲耶里的语言风格和艺术特征，也代表了意大利启蒙文学的鲜明主题：充满了反抗专制暴政、呼吁民族复兴的爱国精神，赞扬了平民大众和抨击贵族君主的民主精神，倡导个人自主、反对教会欺骗的理性精神。在文学经典的传承上，意大利启蒙文学一方面借鉴了古希腊罗马文学经典的叙事题材和语言风格，另一方面继承了自但丁和彼特拉克等开启的人文主义精神和世俗

---

　　① 摘译自西班牙剧作家和政论家 A. Saviñón 的西语译本：《布鲁图或者自由罗马：五幕悲剧》：Saviñón, Antonio. *Bruto ó Roma Libre. Tragedia en cinco actos.* Valencia: Imprenta de Domingo y Mompié, 1820, pp. 20—22. http://books.google.com.hk/books?id=gR5zs6ST—YkC&printsec=frontcover&hl=zh—CN&source=gbs_ge_summary_r&cad=0#v=onepage&q&f=false. 中文译文由南京大学西班牙语系宋尽冬博士翻译。

文学传统，同时还受到英法等国启蒙主义思想家和文学家的文艺创作的影响。例如，阿尔菲耶里的戏剧《布鲁图》的主题与法国启蒙作家伏尔泰的同名剧作《布鲁图》（1730）极为相似。伏尔泰的《布鲁图》赞颂了主张共和制的古罗马大臣布鲁图，谴责了君主专制的僭越者。当年在巴黎各剧场上演这部戏剧的时候，观众常常报以热烈的掌声；剧中人物洋溢的爱国精神随着"共和万岁"的口号声回响，对于大革命时期的巴黎民众是一个极大的鼓舞。

　　正如西方启蒙文学离不开西方文化渊源那样，意大利启蒙主义文学的形成和繁荣既是早期意大利人文主义思潮的一体延续，也是对古希腊罗马文学经典的艺术传承，还是整个欧洲启蒙主义运动的一个重要组成部分。当然，由于当时的意大利仍然处于异族统治之下，整个国家还没有赢得民族统一，经济发展仍然落后于其他西欧国家，这些因素也是造成意大利启蒙文学不得不追随英法等国启蒙思潮及文学创作的主要原因。但是，从意大利启蒙文学经典作家的不同人生经历中也出现了一些具有共性的事件，即从哥尔多尼、帕里尼到阿尔菲耶里等人都有着在欧洲诸国游历或生活的经历，他们与很多国外友人或支持者都有共同的理想追求和不懈的奋斗意志。这种普遍蔓延的启蒙时代精神和第三等级知识阶层的广泛合作与交流正是欧洲启蒙运动的显著特征，也是推动意大利启蒙思潮及文学创作不断发展的重要原因。法国学者雅克·索雷指出，18世纪后期，意大利在法国大革命之前出现了遍及各城邦国的"受启蒙思想影响的改革运动。那里的政治当局普遍与改革有联系。这场在1780年代逐渐放缓的运动，目的在于使这些国家摆脱封建残余，给它们配备一个中央集权制政府，改革天主教会，使公共生活世俗化。"[①]这一改革运动显示出西方启蒙思潮在18世纪具有了超国界的普遍影响力，尽管意大利的现代化进程由于外族统治和经济滞后等原因而变缓也不例外。

　　从16世纪开始的外国殖民统治直到19世纪国家统一这一历史时

---

　　①　[法] 雅克·索雷：《18世纪美洲和欧洲的革命》，黄艳红译，吉林出版集团2008年版，第183页。

期内，由于地中海商贸中心向大西洋中心的转移，意大利商业贸易和世俗文化的发展无法推动民族资产阶级的壮大，而罗马教会和外来殖民统治直接导致其一度发达的科技革命进程中断，也使其社会变革进程倒退。这些因素集合起来导致意大利进入现代民族国家行列的时间大大推迟，而其所经历的启蒙运动曲折轨迹也是西方诸国中十分独特的。不过，从历时性的视野中看，意大利从文艺复兴到启蒙运动的历史进程始终与社会发展和民族统一相联系，因此其追求民族统一和复兴、反对外来专制统治的政治理想就构成了启蒙思潮的重要方面。正是这种历史变革的曲折性和复杂性导致了意大利启蒙文学的不同运行轨迹，而世俗性、平民性和民族性则成为意大利民族文学经典传承的主要特征。

第二章　英国启蒙思潮与文学经典传承

从英国开始的西方工业革命推动了资本主义生产方式与商品交换方式的形成，由此造成了一个跨民族、跨国家的国际大市场。资产阶级对于封建贵族形成了相对的经济优势，由此带来了相对自由的商品和人员流动，促进了各国社会信息和思想观念的交流；同时，印刷工业的急速发展带来了教育成本的降低，市民知识分子的主体意识和社会能量不断壮大，反对封建专制和教会束缚的文化反叛意识逐渐高涨。在此期间，由于欧洲各国经济和社会发展的不平衡性和国家关系的竞争性等因素的影响，启蒙主义思想和现代政治观念在欧洲各国先后蔓延开来，最终在新旧阶级矛盾最为激烈而资本主义生产开始繁荣的法国产生了社会和政治的大革命。但是，与法国等欧洲其他国家有所不同的是，英国自文艺复兴以来逐渐形成了一个联合王国的政治体制，其国王的专制权力不仅受到苏格兰和爱尔兰等其他君主国的制约，而且受到日益成长壮大的工商资产阶级的挑战。英国王室与罗马教廷的决裂 [①] 和清教革命导致查理一世被处死（1649）等重大历史事件使得英国社会进入了一个动荡不安的时期，也造成对传统君权体制和教会专制的巨大冲击。在王政复辟之后发生的光荣革命（1688）推翻了斯图亚特王朝詹姆士二世的统治，确立了君主立宪的政治体制，而国会和君主的共治（国会与英王的斗争削弱了君主权力，确立了现代君主立宪制的基本框架）则保证了社会的稳定和工业革命进程的继续推进。"光荣革命"推动形成了议会权力高于国王权力的基本政治原则，代表了资产阶级新贵族以及中下层市民阶级的利益或愿望，瓦解了封建君主和上层贵族的长期统治。1689 年，议会通过了限制王权

---

① 1533 年亨利八世因为王后凯瑟琳无子，于是再娶王后侍女安妮·博林为第二位王后；亨利八世由此在 1543 年与罗马教廷决裂，自命为英国教会的最高首脑，行使对大主教的任命权。

的"权力法案"，同时还通过了对新教徒的宽容法案。1694 年，英国规定每 3 年必须召开一次议会，每届议会任期不超过 3 年。1695 年，英国正式废除了"书报检查法案"，保障人民具有言论和出版自由的权力。这些政治和法律制度的建立与实施对于英国现代民主社会的形成起了巨大的推动作用，保证了工业革命和资本主义生产关系的不断发展。这样一来，欧洲诸国中只有英国在政治上和经济上都进入了现代化的历史进程中，并在文化思想上完成了从文艺复兴运动向启蒙主义运动的最终转型。不过，英国启蒙主义思潮除了受到西方文艺复兴运动的影响之外，其本土产生的哲学家、思想家、科学家和文学家等（包括苏格兰启蒙运动中出现的几位启蒙思想家），都为英国启蒙思潮的形成做出了独特的贡献。①

第一节　英国启蒙思潮的源流和影响

R. R. 帕尔默指出，"启蒙主义的主要观念就是——乐观地相信理性、科学、教育、社会改革、宽容和开明政府等具有历史进步意义——这是现代世界历久不衰的主题。"②如果帕尔默提到的"乐观主义"确实存在于西方启蒙运动的历史进程中的话，那么，当时的英国社会和文化思想界的乐观情绪还是十分显著的。

从国家政治层面上看，英国在 1688 年"光荣革命"后确立了资产阶级的君主立宪政治体制，保证了资本主义工业革命进程的继续发展，也推动了现代社会秩序的建立。与文艺复兴早期的意大利城邦工商社会形成相类似的是，英国社会的世俗化过程也从 15—16 世纪开始就不断加快，但是这一进程却没有像意大利那样被外来殖民统治所打断。英国工业生产中发明的蒸汽机不仅带来了纺织业和造船业的迅速进步，而且推动了资本主义经济的高速发展，进而增强了新兴资产阶

---

① 1858 年，英国殖民者剥夺了印度莫卧尔帝国皇帝巴哈杜尔·沙的称号，英国女王维多利亚乘机加冕为印度皇帝，于是大英帝国诞生。1947 年，印度获得了独立，大英帝国再次变成了大英王国。

② R. R. Palmer, et al., *A History of the Modern World, To 1815,* 10ᵗʰ edition，北京大学出版社 2009 年版影印本，第 297 页。

级战胜贵族君主统治的力量，巩固了现代世俗社会的文化秩序。在这一进程中，亨利八世在16世纪前期领导的宗教改革导致清教战胜了罗马天主教，从而彻底摆脱了罗马教会的神权控制，英国国王成为最高的世俗和宗教领袖。英国女王伊丽莎白在位时期进一步采取了宗教宽容和信仰自由策略，并建立了英国国教。1688年"光荣革命"之后，议会颁布了《宽容法案》和《权利法案》，协调了各种政治力量和不同宗教派别之间的矛盾。这些政治变革的顺利进展保证了英国朝野上下的政治团结和文化认同，其温和的改良措施和渐进的民主法制对英国率先进入西方现代化社会产生了极为有利的影响。

随着政治经济的发展以及科技新发现而来的是英国人文化思想的变革，其核心是彻底摆脱了中世纪经院哲学的束缚，在相对宽松的信仰自由环境下，英国出现了自然神论和培根的唯物主义经验论等颇具颠覆性的新哲学思想，并且出现了空想社会主义、苏格兰共和主义和市民人文主义等现代思想观念。这些新的思想观念构成了西方启蒙思潮的初始波涌，所以说，启蒙思潮萌芽虽然可以追寻至意大利早期人文主义思想，但是，西方启蒙主义哲学实际上产生于英国，而成熟于法国。[①]英国的资本主义产业革命从16世纪就开始萌芽，而随着国际商务航运中心从地中海转向大西洋后，英国经济进一步扩张、繁荣。工商经济发展和英国摆脱罗马教廷羁绊等因素催生了英国的文化思想变革。1516年，托马斯·莫尔写成了西方现代思想史上的名著《乌托邦》，从理想主义的视野中描写了人类未来社会的美景：没有私有制，人人劳动，人人平等地享受财富、医疗、教育和幸福生活；同时，他还对英国社会现状进行了严肃的批判，抨击了都铎王朝的专制和资产阶级新贵的奢华和贪婪，表现了带有浓厚农业文明色彩的空想社会主义憧憬。1580年，法国的思想家和散文家蒙田（1533—1592）在《散文集》中讨论了北美土著人的问题，认为印第安人创立的淳朴和自然的部落社会才是与柏拉图理想国最接近的社会，而欧洲自己却在面对一个腐败的文明。[②]1601年，

---

① [美]斯蒂芬·布隆纳：《重申启蒙》，殷杲译，江苏人民出版社2006年版，第60页。

② [荷兰]彼得·李伯赓：《欧洲文化史》下卷，赵复三译，明报出版有限公司2003年版，第92—93页。

意大利学者康帕内拉在狱中写成了具有深远影响的《太阳城》一书，描写了一个理想的人类社会，其中人人平等，没有剥削和欺压。可以说，从 16 世纪到 17 世纪的历史进程中，欧洲诸国学者都在不断地描写某种理想的人类社会，试图从浪漫的憧憬中摆脱专制和腐败的现存社会，从古希腊人的理想国和新大陆的应许之地寻找到空想社会主义的未来国度。

与此同时，意大利的布鲁诺（1548—1600）发展了波兰的哥白尼（1473—1543）的"天体运动"学说，提倡唯物主义和辩证法思想，反对教会的迷信和专制。布鲁诺受到罗马教廷的迫害后流亡到欧洲其他国家，在英国、法国和德国等地居住长达 15 年。布鲁诺继承了古希腊人的朴素辩证法思想，认为世间万物都是不断运动、相互转化的。他否定了超自然的神灵，认为自然就是神，因此挑战了天主教的神学观念。17 世纪初期，意大利天文学家伽利略进一步捍卫了哥白尼和布鲁诺的学说，强调了人的数学和天文知识对于认识宇宙的重要性，而《圣经》中的奥秘话语并不足为凭。这些思想家的观点和立场在英国也得到了呼应，例如培根的经验主义、赫尔伯特的自然神论以及牛顿的实验科学等都显示出英国现代文化思想的重大转型。正如英国哲学家罗素所说，17 世纪是西方近代思想史的开端，因为人们不再仅从古希腊罗马文化中寻找复兴的思想源泉，而且还从近代科学技术发明和地理大发现等现实事件中获得了新思想的灵感和对未来的展望。[①]托克维尔在比较英国和法国在启蒙运动中的社会差异时指出，英国自 17 世纪以来，其"封建制度已基本废除，各个阶级互相渗透，贵族阶级已经消失，贵族政治已经开放。财富成为一种势力，法律面前人人平等，赋税人人平等，出版自由，辩论公开。所有这些新原则在中世纪社会中都不存在。"[②]这段论述强调了英国政治现代化的转变早在 17 世纪就已开始，而英国在这段时期内出现的一些重要思想家和科学家也极大地推动了英国社会的现代化进程。

托马斯·莫尔（Thomas More，1478—1535）是欧洲近现代空想

---

① ［英］罗素：《西方哲学史》下卷，马元德译，商务印书馆 1996 年版，第 43 页。

② ［法］托克维尔：《旧制度与大革命》，冯棠译，商务印书馆 2013 年版，第 59 页。

社会主义的开创者，也是英国人文主义的政治思想家。莫尔从小受到了良好的正统文化教育，曾在伦敦的圣安冬尼—路易斯顿学校学习过拉丁文，在 1492 年又进入牛津大学专攻古希腊文学。在牛津期间，莫尔掌握了希腊文，并熟读了柏拉图、亚里士多德和伊壁鸠鲁等人的著作。正是在柏拉图的论著如《理想国》中，莫尔找到了写作《乌托邦》的思想灵感。在大学期间，他接触到欧洲著名学者伊拉斯谟的著作，并把意大利人文主义者庇科（Pico，1463—1494）的作品《十二把利剑》译成为英文。1494 年以后，莫尔又学习了法律专业，并在 1501 年成为职业律师。这些教育背景和职业经历使得莫尔不仅具备了政治活动的经验，而且磨炼出优美流畅的文笔风格。莫尔虽然是一个保守的天主教徒，但是他对世俗生活的热爱并没有因此有所消退。例如，当他了解到修道士不能结婚成家的戒规之后，就选择了结婚生子而放弃了神父的职业。同时，莫尔在自己的律师生涯中，广泛地接触到英国伦敦底层社会的平民生活，因此逐渐培育起公平和正义的社会良知。由于有着共同的思想观点，莫尔与伊拉斯谟逐渐成了好朋友，两人常常在一起交流思想，并共同在法国出版过古希腊作家的译本。实际上，伊拉斯谟著名的《愚人颂》就是在 1509 年访英期间的成果，当时他接受了莫尔的建议，并在莫尔的家中写成这篇大作。莫尔后来成为了英国大法官，地位仅次于英国国王；但是，他并没有因为地位显赫而放弃自己的信念，特别是他主张维护天主教义，反对宗教改革，最终因为反对英王亨利八世的离婚意愿而被国王处死。

托马斯·莫尔善于用英文和拉丁文写作，其 1513 年开始用双语创作的《国王理查三世本纪》是英国近代历史学中的一部名作，描写了一位专制君主的形象，对莎士比亚的历史剧《理查三世》产生了直接的影响。莫尔在 1515—1516 年受命出使欧洲大陆期间，用拉丁文创作了一部旅行见闻录式的《乌托邦》。这部作品借助一位航海家的叙述来描写南半球的一个岛国"乌托邦"，即古希腊文"乌有之乡"的意思。在这个岛国里，人们没有任何私有财产，按需分配，人人平等相待，住房每 10 年轮流住宿，所有人在公共食堂就餐，穿同样的工作服，官员经过秘密投票选出，每人轮流去农村劳动，一切货币禁止使用。同时，这个岛国实行一夫一妻制，信仰自由选择，每天劳动之余从事文化艺术活动。莫尔的这部作品是对理想社会的憧憬，也是对当时都铎王朝专制统治的批判。莫尔在《乌托邦》中揭露了"羊吃人"的资本主义原始积累的罪恶，同时也倡导废除私有制，建立公有制。他认为，正是私有制造成了社会的贫富两极分化，一切最好的东西都落到最坏的人手中，而其余的人都穷困不堪。同时，莫尔还主张每个人有自由选择的权利，希望实行宗教改良，在全欧洲实现教会的统一，以教会代表大会取代教皇的特权。马克思和恩格斯指出，托马斯·莫尔在《乌托邦》中揭露了"羊吃人"的罪恶，那些贫穷的人"被驱逐出熟悉的乡土，找不到安身之地"；他"是作为时代之子出现的，"而莫尔等人在 15 世纪和 16 世纪倡导的人道主义是"资产阶级启蒙运动的第一种形式。"[①]

1516 年，托马斯·莫尔的带有空想社会主义特征的名著《乌托邦》出版面世。他在书中一方面对身处其间的英国社会现状进行了严肃的批判，另一方面对人类未来的理想社会做出了浪漫的憧憬。莫尔的乌托邦带有浓厚的农业文明色彩，例如在他的乌托邦里，城市人口要接受农业知识的教育，并至少要在农村生活两年。同时，莫尔所设想的乌托邦城市只是"小城寡民"的形态——每个城市限制住户在六千户以内，每户成年人口限制在十六人以内；人口一旦超过限制，多余人口则要向农村或偏远地区迁徙。在社会秩序管理上，乌托邦实行严格的道德规范，惩罚酗酒、赌博和男女淫乱，没有贫富差异，重视教育和学术，社会各群体之间具有流动性，德行和学问好的劳动者也可以充当城市官员或外交使节。在书中，莫尔对君主和贵族的骄奢伪善进行了揭露和批判，他写道："一切国王都乐于追求武功，……他们更关心的是想方设法夺取新的王国；……朝廷大臣都的确人人聪明，……可是他们对国王的头等宠臣的谬论，却随声附和。""有大批贵族，这些人像雄蜂一样，一事不做，靠别人的劳动养活自己。"[②]莫

---

① [德]马克思、恩格斯：《马克思恩格斯论文学与艺术》上册，人民文学出版社 2002 年版，第 389—390 页。

② [英]托马斯·莫尔：《乌托邦》，戴镏龄译，商务印书馆 1982 年版，第 15、18 页。

尔虽然担任过财政大臣和大法官，并被封为爵士，但是他作为英国统治阶层一员对于贵族和资本家的批判却是十分尖锐的。他在书中写道：

> 这岂不是一个缺乏公正和不知恩义的国家吗？所谓上流绅士、金铺老板等这般家伙，不事劳动，徒然寄生，追求无益的享乐，却从国家取得极大地报偿。……更糟的是富人不仅私下行骗，而且利用公共法令以侵吞穷人每日收入的一部分。……我断言我见到的无非是富人狼狈为奸，盗用国家的名义为自己谋利。他们千方百计，首先把自己用不法手段聚敛的全部财富安全地保存起来，其次用极低廉的工价剥削所有穷人的劳动。等到富人假借公众名义，即是说假借穷人的名义，把他们的花招规定为必须遵守的东西，这样的花招便成为法律了！ ①

人们从这些观点鲜明的严词斥责中可以看出，托马斯·莫尔的政治立场不仅具有反对封建贵族的特征，而且带有强烈的反对资产阶级的激进色彩。他对封建贵族和大资产阶级利用权力来制定利己法律的虚伪进行了揭露，这就已经超越了人文主义的政治立场，具有了社会主义和启蒙主义思想革命的光芒。当然，莫尔自己是忠实的天主教徒，所以他也难免落入基督救世的宗教说教。正如他从基督教的立场出发来描写乌托邦公民最终形成的共同信仰那样："乌托邦人听见我们提到基督的名字、他的教义、他的品德、他的奇迹。……当乌托邦人听到这一切后，你很难相信，他们是多么欣然愿意接受这个宗教。"②不过，尽管莫尔忠于他的基督教义的信仰，但是他对社会弊端的揭露和对于统治阶级的批判最终触怒了英国国王。莫尔在1535年被亨利八世处死，但处死他的缘由并不仅仅在其维护教皇权威的宗教立场，而且也在于其为穷人鸣不平的政治立场。

正是因为有了托马斯·莫尔这样启蒙思想先驱的不懈努力，英国资产阶级的民主政治意识才被不断地唤醒，并在工业革命的进程中不

---

① ［英］托马斯·莫尔：《乌托邦》，戴镏龄译，商务印书馆1982年版，第120页。
② ［英］托马斯·莫尔：《乌托邦》，戴镏龄译，商务印书馆1982年版，第107页。

断地壮大自身的政治力量。在资本主义和科技革命的影响下，英国的经验主义哲学和科学理性精神也逐渐发展成熟，并经过牛顿和培根等人的努力而形成了文化思想的主流。英国思想家培根（Francis Bacon, 1561—1626）出生于英国上流社会，父亲为伊丽莎白女王的掌玺大臣，母亲信奉加尔文教。培根曾在剑桥大学三一学院学习三年，后来作为外交随员常驻巴黎达两年半之久。1584 年，培根当选为国会议员，但是直到伊丽莎白去世、詹姆斯一世掌权后才得到重用。1602年，培根被封为爵士，1604 年成为詹姆斯一世的顾问，1613 年成为首席检察官，1617 年成为掌玺大臣。1621 年，培根受到国会的贪污指控，从此被逐出宫廷和官场；但他却得以自此专心著述，直到 1626年因为风寒受冻去世。培根在生前写过有关乌托邦远景和科学昌明的著作《新大西岛》（1623），这部描写以科学复兴为主导的乌托邦式作品明确地显示出他与西方空想社会主义思潮的律动和传承关系。1597年，培根发表了《论文集》，表明了重视现实经验而不是经院教条的唯物主义经验论立场。1620 年，他继发表了《学术的进步》（1605）之后又发表了《新工具》一书，具体而系统地阐述了自己的经验主义哲学，并对经院哲学的四种偏见和"假相"——种族假相、洞穴假相、市场假相和剧场假相——进行了批判，从认识论和方法论的角度强调了人类感官经验和科学实验的重要意义。培根对于"知识就是力量"的强调，对于归纳法与演绎法的同样重视，反对主观主义，反对个人狭隘，反对空谈概念，反对权威崇拜以及对于实验科学的一再强调，等等，都是对于人类理性的积极肯定，进而为 17—18 世纪的英国启蒙思潮的兴起铺垫了理论基石。

17 世纪的英国还出现了"自然神论"（Deism）的理论。该理论的代表人物是爱德华·赫伯特爵士（Edward Herbert, 1583—1648），其主张是以自然宗教或"理性宗教"来代替天启宗教，认为人类对上帝的信仰是合乎理性的，但不需要来自《圣经》中神的启示，而是依照自然本身的规律存在于世。自然神论者推崇理性原则，把上帝解释为非人格的始因或造物主，但却不再干预自然界的运行。因此，自然神论者都主张信仰自由和维护理性，反对蒙昧主义和神秘主义，反对经院哲学和天启教义等宗教迷信和专制。自然神论思潮首先出现在英国，赫伯特的追随者还有 J. 托兰德、D. 哈特利和普里斯特利等人。18 世纪法国启蒙思想家伏尔泰、孟德斯鸠和卢梭等人都是具有一定唯物主义倾向的自然神论者，而德国的莱辛和康德、美国的富兰克林和杰弗逊等人也都具有某种自然神论的思想倾向。自然神论在近代欧洲和美洲的广泛传播为启蒙理性深入人心打下了哲学的基础，而这一现象也说明了文艺复兴以后西方诸国在思想文化领域里的自由交流是促进其社会进步的重要因素。这种现象既是欧洲工业革命和资本主义生产方式不断发展的必然结果，也是西方诸民族国家从拉丁文化霸权中裂变以后产生的独特现象。彼得·李伯赓把近代欧洲文化思想自由交流的原因归结为印刷资本主义的繁荣、文化市场的出现、民族语言的繁荣和诸民族国家间的合作和竞争等多种条件；认为近代以来欧洲形成了一种"共同的文化"或"文化共和国"，"就在文化日益国家化的时代里，各国的文坛还是体验到了在其他领域里所没有的国际沟通，这在事实上创立了一种团结。这样的局面维持了将近三个世纪，直到１９世纪初才发生变化。"①从西方历史发展的共时性视野中看，这种"文化共和国"的现象恰好说明了启蒙运动是影响全欧洲和美国的一次跨国界普遍性的政治思想变革，同时也说明了启蒙思潮与人文主义之间的传承关系——这种传承不是单一民族国家的文化思想沿革，而是大致循着从意大利—英国—法国—欧美诸国这样的发展路径延伸开来，是"文艺复兴—启蒙运动一体化进程"的现实体现。

1688 年发生的"光荣革命"标志着英国开始了资产阶级政治体制的建构，同时也为苏格兰和英格兰在 1707 年实现联合奠定了基础。由于皇位继承问题得到解决，"光荣革命"后的英国社会逐渐稳定下来，这就避免了其他国家以后经常出现的各种国内政治动荡，促进了英国工业化进程的快速发展。在宗教问题上，新教伦理取代了天主教义的至尊地位，思想变革也应运而生。在 17 世纪的英国文化思想界，传承了培根唯物主义经验论的哲学家还有霍布斯和洛克等人，他们的政

---

① ［荷兰］彼得·李伯赓：《欧洲文化史》下卷，赵复三译，明报出版有限公司 2003 年版，第 101—108 页。

治理论更是成为各国启蒙运动的思想旗帜。托马斯·霍布斯（Thomas Hobbes, 1588—1679）出生于牧师家庭，曾在牛津大学学习，后来做过贵族家庭的私人教师，并在欧洲诸国重镇如巴黎和佛罗伦萨等地多次游历，结交了伽利略和笛卡尔等人，还当过培根的私人秘书。1651年，霍布斯发表了著名的论著《利维坦》，认为人人都享有平等和自由的"自然权利"，国家是个人放弃自己某一部分自然权利相互妥协的产物。"自由"是国家存在的基础，必须得到尊重，其中生命和经济的自由是人类最基本的权利。霍布斯反对罗马教皇，反对君权神授，认为国家是人类为了遵从自然法而按照订立的契约所形成的。霍布斯在哲学上主张认识来源于实践经验，反对天赋观念论，甚至认为上帝也是人类后天所创造的，是无知和恐惧的产物。霍布斯的唯物主义经验论和无神论思想在其经典名作《利维坦，或教会国家和市民国家的实质、形式和权力》中得到体现，而他反对王权、支持民权的主张更是成为现代西方政治思想的重要观念。霍布斯认为，一个社会要维持和平、保证每一个市民的权力，这就需要建立某种社会契约，需要法律来保障契约的遵守，而国家主权这个巨人（利维坦）则是保障和平、抵制侵略的绝对权威。霍布斯的政治理念强调中央权威的必要性，但这种权威要保证国内人权的平等，因为个人权力是最基本的自然法，而分权施政则是对社会契约和人权平等的保证。霍布斯的哲学观念体现在《论物体》（1655）一书中。他主张知识开始于感觉经验，但是探究知识的缘由却需要推理和演绎。这一立场实际上把英国唯物主义经验论和法国笛卡尔倡导的唯理论结合了起来，因此对培根的哲学思想也是一种传承和完善。

正是在16—17世纪文化思想的影响下，17—18世纪的英国学者约翰·洛克（John Locke, 1632—1714）和大卫·休谟（David Hume, 1711—1776）等人的思想观念构成了英国启蒙思潮的重要内容。洛克出生在一个律师家庭，父母都是清教徒。他年轻时进入牛津大学读书，毕业后留校任教。在求学和任教期间，他除了认真阅读了培根和笛卡尔等人的论著以外，还与牛顿和波义耳等科学家过从甚密。洛克的代表作有《人类理解论》（1690）、《政府论》（1690）和《论宽容》

（1689—1693）等，其政治思想具有鲜明的自由主义色彩，影响到法国启蒙思想家如伏尔泰和卢梭等人，并对美国革命先驱们的建国理想产生了影响。洛克是对西方启蒙思潮影响最为深远的英国学者，而他在哲学上也对后辈如休谟和康德等人具有深刻的影响力。洛克认为，霍布斯的社会契约论过于强调政府的独断权威，而他则主张政府只有在获得被统治者的同意后才能具有合法性，而且政府必须保障人民生命、私人财产和思想自由等自然权力，这样才能使社会契约有效。洛克政治观念的激进之处在于，他主张人民有权推翻失去合法性的政府，并建立一个新的民主政府，这就是"革命"。在哲学上，洛克主张人的心灵是一张白纸，人的认识都是由后天经验所获得，人对外部事物的感觉和人在内心的反思是认识观念的两个来源。他认为，知识有直觉的、论证的和感觉的三种，而人对于观念之间的联系形成的知觉才是知识。于是，洛克的哲学思想继承了培根的唯物主义经验论，而且在认识论上批判了经院哲学和唯心主义的先验论。如果从近代哲学和政治学的传承脉络来看，洛克提出建立公民社会的主张和他的宪政学说不仅是英国"光荣革命"以后出现的启蒙主义思想重镇，而且是美国革命和法国大革命的重要思想源泉。洛克的学说还影响了苏格兰著名的启蒙主义经济学家亚当·斯密（Adam Smith，1723—1790）。后者在他的《国富论》（1776）一书中认为，个人在追求自身利益的同时也促进了整个社会利益的发展，因此应该重视自由经济和市场之手的作用，而弱化国家权力的操控。斯密的经济学对英国乃至世界资本主义经济的发展都起到了极大的推动作用，而他的学说也促进了西方商品市场的发展和繁荣，进而带动了启蒙主义文化产品如各种百科全书的出版、发行和传播，客观上推动了启蒙思想在英国境内的传播。

　　与霍布斯和洛克齐名的启蒙主义思想家大卫·休谟是苏格兰人，曾就读于爱丁堡大学，后来一度从事经商活动，并与亚当·斯密交往颇深。1734年，休谟来到法国，在那里写下了著名的《人性论》一书，并于1739—1740年间出版。1748年，休谟出版了《人类理解研究》，表达了怀疑主义和不可知论的倾向。1754—1762年，休谟出版了六卷本、超过一百万字的《大不列颠史》，描述了英国的民情风俗，记载了从不列颠王国到"光荣革命"这一长时期的英国历史。晚年的休谟在出使法国期间受到了伏尔泰和卢梭等人的热情接待，并认识了狄德罗、达朗贝尔和爱尔维修等著名思想家，还受到康德的高度称赞，这些都显示出他与欧洲启蒙思想家之间的紧密联系。休谟一方面传承了英国经验主义哲学家如培根和洛克的思想，反对先验论，主张认识来源于现实经验，因此要使用归纳推理；另一方面他也受到爱尔兰哲学家乔治·贝克莱（George Berkeley，1684—1753）《人类知识原理》（1710）一书中的唯心主义经验论的影响，认为人的感觉能力是有限的，因果关系是不可知的，人们相信两个事物之间存在因果关系只是人性和心理习性所致；他还认为，感觉经验之外的东西如上帝和精神等是不可知的，也不必追究其来源。休谟对于上帝的轻视和反对天性论的立场具有时代进步的意义，他对归纳推理和实证研究的重视也有利于自然科学的思考；但是，他的怀疑主义和不可知论却挑战了启蒙理性原则，也显示出英国经验主义与大陆理性主义之间长期存在的思想冲突。

由于英国在17世纪后期已经完成了现代资产阶级社会的政治转型，国王、议会和民众在社会契约基础之上建立起比较稳定的宪政体制，这就导致18世纪初期英国资本主义工业化进程和海外殖民扩张急速发展。同时，英国人牛顿的力学和数学、哈雷的天文学和瓦特的蒸汽机等自然科学与技术的进步极大地增强了英国的国力，使其成为西方第一个工业大国，因此对于法国和欧洲其他国家的启蒙运动产生了引领的作用。源于自由主义的社会契约论和现代人权观，反对宗教迷信的唯物主义经验论，重视市场调节作用的斯密经济学，推崇理性的自然神论，以及牛顿和哈雷等科学家对自然法则的新发现等都对整个西方启蒙主义思潮的形成和传播起到了重大的推动作用。除此之外，18世纪的英国文学也反映了资产阶级思想观念和社会形态的变化，在文学经典传承和文学流派创新等方面取得了很大的成就，促进了西方启蒙主义文学的繁荣和发展。

从英国启蒙思潮的缘起可以看到，资本主义工业革命、地理大发现、欧洲诸民族国家的崛起、科学技术的革命等都是西方文艺复兴——

启蒙运动一体化进程的关键推动因素，而欧洲范围商品市场的形成和各国人员交往的频繁则是促进人文主义和启蒙思想传播的重要因素。中世纪以后率先进入文化世俗化、社会城市化、科技现代化、经济市场化和政治民主化等历史进程的意大利诸城邦在 16 世纪以后衰落了，但是，欧洲现代资产阶级的思想文化革命却在英国、荷兰和法国等地兴盛起来。如果说，英国启蒙主义思潮与意大利早期人文主义和启蒙思想之间具有传承和互动的文化关联的话，那么，英国人于 17—18 世纪在哲学、经济学、政治学、科学技术和文学等领域里的卓越贡献极大地影响了其他欧洲国家启蒙思潮的兴起，例如法国、意大利、奥地利、德国、瑞典和俄国的许多启蒙思想家曾经直接地和英国文化思想界有过交往。所以说，在西方启蒙思潮传播的文化版图上，从 14—15 世纪意大利早期人文主义到 18 世纪末 19 世纪初启蒙主义的文化历史传承中，英国启蒙主义思想和文学创作是一个重要的文化传播与转换的枢纽。彼得·李伯赓认为，"17 世纪末和 18 世纪初，欧洲知识界的一个思想特征就是，对于人认识自身和认识世界的能力越来越具有自信。……人们开始以怀疑、批判的态度去看待周围的世界和自己的生活。从文艺复兴运动开始的以个人经验、以世俗生活为出发点的思想方式，到 18 世纪初，已经开花结果，绽放出一种对世界和人生的新思想，后来成为'启蒙'（即摆脱偏见和迷信），相信理性的亮光可以照彻全世界。"[①]这一看法简洁地概括了从文艺复兴到启蒙运动的思想转换特征，即从对于个人自我和世俗生活的强调上升到对整个世界和人类社会的理性思考层面上，而这种理性思考的核心是对过去经典教义或思想观念的质疑、批判、重构或反思。但是，18 世纪英国启蒙主义思潮的主要关注点在于反对神学和上帝的权威，维护世俗权力和实践经验的重要性，宣扬人性自由和公民社会的现代价值观念。在反对教会和神学的思想控制方面，英国思想家的基本观念与意大利、法国和荷兰等地的思想家都有相当多的共同点。但是，在对待现实政治和社会形态等方面，英国君主立宪制使得资产阶级主流思想趋于保守，甚

---

①　［荷兰］彼得·李伯赓：《欧洲文化史》下卷，赵复三译，明报出版有限公司 2003 年版，第 126 页。

至维护王权的繁荣，但意大利思想家主张民族独立和反对贵族专制的倾向却十分强烈，而法国思想家更为关注民权和平等、主张民主共和体制。

英国的人文主义—启蒙主义思潮从培根、霍布斯、洛克、贝克莱到休谟等思想家构成了一条经验主义哲学的主线。尽管其中有着唯物主义和唯心主义的差别，但是英国思想家对于经验和实践的重视显然有助于他们消除经院哲学的影响，进而建立起社会、政治、经济和文化等现代理论体系。不过，英国启蒙思想家中洛克的人本主义思想显然对欧洲现代社会的建立影响巨大。例如，洛克在《政府论》（1689）中批判了君权神授论，主张在人人平等独立的基础上建立理性的政府，认为国家起源在于契约，而公民社会中的每一个人都要遵守契约和法律。洛克还在欧洲历史上第一次提出了三权分立的思想，从而论证了君主立宪制的合法性。正是这些现代政治思想观念对法国大革命产生了深远的影响，而事实上洛克的一些基本政治观念以及霍布斯的观点直到今日仍然占据着西方政治思想的主流地位。正如罗宾·温克和托马斯·凯泽在《牛津欧洲史》一书中所指出的，"洛克的相对乐观主义和对立宪政府的热情滋养了下个世纪的主流政治思潮，他的思想被整合进一些北美殖民地原则之中。这些思想在美国革命和法国革命中达到高峰。但是，1789年之后的事件使霍布斯式的悲观和权威主义再次浮出水面。"① 所以说，英国启蒙主义思潮的源流中既有文艺复兴和人文主义的巨大影响，也有英国社会和经济独立发展成就的支撑，而英国经验主义哲学反对神学、主张实践和重视理性等思想特征也带着资产阶级上升时期的积极意义。这些思想观念不仅体现了17—18世纪英国民族思想文化的更新和传承，而且对英国启蒙文学创作和经典作品的传承也产生了巨大的推动作用。

洛克的经验主义学说反对天赋观念说，主张重视人的感知经验，以及人的想象和联想的能动作用等观点对于启蒙文学创作有相当大的影响，例如在主张作家的独创性写作和重视个人情感经验表现等方面

① [美]罗宾·温克等：《牛津欧洲史》第2卷，赵闯译，吉林出版集团2009年版，第57页。

推动了启蒙主义和感伤主义文学的发展。18世纪中期以后，贝克莱和休谟等人的学说一方面传承了英国经验主义的思想血脉，一方面又因为强调主观认知或唯感觉论而激发了作家个人主体意愿和情感的表达。同时，由于英国现代工商社会繁荣和市民阶级的壮大，市民趣味取代了宫廷趣味，世俗题材超过了古典题材，于是，讽刺幽默、平民叙事、市井人物和海外历险等就成了这一时期文学创作的主要题材和风格特征。从西方文学传承的经典谱系来看，个人意识、世俗意识、创新意识和冒险意识等对于启蒙时期英国作家的影响是广泛而深刻的，而这些创作意识的兴起也意味着以蒲柏为代表的英国古典主义文学思潮向启蒙主义文学思潮的转变。

在"启蒙学"的视野中，英国启蒙思潮的一个重要组成部分是影响深远的"苏格兰启蒙运动"，其代表性人物有哈奇森、大卫·休谟和亚当·斯密等人。他们的核心观念是强调市场价值和自主秩序的苏格兰自由主义思想，其影响延至今日的西方学界。古代的苏格兰全境地处高地地区，中部河谷地区土壤肥沃，其最早的王国奥尔巴（Alba）王国建立于公元843年，早于盎格鲁—撒克逊人建立的王国。自从1707年苏格兰和英格兰组成了联合王国以后，传承凯尔特文明的苏格兰人仍然维系着自己民族的文化传统，因此在形成和传播现代思想观念方面具有一定的特殊性。18世纪初期，法国启蒙主义思想最先传入苏格兰，然后再进入英格兰地区。1725年，苏格兰启蒙思想家哈奇森出版了《论美与德性观念的根源》一书，强调了基督教的博爱思想和道德社会理念，并从自然法的角度提出了人类需要尊重动物权益的主张。[1]哈奇森的思想在当时具有相当大的影响，特别是他的宽容精神和道德理念在苏格兰启蒙运动中得到了广泛的传播。苏格兰学者大卫·休谟和亚当·斯密等人也是传播启蒙思想观念的代表性人物。大卫·休谟的论著有《人性论》和《人类理解研究》等。由于18世纪欧洲文化思想界人士常常自由旅行和相互交流，这在很大程度上促进了启蒙思想深入而广泛地在各国传播，而休谟与法国学界交往的经

---

[1] [英]亚历山大·布罗迪主编：《苏格兰启蒙运动》，贾宁译，浙江大学出版社2010年版，第81页。

历就是一个典型例子。休谟在 1734 年来到法国后就离群索居、专心著述,花费 3 年时间终于写成了著名的《人性论》。1748 年,孟德斯鸠出版了《论法的精神》这部启蒙运动的代表作。第二年,大卫·休谟在意大利的都灵读到此书,于是立即写信给孟德斯鸠,建议他参考一些苏格兰的经验,并寄去自己的《哲学散论》一书。孟德斯鸠把休谟引为同道,并寄去一本《论法的精神》作为赠书。休谟很快把这部著作的前两章译成英文,随即将其在爱丁堡出版。① 这一事例典型地说明了启蒙时期出现的欧洲"文人共和国"的积极意义,即各国启蒙思想家们通过旅行和书信互相交流,形成了一个跨国界的启蒙理性王国,从而为建构现代西方的共同价值观念打下了思想基础。

苏格兰启蒙运动的另一位代表性人物亚当·斯密在《道德情操论》(1759)和《国富论》(1776)等著作中指出,人的经济活动就是为了谋取私利,利己(self-love)之心人人有之,因此人类社会需要一套有效的制度来防范人性恶的行为,利用道德观念和法律制度保障人的自身利益,同时也为他人带来利益。亚当·斯密和大卫·休谟都强调市场规则、现实精神和社会契约等现代观念的重要作用,并以此丰富了西方自由主义传统的思想内涵。苏格兰启蒙时期的自由主义思潮又被称作古典自由主义思潮,它与英格兰的霍布斯和洛克的自由主义观念略有不同。例如,亚当·斯密等人的市场理论反对国家干预,主张自由竞争和自由贸易,但是,他们又认为人类的理性认识能力和人的经验世界是有限的,因而需要道德和法律来规范社会秩序。苏格兰启蒙思想家还认为,市场机制也是一种人类的交流机制,市场价格就是市场交流的符号,而货币交换正是市民社会中人们互相交流、彼此互动的重要途径。这些看法实际上颠覆了封建社会贵族等级制度的禁锢,以"市场"这一个向所有人平等开放的社会公共空间取代了宫廷或国家权力场域,以自由竞争的机制取代了王权专制或封建等级世袭制。另外,亚当·斯密的经济理论十分重视劳动分工,重视货币流通,强调使用价值和交换价值的不同性,主张实行最低工资的分配原

---

① Hugh Trevor-Roper, *History and the Enlightenment*, New Haven: Yale University Press, 2010, p. 5.

则，认为资本积累总额与劳动分工和提高效率是成正比的，还提出了公平、明确和便利的税收政策等理论。

在《道德情操论》中，斯密提出了几种人生美德——正义、谨慎、宽厚、慷慨、感激和友谊等，认为这些美德是人们行为的准则，但是"一心追求财富的人常常放弃了美德"。同时，斯密还认为理智就是人性的一部分，"人类只要尚存一丝人性，都会认为丧失理智是所有威胁人类生存、使人类面临毁灭状态的灾难中最可怕的灾难。"[①]这些论述显示了斯密对于现代社会的道德准则和人类理性的高度重视，也是他对封建伦理和压制人性等恶行的严肃批评，而他在文学批评和美学认知方面也表现了十分深刻的理论见解。在论述审美品位与民族特性时，斯密认为意大利启蒙戏剧家阿尔菲耶里塑造的布鲁图形象体现了"伟大、崇高"的美，因为其中表现出对国家和民族的大爱超越了对于自己孩子的爱。他提出，习惯和风气会影响一个国家或民族的审美观念，影响人们对于自然对象的审美感受。他认为，"英国的讽刺诗，在法国就是英雄诗，…… 一位著名的艺术家会给各种已确立的艺术形式带来重大的变化，并为写作、音乐、建筑等开创一种新的风气。……在我们自己的语言中，蒲柏先生和斯威夫特博士各自在自己的韵文体作品中采用了一种不同以往的手法，……德莱顿的散漫自由和艾迪生那表达正确但却冗长乏味使人厌倦的无病呻吟，不再成为模仿的对象。现在，人们写作所有的长诗时都模仿起蒲柏先生简练精确的手法。"[②]在这些具体而准确的评论中，斯密表现了对于古典主义审美观念的不屑，而对具有创新意义的简练文体则给予了高度评价。从文学经典传承的角度来看，亚当·斯密的这些论述是苏格兰启蒙运动中最具有突破性的文学理论观点，因为他突破了古典主义的冗长和雕饰审美原则的长期束缚，倡导具有平民审美趣味的朴实文风和适合民族审美习惯的文学想象。坡斯查·费曼尼斯认为，"亚当·斯密《道德

---

① ［英］亚当·斯密：《道德情操论》，王秀莉译，上海三联书店 2011 年版，第 201—203、69、5 页。

② ［英］亚当·斯密：《道德情操论》，王秀莉译，上海三联书店 2011 年版，第 224—225、230—231 页。

情操论》的名声还在于，他把想象界定为具有历史进步意义的人类行为和道德判断的理论基础。"①这里所谓的"想象"是指文学创作中的想象活动，也是表明亚当·斯密的文学素养深厚的一个例证。显然，从斯密生前享有的巨大影响力和与文学界的密切关系来看，他在文学理论和审美品位等方面论述的影响力对18世纪英国启蒙文学的繁荣、对于19世纪英国浪漫诗歌的兴起都做出了理论贡献。

不过，英国人民族意识中具有岛国文化封闭保守的一面和海洋文化的开拓进取的一面，这种"保守与开拓"的双重民族特性对于英国现代社会的政治、经济和文化的转型意义重大。在这种民族特性和时代环境的影响下，英国社会从文艺复兴到启蒙运动的历史时期内经历了与众不同的历史进程，其君主立宪制政体的形成既保留了贵族和王室的血统特权，也给予新兴的资产阶级和市民大众以相当大的自由空间和民主权力。这就形成了现代英国人的自由主义传统，而英国君主立宪制的建立和巩固也与这种自由主义的传统有关。这种民族文化传统的形成有一个重要的原因就是其清教传统的延续，而英国文学经典作家的论述中不乏有关的思想传承。例如，英国诗人约翰·弥尔顿（John Milton, 1608—1674）早在《论出版自由》（1644）一文中就主张，人们要为知识和道德而捍卫言论自由。从17世纪末英国实行出版自由到1662年英国皇家学会的建立，自由主义思想和科学理性精神得到了极大的张扬，而这些思想的传播十分有利于资产阶级现代价值观的传播和发展。17世纪末英国废除了出版物审查法以后，各种满足中小资产阶级需求并普及启蒙思想、表达市民观念的政论小册子广泛传播，这对启蒙主义思想的传播和扩散起到了很大的推动作用。这一自由主义的思想变革主要得益于英国工商经济和国内外市场的快速发展，而当时发生在英国的科学革命如牛顿的《自然哲学的数学原理》这一巨著以及发现力学三大定律等也促进了启蒙理性的传扬。当时英国皇家学会的成立体现出政府对科学研究的重视，而科学技术的发展在极大程度上冲击了传统宗教观念，解放了长期受到禁锢的人类思想

---

① Porscha Fermanis, *John Keats and the Ideas of the Enlightenment*, Edinburgh University Press, 2009, p. 2.

和社会生产力，为人类心智发展和工商社会繁荣做出了贡献。所以说，西方启蒙主义运动主潮首先在英国兴起既有资本主义生产大发展的推动力，也有科学和民主思想的培育；但对文学创作来说，则出现了相对自由的文化艺术空间和摆脱了古典主义影响的世俗化倾向，而英国民族特性中的"保守与开拓"特性则赋予了英国启蒙主义文学以独特品格和创新特征。

罗宾·温克等人指出，17世纪开始，欧洲的文化霸权"从意大利和西班牙转移到荷兰、法兰西和英格兰；"而此时的"科学家和理性主义者极大地促进了两种互补观念的形成，这两种观念将构成18世纪启蒙运动的基石：第一个是'自然'秩序观念，……第二个是人类的能力观念，最适合被称作理性观念；"前一种观念解释了宇宙的无序与混乱等状态，第二种观念在古希腊人那里有着渊源，而这两种观念"被整合成为进步论，这种学说相信所有的人都能够获得俗世幸福与完满状态，而这种状态到那时为止通常被认为只有在蒙受恩典并在死后进入天堂的情形下才可能实现。"[①]这一判断指出了启蒙时代西方诸国社会发展的一个重要文化特征，即追求世俗幸福的观念取代了崇圣和禁欲的天主教获救观，同时也意味着人人都具有追求幸福的平等权利。这种思想观念的形成与资产阶级市民社会的价值观是一致的，也表明了中产阶级在政治文化上的话语权得到加强，并在文学创作中成为许多作家集中思考的思想主题。随着英国资本主义经济兴起阶段的"圈地运动"宣告结束，农民与土地逐渐分离，成为城市和经济建设中的主要劳动力来源，进而促进了工业革命的扩展和市民社会的产生。到了18世纪中叶，以蒸汽机发明而带动的英国工业革命彻底改变了传统的农业和手工业生产方式，现代社会秩序和现代文化意识逐渐巩固。于是，英国启蒙主义文学创作中出现了一系列的经典佳作。另外一方面，1648年的《威斯特伐利亚和约》签订和1688年的"光荣革命"进一步改善了英国在国际争端和议会民主等内政外交方面的形势，有助于英国在海外进行大规模的殖民扩张。由于英国工业革命

---

① ［美］罗宾·温克等：《牛津欧洲史》第2卷，赵闯译，吉林出版集团2009年版，第56页。

对于经济增长的极大推动，英国政府也开始了海外的资本主义扩张，对全球许多国家的财富和资源豪取强夺，同时又大量推销本国的各种产品。这些变化导致了英国人自由民主意识和海外冒险意识的增强，文学作品中的相关叙事题材得到了新的文化意识的赞许。也是从这一时刻起，英国人利用新兴的工业产业在很短的时间内积聚了大量的财富，助长了大英帝国意识的兴起。由此而来的殖民话语和文学创作也日见繁荣，进而构成了英国启蒙主义文学的一个重要倾向。

第二节　启蒙思潮与英国启蒙文学的兴起

英国的古典主义文学受到 17 世纪法国古典主义文学的影响，特别是布瓦洛等人有关崇尚古代传统、讲究三一律、模仿古典作品等观点形成了古典主义文学思潮的核心。英国诗人和批评家约翰·德莱顿（John Dryden，1631—1700）是王政复辟的支持者，在文学理论上传播了古典主义的文学观，主张悲剧体裁和英雄人物，认为"喜剧中的行为是琐屑的，人物是微贱的。"[①] 古典主义诗歌的代表人物蒲柏（1688—1744）主张讲究诗歌韵律，结构严谨，思想深刻。但是，蒲柏对于文学创新却不屑一顾，认为文学写作就是要模仿古人，重视古希腊罗马文学经典，推崇英雄双韵体诗歌，等等。英国的古典主义文学思潮及其创作虽然为英国文学史留下了一些经典篇章，但是从英国民族文化传承的角度来看，古典主义思潮对于英国民族文学和文化的独立建构是一种倒退。17 世纪兴起于欧洲的古典主义思潮受到法国贵族文化的影响，其创作理念和文学题材虽然迎合了英国王政复辟时期的宫廷趣味，却没有及时反映英国工业革命后的时代风貌和民族精神。当英国社会经过了"光荣革命"等一系列政治改革以后，逐渐出现了相对稳定的政治体制、日益兴旺的市场经济和不断增强的海外扩张，这些进展已经超越了法国等欧洲大陆的君主国家。英国民族文学的经典谱系在这种历史进程中也在不断地建构和延伸，特别是以莎士比亚

---

① 伍蠡甫主编：《西方文论选》上卷，上海译文出版社 1979 年版，第 309 页。

文学创作为核心的英国文学传统构成了傲视其他西方诸国的民族文化宝库。本尼迪克特·安德森认为，莎士比亚以方言而不是拉丁文写作预示了英国民族文化意识的崛起，而承载这种民族意识的莎士比亚剧作在大英帝国崛起后才获得了世界性声誉；与此同时，法国的启蒙主义者如伏尔泰等人也采用了方言写作，从而消解了拉丁文的霸权。[①]本尼迪克特·安德森指出了一个近代西方历史演变的事实，即欧洲诸国为了国家主权而通过民族方言书写来巩固本民族的文化主体地位，而这就必然要消解古典文化的语言——拉丁文的主导地位。从这个意义上说，德莱顿和蒲柏等人赞许的古典主义文学思潮必然要被新的、具有英国民族文化特色的文学经典所取代。正是从这个意义上说，英国启蒙主义与意大利启蒙主义都有一个共同的诉求，即追求本民族文化的独立地位，而意大利早期人文主义和启蒙主义作家与英国人文主义和启蒙主义作家同样都采用了本地的方言俗语写作，从而在话语形式上摒弃了拉丁语和古典文化的主导地位。

　　由于英国民族文化中"保守与开拓"的双重特性以及时代变化的影响，18 世纪的英国文学经历了从古典主义审美趣味转向启蒙主义文学风格的变化。当时英国国内工商业经济的迅速发展导致了城市繁荣和乡村衰落，因而有关乡村怀旧和城市罪恶的书写与表现也不断地出现在文坛。可以说，现代社会和文化转型引起了现实主义文学思潮的兴起，这在启蒙时期的英国文学领域里占据了主导地位。约翰·本德指出，18 世纪的英国小说创作"可以被认为是启蒙运动的一个分支"，因为像笛福和菲尔丁等人的小说不仅质疑了传统价值观念，强调了个人主义，而且"通过性格描写来建构了人物的主体性。"[②]本德的看法强调了 18 世纪英国文学与启蒙运动之间的密切联系，赞誉了英国小说通过塑造独立、自主的人物性格的方式来传播启蒙价值观念。如果从历时性的文学发展史进程来看，我们可以把 18 世纪英国文学大致分为三个阶段：前三十年被称为"蒲柏时代"，以亚历山大·蒲柏

---

　　①　[美]本尼迪克特·安德森：《想象的共同体》，吴叡人译，上海人民出版社 2003 年版，第 20 页。

　　②　John Bender, *Ends of Enlightenment*, California: Stanford University Press, 2012, p. 40.

的古典主义诗歌为代表，而蒲柏的古典主义诗歌等只是传承了法国古典主义文学趣味的一时现象，而且此时也出现了笛福与斯威夫特等新一代小说家和散文家；中间４０年被称为"约翰逊时代"，出现了卓有成就的经典批评家和作家如约翰逊、理查逊、菲尔丁和斯摩莱特等人；最后三十年出现了具有浪漫主义倾向的"感伤主义"文学流派，代表人物是斯特恩和哥尔德斯密斯。在 18 世纪的历史时期内，笛福、斯威夫特、约翰逊、杨格、理查逊和菲尔丁等人的创作和评论可说是英国启蒙主义文学的经典之作。

18 世纪初期英国文学的经典性人物是亚历山大·蒲柏（Alexander Pope，1688—1744）。蒲柏出生于一个天主教家庭，却因此受到遵从国教的英国法律的歧视，无法进入学校学习。他自幼患有骨结核而导致驼背，身材只有不到 1.4 米。但是，蒲柏天性聪敏，勤奋好学，自学了法语、意大利语、拉丁语和希腊语，熟读各国的经典作品。他与斯威夫特结识后受到不断的鼓励，于是花费十余年之功而翻译了荷马史诗的两大卷《伊利亚特》（1720）和《奥德修记》（1726），还翻译过古罗马经典作家奥维德和西塞罗等人的作品，显示出对于古典文学经典的深厚功底。1711 年，蒲柏发表诗歌体的批评论著《批评论》，显示出法国古典主义思想的影响，例如主张学习古希腊罗马经典，注重描写自然人性等看法。他的文学创作有长诗《卷发遇劫记》（1712），以幽默讽刺的语言批评了上流社会的虚伪、做作和无所事事等陋习。他的其他作品还有讽刺诗《群愚记》（1742）、政论诗《道德论》（1731—1733）和《人论》（1732—1734）等。作为古典主义的代表性作家和桂冠诗人，蒲柏编纂过莎士比亚戏剧集，而他移植维吉尔的《爱涅阿斯记》中有关题材写作《群愚记》则体现了古典主义的艺术特征和借古讽今的现实主义精神。蒲柏的诗歌语言具有格律工整、用词严谨和善于用典等风格，常常采用简练流畅的双韵体诗行，具有通俗易懂的箴言体特征。但是，蒲柏的天主教信仰与当时英国国教之间有所冲突，所以他受到的宗教歧视等遭遇也为他的亲近平民倾向提供了生活基础。例如，他在作品内容上对王权和贵族进行了讽刺嘲弄，也对市侩和低俗风气加以辛辣的讽刺，因此在一定程度上体现了启蒙时代的文化思想特征。蒲柏还把乔叟的作品如"巴斯夫人"等故事翻译成现代英语，因此对于英语现代化和规范化具有一定的贡献。值得注意的是，虽然蒲柏比较重视古典文学的审美趣味和艺术风格，但是他的文学修养也来自于文化市场和社交活动。他在少年时期就曾多次到文人聚集的咖啡店去，在那里他见到了著名的批评家德莱顿等人，青年时他还常去拉塞尔街的威尔斯咖啡馆参加当时的文人聚会。他的《牧歌集》（又译《田园诗集》）在 1709 年发表，包含四首模仿维吉尔古典文风的诗歌，显示了年轻诗人的才华，受到了人们的关注和褒扬。但是，真正使得蒲柏在文坛声誉鹊起的是艾迪生在批评刊物《旁观者》中对其作品的分析和赞扬。此时，他的英译本《荷马史诗·伊利亚特》共六卷在英国和荷兰出版发行，这使他更加熟悉了古希腊史诗的艺术风格和修辞手法，进而形成了自己的经典文风，而且为他带来了较大的经济利益，使他有了一定的财力参与海外风险投资。

从社会和文化的变迁来看，蒲柏虽然是英国古典主义文学思潮的一位代表性人物，但他也深受当时文化市场机制的影响，再加上他因为天主教信仰而受到英国国教的歧视，这都使得蒲柏在英国启蒙文学思潮中具有独特的表现。哈罗德·布鲁姆认为，"由于儿时的肺病导致了矮小和驼背，蒲柏看上去似乎不具备欧洲启蒙时代伟大英语诗人的候选条件"，但是，他和斯威夫特一样都是讽刺文学的天才，并且发挥了"文学道德家的作用"。[①] 确实，蒲柏在 18 世纪英国文坛上的影响力是双重的，因为他的创作既体现了古典主义的审美品位，也透露了启蒙主义的新思想观念。同时，蒲柏与法国启蒙思想家的交往也是一个值得注意的动向，因为这些交往势必助长了他对新生事物——启蒙价值观念的认知。当时居住在英国的伏尔泰曾经写信给蒲柏，慰问这位因马车翻倒而受伤的英国桂冠诗人。1737 年，蒲柏撰写的包含了《人论》在内的文集出版发行，很快被译成法文等在国外传播，为他带来了很高的荣誉。此时的蒲柏逐渐放弃了对悲剧性的古典作品的偏好，开始撰写喜剧性的讽刺诗歌或散文。吉尔伯特·哈特认为，"亚历

---

① Harold Bloom, *Genius*, New York: Warner Books, 2002, p. 269.

山大·蒲柏也像 18 世纪大多数知识分子一样，以厌恶的笔调回顾了纷扰骚乱的远古时代，在他最富于修辞性的讽刺诗《群愚记》中，他甚至预言一个新的蒙昧时代即将到来。"① 这段评语其实指出了蒲柏创作倾向的某种改变，即他的《群愚记》代表了写作文风从古典的严谨文体转向世俗的讽刺文体，从对古代文化赞美转向对古代社会的批判。蒲柏在这首诗中写道：

> 瞧啊，罗马，这骄傲的太太抛弃了文艺，
> 她对异教邪说的贬责极为严厉，
> 她对长老会议大骂，一切书籍全都屁钱不值，
> 多产的培根就抱住脑袋栗栗危惧。
> 帕都亚城，眼睁睁看着李维的著作被焚烧，
> 曼图亚镇，傻乎乎听凭维吉尔的诗歌被毁掉。
> ……
> 由于游方僧的频繁活动，
> 由于进香者的再三鼓捣，
> 那些长须的、秃顶的
> 戴帽的、光头的
> 穿鞋的、赤脚的……男人们
> 和那些穿着花里胡哨的绒线衣的弟兄们，
> 全部成了严肃的哑剧主角！
> 有的穿短衣，
> 有的打赤膊，
> 那时的英国就是这般糟！②

从上面的诗句可以看出蒲柏这首诗的文体风格与他一贯推重的"英雄双韵体"诗歌风格有所不同，其中多处采用俚俗语言来讽刺上流

---

① ［美］吉尔伯特·哈特：《讽刺论》，万书元、江宁康译，广西人民出版社 1990 年版，第 5 页。

② ［美］吉尔伯特·哈特：《讽刺论》，万书元、江宁康译，广西人民出版社 1990 年版，第 5—6 页。

社会的轻狂，戏谑市井小民的庸俗粗鄙。蒲柏在《批评论》中曾经提出，诗人要饱读诗书经典，切忌一知半解，文学创作要追随自然的合理准则，不要专事雕饰而丧失自然。他写道：

> 有的诗人只偏爱奇思怪喻
> 巧妙的构思突出于每行诗句。
> 满足于异想联翩和巧喻堆砌，
> 那样的作品不恰当也不合适。
> 整篇诗章遍用金玉铺砌堆成，
> 借装饰手段掩蔽艺术的无能。
> ……
> 真才气是把自然巧打扮，
> ……
> 平易朴素才能施展机智，豪情奔放。①

在这些论述中，蒲柏一方面传承了古典美学的"合适"原则，体现了布瓦洛和德莱顿等人有关古典主义理性原则的创作主张；另一方面，蒲柏也反对雕饰做作、倡导平易的文体风格，主张服膺自然真性情的自我抒发，体现了某种启蒙主义和现实主义的艺术创作原则。可以说，蒲柏既是一位天才的新古典主义诗人，但他又是一位浸透了时代精神的世俗歌手，他对上流社会和市井庸众的嘲讽戏谑已经带着启蒙文学的某些思想特征。他的《卷发遇劫记》（1712）在喜剧性叙事中嘲讽了贵族阶级的骄奢和愚昧，在风格和主题上传承了西方文艺复兴以来世俗化写作的总体倾向。可以说，蒲柏在18世纪英国文学史上的传承和创新作用是十分重要的，因为在他前后期创作以及论著中的风格转变已经体现了英国文化传统的两重性——保守与开拓并存的英国民族文化特性。

在18世纪英国文坛上，具有这类两重性文化特征的作家和批评家并不少见。例如，在英国启蒙运动时期的文学批评领域里，塞缪

---

① 参见刘意青主编：《英国18世纪文学史》，外语教学与研究出版社2006年版，第71页。

尔·约翰逊（Samuel Johnson, 1709—1784）的著述对于推动英国文学超越古典主义、体现启蒙主义思想也是值得人们高度重视的。塞缪尔·约翰逊出生于一个书商家庭，属于市民阶级的一员，因此需要依靠自身的勤奋而不是门第来获得社会的成功。他在19岁时进入牛津大学读书，在此期间还把蒲柏的诗歌翻译成拉丁文出版。1732年，约翰逊结识了年长21岁的伯特夫人，很快与之结婚。在一个市场化机制比较完备的现代社会里，约翰逊试图凭借自己个人的才情和学识来获得学界和市场的认可，因此他积极撰写创作及批评稿件并投稿给各种期刊杂志。1738年，他的论文首次被《绅士》杂志录用，随后他的一些文学创作稿件和传记写作陆续得以发表。1754年，约翰逊历时7年编撰的《英语辞典》出版，此书为他带来了显赫的学术声誉。约翰逊编撰的《英语辞典》实际上也是启蒙思想在文化教育领域里的重要成果，因为约翰逊不仅在辞典中对英语规范化做出了很大的努力，而且还广泛地从英国民族文学经典中选取例句进行说文解字，对传承民族文化和文学经典起到了重大的作用。1762年，约翰逊由于编撰《英语辞典》有功于英国，因此获得了国王授予的300镑年金的荣誉，这在当时是一笔丰厚的酬报，使得约翰逊得以摆脱债务和日常花销的负担而专心写作。在此期间，约翰逊曾经向贵族切斯特菲尔德寻求帮助来编撰和出版《英语辞典》，但是他遭到了拒绝；于是他孤身一人在贫困之中坚持完成了这部煌煌大作，并通过文化市场、而不是依靠贵族恩主出版了该著作。当切斯特菲尔德事后写文章赞誉《英语辞典》的成就时，约翰逊却发表了一份公开信揭露了切斯特菲尔德的寡情薄义，并宣称"是上天给了我独立完成它的能力"。约翰逊的上述举动"实际上代表了文学史上这一巨大的变化。他的信表现了新兴资产阶级作家向封建贵族宣布独立自主的反抗精神，所以被不少人誉为欧洲作家的'独立宣言'。"① 实际上从整个欧洲的视野中看，塞缪尔·约翰逊的这种反贵族的"叛逆"之举在意大利、法国和荷兰等地的平民知识分子阶层中都发生过，而这正是启蒙思想运动所带来的社会关系的

---

① 刘意青主编：《英国18世纪文学史》，外语教学与研究出版社2006年版，第133页。

巨大变化。

　　当然，约翰逊的主要艺术成就包括了文学创作、传记写作和文学批评，而他的这些成就构成了英国启蒙运动时期文学经典谱系的重要部分。1759 年，约翰逊为了凑出给母亲办理丧事的费用，集中精力在数天之内完成了自己唯一的一部小说《阿比西尼亚的王子拉瑟勒斯记》(*The History of Rasselas, Prince of Abyssinia*)，并由此获得了丰厚的稿酬。这一带有市场化动机的小说创作其实说明了当时英国文化市场上商业竞争的需求，而这一事例也表明了宫廷和贵族历来对文学创作的主宰地位的削弱。在小说中，作者不断地重复"人生选择"(choice of life) 这一短语，表达了个人意识觉醒和自主独立奋斗的现代价值观念。1765 年，约翰逊在其撰写的《莎士比亚戏剧集序言》中提出，人的"理智只能把真理的稳固性作为它自己的依靠，"而"莎士比亚超越所有作家之上"的原因在于"他是一位向他的读者举起风俗习惯和生活的真实镜子的诗人，""莎士比亚永远把人性放在偶然性之上，"所以他对于国王或普通人都是一视同仁地进行性格描写，"因为他知道国王也和普通人一样爱喝酒，他也知道酒在国王和普通人身上同样会作怪呢。"① 在这里，约翰逊对莎士比亚的称赞也是对新的文学观念和美学思想的倡导，因为他的论述一方面传承了亚里士多德有关模仿现实生活的艺术观念，另一方面打破了古典主义模仿古人的教条，主张对于真实的、自然的人性进行描写，同时也对于时代的、风俗的社会环境加以再现。这些艺术观念就是英国启蒙主义文学思想的重要表述，也是约翰逊在传承英国民族文学经典过程中所做出的理论贡献——他通过编选戏剧集和撰写论文的方式把莎士比亚的艺术成就和经典地位加以系统化和理论化，进而为西方文学从文艺复兴到启蒙思潮之间的历史衔接建构了一条经典谱系的理论纽带。人们还要注意的是，约翰逊在极力赞许莎士比亚艺术成就的同时，也没有忽略对于莎剧中语言浮夸和结构松散等问题进行批评，因而体现了一种理性主义的批评原则。除了在文学批评上的重要建树，约翰逊在文学家传

---

　　① 伍蠡甫主编:《西方文论选》上卷，上海译文出版社 1979 年版，第 527—531 页。

记写作上也是硕果累累。他在晚年出版的《英国诗人评传》涉及对弥尔顿、蒲柏和斯威夫特等经典作家的评论，还对当时的玄学派诗歌进行了严肃的批评。从他一生的创作和论述中来看，约翰逊的文学观念中虽然含有某些古典主义的影响，例如他对莎士比亚剧本不能遵守"三一律"而加以批评，但是在倡导模仿现实生活、表现自然人性和蔑视贵族特权等方面还是显示了启蒙思潮的现实主义精神。哈罗德·布鲁姆认为，约翰逊强调了文学创作需要反映人类生活经验和文学阅读经验，而这是体现文学原创性的关键。[①] 所以说，约翰逊的文学观念既有传承经典的一面，也有重视现实的一面，因而对于英国现实主义文学的繁荣做出了理论的贡献。

从更为广阔的视野中审视西方文艺复兴到启蒙运动这一历史进程，我们可以看到摆脱了拉丁文化霸权以后的西方诸国似乎在用一种接力赛的方式来传承和建构新的社会观念和价值体系。这一接力赛首先开始于 14—15 世纪的意大利城邦共和国的早期人文主义和工商经济发展，接着就在英国与荷兰等地获得了一次强有力的接力延伸。16—17 世纪英国的工业革命和荷兰（尼德兰）的商业繁荣推动了文艺复兴向启蒙运动的转化，由此进一步接续到 18 世纪的法国、德国、美国和俄国等地的启蒙思潮和政治运动的兴起。虽然率先进入资本主义工商经济的意大利诸城邦被外族入侵和教会势力打断了现代化的历史进程，但是早期意大利人文主义—启蒙思潮的形成基础——文化世俗化、社会城市化、科技现代化、经济市场化和政治民主化等方面的进展并没有全然终止。由于西方诸国在民族国家建构过程中相互之间存在着合作与竞争关系，因此欧洲和美洲各地之间的人员和商贸交往十分频繁，现代文化思想观念得以迅速地传播和扩散。在英国、荷兰及法国等地资本主义工商业持续发展的状态中，这些现代化进程中的文化转型和价值建构得到了广泛的支持和实施。对于英国来说，18 世纪的英国政治和经济正是处于一种十分有利的利益平衡状态：一方面，英国政治上的君主立宪制和党派议会制在相当大程度上稳定了社会秩

---

① Harold Bloom, *Genius*, New York: Warner Books, 2002, p. 171.

序，形成了保守的资本主义政治体系；另一方面，英国资本主义经济得到科学技术的推动而迅速发展成世界工业进程的火车头，进而导致了激进的海外扩张和海外殖民的热潮。这种保守与开拓的双重性在英国启蒙文学创作中也得到了十分显著的体现，并因此形成了不同于其他欧洲国家的民族文学传承谱系。

英国启蒙主义文学最具有时代意义的是以笛福等人为代表的现实主义小说创作，这些小说作品主要以市民社会的现实生活为创作对象，同时注重社会问题和海外冒险的叙事题材。不过正如前面所提到的，英国启蒙文学并没有激进的政治诉求和公开的反叛意识，而是通过现实主义的叙事和讽刺文学的传承来表达作者的思想意旨。这一时期的英国作家延续了文艺复兴时期的文学经典艺术形式，对流浪汉小说体裁和拉伯雷的讽刺艺术多有借鉴。但是，许多英国作家更加注重以现实生活百态为对象，尽力反映市民阶级的喜怒哀乐，塑造了很多成功的市民人物性格，表现了广大民众的情感和心理变迁。例如笛福的游记小说和斯威夫特的讽刺小说。同时，这些作家还注意在作品中传播新教伦理和世俗观念，摒弃了天主教的神学迷信观念。哈罗德·布鲁姆认为，斯威夫特自认为是都柏林圣帕特里克大教堂的新教牧师，这就使得他的讽刺文学更具有新意。[1]确实，英国的启蒙文学创作在语言上摆脱了拉丁文化的影响，主张使用日常口语，风格轻快，语言幽默，带有相当显著的通俗文化色彩，与重视宫廷和古典审美趣味的古典主义文学形成了鲜明的对照。

从历时性视野中看，英国启蒙文学主潮贯穿于18世纪中后期阶段，其核心特征是摒弃古典主义在题材和风格方面的束缚，强调再现现实人生的多彩画面，书写人性情感的真实吐露。这一时期的英国文学首先经历了"蒲柏时代"30年，以后又经历了将近40年的"约翰逊时代"，直到18世纪后期"感伤主义文学"的出现，预示了19世纪浪漫主义文学的勃兴。在这一时期里，迎合宫廷趣味、体现古典主义风格的诗歌开始消退，而适合市民趣味和具有现代价值观念的小说

---

[1]　Harold Bloom, *Genius*, New York: Warner Books, 2002, p. 281.

创作逐渐进入文坛中心，并借助文化市场的力量成了18世纪英国文学的主潮。这一时期的小说创作包括了冒险小说、讽刺小说、感伤小说、游记小说、哥特小说和哲理小说，等等。例如，劳伦斯·斯特恩（1713—1768）游记体小说《感伤的旅行》（1768）成为感伤小说的先驱，描写了人类最真诚的情感和细腻的内心世界，同情受苦受难的小人物的不幸命运，谴责了贵族专制和恶行，表现了要求自由、平等和博爱的资产阶级人道主义思想。因此，从思想主题来看，感伤主义小说仍然是启蒙文学的一个重要成就。在经典题材的传承上，霍勒斯·瓦尔普（1717—1797）的小说《奥特朗托城堡》是典型的哥特式小说，作品借助中世纪神秘主义的传奇题材来描写生活中的暴力血腥和隐秘罪恶。哥特式小说突出展现了人类生活中一些非理性的方面，以神秘、怪诞和恐怖等情节吸引读者的注意。这从一定意义上说是对18世纪启蒙文学主流的反拨，但也丰富了小说创作的题材，对19世纪英美作家如勃朗特姐妹和爱伦·坡等人的小说产生了相当大的影响。另外，18世纪的英国诗坛也出现了一批具有强烈现实精神的作家，例如以托马斯·格雷（1716—1771）为代表的"墓园诗派"，其代表作《墓园挽歌》描写了乡村墓地肃穆的风景，探讨了人生意义等严肃话题。威廉·布莱克的诗歌虽然具有一定的神秘主义色彩，但他对现实中黑暗势力的压迫与恶行也进行了尖锐的批判，对于人民的痛苦和革命的诉求进行了充分的表现。罗伯特·彭斯的诗歌一方面歌颂了苏格兰的悠久历史和多彩文化，展现了淳朴清新的苏格兰乡土气息，另一方面也讽刺了权贵的虚伪和教会的专制，从而唤起了平民百姓的抗争意识和苏格兰人的民族意识。

英国启蒙主义文学的重要代表人物是丹尼尔·笛福（Daniel Defoe,1660—1731），他以小说《鲁滨逊漂流记》（*Robinson Crusoe*, 1719）而享誉海内外。笛福以十分新颖的现实主义创作宣扬了资产阶级的价值观和道德观，表现了资本主义上升时期的开拓进取精神，突出了个人奋斗的自我解放意识，因而为西方启蒙思潮中的现代资本主义核心价值观念做出了形象的阐释。笛福出生于伦敦一个家境普通的市民阶级人家。他本姓福（Foe），后来他在自己的姓前面加上

"de"，形成了笛福这个名字，使人听上去感觉具有一些贵族家世的气息。他的父亲詹姆斯·福是一个屠夫和小商人，靠着自己辛勤的劳动得到了社会的承认，获得了选举权。不过，由于他的双亲信仰长老会而不信仰英国国教，因此笛福受到当时教会戒律的影响，没能进入大学读书。笛福在新教徒设立的学校中接受了良好的人文教育，同时通过自学熟悉了多种外国语言。但是他在大学时期就对经商颇感兴趣，20岁以后开始经营针织品生意，以后又从事烟酒和羊毛生意，还从事建筑业砖瓦买卖，并在经商之际游历欧洲各国。然而，笛福一生中屡次遭遇灾难，商业投资也屡屡失败，多次负债并陷入破产境地，并多次被债主起诉。由于经商无门，笛福在18世纪初终于弃商从文，在世纪之交写出了《论实业开发》（1698）和《纯正的英国人》（1701）等政论性诗文。他在这些诗文里主张开办银行、修建公路和创办疯人院等公益实业，并对英国人偏爱血统门第却忽略个人才能的保守思想进行了嘲讽和谴责。1702年，他发表了讽刺时文《铲除异端者的捷径》，讽刺当局压制不同教派的做法。这篇文章锋芒毕露，触怒了当局，导致笛福被捕入狱，并在伦敦一个广场上被迫戴枷示众3天。然而，笛福不为迫害所屈服，坚持以文章进行辩驳，广大伦敦市民也为其鸣不平，认为笛福说出了民众的心里话，因此视他为一位英雄人物。1704年，笛福创办了《法兰西与全欧政事评论报》（*The Review of the Affairs of France and of All Europe*），假借评论法国政事而对英国政治和社会治理提出了许多批评。这份刊物的出版发行由笛福独立经营，不依赖政府的支持，上面的文章多出自笛福之手，涉及政治、宗教、科学和艺术等社会各个方面的问题。1713年这份报纸停办，但是笛福仍然保持了与新闻出版界的紧密联系，并撰写了250多篇政论和文稿，成为反对权贵专制和鼓吹自由平等思想的舆论代言人。笛福还撰写了《贸易通史》（1714）和《英国商务规划》（1728）等论著，主张各国之间的自由贸易往来，表达了现代资本主义的经商之道。可以说，笛福在当时已经成为一位公共知识分子，运用自己的智慧和文笔传播了启蒙主义思想，为了市民阶级（资产阶级）的利益和尊严进行了不懈的斗争。不过，笛福晚年债务缠身，生活窘迫，最后孤独地走完了坎坷的一生。

作为英国启蒙主义文学兴起的标志性作家，笛福的文学创作主要有小说《鲁滨逊漂流记》（*Robinson Crusoe*，1719），《辛格顿船长》（*Captain Singleton*，1720），《摩尔·弗兰德斯》（*Moll Flanders*，1722），《杰克上校》（*The History and Remarkable Life of Colonel Jacque*，1722）和《罗克珊娜》（*Roxana*，1724）等。① 笛福的小说《鲁滨逊漂流记》反映了英国海外殖民活动的经历，小说主人公充满了个人冒险和乐观进取的资本主义开拓精神。这部小说的素材出自一个真实事件：1704年，一个英格兰水手亚历山大·塞尔格与船长发生冲突后被抛弃在一座荒岛上。塞尔格独自一人在荒岛上生活了4年多，直到一个航海家发现他，将他带回英国故土。笛福从这个真实的故事中得到灵感，创作了鲁滨逊这个海外开拓者的典型形象，艺术地阐释了现代资本主义的价值观和道德观。《鲁滨逊漂流记》叙述了19岁的英国青年鲁滨逊不听父母的劝告，放弃了陆上的安逸生活，毅然决定参加海外的经商旅程。在旅途中，他被摩尔人掳去做了奴隶，后来他设法逃到巴西，靠自我奋斗成为了一位种植园主。然而，在一次去非洲贩运黑奴的过程中，他的船只在海上失事，因此他只身一人漂流到了一个无人居住的荒岛上。在这座荒岛上，鲁滨逊以惊人的毅力克服了无数常人难以想象的困难，在岛上生活了28年，靠自己的劳动和智慧生产了食粮，造出了小船，建起了住处，并且还收服了当地土著，把荒岛变成了一个世外桃源。小说的一个核心情节是鲁滨逊如何依靠自我奋斗生存下来，收服了土著人"星期五"作为自己的雇工，并且以现代文明教化了这个野蛮人，最后与他一道回到了英国，实现了自我拯救的梦想。小说描写道，鲁滨逊流落到荒岛12年后的一天，意外地在沙滩上发现了人的脚印，显示附近有人类出没。又过了近10年时

① 本书此处把笛福视为"英国启蒙主义文学兴起的标志性作家"主要原因是以下几点：首先，他比斯威夫特（1667—1745）生卒年月都要早，而且他的成名作小说《鲁滨逊漂流记》出版于1719年，比斯威夫特的游记体小说《格利佛游记》（1726）的出版要早7年；其次，笛福是第一位用现实主义创作方法来叙述当代真实生活的英国作家，预示了现实主义小说这一艺术形式此后在西方一百多年的繁荣；最后，笛福所塑造的人物典型如鲁滨逊的形象集中体现了资本主义的开拓进取精神，正面呼应了启蒙运动对于新兴资产阶级和现代价值观念的诉求。

间，他从食人族手中救下一个即将被杀死的土著人，为其命名"星期五"，成为自己的仆人。鲁滨逊教他使用英语，让他皈依了基督教。后来，一艘英国船开到荒岛附近，船上水手造反，抛弃了船长。鲁滨逊和"星期五"帮助船长夺回了船只，并一同乘船回到了英国。回归之后的鲁滨逊娶妻生子，享受着他多年海外历险所积累的财富；他还多次回到那座荒岛，继续开发土地，种植作物，饲养家畜，最终成为了这座岛屿的殖民统治者。当鲁滨逊带领"星期五"杀死土著人、救出遇险的船员之后，不禁产生了一种君临天下的国王意识：

> 我兴奋地想象自己多么像一位国王。全岛都是我个人的财产，因此我具有一种毫无疑义的领土权；第二，我的百姓完全服从我，我是他们的全权统治者和立法者。……此外有一件值得关注的事，那就是我只有三个臣民，却分别属于三个不同的宗教：星期五是个新教徒，他的父亲是一个吃人部落的异教徒，而西班牙人又是一个天主教徒。不过，在我的领土上，我允许信仰自由。①

这一段自我心理表白明确显示出鲁滨逊的开明君主意识和殖民主义思想，而这种混合的思想意识却代表了英国在17—18世纪期间兴起的那种帝国和殖民意识。同时，鲁滨逊又是文艺复兴以来西方文学史上第一个获得世俗成功的平民资产者形象。他用自己的双手实现了开拓世界和创造财富的梦想，具有冒险精神和个人主义的他正是英国上升阶段资产阶级的典型代表。鲁滨逊出身平民，靠着自己的辛劳、机智和坚毅战胜了困难，积累了财富，实现了个人成功。这一形象鲜明地体现了笛福本人持有的清教徒信仰和资本主义的价值观。同时，鲁滨逊也是英国殖民主义思想的典型代表。他利用理性的谋划和艰苦奋斗赢得了生存竞争，并开拓疆土，自视为统治世界的主人，把其他种族的"野蛮人"和异教徒视为有待开化和征服的他者。所以说，这部

---

① ［英］丹尼尔·笛福：《鲁滨逊漂流记》，高诚译，外文出版社2000年版，第135页。

小说既是英国市民阶级个人奋斗直至成功的真实写照，也是英国海外殖民和征伐经历的一曲赞歌。马克思指出：

> 鲁滨逊的故事绝不像文化史家设想的那样，仅仅是对基督文明的反动和想要回到被误解了的自然生活中去。…… 这倒是对于１６世纪以来就进行准备、而在１８世纪大踏步走向成熟的'市民社会'的预感。……这种１８世纪的个人，一方面是封建社会形式解体的产物，另一方面是十六世纪以来新兴生产力的产物，而在１８世纪的预言家看来（斯密和李嘉图还完全以这些预言家为依据），这种个人是一种理想，它的存在是过去的事；在他们看来，这种个人不是历史的结果，而是历史的起点。[①]

马克思看到了鲁滨逊这个形象所代表的资产阶级个人主义精神，认识到这个人物所处在一个成熟的"市民社会"，因此具有标志一个历史新纪元的开端性意义。如果我们能够清楚地认识到，启蒙运动和启蒙思潮实质上是新兴资产阶级为了登上历史舞台的中心而进行的一场社会和文化革命的话，那么，马克思对于鲁滨逊这个人物的深刻分析正好为我们加深这种认识提供了理论的依据。实际上，笛福对于资本主义工商社会的热忱关注以及他本人的清教主义理想一直贯穿在他的著述之中，而他作为市民社会的代表性人物在自己一生的经历中也处处体现了这些理想和观念。在他撰写于1724—1726年的《不列颠全岛游记》中，笛福以一位现实主义作家的敏锐观察力勾勒了18世纪英国社会的全貌，同时也以旅游指南的方式讲述了当代英国本土的历史、地理、人情、风俗以及物产商贸等内容。这部作品与他的《鲁滨逊漂流记》一样，都采用了日常生活中的俗语雅言，文字流畅通俗，注意细节描写，适合于广大的平民读者阅读和欣赏。可以说，笛福不仅是一位重要的英国启蒙主义思想家和文学家，而且还是一位观察精细、敢于直言的风俗史家和政论家。法国著名艺术史家丹纳认为，鲁

---

① ［德］马克思：《〈政治经济学批判〉导言》，见《马克思恩格斯论文学与艺术》上卷，人民文学出版社 2002 年版，第 441—442 页。

滨逊的形象体现了英国人的民族性和人类奋斗的意志，他"是个十足地道的英国人，浑身的民族本能至今可以在英国水手和垦荒者身上看见。"①丹纳强调了鲁滨逊的坚强、耐心、固执和勤劳等英国人的民族特性，认为这些特性代表了新教徒的情感和性格，并由此使《鲁滨逊漂流记》成为现代英国民族文学的经典之作。

从西方文学经典传承的角度来看，笛福的《鲁滨逊漂流记》接续了荷马史诗《奥德修记》的航海游记体裁，并受到了中世纪骑士传奇和文艺复兴时期"流浪汉小说"等叙事形式的影响，再从现实生活中的素材出发来创造具有典型意义的人物形象，讲述了在资本主义大扩张年代里一位冒险者和开拓者的海外传奇故事。在笛福的其他小说作品中，这一叙事主题始终是不可或缺的经典形成元素。在他1720年发表的小说《辛格顿船长》（ *Captain Singleton* ）中，主人公辛格顿船长的故事同样源于一个真实的故事。在笛福笔下，辛格顿幼年遭遇了绑架，随后就开始了航海生涯。他在船上参与叛变，结果失败，被遗弃在非洲马达加斯加岛上。他经历了种种困难和险境以后终于脱险，同时也积累了大量财富。当辛格顿船长回到英国之后，很快就将财富挥霍干净。于是他再度出海冒险，去过很多地方，更加疯狂地掠夺当地人的财富，终于又暴富返乡。辛格顿船长的故事再次演绎了鲁滨逊的冒险传奇，美化了英国殖民者在海外的掠夺和侵略历史。笛福的另一部小说《杰克上校》出版于1722年，描写了下层社会边缘人的坎坷生活和个人奋斗历程。杰克是一个私生子，很小的时候就被父母遗弃，最终沦为盗贼。之后他参加了英国军队，然而又怕战死沙场，于是从军队里逃走。这以后，杰克又遭人绑架到美洲，成为一名奴隶。在美洲，他通过辛勤劳动终于得到了回报，获得了人身自由。但是，随着财富的增加，杰克也成为了一个殖民者，积累了大量不义之财。杰克在返回英国的旅途上娶过五个妓女，生活混乱不堪。但是，在心灵良知的感召下，他终于改邪归正，过上了安定的平民生活。

笛福的另一部独特的杰作《摩尔·弗兰德斯》聚焦于一位底层

---

① ［法］丹纳：《艺术哲学》，傅雷译，人民文学出版社1983年版，第361页。

社会的女性。小说主人公摩尔·弗兰德斯出生在监狱，亲生母亲是盗窃犯，生下摩尔之后就被流放到美洲。摩尔自幼被吉普赛人收养，14岁时养母去世，但她得到好心的科尔切斯特市市长夫人收留，并和夫人的女儿一起读书。摩尔长大以后出落得非常美丽，却被市长夫人的大儿子诱奸，之后又遭到抛弃。但是摩尔最后却与夫人的小儿子罗宾体面地结婚。5年之后，罗宾去世，摩尔开始堕落了。她先后嫁过5次，为了获取金钱与各种人私通。在一次去往弗吉尼亚的船上，她发现自己的丈夫竟然是自己同母异父的弟弟。回到英国，摩尔先后再与各种人发生恋情，并生下数名小孩。摩尔有段时间生活潦倒，不得不以盗窃为生，被抓住后投入监狱。在狱中，摩尔遇到了前夫兼骗子杰米，两人一起被流放到美国。到了弗吉尼亚，摩尔发现了亲生母亲留给自己一个种植园，她因此继承了不少财富，临终前回到英国忏悔自己一生的罪恶。摩尔的形象代表了18世纪新兴市民阶级的普遍心态——他们希望一夜暴富，追逐上流社会生活，不择手段地改变生存状态。摩尔的堕落从一定意义上也反映出英国社会在资本主义扩张阶段的道德堕落状态，并对唯利是图和寡廉鲜耻等资本主义罪恶进行了批判。与这部小说思想内容比较接近的是1724年出版的《罗克珊娜》，讲述了一位名叫罗克珊娜的妓女如何周旋于上层社会名流之间的故事。罗克珊娜原名毕洛小姐，其父母来自法国，因为躲避宗教迫害而来到英国。毕洛小姐曾经嫁给一个商人，然而商人破产后就将妻子和孩子遗弃。年轻貌美的毕洛小姐为谋生计，改用了跳舞时期的艺名罗克珊娜。她经常在英国以及欧洲其他国家游历，并与多个上层名流关系暧昧，顺便从中骗取钱财。后来罗克珊娜嫁给一个荷兰的商人，在短暂的家庭生活之后，荷兰商人发现了她的背景和真实身份，两人的婚姻因此破裂。后来，罗克珊娜因为负债而入狱，最终孤苦零丁地死去。罗克珊娜是笛福的小说中唯一没有善终的女性人物，然而她的形象却十分鲜明，性格描写也比较饱满。这部小说与《摩尔·弗兰德斯》的故事几乎是异曲同工，只是两位主人公的结局不一样，体现了笛福对于人性之恶和社会弊端的认识更加深刻。从一定意义上说，笛福的这几部小说开启了19世纪欧洲批判现实主义小说的先河，例如在萨克雷的《名利场》和福楼拜的《包法利夫人》等小说人物身上都可以看到摩尔·弗兰德斯和罗克珊娜的影子。因此，笛福的小说创作既是英国启蒙主义文学兴起的重要标志，也是西方文学经典谱系中的重要连结——他的游记体小说上承古希腊航海历险叙事的脉络，并受到文艺复兴时期"流浪汉小说"的影响，进而与17世纪作家约翰·班杨（1628—1688）的寓言式游记小说《天路历程》（1678）和18世纪作家斯威夫特的小说《格列佛游记》（1726）等作品形成了经典题材的传承谱系；同时，笛福注重描写社会底层人物和小市民坎坷经历这类叙事延续了《十日谈》等文艺复兴创作的世俗生活题材，开启了18世纪英国感伤主义小说和19世纪欧洲批判现实主义小说的生活素材源流。

第三节　英国启蒙文学的民族经典传承

17世纪的欧洲古典主义传承了贺拉斯的"合适说"，主张古典理性的原则，强烈要求作家遵守"三一律"的规定，注重模仿古人，坚守文体风格的高雅低俗之分等。法国批评家布瓦洛在《诗的艺术》中提出，"希望一切文章永远只凭理性获得光芒"，"我们法国最伟大的作家们的作品成功正要归功于这种模仿。"[1]英国古典主义代表性人物德莱顿认为，悲剧描写伟大的人物，喜剧的人物却是微贱的，"戏中的英雄必须不是个恶棍，即是说，要想引起我们怜悯的角色必须有合乎美德的倾向，""性格必须与人物合适、相符，即是说，必须与这个人物的年龄、性别、地位以及性格的其他一般因素适合"，因此，国王的言行"必须显出庄严、慷慨和对于权力的嫉妒等品质。"[2]这些古典主义艺术观念包含了某种时代转型的痕迹，即17世纪英法古典主义理论家对于理性而不是对于信仰给予了高度重视，反映了人们自文艺复兴以来逐渐从宗教迷信中走了出来；但是，古典主义观点也反映出机械模仿古人、压制创新活力的局限性，同时还倡导了人物形象塑

---

[1]　伍蠡甫主编：《西方文论选》上卷，上海译文出版社1979年版，第288、305页。

[2]　伍蠡甫主编：《西方文论选》上卷，上海译文出版社1979年版，第311页。

造上的类型论，反映了封建贵族等级制对于平民百姓的轻视和不屑。古典主义文艺观点显然与启蒙主义强调自由平等和张扬个性的主张互相抵牾，体现了对于封建贵族专制道德的赞赏和对于现代市民社会价值的排斥。但是，18世纪的英国已经迅速发展成为一个比较繁荣的现代资本主义社会，启蒙主义思潮的影响已经不限于尊奉"理性王国"的哲学思想原则，而且表现为以经验主义和唯物论取代先验主义和唯心论，以自然科学的工具理性取代纯粹理性的教条，以人权、民主、平等和自由等政治理想对抗专制暴政和思想禁锢。同时，由于英国近现代历史发展的独特性和"保守与开拓"的民族特性等影响，英国启蒙文学创作既没有像意大利启蒙文学那样具有反抗外族统治的民族革命特征，也没有像法国启蒙文学那样具有强烈的哲理意识，而是在主题意旨上具有十分强烈的现实意识、市民意识和批判意识，在语言风格上具有显著的俗语色彩和讽刺特征。从文学经典传承的角度看，此时的英国启蒙文学主潮不仅具有古希腊罗马喜剧创作的某些特征，而且延续了中世纪欧洲"城市文学"的题材和风格，具有极为鲜明的现实色彩和十分突出的嘲讽特征。可以说，英国启蒙文学的主潮基本摆脱了17世纪古典主义教条的束缚，总体上实现了约翰逊在《莎士比亚戏剧集序言》（1765）中所提出的要求，即强调描写普遍人性和民情风俗，打破人物性格塑造的高低贵贱之分，真实而生动地再现广阔时代背景下的人间百态。[①]

人们还要重视的一个时代特征就是，18世纪印刷资本主义的快速发展和繁荣刺激了英国文化市场的扩张，许多出身平民阶层的作家不再受到贵族或宫廷的眷顾，而是依靠自己的写作稿费或版税来赚取生存的钱财。这种变化实质上就是文化商业化的表现，其运行机制必然要求作家依靠自己的创新能力在市场竞争中求得生存。于是，文学作品成为了一种文化商品，因此作家们必须为了广大市民读者的需要（或者说就是市场需要）而写作，所以作品语言和故事内容都要适合市民阶层的审美情趣和生活追求。例如，笛福在《鲁滨逊漂流记》出

---

① 伍蠡甫主编：《西方文论选》上卷，上海译文出版社1979年版，第527—531页。

版并获得市场成功以后，他立即写出续篇投向市场出售。当时随着教育的逐渐普及和世俗化，英国城市里的咖啡馆、沙龙和公共图书馆不断增长，大众通俗刊物、休闲读物和平民读者群体等也不断增长。约翰·杰诺瑞认为，英国的"沙龙等临时机构把俗语文学语言作为某种民族标准语言的原型进行生产和复制。奥尔巴赫指出的'公众'（这里指的是阅读纯文学的公众）开始受城市的支配，也就是受资产阶级支配。"① 罗宾·温克等人也指出了城市文化市场兴盛的状况，认为在18世纪的英国就可以自由出版印刷品，但在法国则受到了官方的审查和限制；不过，18世纪"西欧中产阶级的成长及不断增长的财富意义深远地扩大了艺术、音乐、文学、历史、科学和哲学的消费受众。作为对之的反映，在整个18世纪里书业繁荣，同时公共剧院、公共音乐会、公共艺术品展览不断增加。……公共关注的事情不仅在新闻中，也在咖啡馆、印刷所和沙龙中得到越来越多的讨论和争论，所有这些场所迅速遍及西欧和中欧。"② 这就是说，在18世纪的欧洲，特别是在早已实现出版自由的英国，市民社会的"公共空间"迅速地扩大，而传播启蒙思想的文化读物和文学创作必然地在这样的空间和市场中大行其道，进而影响了整个社会的思想转型和人民大众的观念变革。

在18世纪的英国文坛上，除了笛福以外，小说家斯威夫特、菲尔丁和理查逊，诗人布莱克和彭斯，戏剧家谢里丹等人的创作也构成了英国启蒙文学的重要部分。乔纳森·斯威夫特（Jonathan Swift, 1667—1745）是英国著名的讽刺小说家和政论家，也是英国启蒙运动的激进派代表人物。斯威夫特生于爱尔兰的都柏林，父亲在他出生之前就已经离世。他的妈妈阿比盖尔·艾瑞克在生下他之后返回到英格兰，斯威夫特是由他的叔叔古德温·斯威夫特抚养长大的。青年时期的斯威夫特先后进入基尔肯尼学院（Kilkenny College）和都柏林的三一学院学习神学。然而，他的兴趣不在神学而在文学，因此他毕业时候只得到了一张不受重视的"特许学位"证书。1688年，他的叔叔去世，而

---

① ［美］约翰·杰洛瑞：《文化资本》，江宁康等译，南京大学出版社2011年版，第69页。
② ［美］罗宾·温克等：《牛津欧洲史》第2卷，赵闯译，吉林出版集团2009年版，第149—150页。

此时正值爱尔兰政治局势动荡，于是斯威夫特被迫中断了硕士学业，投奔在英格兰莱斯特的亲生母亲。由于出生平民，斯威夫特直到 1689 年才得到一个贵族秘书的职位。在外交官兼作家威廉·坦普尔爵士的府上，斯威夫特的文笔和才情得到了爵士赏识，后者曾经把斯威夫特介绍给威廉三世。1690 年，斯威夫特因为健康原因回到爱尔兰，次年又来到了英格兰，并于 1692 年在赫特佛德学院获得了文科硕士学位。这之后直到 1699 年，斯威夫特一直在坦普尔家任职，为爵士整理回忆录并编辑出版。之后几年，斯威夫特做过爱尔兰总督的秘书，后来在莱拉哥教区做了 10 年牧师。不过，斯威夫特的政治倾向并不稳定，他一度与倾向辉格党的艾迪生是好友，并参加辉格党举行的有关社会生活的各种讨论会。然而他又在 1704 年加入托利党阵营，成为其机关报《考察者》（*The Examiner*）的主编，并发表了一系列政论小册子支持保守党的政策。斯威夫特一生健康欠佳，晚年眩晕症加重。1745 年，斯威夫特孤独地走完了一生，但是他的作品却给英国文学经典谱系和爱尔兰民族文化留下了浓墨重彩的篇章。

斯威夫特的文笔犀利，语言生动，政治观点鲜明，因此他的一系列政论文章很快地为他赢得了公众的赞誉。1704 年，他的《一只桶的故事》《书的战争》《对 1708 年的预言》和《现在英国废除基督教可能招致若干不便》等讽刺论文汇集出版，对于当时的学术迂腐和宗教势力的狭隘给予了辛辣的讽刺。这些文章使得斯威夫特成为一位著名的公共知识分子，他的影响力也日益增大。1713 年，英国女王和托利党上层让他出任都柏林的圣·帕特里克大教堂的教长，趁机将他排挤出伦敦的政治中心。作为一位出生在爱尔兰的知识分子，斯威夫特深刻了解在英国统治之下的爱尔兰人民缺乏话语权，政治经济生活受限，生活无所依靠的状况，因此十分同情并支持爱尔兰的民族解放运动。他曾匿名发行小册子《关于普遍使用爱尔兰产品的建议》（*A Proposal for the Universal Use of Irish Manufacture*, 1720），号召爱尔兰人民使用爱尔兰产品，发展民族工业，争取爱尔兰人们的权力和利益，反抗英国人的压迫。1724 年，斯威夫特发表了文章《布商的信》（"The Drapier's Letters", 1724），揭露了英国铁匠威廉·伍德（William

Wood）1722 年从国王手中获得特权，为爱尔兰铸造贬值新铜币而捞取暴利的事实。这篇文章发表后引起了爱尔兰人的极大不满，一时舆论哗然。英国政府迫于压力，只得取消了伍德的铸币权。斯威夫特也因此成为爱尔兰的一位民族英雄。1729 年，斯威夫特发表了著名的论文《一个谦卑的建议》（"A Modest Proposal"），该文在斯威夫特的政论文中传播最广，影响力最大。在文中，斯威夫特以超常冷静的口吻给穷人提出了一个"谦卑"的建议：他们若要摆脱生活困境，只能将自己的婴儿养肥后卖给有钱人做盘中餐。这样既可以解决人口众多的问题，又可以给自己家庭增加收入。这篇文章讽刺了贵族阶级和有钱富人的吃人本质，更批判了英国政府对于爱尔兰人民采取的压榨政策。这篇文章以平淡的口吻提出了一个"吃人的建议"，却在字里行间透露出作者的极度愤怒，深刻地揭露了英国统治下的爱尔兰人民痛苦生活，讽刺了英国政府和富裕阶级为富不仁、欺压百姓的恶行。这篇论文也是英国现代散文中的一篇经典之作，其含而不露的批判锋芒在看似平易的建议中不断地闪闪发光。

斯威夫特的政治论文充满了反抗专制统治的斗争精神，体现了对市民大众和对爱尔兰民族命运的忘我关注；其朴实严谨的文风、不露痕迹的讽刺、深刻正义的思想使他成为英国启蒙运动和启蒙文学不可或缺的经典性人物。他一生中创作了散文、诗歌、小说和书简等众多形式的作品，但是只有他的《格列佛游记》（1726）才是英国启蒙文学的代表性大作，而且对丰富西方讽刺文学的经典谱系做出了很大的贡献。游记体长篇讽刺小说《格列佛游记》以外科医生格列佛为主人公，叙述了格列佛因为不满在伦敦的平庸生活而毅然随船出海游历的故事。这部小说以杜撰的海外奇遇为题材，描写了小人国、大人国、飞岛国和慧骃国等岛国上的许多奇闻异事。小说实质上是用寓言的方式揭示了 18 世纪英国上层统治集团内部的腐败和倾轧，批评了英国政府的海外殖民政策，讽刺了国内教派的争斗和学界的迂腐。斯威夫特把自己的思想观念投射在主人公身上，他所经历的种种社会不公和人际倾轧成为他构思情节的生活依据，他对人性善恶的思考在小说虚构的海外岛国人物身上得到了深度的揭示。在小说第 1 卷中，作者首先讲述了格列佛乘坐的"羚羊号"商船不幸触礁，但格列佛大难不死，不知不觉地漂流到了小人国。这个国家的人身高不过6英尺，然而却有着一套十分奇怪且严谨的政治体制。他学习当地语言，了解当地文化，最终获得了国王的信任。格列佛还仗着自己硕大的身躯帮助国王击退了来犯的外国侵略者，获得了国王赏识。小人国政界跟英国政坛一样，充满着各种政治纷争，他们靠鞋跟的高低来区分党派，这就影射了当时英国的托利党和辉格党之间的争权夺利。小人国议会不处理重要事务，却为鸡毛蒜皮的小事争论不休，例如为了敲开鸡蛋的大头还是小头而进行无聊争论。结果，大头派流亡海外，并引兵杀回国内，两派因此交战不已。这一情节设计影射了英国天主教和新教的教派之争，并讽刺了政府的无为和战争的无意义。在小说的第2卷中，主人公格列佛乘坐"探险号"被狂风吹到了大人国。此地农作物高达40英尺，人类身高达60英尺。格列佛先是沦为一个农家的玩物，后被献于国王取乐。在大人国的宫廷上，格列佛需要仰视国王及其臣民才能与之交谈，但他在讲述英国政治制度的党派争斗时，介绍了阴谋权术的重要作用，使得大人国君臣十分藐视英国的政治现状。主张贤明政治的国王听了格列佛的讲述，认为他与他所代表的人类是自然界中最狠毒的一种，因此对格列佛的政治主张不屑一顾。此时正好一只巨鸟飞过，它抓起格列佛飞走后丢入海中，幸好一艘路过的船只救起了他。在小说的第3卷中，格列佛再次出海后遇到了海盗，他被丢在一只小船上漂流到飞岛国。该王国科技发达，科学家能操作磁石让巨大的岛屿漂浮在空中，并在其统治区域任意飞行，官员还能从排泄物中搜查到臣民谋反的证据。在这里，凡有人违反社会规矩，就会被像浮云一样的飞岛压死。王国的人过分依赖科学管理国家，却忽视了人的日常生活和情感需求，这使得格列佛难以忍受而乘机逃脱。这些讽刺意味强烈的寓言式描写针对英国皇家学会的迂腐进行了抨击，同时还以飞岛作为殖民者的象征批评了英国殖民主义政策。在小说的第4卷中，格列佛来到了一个称为慧骃国的地方。在这里，理性和美德兼备的慧马是王国的主人，而被统治的最低等的生物是长得像人的动物叫"耶胡"（Yahoo）。耶胡是一个缺少道德和信仰、野蛮而贪婪、懒惰而肮脏、好斗而凶悍的种群，这些生物被慧马用来拉车、做工，甚至被宰杀当食物吃掉。不过，慧马的美德给格列佛留下了深刻的印象。慧马们互相之间友好又仁爱，讲究卫生，勤奋积极。他们没有政府管束，只是每年开一次会议，然而他们的社会却井井有条。慧马们注重内心的修养，不做无用的外表装饰。顺其自然地生活，恬静安逸。当格列佛提及欧洲各国之间的百年战争，社会中的贫穷与腐败，政客之间的勾心斗角等社会弊端时，慧马批评人类的非理性行为，指出这些行为在耶胡群中也有。格列佛惊讶地发现，耶胡其实就是人类，却在慧马高贵品质的映照之下显得格外地堕落。斯威夫特通过这一系列的描写撕去了文明人的面具，揭示了人的原始欲望和邪恶一面。但是，由于格列佛不适应当地的饮食习惯，无法与耶胡们和睦相处，又不能变成一匹慧马，因此最后被逐出慧骃国。他在被一艘葡萄牙船救回伦敦后，宁愿跟马相处，也不愿接触外界人世，甚至对自己的妻子也感到极为厌恶。

斯威夫特的《格列佛游记》在英国文学史上的艺术贡献是十分巨大的，它不仅丰富了18世纪英国启蒙文学的经典宝库，而且以生动的叙事突出了英国人常有的严肃外表之下的幽默感，是表现英国人民族特性的重要文化经典。当然，如果把这部小说放入整个西方文学经典谱系中来观察的话，它的传承特征更为丰富而突出。首先，这部小说是继《鲁滨逊漂流记》之后又一部航海历险的游记体叙事小说，在体材上与荷马史诗中《奥德修记》同属一类；其次，这部小说具有显著的寓言特征，其源头可以上溯至古希腊的伊索寓言和古罗马奥维德的《变形记》，又延续了中世纪市民文学经典《列那狐传奇》的形象和情节；再次，这部小说对文艺复兴时期的法国讽刺文学经典《巨人传》中的修辞手法有所借鉴，特别是在运用夸张、反讽和拟人等手法来讽刺和抨击时弊上有不少相似之处，例如两部小说中都有采用低俗的情节（《巨人传》中的撒尿和《格列佛游记》中的验粪等情节）来取得嘲讽和挖苦的最大效果。这些讽刺艺术手法和世俗生活题材通过斯威夫特的经典之作传承下去，对20世纪中期的一些英国文学经典作品产生了深刻的影响，例如奥威尔的政治寓言小说《动物农场》（1945）和戈尔丁的诺贝尔文学奖获奖小说《蝇王》（1954）等。所以说，在英国民族文学经典传承和西方文学经典谱系建构的双重轨迹上，斯威夫特的政论性讽刺散文和小说《格列佛游记》都堪称里程碑式的启蒙文学经典杰作。正如吉尔伯特·哈特所指出的，斯威夫特的讽刺性作品针对的是一切暴行和苛政，"在我们当代，从希特勒的'解决犹太问题的根本办法'中，我们可以发现斯威夫特幻想的现实翻版，这并不是那些狂谬的讽刺家的幻想，而是我们时代的一个部分。"①

18世纪英国启蒙文学的兴起和繁荣是一个发展着的历史进程，如果说《鲁滨逊漂流记》重点刻画了一位具有现代资本主义精神和启蒙意识的英雄人物鲁滨逊的话，那么，《格列佛游记》主要描写了一位正在反思资本主义社会种种体制弊端的思想家形象；前者的开拓进取意义与后者的社会批判意义同样重要，而两者结合在一起才构成了英国启蒙文学的主题思想轨迹。当然，与其他欧洲国家启蒙文学有所不同的是，英国启蒙时期人们的思想意识也不可避免地受到英国海外殖民扩张的影响，因此民族自豪感和民族中心论的思想印迹不时地显现出来。克劳德·劳森认为，《格列佛游记》在寻找英国人民族特性的叙事中体现了一种帝国意识，并对普遍的人性特征，特别是对人性阴暗面的描写十分深刻，因此具有记载欧洲精神发展史的重要意义。②不过，斯威夫特对于启蒙理性的认知在这部小说中却有不同一般的见解，因为他借助主人公的经历讽刺了过分倚重科学理性的弊端——小说中的一位裁缝要为格列佛做一件衣服，但是他用了各种科学的制衣方法，花费了六天时间，却生产了一件不能穿着的衣服，原来是裁缝的测量计算出了差错。这一情节其实正好反映了英国启蒙思想的某种独特性，即英国保守政治体制使得人们对待新兴思想常常产生一些抵制情绪。例如，斯威夫特曾给蒲伯写信说，"我一直憎恶所有的国家、职业和社团。……厌恶的是那个叫做'人'的动物。我的游记正是建立在

---

① ［美］吉尔伯特·哈特：《讽刺论》，万书元、江宁康译，广西人民出版社1990年版，第52页。

② Claude Rawson, "Gulliver, Travel, and Empire," in CLCWEB—*Comparative Literature and Culture*, Vol. 14. No. 5 (2012).

这个巨大的恨世基础之上的。"[1] 这里的文献资料恰好说明了 18 世纪英国文学的某种思想延续性，即从蒲柏到斯威夫特再到其他经典作家之间存在着英国特有的保守文化特性，特别是面对新生事物而产生了那种"保守与开拓"的双重意识，而在文学上则表现为自由主义和保守主义相结合的基本主题意旨。

在 18 世纪启蒙作家中，亨利·菲尔丁（Henry Fielding, 1707—1754）也是一位重要的现实主义小说奠基人，因为他不仅创作了一些重要的长篇小说，如《大伟人江奈生·魏尔德传》《约瑟夫·安德鲁》《汤姆·琼斯》和《爱米莉亚》等，而且提出了一系列文学创作的理论观点，散见于他的小说序言或各卷章节之首。亨利·菲尔丁出生在一个破落的英格兰贵族家庭，其祖父威廉·菲尔丁是第三代登比伯爵，父亲埃德蒙德·菲尔丁是陆军将军，母亲萨拉出生于一个法官的家庭。但是，随着资本主义经济发展和社会秩序的日渐变化，显贵出身并不能保证其后人仍然可以养尊处优。实际上，菲尔丁的父亲在 1712年退伍回到家乡后，薪俸微薄，长期受到沉重债务和养育孩子的生活压力。菲尔丁 11 岁时母亲去世，父亲很快再娶。但是，菲尔丁兄弟姐妹们与继母在生活上难以融合，两年后菲尔丁进入伊顿公学读书。菲尔丁在学校里认真学习拉丁文和希腊文，接触了古希腊剧作家和古罗马作家的作品。17 岁时，菲尔丁离开伊顿公学，来到外祖母家居住。在这段时间里面，他阅读了外祖父留下的大量法律教材以及西方经典著作。这些学习经历使菲尔丁积累了丰厚的经典文学知识，并在 1729年退出莱顿大学后就开始专心文学剧本的编写和创作。随着英国议会在 1737 年通过的法案封闭了大批剧院，菲尔丁重学法律，很快成为一名律师。在此期间，他仍然进行文学创作并主编过几种刊物。不过，脾气暴躁、工作劳累的菲尔丁晚景凄凉，他在 1754 年因为身患重病来到葡萄牙的里斯本疗养，最终在那里去世。

菲尔丁的第一部剧作是五幕喜剧《戴着各种假面具的爱情》（*Love in Several Masques*），于 1728 年在伦敦德鲁雷路的王家剧院上演。

---

[1]　Louis A. Landa, ed., *Jonathan Swift, Gulliver's Travels and Other Writings,* Boston: Houghton Mifflin Company, 1960, p. 493.

剧情讲述了三位受人尊敬的绅士追求三位女士，可是另有三位品行不端的绅士试图破坏他们的爱情，其中涉及美德和爱情关系的讨论引起了人们的注意。1729 年，菲尔丁因为经济原因而结束了一年的荷兰莱顿大学的学习，回到英国后继续创作剧本以图获得生活的收入来源。但是，菲尔丁直到 1730 年的喜剧《圣洁的伪善者》上演后才逐渐获得了人们的认可，而他的另一部三幕闹剧《作家的闹剧和乡村生活的快乐》为他带来了市场的成功，他作为著名剧作家也开始被社会所承认。1734 年，菲尔丁的第一个政治讽刺剧《堂吉诃德在英国》（*Don Quixote in England*）上演，叙述了塞万提斯笔下的人物堂吉诃德来到英国，却发现了议会选举中欺诈和贿选等肮脏的政治交易，就此揭露了英国资产阶级民主竞选制度的欺骗性。他的另外两部政治讽刺剧《巴斯昆》（*Pasquin*，1736）和《1736 年历史纪实》（*The Historical Register for the Year*，1737）采用了"戏中戏"的结构，揭露了政府官员和政客们买官卖官的恶行，抨击了英国政府统治的虚伪面目。这些剧本的创作和上演引起了政府当局的不满和排斥，却也证明了菲尔丁在政治思想方面的先进性。他对英国封建权贵的讽刺和对于执政当局的揭露通过文学创作充分表达出来，并借助文化演出市场的大众化传播功能而产生了很大的社会影响。因此，从社会政治批判的角度来看，菲尔丁作品的思想主题就体现出英国启蒙思想的独特性——在反对封建贵族特权、主张自由平等价值观念的同时，也批判了现代资本主义社会的弊端，揭露了人性被金钱所腐蚀的阴暗一面。

菲尔丁对于社会弊端和人性弱点的讽刺性批判在他的小说创作中更为显著，而他对于讽刺和幽默等技巧的娴熟运用也使他在 18 世纪讽刺文学中占有重要的地位。1741 年，菲尔丁出版了小说《约瑟夫·安德鲁》（*The History of the Adventures of Joseph Andrews*，1741），这是他对理查逊的感伤主义小说《帕米拉》（1740）的戏仿之作。《约瑟夫·安德鲁》讲述了帕米拉的兄弟约瑟夫·安德鲁受到了女主人的诱惑，却丝毫不为所动，最后遭到解雇。安德鲁离开伦敦回家找他的情人芳妮，路上却遇到了强盗，也遇到了从故乡出来的芳妮，最后他们得到乡村牧师亚当斯的帮助而获救并一同回到故乡。安德鲁与芬妮成婚后才被发现是一位贵族的后代，于是皆大欢喜。这部小说改变了理查逊作品中常见的悲剧性结局，以大团圆的结尾显示出新的人生理想，却也没有脱离贵族公子娶到贫家女子的俗套模式。1743年，菲尔丁发表了讽刺小说《大伟人江奈生·魏尔德传》(*The Life of Mr. Jonathan Wild, the Great*)。小说以当时英国的一伙强盗头目为原型，采用反讽的手法将一个强盗当做伟人来描述，从而讽刺了当时政客们的可疑发迹史和道德虚伪性。这部小说的主人公江奈生·魏尔德是个强盗头子，门下聚集了多个盗贼，并且建立了严密的组织系统，对盗得财物分配得井井有条。珠宝商哈特夫利为人善良，轻信了魏尔德的哄骗，结果被魏尔德诬陷入狱。在此期间，魏尔德拐走了哈特夫利的妻子，并企图霸占她。但是，最终恶人有恶报，魏尔德伏法，哈特夫利夫妇得以团聚。菲尔丁通过一位夸张了的反面人物来影射英国两党政制的弊端，揭露了许多政客的邪恶嘴脸，使得这部小说的现实批判意义深刻而发人深省。

菲尔丁对于斯威夫特的作品熟读在心，在写作风格上传承了他的讽刺艺术技巧，但是其题材更加贴近英国的现实生活。1749年，菲尔丁出版了小说《汤姆·琼斯》(*Tom Jones*)，对社会中下层民众的生活百态有着精湛的描写和刻画，并在该书的各卷序言中增加了对于文学批评的有关见解和论述。因此，这部小说被认为是18世纪英国现实主义小说的最高成就。这部小说的主人公汤姆原是一个弃婴私生子，被发现神秘地躺在奥尔沃西绅士的床上。绅士收养了他，并他让与自己家里的孩子一起接受教育。汤姆长大后才貌出众，性情豪放，风流倜傥。附近一个庄园主的女儿索菲亚对他颇有好感，然而汤姆自觉地位低下，不敢高攀。与此同时，汤姆与另一女子也有感情纠葛，有一次两人在林中拥抱，被索菲亚撞见，一气之下晕倒。情敌趁机陷害汤姆，到处散布流言蜚语。于是，汤姆只好离开乡下，只身一人去伦敦闯天下。在伦敦他遇到离家出走的索菲亚，两人久别重逢，相谈甚欢。可是，汤姆的情敌布菲尔穷追不放，他买通歹徒来诬告汤姆行凶抢劫，于是汤姆被判极刑。正当汤姆上绞架之时，索菲亚的父亲韦斯特恩及时赶到救下了他。此时，汤姆被证实是奥尔沃西绅士妹妹的合法儿子，并成为家族产业继承人。韦斯特恩绅士高高兴兴地欢迎他，并见证了汤姆与索菲亚有情人终成眷属。这部小说仍然带有英国社会门第观念的偏见，但是小说对英国现实社会和生活场景有大量真实描写，各个社会阶层的三教九流，从贵族到流氓，从绅士到骗子等人物都刻画得惟妙惟肖，主要情节涉及家庭、道德、教育和爱情等诸多现实问题，主题具有比较深刻的道德内涵。

1751 年，菲尔丁的最后一部小说《爱米莉亚》（*Amelia*）出版。故事讲述了富家女爱米莉亚爱上了贫穷军官布斯上尉，并且不顾家人的反对与他私奔。然而布斯嗜好赌博，性格冲动，一次参加群殴的时候被捕入狱，在狱中又与一个美女杀人犯相好。布斯出狱之后，爱米莉亚知道了此事，但是本性贤良的她宽恕了他的行为。此时布斯的一位上校朋友对爱米莉亚心怀不轨，想将她据为己有，却没有打动爱米莉亚。可是，布斯的生活陷入一片混乱，他一方面受到情人恐吓，另一方面负债累累，于是再次被投入监狱。最后布斯只得向爱米莉亚坦白所有的事情，得到了后者的谅解。爱米莉亚偶然之间发现母亲遗嘱被伪造，实际上自己才是真正的家庭继承人。于是，在布斯终于出狱并改邪归正之后，布斯夫妇终于开始了衣食无忧的安宁生活。这部小说是菲尔丁疾病缠身之际创作的，他在历经人世沧桑之后更加忧虑人性的堕落。因此，他在《爱米莉亚》中着力刻画了女主人公爱米莉亚的贤良品质和宽容胸怀。同时，小说对伦敦的环境进行了细致的描写，在光鲜高耸的帝国建筑之下是混乱的贫民窟，昏暗的赌场，混乱的酒吧和腐败的监狱，等等。这部小说集中描写了英国底层社会的平民生活，在戏剧性情节发展中体现了一种宽宏的人道主义立场。这种人道主义立场要比单纯强调人性和理性的人文主义和启蒙思想更为深刻，而作者对普遍人性的反思和对道德准则的宣扬进一步增加了作品的现实色彩和教谕内涵。

作为小说家的菲尔丁具有启发后来者艺术创新实验的影响力，因此对于建立英国小说的民族话语叙事风格有着和斯威夫特同样的贡献。具体地说，菲尔丁在《汤姆·琼斯》各卷首章撰写了对小说创作的议论和想法，不仅论述了他个人的小说理论思考，也做了开放文本和读者进行对话的一次新鲜尝试。从 20 世纪后期的后现代主义小说艺术特征的传承来看，《汤姆·琼斯》在每卷开篇进行文本讨论的写作策略的方式，即把理论话语和小说叙事组合在一起的方法，与当代后现代主义元小说的反身叙事手法一脉相承。这部小说还采用了多重叙事线索的结构，把数个家庭的悲欢离合组织在同一个大的叙事框架中，而不是局限于一个主要人物的单线情节叙事，这就为 19 世纪西方小说的史诗性结构开辟了道路，甚至也预示了 20 世纪英国作家约翰·福尔斯的小说《法国中尉的女人》（1969）中多重叙事和开放性结尾的后现代艺术创新。

　　英国启蒙主义文学创作的重要作家还有小说家塞缪尔·理查逊（Samuel Richardson，1689—1761）、劳伦斯·斯特恩（Laurence Sterne，1713—1768）和托比亚斯·斯摩莱特（Tobias Smollett, 1721—1771），多产作家奥利弗·哥尔德斯密斯（Oliver Goldsmith, 1730—1774），喜剧家理查德·谢里丹（Richard Sheridan, 1751—1816），诗人罗伯特·彭斯（Robert Burns, 1759—1796）和威廉·布莱克（William Blake，1757—1827）等人。塞缪尔·理查逊出身于一个细木工匠家庭，16 岁中学毕业后就到伦敦的出版商约翰·魏尔德处当学徒。理查逊工作刻苦，并利用闲暇时间自学写作，因此得到老板女儿的倾慕，两人结为夫妇。1721 年，理查逊创办了自己的印刷厂，事业拓展很快，还曾担任过王室印刷事务的代理人。1740 年，理查逊根据自己听到的一些真实故事情节而创作了长篇小说《帕米拉》（*Pamela*, 1740），小说采用了书信体写作，重视人物的心理描写和道德教谕，出版后深受读者的喜爱。《帕米拉》的副标题是"美德有报"，以年轻女仆帕米拉·安德鲁写信给父母和两个朋友讲述在贝氏家族工作的经历作为全书结构主线，开篇叙述了帕米拉在女主人刚刚离世后就受到女主人的儿子贝先生的诱惑甚至非礼的企图，但是美丽的帕米拉坚守贞操，不为所动，毅然离开贝家。帕米拉的美德使贝先生逐步改变了自己的行为和想法，并且不顾出身门第的樊篱而娶她为妻。这部小说具有典型的英国社会文化特征，即保守的贵族阶级出于门第和财富的原因而不愿与平民通婚，但是现代社会中的美德和平等观念往往能够打破门第之见，成全男女青年的爱情。理查逊笔下的帕米拉拥有独立的人格和坚贞的清教操守，代表了"最富有的王侯与最贫穷的乞丐"都具有平等人格和地位的观点，体现了18世纪启蒙思想中的自尊、独立、平等和自由等核心价值观。同时，《帕米拉》运用了书信的叙事形式，对女性人物心理进行了深刻细致的描写，改变了单纯以情节取胜的小说模式，对当时文坛和后世作家影响十分深远。意大利启蒙剧作家哥尔多尼就曾把《帕米拉》改编成两部剧本，并公开上演。1748年，理查逊的第二部小说《克拉丽莎》（*Clarissa,*）问世，小说篇幅壮观，由547封信件组成，分为四卷，达100万字以上。这部小说以又一个女性人物克拉丽莎为主人公，但其结局却是悲剧，因为克拉丽莎爱上的贵族子弟罗伯特·勒夫列斯实际上是一个纨绔子弟，以致被迷奸的克拉丽莎悲愤而死。小说虽然以克拉丽莎的亲戚莫登上校在决斗中杀死了勒夫列斯为结束，但是其感伤色彩和批判主题仍然令读者感慨不已。这部小说出版后引起了国内外的许多模仿之作，法国启蒙主义作家卢梭的书信体小说《新爱洛伊丝》（1761）和德国作家歌德的书信体小说《少年维特之烦恼》（1774）等也都受到了相当大的影响。理查逊等人的小说创作在欧洲的巨大影响说明了英国文化实力是随着自身国力的强大而强大的，同时也说明了18世纪英国启蒙文学特别是现实主义小说创作对于各民族文学经典传承和创新的重要意义。

与理查逊比肩而立的感伤主义小说家劳伦斯·斯特恩也是英国文学史上的一位才子。他出生于爱尔兰南部一个教会世家，父亲是个低级陆军军官。斯特恩十几岁之前跟随父亲的部队四处迁移，直到他18岁时父亲去世。这以后，斯特恩靠着亲戚的资助进入剑桥大学读书，他广读诗书，其中包括大量经典文学作品，从此对文学情有独钟。从剑桥大学毕业前一年，斯特恩患上了肺结核，此后一生受尽肺病的折磨。毕业之后，他担任了约克郡一个小教区的乡村牧师，并开始了文学创作。1760年，他的小说《项狄传》最初二卷出版，立刻引起了轰动，使他一举成名。但是，斯特恩的肺病多次复发，不得不去过欧洲多地养病。在游历过程中，他对有夫之妇德雷珀夫人产生好感，并由此经历写出了著名的《感伤的旅行》。这部小说成为了英国感伤主义文学的代表作，并推动了浪漫主义文学的兴起。1768 年，斯特恩去伦敦商讨《感伤的旅行》出版事宜时在旅途中病逝。《项狄传》全名为《特里斯丹·项狄的生平与见解》(*The Life and Opinions of Tristram Shandy*, 1759—1767)，共分九卷。该书从书名看似乎是写项狄一家的故事，然而其结构却显得松散无序，故事情节杂乱，叙述角度多变，甚至有全篇的黑页、白页、大理石纹页、各种各样的符号和图示、毫无规范的标点和大小写、拉丁文片段以及对于文本自身的评论，等等。这部小说从项狄的母亲怀孕的经过说起，包括他父亲和叔叔的生平经历和处世之道。主人公斯特拉姆·项狄很晚才出场，很小的时候就不知去向，再没有出现。小说中有一个约里克牧师，也经常出来发表观点。小说打破了按照时间顺序或者倒叙的传统方式，完全没有线性发展的情节，似乎是即兴式地想到哪里就说到哪里。这部小说在当时引起了人们的各种评论，但是在 20 世纪的西方文坛上，这部小说被视为现代主义意识流小说和后现代主义小说的最早经典范例之一。

在感伤主义小说作家中，托比亚斯·斯摩莱特（Tobias Smollett, 1721—1771）也是成就卓著。斯摩莱特出生于苏格兰一个乡绅家庭，其祖父是法官，而他的父亲却因非长子身份没有继承权，在他两岁时就过早去世。斯摩莱特就读于格拉斯哥大学医学系，毕业后在军舰上做军医，参加过英国的海外殖民战争。斯摩莱特退出海军之后到了牙买加居留并结婚，1744 年回到英国后继续以行医和写作为生，1771年因病在意大利去世。斯摩莱特丰富的人生经历给他的创作提供了丰富的素材。他著有六部长篇小说，两部戏剧，编辑和撰写的非虚构作品多达７０卷，还翻译过《吉尔·布拉斯》《堂吉诃德》和３５卷本的《伏尔泰全集》。因此，从传播文艺复兴—启蒙主义思想观念的作用上看，斯摩莱特确实是英国启蒙主义思潮中一个重要的文化名人。斯摩莱特的小说处女作《蓝登传》(*The Adventures of Roderick Random*, 1748)受西班牙"流浪汉小说"传统的影响，将主人公蓝登一系列有趣的事件串联在一起，表现了主人公寻找爱情与追求财富的经历。蓝登出生不久母亲就故去，父亲离家出走。长大成人后，蓝登到伦敦谋生，并经过努力获得了军医资格。蓝登后来随军舰出海，在海上经历过种种磨难，还一度沦为仆役。后来，蓝登经历几次沉沦后又在叔父的帮助下再度登上军舰行医。多年流浪之后，他在西班牙遇见了早年离家出走、现已发达的父亲，从此过上了衣食无忧的绅士生活。这部小说的题材仍然是海外航海历险、弃儿终究发财的流行套路，但是其中的一些情节却揭露了英国海外殖民扩张的真相，描写了从贵族到赌徒和妓女等社会各色人群，还揭露了苏格兰人受到歧视等国内的民族问题。斯摩莱特身处英国启蒙运动后期阶段，时值启蒙思想消退，社会改造的理想破灭，各种人性丑恶现象环生。因而在面对复杂现实生活时，斯摩莱特的小说深入描写了英国社会的黑暗一面，色调低沉，主题悲观，具有批判现实的思想意义。

在 18 世纪英国文学史上，奥利弗·哥尔德斯密斯是杰出的散文家、诗人和戏剧家，也是塞缪尔·约翰逊和乔纳森·斯威夫特的长期朋友。哥尔德斯密斯出生于爱尔兰，15 岁时进入都柏林"三一学院"学习神学。然而由于他曾经患过天花，留下了许多疤痕，因此在学校里屡遭富家子弟嘲笑。他在毕业时未获得牧师职位，只好改行学医，还做过校对和助理教师，因此一生清贫困顿。1762 年，他的随笔集《世界公民》出版后引起了人们的注意。4 年之后，他的小说《威克菲尔德的牧师》（*The Vicar of Wakefield*, 1766）出版，其中讲述了乡村牧师普里姆罗斯及其儿女遭遇坏人欺骗而受难的故事。小说主题充满了道德教诲，书中的田园风光描写令人神往，对 19 世纪英国小说颇具影响。另外，哥尔德斯密斯还为法国启蒙主义思想家伏尔泰写过传记，而其撰写的《世界公民》（*The Citizen of the World*, 1762）原为连载作品《中国人信札》（*The Chinese Letters*），通过一位在伦敦经商的中国人之口叙述了对于英国现状的观感，具有法国启蒙思想家孟德斯鸠《波斯人信札》（1721）的类似叙事特征。从哥尔德斯密斯以及他同时代作家的写作经历可以看出，18 世纪西方启蒙主义思潮具有跨国流行和广泛传播的特征，而体现了启蒙思想观念的文学经典之作更是突破了民族和国家间的各种隔阂，成为推动时代进步和社会变革的重要思想武器。

在 18 世纪英国启蒙文学思潮中，戏剧和诗歌没有新兴的长篇小说那样产生重大的社会影响。但是，英国社会工业化和城市化进程的快速发展带来了文化市场的扩张，而文化市场和市民社会的不断扩张对于许多依靠出卖作品为生的作家来说是有利有弊的。在文学创作的积极意义上来说，作家可以依据自己的意志和个性来进行创作，而不必服膺恩主或宫廷的意旨写作，因此可以充分展示自己的才情和天分；但是，这种市场化趋势带来的弊端则是作家必须注意市民读者的文化需求而加以迎合，因此在语言风格和故事题材等方面常常出现世俗化和模式化的局限。于是，大多出身平民的作家往往有两种无奈的生活经历：一是要忍受卖文为生的艰辛，二是要迎合大众的审美趣味；前一种经历使得许多作家熟悉和同情底层社会的苦难，后一种经历使得不少作家采用看似调侃和讽刺的喜剧性语言来传达严肃和深刻的启蒙思想主题。在当时的英国文坛上，风俗喜剧家谢里丹和诗人彭斯与布莱克等人的作品正是突出地表现了现代文人的这种创作困境。

理查德·布林斯利·谢里丹（*Richard Brinsley Sheridan*, 1751—1816）1751 年出生于爱尔兰，祖父与斯威夫特是好友，父亲是一名演员兼剧院经理，母亲是作家。这样的市民家庭身世让谢里丹在哈罗公学求学时受到了贵族子弟的蔑视，也给他以后的喜剧创作打下了烙印。中学毕业后，谢里丹自学修辞和数学，并开始文学创作。从 1774 到 1779 年的短短六年之间，他写作了多个剧本，包括《情敌》（*The Rival*, 1774）、《造谣学校》（*The School for Scandal*, 1777）和《批评家》（*The Critic*, 1779），等等。1776 年，他获得杜瑞·莱恩剧院的部分所有权，成为剧院的经理。1780 年以后谢里丹主要从事政治活动，当了 32 年的国会议员。谢里丹机智有才，擅长雄辩，崇尚自由和民主。拜伦对他的戏剧和演说都十分推崇。他的主要艺术成就为《情敌》和《造谣学校》这两部风俗喜剧。《情敌》讲述两对青年人相爱和误解的浪漫经历，语言活泼明快，性格生动娱人。《造谣学校》剧情辛辣地揭露了上层社会表面温文尔雅、实则庸俗虚伪的真相。这部喜剧还对当时的各种社会陋习进行了揭露和讽刺，嘲讽了人们对于金钱的膜拜，在多重情节线索中悬念迭起，成为吸引观众的一部杰作。谢里丹的喜剧继承了古罗马普劳图斯风俗喜剧的风格，从世俗题材中汲取精彩故事，在跌宕起伏的喜剧情节中塑造出具有突出个性特征的各色人物。因此，从英国民族文学和喜剧发展史上看，谢里丹的作品传承了莎士比亚的喜剧注重戏剧性情节铺陈的风格，并对17—18世纪英国市民社会的人情风俗进行了生动的描绘，同时也显示出对于法国喜剧大师莫里哀和意大利风俗喜剧家哥尔多尼等人作品的传承特征。

在18世纪后期的英国诗坛上，罗伯特·彭斯（1759—1796）和威廉·布莱克（1757—1827）是十分令人瞩目的两位诗人。这两位诗人出生在同一年代，两人的家世都比较清贫，都熟读了西方文学经典，都摒弃了古典主义诗歌格律的束缚，都揭露了上流社会和专制暴政的危害，并且都对法国大革命进行了热情的讴歌。尽管彭斯去世较早，而布莱克反对理性原则，但是考虑到他们对于法国大革命的赞颂和支持，例如布莱克的诗作《法国大革命》（1791）和彭斯的诗作《苏格兰人》（1793）等，18世纪英国启蒙文学经典谱系中似乎不能缺少这两位诗人的杰作名篇。因此，不论是彭斯被视为苏格兰民族歌手也好，或者布莱克被视为神秘主义诗人也罢，他们作品的启蒙主题意旨、方言俗语运用或自由体诗歌韵律等都显示了英国民族诗歌的巨大创新活力，并对19世纪西方浪漫主义诗歌的兴起产生了相当重要的影响。时至今日，彭斯的诗句："死一个敌人，少一个暴君！／多一次攻击，添一份自由！／动手——要不就断头！"（袁可嘉译文）仍然具有激扬澎湃的正义感召力。这种历久弥新的影响力正如美国著名学者爱默生曾经指出的，"《独立宣言》和《马赛曲》，作为强有力的宣扬自由的文件都比不上彭斯的诗歌。"①

18世纪英国启蒙主义思想家和文学家一方面表现出与欧洲诸国（特别是法国）文化艺术界的紧密联系和思想认同，另一方面也显示了英国民族文化的独特之处。由于英国最先在西方诸国兴起工业革命和科技革命，其岛国民族的对外扩张性与资本主义的海外扩张性形成了共振。这种历史机遇对于英国人来说极为难得，而新教伦理的流行对于摆脱罗马天主教廷的思想羁绊、鼓励世俗社会的发展更是强化了其

---

① 参见侯维瑞主编：《英国文学通史》，上海外语教育出版社1999年版，第255—256页。

历史机遇带来的社会变革。在西方诸国之中，英国最先实现了新闻出版自由，从文化机制上为思想解放提供了保障。于是，文化机制的开明为启蒙思想的传播提供了更多的自由空间，科技革命和国际贸易等活动的频繁进一步导致了英国与他国交往的便利。事实上，英国的启蒙思想家大多具有丰富的海外游历经历，许多英国思想家和作家都在法国、荷兰、意大利和其他欧洲国家游历或居住过。例如，大卫·休谟在法国工作了 3 年，结交了许多法国朋友，亚当·斯密到巴黎研究过市场经济的问题，而更多的英国启蒙文学家都受到过西方经典作家和法国、意大利等国当代作家的影响。同时，法国、德国和俄国等地的启蒙思想家和文学家如伏尔泰也曾经在英国居住数年，对于"光荣革命"和英国工业革命以后所取得的经济和社会进步倍加赞许。所以说，西方启蒙思潮的兴起和传播是一次跨越了民族和国家疆界的普遍历史变革，而欧洲及美洲资本主义市场的建立与扩张和欧洲各王室之间的联姻与结盟等因素更是把西方启蒙运动连结成为一个宏大的政治、经济和文化的变革舞台。正是在这样的时代背景下，英国启蒙文学的巨大成就凸显出自身民族文化特征和民族经典传承的独特之处。

从英国近现代历史变革的进程来看，英国民族的"保守与开拓"双重特性在 18 世纪文学经典建构过程中产生了相当大的影响。例如，英国批评家埃德蒙·伯克（Edmond Burk, 1729—1797）在对审美趣味和美感认知方面有着精湛的论述，并且反对英国国内的宗教歧视，反对英国对美洲殖民地的税收政策；但是，他在 1790 年发表的《对法国革命的反思》一文却对激进革命和暴民政治进行了批评，主张改良而不赞成革命。从文学经典传承的角度看，英国文学本身具有悠久的本民族传统，同时也延续了古希腊罗马和基督教文化的经典谱系，直到文艺复兴时期莎士比亚的诗歌和戏剧创作形成了民族文学经典的第一个高峰。与 17 世纪古典主义文学模仿古人和借用基督教题材的创作倾向不同的是，18 世纪英国社会的现实变化带来了平民作家、现实小说、世俗题材、大众语言和道德教谕等重要的时代文化特征。正如苏格兰启蒙思想家哈奇森（Francis Hutcheson, 1694—1746）在《对美与善的思想根源之探究》（1725）和亚当·斯密在《道德情操论》（1759）等论著中把审美愉悦和道德教诲联系在一起那样，英国启蒙文学中的道德正义观念在现实主义小说和诗歌戏剧创作中都有着深刻的体现。从一定意义上说，"诗学正义"这个道德命题在英国文学中具有十分显著的历史传承意义，而英国启蒙文学中幽默和讽刺的文风、门第与爱情冲突的主题、反对贵族专制的批判等更是形成了独具民族文化特色的文学经典因素。马克思曾经指出，洛克等人的哲学论著"就是属于英国政治经济学的第一个时期，属于出现股份公司、英国银行和英国海上霸权的那个时期。"[①]马克思的这一认识也适合我们认识18世纪英国民族文学经典的独特传承轨迹，即英国社会的政治、经济及科技的革命性变革和发展影响了那时英国文学文化的艺术创新，推动了英国启蒙主义文学特别是现实主义小说的经典佳作超越其国界而广泛传播，进而构成了世界文学经典宝库的重要部分。

---

① [德]马克思、恩格斯：《马克思恩格斯论文学与艺术》上卷，人民文学出版社2002年版，第437页。

第三章　法国启蒙运动与文学经典传承

　　按照恩格斯的看法，英国比法国还早150年就做出了思想解放和社会改革的榜样，因此，"18世纪法国哲学家伏尔泰、卢梭、狄德罗和达朗贝尔等人阐明的思想，不是首先产生于英国又是在哪儿产生的呢？"[①]这一看法不仅有着历史事实的佐证，而且也符合经济基础决定上层建筑的马克思主义基本立场，即英国率先实现了工业革命和政治改革，因此也就率先产生了新兴资产阶级的启蒙思想观念，并进一步影响到法国等地。如果把启蒙思潮作为人文主义思潮的一个自然延伸来看的话，那么，法国启蒙思潮的也是十分久远，一直可以上溯到意大利早期人文主义和城邦共和国时期新兴资产阶级价值观念的形成。这是因为即使"在18世纪，意大利也不能被看作是一个可以忽略的力量。罗马仍旧是天主教的首都，威尼斯仍然培养出优秀的画家，那不勒斯依然是欧洲音乐家的学校。伦巴第、托斯卡纳和那不勒斯都对这个世纪的经济与知识进步做出了贡献。"[②]所以，从"文艺复兴－启蒙运动一体化进程"的历时性视野中看，启蒙主义思潮从意大利—英国—法国的历史进程轨迹仍然是清晰可辨的，尽管在这一进程中也不可忽视其他国家如荷兰等国启蒙运动的重要影响。由于法国启蒙主义运动所激发出的不仅是一场深刻的文化思想变革，而且是一场史无前例的社会政治革命，因此，法国启蒙主义文学所承担的历史使命实际上是双重的：既要传播启蒙主义的政治思想观念，又要传承法兰西民族的文学艺术经典。在18世纪的欧洲，法国的文化艺术仍然保持着西方文化中心的地位，这种地位的形成并不仅仅是国家势力强大的结

---

　　① ［德］马克思、恩格斯：《马克思恩格斯论文学与艺术》上卷，人民文学出版社2002年版，第421页。

　　② ［美］罗宾·温克等：《牛津欧洲史》第2卷，赵闯译，吉林出版集团2009年版，第114页。

果，更重要的是法国在文艺复兴以后就不断地产生出民族文化思想的经典佳作，因此其文化影响力也是历经数百年才能够建立起来的。实际上，西方启蒙运动本身也是一个长期的思想演变过程而不是短期的文化突变，如果我们把狄德罗编撰的《百科全书》第 1 卷在 1751 年出版视为法国启蒙主义思潮高涨的标志的话，那么，从那时起直到 1789 年的法国大革命爆发也至少经历了 38 年的时间。数十卷的《百科全书》（1751—1772）从编撰到全部出版经过了 21 年，这段时期也是启蒙主义思想传播的高峰阶段；而当法国启蒙主义思潮达到高峰阶段之际，整个欧洲都受到了影响。尽管英国社会和思想的变革对于法国启蒙哲学家和文学家产生了重大的影响，但是，法兰西民族现代文化史的自主进程却决定了法国启蒙主义思潮的独特发展轨迹。实际上，启蒙哲学和启蒙文学的相互交汇、相互启迪的现象只有在 18 世纪的法国才是最为显著的。正如托克维尔对此现象所指出的，"政府的种种罪恶所造成的所有政治反对精神，既然不能在公共场合表现出来，就只能潜藏在文学之中，而作家已成为旨在推翻国家全部社会政治制度的强大政党的真正首领。"[①]因此，法国启蒙运动的发展和启蒙文学的繁荣是两条并列的跑道，而许多法国启蒙思想家和文学家往往是在两条跑道上同时迈步疾驰，引领了一代人的思想革命浪潮。

第一节　法国启蒙运动的思想渊源

罗宾·温克等人指出："启蒙运动是 18 世纪最有影响和最与众不同的文化运动。它的主要目标是通过批判地反省人类的全部知识来将人类从谬误和迷信中解放出来，并通过社会和政治改革来解除对人们自由的不必要的限制。这两个目标在启蒙运动改革者的头脑中是相互联系的。"[②]从思想渊源上来看，法国笛卡尔（1596—1650）的唯理论强调人类理性的权威、反对经院哲学的谬误，因此对于新兴资产阶级反对封建贵族阶级的启蒙思潮具有思想启迪的意义；但是，从新兴资

---

① ［法］托克维尔：《旧制度与大革命》，冯棠译，商务印书馆 2013 年版，第 191 页。
② ［美］罗宾·温克等：《牛津欧洲史》第 2 卷，赵闯译，吉林出版集团 2009 年版，第 145 页。

产阶级的政治理论渊源上看，英国哲学家约翰·洛克在《再论市民政府》（1690）等著作中表达的现代民主政治思想却直接影响到了法国启蒙思想家对政治解放的寻求。洛克有关人性和理性的论述，有关人的自由、平等和财产等自然权利的论述，以及有关社会契约和三权分立的论述等都在法国启蒙思想家的论著中得到了相当大的传播和阐发。值得注意的是，洛克的思想观念没有激进主义的色彩，因此他对于理性能力的认识也比较保守。例如，洛克在《人类理解论》中提出，人类的理性认知能力是有限的，而后天的实践经验（或外部经验）才是人类知识的来源。同时，洛克虽然反对经院哲学有关"天赋观念"的主张，但是他也把心灵的反思活动如记忆、怀疑和推理等内部经验视为人的主观能动性的来源，因为人在运用各种观念进行思维活动时会在不同观念之间建立或排除相互的联系，进而产生直觉知识、论证知识和感觉知识等不同内容的知识。不过，洛克也认为，由于人的实践经验的有限性，例如人对于天上的星星或物质的原子无法进行观察，因此人的知识也是有限的。[①] 洛克的思想影响了18世纪苏格兰启蒙主义思想家大卫·休谟和亚当·斯密等人的思想观念，而法国启蒙思想家孟德斯鸠和伏尔泰等人都曾经在这一时期去过英国，受到那里的社会变革和启蒙思想的影响。休谟在18世纪中期发表的许多论著维护了大资产阶级的利益，主张强大的执法机构而不是普遍的自由民权；但是，他也主张自然神论，反对教会宣传的上帝主宰世间一切的观念，因此体现了启蒙主义的基本精神。休谟从1763年开始在法国担任英国使馆的秘书达3年之久，因此他在巴黎结识了许多文人学者，对于交流和传播启蒙思想有着重要的意义。另外一位苏格兰学者亚当·斯密也与法国学界交往过从甚密，他在同时期到过法国进行学术活动，与法国自由主义经济学的重农学派代表性人物魁奈相交甚好，还在巴黎参加了重农学派的学术活动。斯密认为，"在自由的国家里，政府的稳定在很大程度上就是依赖于人民对政府行为能做出赞同的判断，"因此，政府应当要让人民满意而不去反对政府，从而促进一国经济的

---

① 参见冒从虎等主编：《欧洲哲学明星思想录》，中国青年出版社1988年版，第132页。

发展。① 这一看法反映了 18 世纪启蒙主义的民主政治立场；而在经济问题上，斯密则重视"看不见的手"在市场上的调节作用，因此也支持实行"自由放任"（laissez-faire）的经济政策，认为这一政策对于完善市场机制和鼓励自由竞争会产生很大的积极作用。按照英国自由主义的基本观点，市场机制鼓励自由竞争意味着给予个人更多的自由，而相应的法律制度也要保障个人的自由及相应的权力，即洛克所说的自由、平等和财产等权力。这些权力也是人的基本生存权力，其深远的影响在启蒙时代西方诸国政治文件中多有反映，最典型的例子是美国革命所产生的《独立宣言》（1776）和《美国宪法》（1788）中强调的生存权、自由权、财产权和追求幸福的权力等基本人权。这一启蒙主义的人权立场在法国大革命所产生的《人权和公民权宣言》（1789）中得到了进一步体现，传达了现代西方民主政治的思想精髓。法国的《人权和公民权宣言》中明确写道：

　　国民议会在上帝面前并在他的庇护之下确认并宣布下述的人与公民的权利：

　　1. 在权利方面，人们生来是而且始终是自由平等的。只有在公共利用上面才显示出社会上的差别。

　　2. 任何政治结合的目的都在于保存人的自然的和不可动摇的权利。这些权利就是自由、财产、安全和反抗压迫。

　　3. 整个主权的本原主要是寄托于国民；任何团体、任何个人都不得行使主权所未明白授予的权力。

　　4. 自由就是指有权从事一切无害于他人的行为。因此，各人的自然权利的行使，只以保证社会上其他成员能享有同样权利为限制。此等限制仅得由法律规定之。

　　5. 法律仅有权禁止有害于社会的行为。凡未经法律禁止的行为即不得受到妨碍。

　　6. 法律是公共意志的表现。全国公民都有权亲身或经由其代

① ［英］亚当·斯密：《国富论》下卷，谢祖钧译，新世界出版社 2008 年版，第 598 页。

表参与法律的制定……，在法律面前，所有的公民都是平等的。

……

9.任何人在其未被宣告为犯罪以前应被推定为无罪，

……

11.自由传达思想和意见是人类最宝贵的权利之一；因此，每个公民都有言论、著述和出版的自由，但在法律所规定的情况下，应对滥用此项自由负担责任。

……①

法国《人权宣言》的核心思想是宣布法国第三等级的民众，或者说占据法国人口绝大多数的法国人民宣称自己具有不可否认的、平等的公民权利，而贵族或僧侣阶层也必须遵守这一权利契约的规定，不得享有任何特权。《人权宣言》体现了孟德斯鸠所主张的个人与社会相互之间的契约关系，即任何人都享有自由平等的权力，所有公民在法律面前都是平等的，所有公民都具有反抗压迫的权力；同时，《人权宣言》也规定了，自由就是指有权从事一切无害于他人的行为，或者说，任何人不得以自由的名义来危害他人的权力，因为法律要保证社会上其他成员能享有同样权利；另外，每个公民都有言论和出版的自由，但是，每个公民又必须在法律所规定的情况下行事，并对滥用此项自由负担责任。这一规定看似简单，却是对滥用自由权利的暴民行为提出了法律约束，从而在个人自由和社会责任之间建立了一个相互制约的法律关系。总之，这些规定对于建立一个现代公民社会的政治秩序是必须的，或者说，个人的自由绝不可超越法律规定的社会责任，不得侵犯其他个人的基本人权。因此，个人与社会双方之间应该建立起一种基于法律基础上的社会契约关系。可以说，从洛克到孟德斯鸠和卢梭的社会契约理论影响了法国《人权宣言》的核心内容的形成。乔治·勒费弗尔认为，1789年8月4日由法国国民议会原则同意的《人权宣言》"完全废除了封建制度"，"这个文件既是自由、平等和国民

---

① 转引自罗宾·温克等:《牛津欧洲史》第2卷，赵闯译，吉林出版集团2009年版，第225—226页。

主权的宣言，又是被平民革命所消灭的旧制度的'死亡证书'。"①

法国启蒙运动在政治思想上所取得的一个共识就是：国家权利归于人民，人民享有自由平等的权力，但是国家的每一个公民都要遵守法律和契约，形成公民社会"法的精神"。这种政治共识比起英国的君主立宪制又前进了一步，它是现代民主政治能够得以实施的一个全民契约，也是现代公民社会取代封建专制社会的基本法律标记和政治体制基础。法国《人权宣言》的政治思想基础来源于资本主义生产关系和现代公民社会价值观念，而西方人文主义和启蒙主义的长期培育则是一个关键的因素。从历时性的视野中看，这一遍及全欧洲的启蒙思潮最早发萌于15—16世纪的意大利城邦共和国如佛罗伦萨和热那亚等地，并得到了市民阶级（资产阶级）在文化和政治上的实践，以后又在17世纪后期的英国和荷兰等地资产阶级革命运动中得到进一步传播，直到18世纪后期在美国和法国等地取得了思想和政治上的革命性胜利。由于法国在近现代西方国家中所具有的文化影响力，更由于法国大革命是彻底摧毁君主专制政体的一次历史性变革，因此从法国大革命中诞生的《人权宣言》具有巨大而深远的世界性影响。乔治·勒费弗尔指出，18世纪欧洲的"精神生活具有几个发源地：除英国和意大利外，后期的德国堪与法国相匹敌。……然而，法国思想也有它的有利条件，因为它不仅是崭新的思想，而且路易十四的盛世使法语和法国文明名声大振。……人们几乎可以说：'启蒙时代的欧洲是法国的欧洲'。"②这段评论说明了法国启蒙运动与其他欧洲国家在思想渊源上的联系，特别强调了17—18世纪因法国国家实力的强大而导致了民族文化影响力的上升。

不过，正如马克思主义基本立场所坚持的，上层建筑和政治体制的变革应该在经济基础变革的基础上产生。这一立场在英国近现代社会变革中得到了鲜明的体现，而法国启蒙运动的兴起也与法国自身的经济基础变革和社会秩序转型是分不开的。实际上，18世纪欧洲其他地区资本主义经济的发展、自然科学的进步、资本主义的海外扩张

---

① [法]乔治·勒费弗尔：《法国革命史》，顾良等译，商务印书馆2010年版，第137页。

② [法]乔治·勒费弗尔：《法国革命史》，顾良等译，商务印书馆2010年版，第75页。

和国际商贸市场运行等重大的变革也对法国启蒙主义思想的兴起和高涨产生了十分重要的影响。例如在瑞士、尼德兰（荷兰）和英国等地区，印刷资本主义的繁荣促进了现代教育的普及，识字人群的增加培育了文化知识的社会需求，而文化市场的建立更进一步推动了先进思想的传播。换句话说，正是资本主义生产方式和市场机制在全欧洲的扩张，新兴资产阶级的文化思想观念才能够产生和发展，而资本主义市场机制对于国家地理疆界的渗透和突破更是推动了启蒙思潮从一个国家扩散到另一个国家。在 18 世纪印刷和出版产业的繁荣中，全欧洲文化市场的运行导致许多海外出版的思想新著从英国、荷兰和瑞士等地传入法国本土，冲击了路易王朝的文化专制制度，促进了启蒙思想的广泛传播和深入人心。事实上，由于法国大革命前的专制体制还保持着新闻和出版的审查制度，因此，许多法国启蒙思想家著作在国内无法通过审查而出版。罗宾·温克指出，"伏尔泰主要的散文作品没有一本在其有生之年得到合法出版。为了逃避政府的审查制度，启蒙思想家经常匿名或以假名来出版著作。他们将更多有争议的手稿寄给国外的出版人，其中大多寄往瑞士和尼德兰，在那里有着相当大的出版自由。"[1] 这就说明了全欧洲文化市场运作对于法国启蒙思想的形成具有重大的意义。罗杰·法约尔的研究指出，18 世纪上半叶在欧洲各国出现了面向公众的报纸杂志等媒体，从而在文化舆论界和文学批评界都产生了很大的声势。例如，《法兰西信使报》在 1724 年正式出版后，帮助很多青年作家解决了生活和写作中的困难，而实行出版自由制度的荷兰出现了由一批被迫流亡在此的法国文人和作家创办的《文学报》（1731—1736）。[2] 从这些早期纸质传媒的发展过程中，人们可以看到一些国家如英国和荷兰等国由于言论和出版自由而成为启蒙思潮传播的重镇。事实上，这些最早实现了现代民主政治的国家往往由于印刷资本主义发达而推动了文化传媒的市场化，这种变化又进一步推动了启蒙思潮由大西洋沿岸国家向其他西方国家的传播和扩散。

---

① ［美］罗宾·温克等：《牛津欧洲史》第 2 卷，赵闯译，吉林出版集团 2009 年版，第 153 页。
② ［法］罗杰·法约尔：《批评：方法与历史》，怀宇译，百花文艺出版社 2002 年版，第 81—81 页。

　　当时由于英国的科技发达、经济繁荣和出版自由，所以许多宣传启蒙思想的英国出版物被译成多国文字传播开来。18世纪中期，法国出版商曾计划引进英国人编撰的一部科技大辞典，用来介绍国外新兴的科学技术进展状况。但是，狄德罗等人在接到出版商的邀请后，谢绝了翻译该书的计划，而决心自己重新编撰一部用法文写的《科学、艺术和工艺百科全书》（即《百科全书》），以宣传新的思想文化和价值观念。此时，狄德罗的《哲学思想》（1746）一书正好遭到了政府的查禁，因为他宣传了反对上帝主宰世间一切事务的自然神论，因而得罪了教会和国王。狄德罗毅然奋起抗争，以全身心投入《百科全书》的编撰工作来回应政府的压制。《百科全书》宣传了新的哲学和知识，其编撰者之一的达朗贝尔在"绪论"中明确提出了知识来源于理性，"而不是来自罗马教廷或《圣经·启示录》；"同时，为了小心翼翼地对付政府的审查，《百科全书》的编撰者以传播知识的策略"来使启蒙运动合法化"，而知识来源于周围世界和人的理性活动，却"不是教会和国家宣扬的知识，因为传统的知识除了偏见和迷信以外等于零。"到了18世纪70年代，历时25年编撰的《百科全书》首次以28卷对开本、71818个词条和2885幅图版的巨大篇幅出版问世，这个事件"改变了人们熟知的万物的形貌，""代表了启蒙运动大范围传播的阶段。"① 正如达恩顿的研究所指出的，《百科全书》采用了"概念革命"（révolution conceptuelle）的方法来应对国王和教皇的禁令、压制和死亡的威胁，而法国书商以及英国、意大利、瑞士、德国、莫斯科、哥本哈根、布拉格和华沙等地的出版商却不顾禁令，以各种版本印刷并销售了《百科全书》，在文化市场上赚到了丰厚的回报。"在这一进程中，启蒙观念经由商业动脉逐渐渗入了欧洲大陆最遥远的地区。他们［书商们］知道自己是启蒙运动的媒介，不过不是因为他们认为自己负有传播启蒙运动的义务，而是因为他们在做启蒙运动的生意。"② 由于狄德罗以及《百科全书》词条撰写者长期的共同努力和无

---

　　① ［美］罗伯特·达恩顿：《启蒙运动的生意》，叶桐等译，三联书店2005年版，第6—7页。

　　② ［美］罗伯特·达恩顿：《启蒙运动的生意》，叶桐等译，三联书店2005年版，第14、518页。

畏探究，也因为现代资本主义市场经济的强大活力，法国版的《百科全书》通过"概念革命"而成为宣传启蒙主义思想的强大阵地，因此法国启蒙主义思想家也被人们称之为"百科全书派"。这部多卷本的著作以理性精神重新阐释和评论迄今为止的人类全部知识，其销路通过文化市场而"遍及整个欧洲，成为启蒙运动思想独一无二的最重要的推进器。"①从一定程度上说，没有全欧洲和世界性资本主义市场机制的建立和运行，启蒙思想的迅速传播和扩散几乎是不可能的。从政治经济学的角度来看，市场机制的运行就是在冲击法国封建王朝的专制政治和文化秩序，而法国的《人权宣言》也可以说是资本主义市场机制运行所产生的一个重大思想文化成果。

西方历史走出中世纪以后，欧洲资本主义随着地理大发现而向世界扩张；而随着海外贸易中心从地中海沿岸向西欧沿海各港口的转移，资本主义经济在工业革命推动下迅速在英国和荷兰（尼德兰）等地发展。这些新的历史进展极大地改变了欧洲人的生活方式和思想方法，特别是科学技术的飞速进步扩大了工具理性的影响力，也促使哲学理性进一步发展。在意大利、波兰、英国、德国和荷兰（尼德兰）等地区，许多自然科学家的重大发现对于反抗封建专制、清除宗教迷信、启迪人们心智和促进生产发展起到了极为重要的作用。例如，波兰的哥白尼和意大利的布鲁诺与伽利略对于天体运行规律的发现，比利时的萨维里（1514—1564）对于人体解剖学的建立，德国的古腾堡在1645年发明的金属活版印刷技术，德国的开普勒（1571—1630）对于行星运行规律的发现，英国的牛顿（1642—1727）对于万有引力的发现等科学技术的进步使得资本主义经济迅速发展。欧洲诸民族国家在这一技术革命的浪潮中竞相采用新的生产技术，建立新的市场秩序，因而对传统的封建生产关系和教会蒙昧说教形成了一波又一波的冲击。前面所述的法国《百科全书》的编撰和出版也是这种新浪潮的一个高峰，它对法国人现代思想文化的传承和更新具有不可估量的历史意义。如果说，马丁·路德的宗教改革带来了欧洲人信仰观念和宗教仪式

---

① [美]罗宾·温克等：《牛津欧洲史》第2卷，赵闯译，吉林出版集团2009年版，第152页。

的转变，并把信徒获救的希望从教会那里直接传送到每个信徒的心灵中的话，那么，欧洲工业技术革命和资本主义市场经济的大发展则把现代理性精神传送到了每一个市民的头脑里。在这一历史的进程中，英国在17世纪的政治革命和工业革命促使其建成了欧洲第一个现代化的资本主义强国，而英国的经济繁荣和政治民主又促使法国资产阶级和知识分子积极行动起来，为推翻封建专制王朝而从思想上和政治上进行了顽强的斗争。换句话说，文艺复兴以来欧洲和法国本土的新兴资产阶级反对旧制度、宣传新思想的活动与科技革命和市场经济运行是相互促进的，这种互动对于启蒙思潮的传播和启蒙运动的胜利起到了不可替代的作用。

在法国的近现代思想变革进程中，勒内·笛卡尔（René Descartes, 1596—1650）的唯理论哲学主张理性是衡量万物的尺度，因此挑战了教会宣传的经院哲学，启迪了法国启蒙主义思想观念的形成和发展。笛卡尔1596年出生在巴黎以外的一个小城贵族家庭，8岁时进入贵族学校读书，但是他因为身体孱弱而常常在家自修。他在古典学术、神学、哲学、数学以及历史等方面的知识十分渊博，大学毕业后又到欧洲各地游历，并在1618年一度加入了荷兰的军队服役。1622年，笛卡尔变卖掉父亲留下的财产，到意大利和荷兰等地游历。由于法国政府和教会的文化专制政策，笛卡尔被迫在1628年移居荷兰达二十多年，在那里撰写了多部重要的哲学理论著作，并建立了笛卡尔坐标系和解析几何的基本原理。1649年，笛卡尔应邀到瑞典宫廷担任女王的私人教师，次年在瑞典因病去世。笛卡尔自己宣称是天主教徒，但是他在论著中却反映了自然神论和无神论的倾向，特别是他主张以理性衡量一切的立场挑战了托马斯·阿奎那所主张的信仰高于理智的经院哲学立场。由于笛卡尔的哲学论著具有明显的反宗教迷信特征，因此他的著作在巴黎和罗马一直被列为禁书，直到1740年才得以解禁。笛卡尔在《方法论》（1637）、《形而上学的沉思》（1641）和《哲学原理》（1644）等论著中提出，人类可以借助数学的方法来进行理性的思考，而人们为了获得真知灼见就必须摒弃经院哲学的思想方法，从"怀疑"的立场出发来理性地审视一切事物，进而达到对真理的认知。他在《方法论》中提出了从自我出发来进行理性思考的四个步骤：1. 以怀疑的立场去探究自己不清楚的一切事物或真理，而不管这些事物或真理是否得到了任何权威的界定；2. 把自己面对的问题分解成多个简单、细微的小问题，从而以这些简单、细微的小问题为出发点进行质疑和思考；3. 把这些简单、细微的小问题按照从易到难、从简单到复杂的顺序排列起来，然后从简单或容易的小问题入手一步步地进行解析和认知；4. 把所有的小问题都思考和解决之后，再从整体上思考自己面对的那个问题，进而达到对于整个问题的解决和真理的认知。笛卡尔就此得出了"我思故我在"这样一个理性思考的第一原理，而这一原理对于主张放弃自我主体、遵从信仰引导的神学教义无疑极具颠覆性的意义。

　　笛卡尔的唯理论哲学具有二元论的特征，因为他一方面坚称理性的重要作用，另一方面又坚持上帝的造物主地位；他在心灵和肉体的关系上也持有精神实体和物质实体的二分法。同时，笛卡尔否认经验论重视感觉经验的主张，认为只有理性认识和天赋观念才是认知真理的可靠途径。但是，他的这些思想局限性主要是历史和环境所造成的，而他提出的"普遍怀疑"原则和理性思考方法却对颠覆思想专制、反对权威崇拜、提倡科学精神等现代西方思想产生了重大而历久的影响。以赛亚·伯林认为，17 世纪笛卡尔等人的唯理论试图将数学的方法及语言运用到认识论上来，"因为缺乏精确性的语言可能会隐含谬误和含糊性、大量混乱的迷信和偏见，这些正是令人生疑的神学"的特点，而笛卡尔的"普遍怀疑"的方法论一直到 19 世纪都是欧洲哲学的强烈倾向。[①] 可以说，笛卡尔的哲学思想和方法论原则对于 18 世纪法国启蒙思想家来说具有重大的指导性意义，"伏尔泰也好，百科全书派也好，他们的哲学显然都有这样的"特点，即都具有笛卡尔方法的特性，是它的产物或应用。"[②] 再从 17—18 世纪法国文学思潮的兴起和转换进程来看，笛卡尔的唯理论曾对古典主义文学观念产生了相当大的影响，例如"三一律"戏剧法则和文学语言典雅化等古典主义创作原则就与之有着理论上的连带关系。但是，笛卡尔的理性原

---

① ［英］以赛亚·伯林：《启蒙的时代》，孙尚扬等译，译林出版社 2012 年版，第 4—6 页。
② ［法］朗松：《朗松文论选》，徐继曾译，百花文艺出版社 2009 年版，第 281 页。

则对于法国启蒙主义文学创作却有着更为紧密的文化传承关系。这不仅因为笛卡尔是第一位用民族语言（法语）而不是拉丁语写作哲学和科学论著的人，因此使得法国哲学和民族文学能够深入民间大众读者群中，而且因为他的哲理原则和方法论对于反封建、反教会的启蒙文学家来说更具有思想共鸣之处。法国批评家朗松认为，笛卡尔的理性原则在一定程度上削弱了人们对于古典文化的尊崇，因此对于古典主义文学也是一种打击，但是，"18 世纪的法国文学，无论就其精神还是就其鉴赏趣味而言，却完全是笛卡尔主义的文学。一心关注概念，对理性的崇拜，……这些看来正是与笛卡尔的方法论相符合的文学理想：通过丰特奈尔、孟德斯鸠、伏尔泰、迪克洛、达朗贝尔、德方之辈，这个理想在 18 世纪比在任何时期都更接近于实现。"① 确实，法国启蒙文学的经典作品主要是以哲理小说为核心的，例如伏尔泰的小说《老实人》（1759）和狄德罗的小说《拉摩的侄儿》（1762—1779）等都宣传了启蒙思想的基本价值观念。不过，17 世纪笛卡尔的理性主义只是法国启蒙主义思潮的一个重要源头，而 18 世纪法国的思想家更具有现实精神，更重视对实际经验的归纳和总结，因此在相当程度上又摒弃了笛卡尔的"天赋观念"的哲学立场。所以，卡西勒认为主要启蒙思想家受到牛顿和洛克的经验主义的影响，对于笛卡尔的唯理论有所突破，"启蒙哲学毅然决然地摒弃了为先验论和唯理论视为认识之最高确定性的基础的中介。正是在这一点上，人们特别强烈地感受到思想世俗化的伟大过程，而启蒙哲学恰恰是把造成这种世俗化视为自己主要的任务。"② 文化世俗化是文艺复兴以来新兴市民阶级反对教会文化神圣化的重要表现，也是西方诸民族建构自己新的思想文化传统的必要途径。可以说，从早期意大利文艺复兴到法国启蒙运动高涨这一长期历史过程就是一个文化世俗化的过程，当然也是文化民族化和文化市场化的过程。正是在这一过程中，西方诸民族国家逐渐建构起本民族的近现代文学经典传承谱系，而法国启蒙主义文学更是一个产生世界性影响的重大成就。

---

① ［法］朗松：《朗松文论选》，徐继曾译，百花文艺出版社 2009 年版，第 270、285 页。

② ［德］E. 卡西勒：《启蒙哲学》，顾伟铭等译，山东人民出版社 1988 年版，第 94 页。

　　法国启蒙主义思潮在欧洲和北美得到了广泛的传播，其中的一个主要原因就是法国理性哲学的传统源远流长。这固然有着历史的原因，即法兰西文化在 17—18 世纪的西方文化地图上仍然占据着中心的位置，但是，法国启蒙思想家在文学创作上的显著贡献和他们与国外文化思想界的密切联系也是另外两个重要原因。在欧洲，早期资本主义工商经济发达的意大利诸城邦以及最早实现工业革命的英国与荷兰（尼德兰）对于法国启蒙思潮的兴起居功颇伟，因为意大利和英国等地不少学者和作家的论著都曾传播到法国，促进了彼此之间的文化思想交流。例如，意大利航海家哥伦布和亚美利歌（Amerigo Vespucci）远航美洲以后所写的游历和书信等对于法国朝野产生了很大影响，意大利喜剧家哥尔多尼在法国巴黎做过宫廷教师，而英国哲学家培根、霍布斯和洛克等人对于法国启蒙思想家更是具有直接的影响力。同时，德国、俄国和美国等地的启蒙思潮高涨与法国启蒙运动的关系十分密切，因为不少法国思想家在这些国家游历或居住期间传播了启蒙主义的思想观念。例如，孟德斯鸠和伏尔泰去过英国游历或避难，卢梭在瑞士、普鲁士和英国居住过多年，伏尔泰与普鲁士和俄国王室关系密切，美国的富兰克林曾拜访过伏尔泰，而鼓吹美国革命的潘恩甚至在流亡法国期间被选为国民议会的代表。即使涉及没有什么直接人际交往的地区，如中国和波斯等东方国度，启蒙思想家们也会借助对于东方的文学想象塑造一些开明政治的异国范例来表达对法国社会变革的期望。因此在世界主义的影响下，启蒙主义思潮在法国形成理论高峰之后很快就扩散到欧美其他国家和地区，而理性、人权、自由、平等、民主和博爱等启蒙价值观念构成了整个西方启蒙运动的思想共识。

　　正如恩格斯所指出的，西方启蒙主义运动首先在英国兴起，而如果把意大利早期人文主义视为启蒙运动第一波的话，那么其缘起时期则更早一些。但是，西方启蒙运动的高峰发生在法国，因此在 18 世纪相当长的一段历史时期内，法国成为了西方启蒙运动的中心，法国的启蒙主义哲学思想和政治主张成为整个启蒙运动的高扬旗帜。但是，启蒙一词的语义内涵不是单一的，其做单数时可作"阳光、光明"等解释，做复数时则有"智慧、知识"等词义，也可理解为"认识、阐明、启迪、杰出人物"等意思。由于西方各国不同的社会背景和文化传统，"启蒙"一词在各国思想家的解释中也往往是多义的、丰富的，而这也是由西方各国不同的社会和政治现状所决定的。①启蒙主义思潮所尊奉的一些基本原则如理性力量、自由人权、社会进步、公平正义、反对专制、宪政民主、相信科学、消除愚昧，等等，都是各国启蒙思想家的共同理想信念。但是，各国学者在如何实现这些理想的途径上却有多种的理论和认识。例如，伏尔泰反对教会迷信和思想禁锢，政治上却主张"开明专制"，希望由君主而不是民众以理性原则执政；孟德斯鸠主张实行三权分立的政治体制，在议会、国王和法庭三者之间寻求平衡；卢梭的激进立场与前两位倾向英国式改革的政治主张不同，他认为全体人民才是国家的主人，而英国人并没有获得真正的自由，因此他主张执政者由民主选举、受到人民监督、人民有权撤换等共和民主政治，他的社会契约论代表了资产阶级的民主政治理想，并在法国《人权宣言》中得到了很大程度的体现。

恩格斯指出，法国启蒙思想家们"不承认任何外界的权威，不管这种权威是什么样的。宗教、自然观、社会、国家制度，一切都受到最无情的批判；一切都必须在理性的法庭面前为自己的存在做辩护或放弃存在的权利。思维着的悟性成了衡量一切的唯一尺度。"②恩格斯的这些话是对法国启蒙主义思想批判特征的最好解说，也是对从17世纪理性主义兴起直到18世纪末法国大革命这一历史时期内法国思想界主要倾向的精辟总结。可以说，法国启蒙思潮的关键特征在于其彻底的、毫不妥协的批判力量，这种力量不仅从哲学领域扩展到现存的一切思想文化领域，而且在政治上坚定地主张颠覆君主和教会的专制权威。所以说，法国启蒙主义既是一场思想文化的运动，又是一场社会政治的革命。霍克海默和阿多诺在解释启蒙的概念时借鉴了马克斯·韦伯的看法而指出，"就进步思想的最一般意义而言，启蒙的根本

---

① "启蒙"一词的英语为 *Enlightenment*，法语为 *Lumières*，德语为 *Aufkärung*，意大利语为 *Illuminismo*，西班牙语为 *Ilustroción*，丹麦语为 *Oplysning*。

② [德] 马克思、恩格斯：《马克思恩格斯论文学与艺术》上卷，人民文学出版社2002年版，第424页。

目标就是要使人们摆脱恐惧，树立自主。……启蒙的纲领是要唤醒世界，祛除神话，并用知识替代幻想。"①这样的解说强调了以理性和科学来战胜迷信和愚昧，但更为重要的是强调了对于世上一切人——从市民大众到启蒙思想家本身——进行启蒙和建立自主意识的重要性。换句话说，法国启蒙思想家并没有把自己排除在启蒙之外，并没有视自己为高于愚众的智者，而是把自己也视为有待启蒙的"人们"中的一员。法国启蒙思想家的巨大贡献就在于从思想观念上彻底颠覆了封建专制文化和教会愚昧文化的存在基础，以新兴科学知识和现代价值观念来建立资产阶级时代的文化秩序。

以赛亚·伯林指出，伏尔泰那一代人都相信用理性来重新解释世界的必要性，"存在于人与自然中任何东西的功能都可以得到解释，而且所有那些蒙昧黑暗的神秘事物和荒诞的神话故事（懒惰、愚昧和蓄意欺骗的产物），即通常称为神学、形而上学及挂着其他招牌的隐蔽教条和迷信，都将彻底完结。"②这些见解与恩格斯对于启蒙运动的看法是一致的。这就是说，启蒙的根本意义在于批判旧的思想文化传统，树立新的科学理性观念，从而解放人的思想，取得人类社会的不断进步。托多罗夫近年来也指出，启蒙运动的思想来源"具有中世纪早期、文艺复兴和古典时期的痕迹，""启蒙运动既是理性主义的又是经验论的，同时继承自笛卡尔和洛克。"他认为，启蒙思想家获得的第一种自主就是"认知的自主"，"认知的自主来自任何权威都不能免受批判的原则，无论这权威多稳固和多有威望。认知只有两个来源，理性和经验，而二者人人可得。"人的自主思考和判断意味着批判的理性精神，这也是康德所谓的"我们的世纪确切地讲是批判的世纪，一切都应接受批判。"③托多罗夫对于启蒙精神的解说强调了启蒙运动的批判性和普遍性，即人人可以具备自主认知的能力，任何权威都可以受到质疑和批判。这也说明，从 18 世纪直到今日有关启蒙运动思

---

① [德] 霍克海默、阿多诺（阿道尔诺）：《启蒙辩证法》，渠敬东等译，上海人民出版社2003 年版，第 1 页。

② [英] 以赛亚·伯林：《启蒙的时代》，孙尚扬等译，译林出版社 2012 年版，第 93—94 页。

③ [法] 茨维坦·托多罗夫：《启蒙的精神》，马利红译，华东师范大学出版社 2012 年版，第 13—16、50 页。

想意义的解说一直是连贯延续下来的，而以理性和经验为出发点来进行质疑和批判则体现了启蒙思想解放的本质特征。实际上，在 18 世纪的法国文化思想界，还有不少学者或哲学家也对启蒙思潮的兴起和高涨做出了重要的贡献。这些人物有博物学家布封（Buffon, 1707—1788），哲学家和数学家达朗贝尔（1717—1783），哲学家爱尔维修（Claude Adrien Helvetius，1715—1771），哲学家孔狄亚克（Bonnot de Condillac，1715—1780）等。

布封 1707 年出生于法国孟巴尔城的一个律师家庭，从小受到良好的教育，十分爱好自然科学。布封虽然自幼接触了教会文化典籍，但他却热衷于对自然界的研究，因此对人类及其自然的解说具有鲜明的唯物主义倾向。布封一生除了经营皇家植物园之外，还用了近 40 年时间写成了 36 卷的巨著《自然史》。在这部开创性的博物志中，布封传播了人文主义的思想，摒弃了教会神学对于自然世界的解说。他认为，地球上的一切生物都是从微小的物质进化而来，人类的祖先不是从伊甸园里成长起来的，而是从社会实践中进化而来的。布封的见解启迪了 19 世纪达尔文的进化理论，而他对于自然世界的解说呼应了《百科全书》的主题意旨，传播了科学和理性的启蒙主义思想观念。达朗贝尔 1717 年出生于巴黎，但他实际上是一位玻璃匠收养的一个弃婴，因此他只能依靠自己的不懈努力在学术界获得了显著的声誉。达朗贝尔在数学、力学和天文学等许多领域都有精深的研究，其主要成果发表在论著《宇宙体系的几个要点研究》中。达朗贝尔为《百科全书》撰写了长篇序言，表达了唯物主义的科学理性立场，使之成为法国启蒙思潮的重要文献；同时，他也为《百科全书》撰写了数学和物理学等自然科学的条目。1754 年，达朗贝尔被选为法兰西学院院士，这对于他传播启蒙主义思想更为有利。

18 世纪与达朗贝尔同为《百科全书》撰写词条的还有爱尔维修和孔狄亚克等人。爱尔维修 1715 年出生在巴黎一个御医家庭，曾在教会主办的学校读过书，但是他却不屑经院哲学的繁琐教义，而是热衷于阅读 17 世纪文学和哲学的经典作品，如莫里哀、蒙田和洛克等人的著作。1738 年，爱尔维修获得法国王室安排的法国总包税官的职位，因而成为富裕的政府官员。但是，爱尔维修具有鲜明的科学和民主的思想倾向，十分同情广大平民的艰难处境，反对专制王朝的压迫剥削。因此，他在1751年辞去了总包税官的职务，专注于学术著作的撰写。他在参与《百科全书》词条的撰写工作中，十分注意平民教育和人性尊严的论述。他的主要著作有《论精神》（1758）和《论人的理智能力和教育》（1773年）等。爱尔维修认为，人都是由环境和教育所塑造的，因此平等的受教育权利是基本的人权诉求。他认为人类具有追求快乐的本性，因此对于个人幸福和人性需要的满足正是资产阶级的道德原则，而封建道德和宗教思想压抑了人性的这种需求，违反了自爱原则，所以需要被废除。爱尔维修赞成社会契约论的原则，认为从人的本性出发才能正确认识国家的起源和属性，而新的道德原则就是要保证人的幸福和个人利益，同时要把社会利益和个人利益相结合来订立法律规范。爱尔维修的政治观点与孟德斯鸠和卢梭的观点十分接近，他对于功利主义原则的论述为即将到来的资产阶级社会准则提供了理论论据。

孔狄亚克1715年出生于法国南部小城的一个新贵族家庭，从小在教会学校和修道院里受过教育。他与爱尔维修的经历类似，在学校里不愿学习神学，却对当时的人文学科如文学、哲学和数学深感兴趣。他曾为《百科全书》撰写过词条，并在1767年担任了法兰西科学院院士。孔狄亚克主要著作有《论人类知识的起源》（1746）和《感觉论》（1754）等。孔狄亚克接受了洛克的经验主义和唯物主义思想，认为知识来源于感觉，而人的心灵可以从感觉中发展出观念来。他对于人的心理活动如感觉、记忆、判断和抽象等形成特征进行了分析，认为感觉会产生愉悦或不快的心理，而愉悦的感觉经验就会延续。孔狄亚克的感觉论反对形而上学和天赋观念论，对笛卡尔和洛克的哲学思想都有所突破。孔狄亚克强调人与人之间的思想交流，认为这种交流是人的观念形成和完善的必要途径，而观念借助语言来形成也会受到一定的时空限制，即语言作为长期演变的符号必然要受到其产生的环境和时代所影响。这些思想带着显著的唯物主义倾向，对于启蒙理性和科学思维都给予了很好的阐释。

在 18 世 纪 法 国 学 界，霍 尔 巴 赫（Heinrich Diefrich Holbach，1723—1789）以坚定的无神论者而著称。霍尔巴赫出生在德国一个商人之家，1735 年随家移居法国。他在 1744 年入荷兰莱顿大学读书。当时的莱顿大学是欧洲第一所新教大学，斯宾诺莎和伦勃朗等都在那里教过书，因此霍尔巴赫在那里学习到许多新的思想观念。1748 年，霍尔巴赫大学毕业回到法国，立即参加了《百科全书》的编撰工作。他总共撰写了四百多条词目，并且在经济上支持了该书的出版。霍尔巴赫对于唯理论和经验论都有深入的研究，但是他的立场更为激进，即完全否定上帝的存在，认为只有物质世界才是唯一的真实。他在《揭露基督教》（1761）和《袖珍神学》（1767）等书中尖锐地批判教会和僧侣欺骗人民、掠夺人民的罪恶。他的哲学论著《自然的体系》（1770）提出自然事物是哲学研究的起点，运动则是物质存在的方式，而人类的无知和恐惧才是宗教产生的根源。这部书由于激烈的反教会倾向而被当时罗马教皇宣布为禁书，但是却对 18—19 世纪的人本主义思想产生了很大的影响。18 世纪另一位唯物主义哲学家拉·美特利（Julien de la Mettrie, 1709—1751）出生于法国一位商人之家，学习过神学和医学。1733 年，他获得医学博士学位后一边行医，一边撰写哲学著作。1745 年，拉·美特利的《心灵的自然史》出版后立即受到人们的欢迎，但却被当局下令禁止。1747 年，他又出版了《人是机器》一书，宣称人是有感觉、会思想的活机器。他运用医学知识论证人类大脑神经中枢的重要作用，认为外界事物对于人的感官的刺激是心灵活动的基础。这一理论摒弃了笛卡尔的二元论观点，认为物质实体是唯一的，并强调了人的物质性和思维能动性。拉·美特利的思想批判了宗教神学的唯心主义世界观，支持了启蒙思想家有关人的自主性和理性能动作用等重要观点。

总的来说，18 世纪法国启蒙主义运动是整个新兴资产阶级寻求思想解放的文化和政治运动，其主要领军者是一批具有现代价值观念和理性批判意识的知识分子群体。这些人以哲学论著、文学创作或学术写作来宣传启蒙主义思想，公开主张以信仰自由反对宗教压迫，以个人自主和人人平等来反对封建等级制度，以科学和理性来反对神学迷信和天主教权威，以"天赋人权"来反对"君权神授"，以民主政治和社会契约来反对君主专制统治。可以说，法国启蒙运动虽然具有文艺复兴时期以来西方文化思想的传承，但是，法国资本主义经济的发展、市民社会的形成和第三等级知识分子群体的崛起却是造成法国启蒙运动声势浩大、成就非凡、影响深远的根本原因。同时，宗教改革以来出现的新教伦理观念和民族文化建构对于罗马天主教和封建君主制产生了重要的思想颠覆作用，这种变化使得草根阶层的广大民众——农夫、工匠、商贩和主妇——逐渐产生了自主意识和自由意愿。这种社会心态和集体意识的变化也助长了新兴资产阶级启蒙思想的传播，而市民社会和都市文化的繁荣进一步促进了启蒙文学作品的流行，于是那些语言清晰、形式通俗、风格多样、价格低廉的文学作品成为传播启蒙思想的最好载体。

第二节　启蒙思潮与法国启蒙文学的兴起

法国在 1635 年由路易十三批准设立法兰西学院以后，其文化政策和文学观念常常带有官方的色彩，例如古典主义注重传统、崇尚权威和强调规则等就附和了路易十四时代（1643—1715）的君主专制政策。但是，17 世纪的法国仍然受到新兴资产阶级文化思潮的影响，因此出现了文艺领域里的"古今之争"，即代表古典主义"崇古派"的布瓦洛（1636—1711）和代表"崇今派"的贝洛勒（1628—1703）之间的论争。1687 年，法兰西学院院士贝洛勒发表了一首长诗《路易大帝的时代》，歌颂了路易时代的诗人取得了堪比古罗马经典诗人维吉尔等人的伟大成就。1688 年，贝洛勒在《古人与今人之比较》一文中再次强调了今人文学创作的成就足以比肩古代经典之作。就在这一年，另一位法国学者丰特奈尔（1657—1757）发表了著名的论文《闲话古人和今人》，支持"崇今派"的主张，认为理性会使今人摆脱古代人的偏见，从而创造出更好的作品，使之具有新颖的民族特色和个性特征。布瓦洛反对贝洛勒诋毁荷马和维吉尔的言论，认为贝洛勒反对模仿古代作家的立场站不住脚，因为法国作家的成功正是模仿了古希腊罗马文学经典的缘故。他认为，"形成拉辛的是索福克勒斯和欧里庇得斯，莫里哀是从普劳图斯和泰伦斯那里学得最精妙的东西。"① 显然地，布瓦洛的看法代表了古典主义的坚定立场，但是贝洛勒和丰特奈尔等人的立场却表明了新的文学观念正在法国崛起，并且预示了 18 世纪法国启蒙主义文学观念的形成。朗松认为，丰特奈尔等人的文学创作观念重视理性的作用，"不顺从成见，不屈服于权威，"因而表明了法国理性主义和启蒙思想在文学界具有自我传承的特征，即理性主义不是"等到英国人来推动就已经开始了，""它是法国国内的一项工作的继续，它自文艺复兴时起就在改造着法国社会的意识。"② 朗松的看法其实表明了他对于法国民族文学经典传承的肯定，意味着人们可以独立地建构起法国文学自身传统的轨迹，并从中勾勒出从文艺复兴到启蒙文学的法兰西民族文学的经典谱系。在"古今之争"中积极支持布瓦洛的批评家费纳隆认为，伏尔泰的文学创作缺少古典主义的审美趣味，表现了狭隘的民族风格，所以伏尔泰"是实实在在的法兰西作家，这意味着他属于他的民族、他的世纪，但不像那些真正的诗人那样属于所有的国家和所有的时代。"③ 费纳隆的看法恰恰证实了启蒙文学在摒弃古典主义、张扬民族传统方面所作出的努力，而启蒙文学与启蒙思潮的紧密结合更是造就了一代具有新思想的经典文学家。朗松曾经提示人们，法国文学界和思想家之间历来就有着紧密联系，这种联系从文艺复兴、古典主义到启蒙主义都显示出文学要与哲学和科学"争夺思想意识的领导权。我们的诗人是思想的传教士，是上帝和不可知事物的大祭司。"④ 朗松的看法在法国启蒙文学和启蒙思想家的互动促进的关系中就可以找到证明，因为孟德斯鸠、伏尔泰、狄德罗和卢梭等人确实都具有启蒙思想家和文学家的双重身份。从西方文化思想演变进程中看，启蒙主义思潮的本质是一场新兴资产阶级发起和推动的思想解放运动，而大多出身于平民阶层的启蒙思想家们对于批

---

① 伍蠡甫主编：《西方文论选》上卷，上海译文出版社 1979 年版，第 306 页。

② ［法］朗松：《朗松文论选》，徐继曾译，百花文艺出版社 2009 年版，第 360—361 页。

③ ［法］罗杰·法约尔：《批评：方法与历史》，怀宇译，百花文艺出版社 2002 年版，第 95 页。

④ ［法］朗松：《朗松文论选》，徐继曾译，百花文艺出版社 2009 年版，第 352 页。

判旧制度、宣传新思想抱持着义无反顾的决心和自觉。罗宾·温克等人把启蒙思潮的主要观念概括为四个：1.理性；2.进步；3.自然；4.自由。① 这些观念也是法国启蒙文学特别是哲理小说的基本主题，而正是这种把文学创作和思想宣传融为一体的启蒙文学创作形成了法国文学的某种民族特色，即朗松所谓的"思想传教士"的创作特征。由于启蒙思想家自觉地意识到，他们担负的时代责任就是把人从"自己不成熟的状态"解放出来，自觉地运用理性来判断善恶美丑，维护个人的自主权力和人性尊严。因此，法国启蒙文学带着强烈的法兰西民族思想解放的时代烙印，而启蒙文学经典的形成和传播也极大地充实了法国现代民族文学和文化思想的经典殿堂。

法国君主体制下的路易王朝在 17 世纪达到了鼎盛时期，其工商经济的发展仅次于英国，因此其工商经济、市场机制和市民阶级也得到了较快的发展和壮大。例如，从 16 世纪末到 18 世纪，巴黎出产的奢侈消费品一直是欧洲各国显贵们的青睐对象，据说英国、俄国和德国等国的王室成员每年要从巴黎订购数千件豪华时装，而英国女王伊丽莎白去世后留下的巴黎产精美服装达到一万五千件。② 从社会结构的变化来看，法国君主专制巩固了强大的中央王权和贵族势力，但是法国经济的发展却也培育了强大的市民阶级，因此贵族和平民之间的力量对比逐渐产生了变化。市民阶级的审美趣味、文化习俗和日常语言经由文化市场和教育普及而得到了培育和推广，这就使得拉丁文化和宫廷趣味在城市世俗文化的崛起中受到了严峻的挑战，以致古典主义代表人物布瓦洛要求人们"好好地认识都市，好好地研究宫廷"。③从文化史发展的形态上看，这些变化就是资产阶级文化逐渐取代封建贵族文化的必然表现，也是西方诸国民族文化逐渐取代罗马教廷主导的拉丁文化的必然结果。正如前面所提到的，法国启蒙思潮和启蒙文学的兴起既是法国社会经济发展进程决定的，也是西方文明从文艺复

---

① ［美］罗宾·温克等：《牛津欧洲史》第 2 卷，赵闯译，吉林出版集团 2009 年版，第 154—157 页。

② ［德］爱德华·傅克斯：《欧洲风化史·资产阶级时代》，赵永穆等译，辽宁教育出版社 2000 年版，第 8 页。

③ 伍蠡甫主编：《西方文论选》上卷，上海译文出版社 1979 年版，第 288 页。

兴以来裂变为多元民族文化形态的具体表现。正是在这样的文化大背景下，法国文学通过启蒙主义思潮的广泛传播而形成了法兰西民族文学经典传承的高峰阶段。

从历时性的视野中看，17 世纪是欧洲工业革命开始的时代，也是西方诸民族国家开始文化资本更新——形成民族语言体系和建构民族文学经典的时代，西方启蒙思潮就萌动于此时。启蒙运动推动西方各国摆脱了贵族和教会文化的思想控制，西方文学的经典谱系才最终完成了向诸国民族文学的裂变，即转变为以不同民族俗语为载体的"国别文学"。因此，17 世纪确实是西方文学发展史上一个重要的分水岭，标志了西方各民族文化和文学的现代转型，而这也体现了西方文化"单源发育＋主干＋分枝"的"分体扩散型"（爱琴海文明＋古希腊罗马文化＋基督教文化＋各民族文化扩散）的演变模式。从发端于意大利城邦的文艺复兴运动到启蒙运动引发的法国大革命大约五百年的时间里，现代西方诸国的民族主体认同逐渐形成，而各民族文化转型的催化剂就是中世纪以后逐渐成熟的民族俗语，这些民族语言经过俗语文学经典的优化和现代教育体制的规范，逐渐成为民族主体人群求知、思考和交流的工具。在启蒙思潮的影响下，各国的民族俗语书写经典化使得新的民族文化资本积累起来，并在现代民族国家的体制下消解了拉丁文化的霸权地位。17—18 世纪西方各民族的俗语文学进入大学课堂后随之开始了第一次各民族文化经典化过程。[1] 如果没有西方的启蒙运动，王权政治体制仍将继续，贵族文化秩序不会瓦解，建立在自由、平等、民主和法治基础之上的现代社会也将难以形成，西方诸民族文化的现代转型就不可能完成。[2]

从法国文学发展史的角度看，尊崇古代经典、讲究贵族趣味是上流社会的古典主义文学创作倾向，而重视现实生活、采用通俗法语代表了市民阶级的人文主义创作倾向。笛卡尔在撰写哲学著作时为了贴

---

① [美] 约翰·杰洛瑞：《文化资本》，江宁康等译，南京大学出版社 2011 年版，第 70—71 页。

② 江宁康："启蒙思潮·经典建构·文化转型——论启蒙运动与现代西方诸民族的文化转型"，《清华大学学报（哲社科版）》，2011 年第 6 期。

近大众读者，于是就试图采用通俗的法语而不是拉丁文写作。"笛卡尔以易于读懂的语言，或用清晰的法语或用拉丁文（旋即译为法语），发表于篇幅短小的作品中，文章组织紧密，读来得益匪浅，决不至于生厌。"笛卡尔的"风格跟大众生活中的语言十分接近，"这就使得广大公众能够读懂他的书，因为当时"拉丁文的使用是个怎么也排除不了的障碍，它使图书到不了广大公众手上，也进不到法国文学里去。"①笛卡尔所开启的现代法语写作规范在启蒙思想家的作品中得到广泛的采纳，因而促使启蒙思想和现代观念借助鲜活的法语和世俗的文学深入到平民大众的心中。例如，孟德斯鸠写作《论法的精神》采用了现代法语写作，出版以后 14 个月就再版 22 次，很快传播到整个欧洲。该书畅销的一个重要原因就是他把"政治科学的材料从拉丁文中，从专门的学术界中解放出来，把它纳入法兰西语言的领域，纳入文学的领域。"②可以说，法国启蒙思潮和启蒙文学在民族语言和大众传播方面已经做到了相互促进、雅俗共赏、深入人心，因而对于法国文学繁荣和民族经典建构形成了十分有利的环境。或者说，杰诺瑞所指的西方民族文学经典建构的第一波浪潮在法国启蒙文学经典化过程中得到了验证。

18 世纪的法国启蒙思想家和文学家的作品或论著常常经由书商操作而很快成为畅销书，而大众杂志和报刊等也成为传播新思想的重要媒介。值得注意的是，由于欧洲文化市场发育较早和各国之间出版物和人员的交流频繁，启蒙运动时期的许多法国思想家采取了在国外出版、向国内传播的途径。当时的荷兰和瑞士等地没有法国的出版审查制度，因此启蒙读物的出版和发行十分顺利。实际上，瑞士西部曾经是宗教改革时期的法语《圣经》的出版中心，而这一地区在两个世纪以后又成为"启蒙出版事业的中心"。③在文化市场和印刷资本主义日益兴旺之际，由于广大市民的休闲和文化生活需求而出现了许多咖啡

---

① ［法］朗松：《朗松文论选》，徐继曾译，百花文艺出版社 2009 年版，第 261、285 页。

② ［法］朗松：《朗松文论选》，徐继曾译，百花文艺出版社 2009 年版，第 411—412 页。

③ Jeffrey Freeman, *Books without Borders in Enlightenment Europe*, Philadelphia: University of Pennsylvania Press, 2012, p.146.

馆、沙龙、剧院、俱乐部、公共图书馆等场所。这些新型场所逐渐变成启蒙思想家交流和传播新思想的公共场域。这种交流形式不仅使得启蒙思想能够得到更快更有效的传播途径，而且相关的作家也因此能够获得经济信息去经商，例如伏尔泰就是通过证券理财等活动获得商业成功的一位大作家。伏尔泰本人对于商业性的剧院等大众娱乐场所一直表示支持，但卢梭却认为文化娱乐场所会腐蚀人的心灵。① 可是，资本主义的文化市场和大众娱乐本身就对宫廷权威和贵族趣味造成了极大的挑战，因为作家和学者摆脱了对于宫廷和教会的人身依附关系，逐渐形成了一个经济独立的、有自主意识的、互相关联和协作的知识分子群体。换句话说，由于市场经济的发展和社会结构的变化，新兴资产阶级从经济上和文化上逐渐掌握了历史演变的进程；于是，君王和教会的意旨不再是不可违抗的圣旨，凡尔赛宫不再能主导文学趣味的发展方向，巴黎也不再是上流社会和贵族僧侣的一统天下。由于图书印刷出版业的扩张和国外市场对于法国审查制度的规避，启蒙思想家发表的新思想和新创作能够很快地到达众多平民读者的手中，贵族中的一些自由派开明人士也乐于看到新思想的传播。② 这样，很多学者和作家因此成为时代的佼佼者，启蒙文学创作也成为探讨人生哲理和政治改革的重要领域。孟德斯鸠、伏尔泰和狄德罗等就充分利用了这种文化市场机制，他们的学术论著和文学创作竞相出版，互相呼应，不但成为法国启蒙文学的一个个重镇，而且推动了法国启蒙主义思想运动的迅速发展。如果从"文艺复兴—启蒙运动一体化进程"的发展轨迹来看，西方文艺复兴运动的思想旗帜是人文主义，追求的是人性尊严和俗世幸福，反对的是神性主宰和禁欲主义；西方启蒙主义运动的旗帜是理性主义，追求的是人权平等和个性自由，反对的是封建专制和蒙昧主义。于是，从神性到人性再到人权、从禁欲到自由

---

① ［美］斯蒂芬·布隆纳：《重申启蒙》，殷杲译，江苏人民出版社 2006 年版，第 126 页。

② 法国路易王朝对于印刷出版业的控制除了体现在审查制度上，还在于严格控制印刷工场的生产。在巴黎地区，直到巴士底狱被攻陷之时，只有 36 家特许印刷工场可以经营；法国大革命之后，审查和特许制度都形同虚设，巴黎地区的印刷工场增加到 200 余家，有 250 多种报纸出版发行。参见罗伯特·达恩顿：《启蒙运动的生意》，叶桐等译，三联书店 2005 年版，第 469—472 页。

再到人道，这些思想观念的变化在 18 世纪法国启蒙文学和思想著作中都得到了生动的体现和阐释。孟德斯鸠的著作《波斯人信札》（1721）和《论法的精神》（1748）构成了 18 世纪上半期法国启蒙文学和思想论著的第一个重镇。

孟德斯鸠（Charles de Secondat,Baron de Montesquien, 1689—1755）1689 年出生于波尔多附近拉伯烈德庄园的一个"穿袍贵族"世家，原名查理·路易·德·瑟贡达。他在 19 岁时大学毕业获得了法律学位，曾任波尔多法院的推事。他在 27 岁时承袭伯父的男爵爵位和产业，并继任波尔多法院院长一职。1728 年，他被选为法兰西学院院士。青年时期的孟德斯鸠对自然极有兴趣，曾经利用显微镜研究昆虫和青蛙，并撰写了一些物理学和医学方面的论文。他在巴黎生活和学习法律期间，每天都要记录自己的所见所闻，对动荡不定的社会进行了仔细的观察和思考。这些早期的生活与学习经历培养了孟德斯鸠科学和理性思考的习惯，也让他深入认知了路易王朝专制政体的弊端。1721 年，他把多年来对于法国社会现状的观察和思考写入了化名的书信体小说《波斯人信札》，借用两个外邦人的眼光来评论法国社会的人生百态，表现了强烈的现实批判精神。孟德斯鸠从 1728 年开始外出游历直到 1731 年为止，这期间他访问了英、荷、意、德、奥等地，特别是花了两年时间考察了英国的君主立宪体制，对之赞誉有加，并被选为英国皇家学会的会员。1734 年，他出版了《罗马盛衰缘由考》。1748 年，他又出版了西方政治学经典之作《论法的精神》，主张自然神论、上帝始因说和三权分立原则等，对建立资产阶级国家的政治和法学做出了极大的贡献。1753 年，他出任法兰西学士院院长，后于 1755 年 2 月因病在巴黎去世。

孟德斯鸠的文学著作《波斯人信札》既是 18 世纪法国哲理小说的代表作，而且也是现代西方书信体游记小说的经典之作。这部小说主要叙述了一位波斯贵族郁斯贝克在游学法国期间的所见所闻，包括了主人公与他人的一百六十多封书信，构成了全书两大部分的内容。小说的第一部分包括主人公郁斯贝克和朋友里加之间以及他们与波斯国内友人之间的通信，第二部分则是郁斯贝克与他的后房妇女以及看守她们的阉奴之间的通信。小说以郁斯贝克等异国人的眼光，描写了各自在巴黎的所见所闻，记录了 18 世纪初法国贵族生活的糜烂和政治的腐败。这些书信揭露了统治阶级卖官鬻爵、腐朽不堪；上流社会生活奢侈，伤风败俗；各种学者夸夸其谈，不务正业；社会道德风气败坏，骗子赌徒横行；教会人士虚伪专横，残酷迫害异端；等等。这些书信对路易十四王朝时代的黑暗腐朽一面的揭示十分尖锐，对于波斯女性的不幸遭遇给予了深切的同情。这部小说可说是一部大胆而深刻的理性批判杰作，揭露了封建王朝的许多社会和政治矛盾，提出了一些新的政治构想和主张。同时，这部小说文字生动，内容包罗万象，叙述体裁采取了经典的游记体和新兴的书信体相结合的方式，因此很快赢得了广大读者的欢迎。由于当时的法国政府还实行严格的出版审查制度，所以这部小说由作者化名在荷兰首都阿姆斯特丹出版。尽管这样，小说尖锐的批判锋芒还是激怒了法国政府，因此很快在出版的第二年遭到查禁，但是这也促使这部小说成为法国启蒙运动中出现的第一部重要的哲理小说。从艺术形式上看，这部小说在传承游记体和流浪汉小说的传统体裁之际还采用了书信体的叙事结构，既体现了启蒙文学的形式创新特征，又保持了法国文学在写实叙事和风俗描写方面的独特魅力；尤其是其中的叙事内容各自成篇，形散而神不散，很适合大众读者的阅读和反思，代表了法国文学在文化世俗化和出版市场化挑战中积极而成功的应对，并影响了此后欧洲文坛上类似体裁的文学创作。作为法国启蒙运动中最早出现的一部重要文学作品，《波斯人信札》包含的思想意义远远超出外邦人游历故事内容本身。首先，这部小说所探讨的内容几乎囊括了政治、经济、文化、宗教、道德和自然等方面的各种紧迫问题，特别是作者在第 37 封信中尖锐抨击了路易十四王朝的专制和奢靡，体现了法国启蒙文学的鲜明政治主题。其次，这部小说中有 43 封信谈及当时的人情风俗，还有 20 封信谈及宗教信仰的问题，从而为 18 世纪法国的世俗民风和宗教仪式等留下了对比强烈的艺术写照。再次，这部小说借助波斯人之口揭示了东方帝国君主和宫廷后宫的隐秘面，批判了东方君主专制的危害，还描写了土耳其、波斯、印度和中国等地的奇闻异事，开创了异国情调故事写作的先例。尽管孟德斯鸠仍然坚持开明君主统治、宗教宽容精神和人道主义美德等混合式政治理想，但是《波斯人信札》作为法国 18 世纪初期出现的一部启蒙文学经典，在思想上和艺术上都为后来的法国启蒙文学和浪漫主义文学创作树立一个卓越的典范。

在《波斯人信札》获得成功以后，孟德斯鸠继续专注于政治、法律和历史等问题的思考与写作。1748 年，他出版了《论法的精神》这部体系完整的法学理论著作，强调了法律的治国功能，提出了三权分立、自然法、人为法和地理环境决定论等重要的法学思想。这部专著对于法律建设中宗教信仰的影响，民族习俗的传承，贸易税收及货币，人口、教育和外交等问题都进行了深入的理论探讨，并引用了法兰西的民族历史和古罗马法的形成等史料来阐述资本主义社会的自由、民主和法制的关系问题，从而为资产阶级登上政治舞台提出了一整套资产阶级的民主执政理论。《论法的精神》反对法国君主制度所依仗的三种势力，即教会、宫廷和贵族的势力，反对君权神授的思想，主张人民享有信仰和思想的自由。孟德斯鸠在这部书中提出，在三种政体类型——共和政体、君主政体和专制政体——中，君主政体意味着一个人遵循已有的法律行事，专制政体没有法律与规章，由独自一人随意行事，而"在共和政体下，当全体人民拥有最高权力时，便是民主政治，而当最高权力集中在一部分人民手中时，那就是贵族政治"；另外，"法律应该与国家的自然状态产生联系：与气候的冷、热、温和宜人相关；还与土壤的品质、位置和面积有关；法律与诸如农夫、猎人或者牧民等各种人民的生活方式息息相关。……还要与居民的宗教、性癖、财富、人口、贸易风俗以及言谈举止发生关系。"[①]这些观点对于当时的贵族开明派和自由资产阶级产生过很大影响，即使法国大革命时期的激进主义领袖们也受到过一定的影响。孟德斯鸠有关现代国家政权建设的法律构想具有相当严谨的体系性，伏尔泰甚至称赞《论法的精神》为"理性与自由的法典"。在 18 世纪后期西方社会的大动荡中，1776 年的美国《独立宣言》、1787 年的《美国宪法》、1789 年的法国《人权宣言》和 1792 年

---

① ［法］孟德斯鸠：《论法的精神》，孙立坚等译，陕西人民出版社 2001 年版，第 13—14 页。

的《普鲁士法典》等重要的政治历史文献都体现了孟德斯鸠所主张的现代法制思想。①

作为18世纪上半期法国启蒙主义思潮的主要代表人物,孟德斯鸠的思想观念虽然受到英国哲学和政治现实的影响,但是他坚持理性主义、反对君权神授、主张共和政体、以及提出民族风俗对法律的影响等思想政治立场实质上反映了法国启蒙运动独特的思想轨迹和民族特征。在《论法的精神》一书中,孟德斯鸠对于古代法兰克人的法律和伦理进行了研究,因此建构了法兰西民族的法律思想体系,进而影响了后来的《拿破仑法典》即《法国民法典》的形成。所以说,法国启蒙思想运动从一开始就具有民族文化传承的独特轨迹,并对欧洲和美洲其他地区的资产阶级启蒙思潮打上了法国的烙印。18世纪上半期,法国正处于大革命的前夜,资本主义生产方式在工农业中都有显著发展,出现了资产阶级化的大农场和新兴贵族。这些土豪式新贵在旧制度的庇护下驱逐佃农,强占土地田产,滥用司法权力,征收各种苛捐杂税,与路易王朝形成了对平民大众的双重政治和经济压迫。当时的法国社会有三个主要等级:人数仅占全国人口的1%的僧侣和贵族分属第一和第二等级,他们拥有着全国30%的土地,是拥有特权的统治阶级;另外占人口99%的第三等级包括了资产阶级、城市平民、手工业工人和广大农民,他们负担着沉重的纳税义务,却没有任何政治权利。许多启蒙思想家就是出身于第三等级的平民家庭,思想上倾向自由平等的现代价值观念,与正在崛起的产业和金融资产阶级有着共同的社会和思想基础。由于法国资本主义经济的发展迅速,新兴资产阶级对追求平等的社会政治地位怀有强烈的要求,因此对王权和贵族垄断一切政治权利的局面越来越不满,对于封建等级制造成的贵族特权和社会歧视极为痛恨。许多平民出身的律师、作家、医生、教师和商人等接受了新时代的思想文化知识,对于蒙昧主义和封建特权有着切身的痛苦感受,而广大的手工业者、小店主、雇佣工人和乡村雇

---

① 孟德斯鸠提出的地理环境决定论为斯达尔夫人的《论文学》等社会学文艺批评理论提供了依据。另外,中国学者严复以《法意》为书名翻译出版了孟德斯鸠的《论法的精神》(1913),对中国的旧民主主义革命产生过积极影响。

农受到旧制度的压迫剥削更为深重。第三等级中的这两大部分人群一旦结合起来，势必产生巨大的社会变革能量，足以摧毁旧制度的一切政治羁绊。在18世纪上半期，市场经济发展和市民文化繁荣十分有利于新兴资产阶级知识分子传播和宣传启蒙思想主张。开明贵族和富商巨贾所开设的各种沙龙吸引了许多具有新思想的文人学者，而巴黎街边的各种咖啡馆和展览会等也成为交流和传播新文化观念的活跃空间。更为重要的是，由于印刷资本主义的发展和公共教育的推广，第三等级中有越来越多的人接受了启蒙思想的价值观念和政治主张。于是，历来由宫廷所主宰的文化权力逐渐被新兴资产阶级建立的文化秩序所取代，而文学创作和思想论著则成为启蒙知识分子挑战旧制度和旧文化的重要阵地，引领着社会思潮的起伏动荡。同时，随着启蒙思潮在西方诸国的扩散和传播，加之18世纪欧洲和美洲出现的民族主义运动高涨，法国作家在文学体裁和思想内容等方面的创新大大推动了民族文学经典谱系的建构。乔治·勒费弗尔认为，"新思想的传播和社会经济的演变对文学艺术具有一定的影响。某些文艺体裁的成功足以证明，例如哲理故事、博马舍的新剧作、古典主义不屑使之规范的流行小说、新兴的市民戏剧以及格辽茨的绘画"等形成了新的文学传统。①

在18世纪法国启蒙文学经典的建构与传承过程中，被人们视为启蒙运动精神领袖的伏尔泰（Voltaire，1694—1778）做出了极为重要的贡献。伏尔泰原名弗朗索瓦·阿鲁埃（Francois—Marie Anouet），生于巴黎的一个资产阶级家庭，其父做过法律公证人和审计员，其母出生于外省一个贵族之家。由于家境富裕，伏尔泰从小受到了很好的正规教育，熟读古典文学名著，喜爱文学创作，通晓拉丁文、希腊文、英语、意大利语和西班牙语等多种语言。高中毕业以后，伏尔泰进入大学学习法律专业，毕业以后在法国驻荷兰使馆做过秘书。1717年，伏尔泰因为写作讽刺诗批评法国宫廷的骄奢无度而被捕，在巴士底狱被关押了将近一年时间。正是在这段时间里，伏尔泰创作了第一部戏

① ［法］乔治·勒费弗尔：《法国革命史》，顾良等译，商务印书馆2010年版，第72—73页。

剧《俄狄浦斯王》，并用"伏尔泰"的笔名发表。1718 年伏尔泰出狱后，这部模仿古希腊悲剧的作品在巴黎上演，轰动一时。自此以后，伏尔泰便全身心地投入到文学创作和思想论著之中，很快成为平民知识分子和思想激进文人的偶像，但也受到了宫廷和贵族的侮辱和迫害。在资本主义市场经济迅速发展的环境中，伏尔泰也参与了经商和投资活动，并且凭借自己的精明和人脉关系赚到了丰厚的钱财。1726 年，伏尔泰受到贵族德·罗昂的侮辱和诬告而再次被投入巴士底狱，但是他很快就流亡英国以躲避法国政府的监禁。这一事件使得伏尔泰终身痛恨封建贵族专制制度，并在自己的论著中谴责和批判了这种制度。在英国流亡的 3 年间，伏尔泰认真考察了英国资产阶级革命后的政治制度、社会环境和科学成就，研究了培根和洛克等人的唯物主义经验论哲学，并在牛顿的物理学思想影响下形成了反对经院哲学的自然神论。1734 年，伏尔泰把自己在英国的所见所闻所思写成了著名的《哲学通讯》一书，宣传了英国资产阶级的宪政思想，主张信仰自由，批判了法国路易王朝的君主专制和天主教会的蒙昧主义教谕。这部书信体著作出版后反响很大，引起了法国当局的恐慌，被巴黎最高法院禁止发行并强制当众焚毁。为了避免再次被捕，伏尔泰逃到自己的女友夏特莱侯爵夫人的庄园里隐居下来。在这段相对安定的隐居生活期间，伏尔泰写下了《形而上学》《牛顿哲学原理》和《查第格》等哲学论著和哲理小说。

伏尔泰的哲学著作和文学创作思想深刻、语言简洁、形象生动，充分表达了启蒙主义的政治思想和社会诉求。随着他的著作不断地传到海外，欧洲许多国家的君主或政要都邀请他去讲学和访问，因此他也逐渐成为欧洲诸国启蒙主义运动的精神导师和思想旗手。1750 年6 月，伏尔泰应邀来到柏林担任普鲁士国王腓特烈二世的高级文学侍从。但是，伏尔泰不愿充当普鲁士国王的御用文人，并因为讽刺国王宠信的学者莫培尔第得罪了宫廷，于是他在 1753 年逃离柏林，在边境被短暂拘禁以后最终离开了普鲁士。1758 年，伏尔泰在法国毗邻瑞士一侧边界的凡尔纳购置了一处地产，1760 年以后就长期居住在此著书立说，出版了许多法国启蒙文学的经典之作。伏尔泰还在这里会见和指导了法国和欧洲各地的启蒙主义学者达七百多人，留下了一万多封与各国学者的通信，因而他被人们尊称为"凡尔纳教长"，成为欧洲各国公认的启蒙运动领袖人物。1778年，伏尔泰回到巴黎，立即受到了巴黎各界人们的热烈欢迎。就在这一年，伏尔泰因病去世，其灵柩被安葬在巴黎先贤祠中。

从法国启蒙主义的形成和传播来看，伏尔泰的主要论著如《哲学通信》《形而上学》《牛顿哲学原理》《路易十四王朝》（1751）、《风俗论》（1756）和《哲学辞典》（1764）等具有鲜明的哲学和政治立场，宣传了科学理性、自由平等、自然神论和民族自主等启蒙主义的思想观念。同时，伏尔泰由于自幼饱读文学经典作品又在欧洲各国长期游历，因此他的创作才情和博闻广识使他的启蒙文学创作更具有深远的影响力。在他一生的创作生涯中，伏尔泰写下了多部著名的悲剧、一些重要的哲理小说、几部古典题材的史诗以及许多哲理诗和讽刺短诗等。这些文学成就奠定了他在法国民族文学经典谱系中的不朽地位，在文学参与政治和宣传启蒙思想等方面堪称是时代进步的旗帜。伏尔泰青年时期曾经踌躇满志，期望自己能写出古罗马诗人维吉尔的《埃涅阿斯记》那样的史诗，并把法国古典主义悲剧作家高乃依和拉辛视为自己的理想楷模。他在第一部悲剧《俄狄浦斯王》获得成功以后，还创作了《布鲁图》《扎伊尔》（1732）、《凯撒之死》（1735）和《中国孤儿》（1755）等剧本。这些剧本表现了反对专制政治、反对宗教偏见、崇尚人性自由和赞赏人道主义等主题，体现了法国启蒙主义的基本思想观念。不过，伏尔泰早期的文学创作仍然受到古代经典作品的约束，模仿和改编之作多于自主独创之作。例如，他的剧本《布鲁图》取材于古罗马历史，叙述布鲁图为了保卫共和制而刺杀凯撒的故事。后来的意大利启蒙时期戏剧家阿尔菲耶里受到该剧本的影响，也有同样题材的悲剧创作问世。伏尔泰还受到英国文学的影响，例如他的剧本《凯撒之死》受到了莎士比亚的戏剧《裘里斯·凯撒》影响，而《扎伊尔》中的基督教和伊斯兰教之间的矛盾与爱情故事交集也有着莎剧《奥赛罗》的主题印记。伏尔泰的史诗作品《亨利亚特》（1728）模仿了古罗马诗人维吉尔歌颂罗马帝国开创者的史诗《埃涅阿斯记》，歌颂 16 世纪法国国王亨利四世颁布"南特敕令"（1598）和结束宗教战争等丰功伟绩。尽管这部史诗历来被不少文学批评家认为是一部不成功的模仿之作，但是，这部作品赞扬了信仰自由和宗教宽容精神，反对路易王朝的宗教压制政策。因此，这部剧作在出版以后迅速被翻译成多国语言而广泛流传，成为宣扬启蒙思想的一部重要著作。① 另外，伏尔泰试图用文学创作为法国建立起自身的民族经典传承也值得人们高度重视，因为《亨利亚特》也可以说是一部法兰西王国的开国史诗之作。伏尔泰在批评论著《论史诗》（1733）中曾经提出，各民族独特的英雄传说、风俗习惯、语言风格、时代风尚和审美趣味等构成了不同民族的史诗传统，"每种艺术都具有某种标志着产生这种艺术的国家的特殊气质。"例如，英国人讲究活力和雄浑，爱用讽喻，法国人具有严密和典雅风格，意大利人柔和而甜蜜，西班牙人则注重华丽辞藻和庄严风格。同时，伏尔泰还认为，人们需要寻找一种共同的审美情趣，"为所有民族创造一个统一的文艺共和国。"② 伏尔泰对于民族风俗与民族文学之间关系的高度重视，以及对于创建一个世界性文艺共和国的理想追求等都对西方诸国建构自己的民族经典谱系产生了深远的影响。

伏尔泰的另一个重要文学成就是哲理诗和哲理小说的创作，这些创作浸透了启蒙主义的思想观念，为法国启蒙文学的经典形成开辟了一条坚实的大道。在他的哲理诗如《论人》（1738）、《自然规律诗》（1751）和《里斯本的灾难》（1756）等作品中，作者都表现了他的启蒙哲学思想，宣传了天赋人权和反对专制等政治观念，具有较大的思想进步意义。在他的多部哲理小说中，伏尔泰更是充分显示了自己的创作才情，运用优美的现代法语把启蒙思想渗透到各种人物形象和曲折情节中去。朗松指出，"法国人在文字表达中对自如、轻松、清晰、优美、活泼的要求虽然不是伏尔泰的创造，却是由他敲定下来的。他的散文成了我们称之为法语的品质的象征，……伏尔泰在文学方面的

① 1685 年，法国国王路易十四颁布法令废止南特敕令，从而引起了国内二十多万新教徒纷纷逃往海外的英国、荷兰、瑞士和普鲁士等地避祸，其中不少人逃到了美洲大陆。

② 伍蠡甫主编：《西方文论选》上卷，上海译文出版社 1979 年版，第 320—323 页。

魅力一直是传播他的思想感情的媒介。""伏尔泰是通过发展公众的批判精神而对他那个时代起作用的。他以他无数的作品培养了当时所说的爱国精神和共和精神。"① 这段评价有助于我们深入认识伏尔泰对于启蒙运动、启蒙文学和民族语言所做的贡献。因为从 16 世纪中叶起，法兰西民族文化的自主意识开始公开挑战拉丁文化的霸权意识，特别是 1549 年法国"七星诗社"成员杜贝莱发表了《保卫和发扬法兰西语言》一书，宣告了法语作为民族语言的神圣地位，并倡导人们统一法兰西的语言。同时，"七星诗社"成员如杜贝莱和龙沙等人主张从民间和地方俗语中发现鲜活的语言来统一和规范法语，清除对希腊语和拉丁语盲目崇拜的偏见。这种民族语言自觉意识一直延续下来，在笛卡尔的理性原则指导下更加重视建立现代法语的规则。事实上，笛卡尔本人就是以清晰易懂的法语来写作哲学论著的，因此在语言文化上延续了"七星诗社"推崇法兰西民族语言的文化传统。伏尔泰的语言风格和文学创作传承了笛卡尔的理性精神和书写倾向，在思想主题和鉴赏趣味上体现了符合笛卡尔方法论的文学理想。所以朗松认为，伏尔泰的哲理小说《查第格》和《老实人》"可说是笛卡尔式想象的文学"杰作和样板。② 在 18 世纪启蒙文学大潮中，伏尔泰的哲学思想、文学才情和优美法语结合在一起构成了一座难以逾越的法兰西民族文化的经典高峰。这种思想和艺术特征在他的哲理小说中得到了最为突出的展示，他的著作成为文学和政治互相支撑、互相启迪的代表之作。

伏尔泰的哲理小说中最重要的有《如此世界》（1746）、《查第格》（1747）、《老实人》（1759）和《天真汉》（1767）等。《如此世界》是他的第一篇哲理小说，又名《巴蒲克所见的幻象》，篇幅短小，类似神话。这篇小说运用了游记体裁来讲述巴蒲克前往波斯都城考察的经历，借此影射法国社会的混乱现状。巴蒲克受到神灵伊多里埃的派遣，前往波斯都城柏塞波里斯进行考察，并要根据考察的结果来施予惩罚。在波斯，巴蒲克看到了各种社会弊病，如商人欺诈谋利，学者勾心斗角，政府卖官鬻爵，包税人贪污国库，贵族男女乱找

---

① ［法］朗松：《朗松文论选》，徐继曾译，百花文艺出版社 2009 年版，第 432—436 页。

② ［法］朗松：《朗松文论选》，徐继曾译，百花文艺出版社 2009 年版，第 283 页。

情人，军队到处寻衅闹事，等等。不过，巴蒲克也发现了不少善良的学者、辛苦的大臣和高度的物质文明。于是，他将名贵金属和粗劣石子混合起来铸成一个小小的人像，以此作为自己观察和探访波斯都城的汇报，暗示这个世界上的善恶美丑常常是同时存在。这篇小说体现了伏尔泰反思和批判法国现实社会问题的思想倾向，而小说叙事中的讽刺、夸张和幻象等手法的运用深化了作品的启蒙文学主题。

在中篇小说《查第格》中，伏尔泰进一步提出了自己的启蒙政治理想。小说主人公查第格是来自巴比伦富商之家的青年，为人善良，品德高尚，但却命途多舛。查第格被国王重用而担任了宫廷大臣，他兢兢业业、辛勤随侍国王。后来，他由于爱上了王后而被另一大臣的儿子奥冈所算计，被迫逃亡到埃及为奴。在漂泊不定的生活中，查第格娶了一个平民女子为妻，可是婚后不久妻子就移情别恋，还想割下他的鼻子来讨好新欢。他还因为宗教的原因而遭到毒打，并数次无辜被捕入狱，于是查第格再次踏上了逃亡之路。经过无数曲折坎坷之后，查第格返回巴比伦，并偶然遇到了沦为女仆的王后。在人民起来反抗暴君的起义中，查第格不顾一切地投身其中，并被民众推选为国王，最终与王后结婚，过上了幸福的生活。《查第格》的故事素材来源于伏尔泰自己的亲身遭遇，特别是他多次遭受法国政府的迫害而逃亡的经历构成了小说情节的基本框架。作者利用游记体叙事结构串接起一个个生活片断，从宫廷阴谋、男女爱情、海外冒险和社会动乱等事件中嘲讽了法国路易时代的专制，揭示了社会的黑暗面，赞扬了正义开明的国家政策。这种叙事模式成为伏尔泰哲理小说的基本结构形式，其中表达的启蒙主义思想观念则在小说的主要人物形象上得到了体现。例如小说开篇描写主人公查第格的性格特征时，作者写道："查第格尤其不以轻视女性和征服女性为荣。……他深信一年总是三百六十五天又四分之一，太阳总是宇宙的中心。"①这些描述明确地体现了反对教会蒙昧主义的立场，而查第格与渔夫的交谈则揭露了贵族和大臣们明火执仗、荼毒百姓的罪行。不过，这部小说也反映了18

---

① ［法］伏尔泰：《伏尔泰中短篇小说集》，曹德明等译，译林出版社2000年版，第85页。

世纪上半期法国启蒙运动的保守主义色彩，即希望建立一个开明专制的自由国家，显示出伏尔泰与孟德斯鸠所共有的某种温和改良的政治立场。

　　1759 年，伏尔泰出版了又一部哲理小说《老实人》，在清晰明快的语言中不时出现诙谐而尖锐的讽刺，生动传达了启蒙主义的思想原则，深刻批判了君主专制的权威和社会道德的虚伪。在小说中，主人公“老实人”是一位德国男爵收养的威斯特伐利亚的青年，从小接受家庭教师邦葛罗斯的教育，相信老师有关“一切皆善”的说教，认为“万物皆有归宿，此归宿必为最完满的归宿。”① 但是，老实人因为与表妹居内贡小姐相恋而被赶出家门，一时没有了归宿而被迫四处流亡。老实人在欧洲和美洲各地流浪漂泊，甚至在保加利亚被抓去当兵，受尽折磨。当老实人乘乱逃出保加利亚来到荷兰时，偶然遇到了邦葛罗斯先生。这位过去常给他道德教诲的家庭教师染上了梅毒，鼻子烂掉，一只眼睛也瞎了。这位老师见到老实人后仍然坚持自己“一切皆善”的说教，却无法改变自己的厄运：他在里斯本差点被宗教裁判所吊死，又和男爵一起在船上服苦役。老实人在葡萄牙又遇到了过去的恋人居内贡，但此时的居内贡已遭受了多次强暴和贩卖，早已变得丑陋不堪。在无法带走居内贡的情况下，老实人继续逃亡到美洲，进入了一个黄金国。这个国度中没有教会控制，国王开明理性，人人平等自由。在这个理想国逗留期间，老实人感受到回归田园、勤劳工作的乐趣。不久，他得到了国王赠予的钱财并再次流浪，可是他在路途上遇到了强盗劫财，于是他再也不相信邦葛罗斯的道德说教。后来，老实人得知居内贡在君士坦丁堡，就去寻找她，并与之结婚。在饱经流离失所的磨难之后，老实人终于悟到人生的真谛在于正视现实生活，小说最后写道：“还是把我们的园地种好更要紧。”《老实人》是伏尔泰最具代表性的哲理小说，它尖锐地讽刺和揭露了法国乃至整

---

　　① “一切皆善”的说教源自德国 17 世纪唯心主义哲学家莱布尼茨，他提出“上帝所创造的这个世界是一切可能的世界中最好的……一切都趋于至善。”这是一种为统治阶级服务的论调，伏尔泰的这部小说就是为了否定这种为神权和王权辩护的理论，集中揭露这个世界的阴暗面，证明并非一切皆善。

个欧洲社会的黑暗和混乱，批判了为神权和王权辩护的封建道德说教。《老实人》采用了类似孟德斯鸠的小说《波斯人信札》的叙事结构，从主人公四处游历的见闻中揭露了法国社会各方面的问题，尤其是巴黎上流社会的堕落与罪恶。例如，老实人和马丁来到法国以后遇到了很多不解和难堪之事：巴黎混乱得像个集市，所有人都在寻欢作乐；波尔多科学院为一位研究绵羊的毛为什么是红色学者的颁奖；巴黎人用笑声来表示愤怒；贵族和银行家都是一群赌徒；主教代理尽是写一些剽窃来的东西；一位侯爵夫人甚至把老实人手上带着的"两枚硕大的钻石戒指"骗戴到自己手指上。① 这些冷隽而简洁的叙述文字包含了深刻而尖锐的批判精神，因此成为伏尔泰游记体哲理小说的代表作之一。《老实人》以黄金国的描写来寄托作者对于开明专制政治的期望，还传达了作者认为人类终究会自我完善的历史进步观。这部小说出版于作者长期流亡外地的时期，因此充分体现了伏尔泰的人生坎坷遭遇和思想观念变化，主人公在故事结尾发出的尊重现实、勤奋自强的人生感悟具有十分深刻的哲理意义，其长远影响直到今日还弥散在西方文化思想的论坛上。

　　18世纪中期以后的法国出现了更加动荡的政治局面，伏尔泰温和的政治立场与激进的启蒙思想家如卢梭等人的观念产生了一定的差异。此时，他更加重视对于民族文化传统的考察和思考，并在1756年出版了重要的比较文化史论著《风俗论》，对世界各国的文化风俗进行了比较研究，注重对各民族的民情风俗、典章制度和商贸工艺等状态进行考察。这部厚重的文化史具有一种世界主义的视野，超越了希腊—希伯来文化中心主义而对非洲、美洲和亚洲等地的文化风俗进行了研究。1767年，他又出版了哲理小说《天真汉》一书，以17世纪末路易十四统治下的法国为故事背景，以一位法国血统的青年作为主人公"天真汉"。小说描写这位青年在印第安人的部落中长大，天性自由自在。长大以后他来到法国，却发现了到处是束缚人性的清规戒律，时时遇到欺诈和压迫之事。在经历了与原始部落淳朴民风完全不

① ［法］伏尔泰：《伏尔泰中短篇小说集》，曹德明等译，译林出版社2000年版，第52—59页。

同的都市生活后，小说主人公最后适应了贵族等级制的社会，成为一个见识自然合理、具有高度文化素养的人，成为伏尔泰社会理想的一个典范。这部小说和其他哲理小说在文体风格上具有相似之处，即注重世俗民风的描写，语言简洁明快、辛辣俏皮，结合了拉伯雷的尖锐讽刺和古典主义的雅致措辞，因而在民族文学经典传承上显示出伏尔泰很高的艺术素养和语言才情。

从法国民族文学的传承脉络上看，16 世纪中期以来的法语文学书写对拉丁语言文化是一种直接的挑战。在人文主义思潮影响下，拉伯雷（1494?—1553）的小说《巨人传》（1532—1564）以荒诞粗犷的形象和嘲讽夸张的俗语打破了蒙昧主义的思想禁锢，为法国民族文学经典的建构做出了开创性贡献。几乎在同一时期，七星诗社的同仁们宣布要建立法兰西语言的神圣地位，而蒙田（1533—1592）则以三卷《随笔集》（1580）探讨了人性解放和思想自由等问题，在生与死、禁欲与解放、教义与事实等观念的对照比较中传播了人文主义的思想。哈罗德·布鲁姆认为，"蒙田的《随笔集》具有经典的地位，足以和《圣经》《古兰经》、但丁和莎士比亚等一比高下。"[1] 从 16 世纪到 17 世纪，法语写作不仅进入了文学创作，例如莫里哀的戏剧作品，而且被笛卡尔那样的哲学家所采用。这些民族文学经典作家的艺术特征和语言风格在伏尔泰的作品中都有生动的体现，而伏尔泰在处理法语写作雅致性和小说题材世俗性之间的冲突更是取得了空前的成就。换句话说，伏尔泰以自己优美的法语和深刻的思想传承了文艺复兴以来法国文学经典之作的各种优点，完善了哲理小说这种法国文学独有的叙事体裁，在用艺术形象传播启蒙思想的创作中体现了文以载道的主题意旨。更为重要的是，伏尔泰的哲理小说也是在文化市场和阅读大众的欣然接受中声名日显，终成民族经典之作。由于 18 世纪法国资本主义经济有了一定规模的发展，新兴资产阶级的社会力量不断壮大，于是，文化市场的扩张造成了一个广阔的市民文化空间，直接挑战了宫廷、贵族和教会的文化专制体制。来源于经济基础变革的这种社会变

---

① ［美］哈罗德·布鲁姆：《西方正典》，江宁康译，译林出版社 2011 年版，第 117 页。

化既是启蒙思想产生的基础，也是启蒙文学传播的动力。在孟德斯鸠和伏尔泰等启蒙思想家为了公众觉醒而创作那些经典之作时，旧的文化秩序和审查制度已经开始出现裂缝。到了 18 世纪中期以后，新的价值观念和文化秩序开始生根，市场的力量从文化领域里对国家的力量展开了政治挑战。"那些没有特许权的粗野之辈接掌了新闻业，把审查制度和特许权抛进了时代潮流当中，并且把公众需要的东西交给他们——不是书籍，而是政治小册子和报纸。"① 在这样的新文化环境中，伏尔泰等人的哲理小说和讽刺文风既反映了广大市民阶级的文化需求，也代表了启蒙思想深入民间社会的政治现状。所以，启蒙思想传播和启蒙文学创作在 18 世纪的法国是须臾不可分离的一对孪生子，这就形成了伏尔泰既是法国文学经典大师也是启蒙运动思想领袖的双重文化身份。

第三节　法国大革命与启蒙文学经典传承

从资本主义市场经济的角度来看，伏尔泰在哲学、历史、小说、戏剧、诗歌和书信杂文等方面的著述获得了文化市场和广大读者的欢迎，他也因此而在个人理财经商方面获得了很大的成功。可以说，伏尔泰是依靠资本主义市场机制才成功地维护了创作自由和精神独立，从而才能更有力地传播启蒙思想、挑战君主专制。伏尔泰和孟德斯鸠等人的著作启迪了广大市民阶级和自由派贵族的理性意识和批判精神，抨击了君主和贵族的骄奢专制，揭露了教会势力的虚伪欺骗，宣传了宗教宽容、自由平等和天赋人权等价值观念。这些启蒙思想的积极宣传活动不仅对法国大革命产生了重要的影响，而且对全欧洲以及美洲在 18 世纪的社会变革也产生了深远的影响。但是，伏尔泰和孟德斯鸠等人在政治立场上具有保守主义倾向，在艺术风格上仍有精英主义的色彩，这使他们的影响在大革命期间一度被卢梭等人的论说所遮掩。"在大革命期间，伏尔泰精神也就没有用了。这时需要的是热忱、

---

① ［美］罗伯特·达恩顿：《启蒙运动的生意》，叶桐等译，北京三联书店 2005 年版，第 530 页。

激情、过激的情感和言语。卢梭就比伏尔泰更适应这时的事态和思想的调子。"①显然，伏尔泰等人是前期启蒙思潮的代表性人物，赞许英国式的君主立宪思想，主张资产阶级、自由派贵族和君主国王三方共治国家的政治理念。但是，这种政治立场与即将到来的法国大革命精神不相符合，因为这场大革命彻底铲除了封建君主体制、建立了现代共和政体。爱德华·博克斯指出，"资产阶级时代是指以产生于18世纪的商品生产经济制度为基础而形成的现代资本主义时代。……同这些新经济条件相适应的政治形式和社会形式在英国产生于1648年革命时期（这次革命直到1688年才完成），而在欧洲大陆则产生于法国大革命时期；"这两次革命的胜利"是新社会秩序的胜利，是资产阶级所有制对封建所有制的胜利，是全民族对地方封闭自守的胜利，是竞争对行会的胜利，……是资产阶级法权对中世纪特权的胜利。"②事实上，法国大革命超越了英国资产阶级革命的政治理想，并受到了建立起民主共和体制的美国革命的很大影响。尽管法国大革命起初并没有彻底废除君主制度，但是在农民和工匠也加入到大革命运动中以后，贵族和君主都遭遇到了灭顶之灾。乔治·勒费弗尔指出，路易十六原来希望成为法国的华盛顿来组成一个新政府，但是，"贵族既想压服国王，又要让第三等级受它控制。资产阶级鼓吹权利平等，奋起反抗，由于人民群众的介入，旧制度顷刻间土崩瓦解。"于是，这场由贵族闹起来的革命却由平民最后完成，从而"实现了资产阶级的统治。"③

在法国启蒙思想运动的进程中，孟德斯鸠在1755年、伏尔泰在1778年相继去世，这使他们的政治影响力在大革命期间有所削弱，而狄德罗（1713—1784）和卢梭（1712—1778）等年轻一代启蒙思想家的观念则更为接近新兴资产阶级和平民百姓的政治要求。如果说，保守的伏尔泰主义是前期启蒙思潮的主要特征的话，那么，激进的卢梭

---

① 朗松还认为，伏尔泰重新获得赞誉是在1815—1830年的王政复辟时期，他的作品是自由资产阶级喜爱的读物，因为他们从中找到了他们所能理解的思想以及合乎他们品味的风趣。参见朗松：《朗松文论选》，徐继曾译，百花文艺出版社2009年版，第437页。

② ［德］爱德华·博克斯：《欧洲风化史·资产阶级时代》，赵永穆等译，辽宁教育出版社2000年版，第1—2页。

③ ［法］乔治·勒费弗尔：《法国革命史》，顾良等译，商务印书馆2010年版，第1—2页。

主义则是后期启蒙思潮的代表。这是因为，孟德斯鸠和伏尔泰尽管主张宗教宽容和三权分立，但是仍然支持贤明君主的开明专制政体；而狄德罗和卢梭等人却全然没有与旧制度妥协的态度，而是主张人人具有平等权利和思想自由，用民主和人权来彻底否定封建专制的社会制度。狄德罗认为，"没有人从自然中获得统治他人的权力，"而卢梭断言"人生而自由"，并坚持人民具有立法权，可以自由选择自己的政府。① 他们主张每一个人都应该具有独立的自主意识，具有不可剥夺的生命权、自由权和财产权。这些政治观念非常鲜明地符合第三等级和平民大众的利益，因此他们的启蒙思想论述更能代表自由、平等和天赋人权等资产阶级的民主政治理想。卢梭认为，"人民拥立国君是为了保护自己的自由，而不是为了毁灭自由，这是无可争辩的事实，而且是整个国法的基本原则。""但是，暴君只有当他拥有暴力的时候才是君主，因此当人们驱逐他的时候，他是不能抱怨暴力的。"卢梭的这些政治观点受到了恩格斯的高度评价，被认为符合马克思在《资本论》中"所遵循的完全相同的思想进程。"② 事实上，卢梭的激进思想直接影响了大革命中雅各宾派的政治行动，而他的这些政治观念在即将到来的法国大革命中得到了积极贯彻，并在理论上预先为罗伯斯庇尔和那些被视为"暴民"的无套裤汉和编织妇的激进行为做了辩护。在《论人类不平等的起源和基础》（1755）一书中，卢梭提出了自由和人权对于人民的崇高意义，呼吁人民起来反抗君主专制制度，绝不要做受奴役的文明人。他指出：

> 文明人毫无怨言地戴着他的枷锁，野蛮人则决不肯向枷锁低头，而且，他宁愿在风暴中享自由，不愿在安宁中受奴役；……所以，不应当根据被奴役的人民的堕落状态，而应当根据一切自由民族为抵抗压迫而做出的惊人事迹来判断人的天性是倾向奴役或反对奴役。我知道前一种人只是不断地夸耀他们在枷锁下

---

① [美]罗宾·温克等：《牛津欧洲史》第2卷，赵闯译，吉林出版集团2009年版，第157页。

② [德]马克思、恩格斯：《马克思恩格斯论文学与艺术》上卷，人民文学出版社2002年版，第454页。

所享受的和平和安宁，其实他们是把最悲惨的奴隶状态称为和平。……人类主要的天然禀赋，生命和自由，则不能与此相提并论，这些天赋人人可以享受，至于是否有权抛弃，这至少是值得怀疑的。一个人抛弃了自由，便贬低了自己的存在，抛弃了生命，便完全消灭了自己的存在。因为任何物质财富都不能抵偿这两种东西，所以无论以任何代价抛弃生命和自由，都是既违反自然同时也是违反理性的。①

卢梭高度重视自由、平等和天赋人权等价值观念，坚决反对任何形式的奴役和压迫，把人的生命和自由视为必须坚守的理性原则，人民可以用暴力来对抗君主的暴力。他正是根据自己的政治立场而明确指出，即使贤明的君主制度也是不合理的，例如路易十四治下的法国就是如此。这种激进的政治立场显然与伏尔泰等人的政治态度相距甚远，但是却把法国启蒙思潮的政治水准提高到现代民主政治观念之上，因此使得法国启蒙思潮成为引领西方诸国社会变革的巨大力量。深受卢梭激进思想影响的雅各宾派人士在大革命中坚决反对封建贵族和君主专制，同时他们也受到了百科全书派的影响，从狄德罗所主编的《百科全书》和庞库克修订的《百科全书》中得到了许多教益。②不过，前期启蒙思想家如孟德斯鸠和伏尔泰等人所做的批判传统、启迪民智的工作也是十分重要的，"因为这就可以从人民中产生一种力量"来积极参与时代变革的运动。③没有这些前期启蒙思想传播活动深入到市民社会基层的准备，大革命时期的民众觉悟也不会那么急速地高涨。另外，前期启蒙思想家除了主张开明专制的君主立宪体制以外，还提出了摒弃暴力的人道主义和民族自主的爱国主义，但是这种温和的政治立场与卢梭等人主张的"以暴抗暴"激进立场是大相径庭的。

---

① [法]卢梭：《论人类不平等的起源和基础》，李常山译，商务印书馆1982年版，第133、137页。

② [美]罗伯特·达恩顿：《启蒙运动的生意》，叶桐等译，北京三联书店2005年版，第498—499页。

③ [法]朗松：《朗松文论选》，徐继曾译，百花文艺出版社2009年版，第421页。

　　如果从马克思的历史唯物主义立场来认识启蒙思潮涨落与大革命的关系，那我们必须首先了解 18 世纪中后期法国的经济发展和社会矛盾等诸多问题。18 世纪的法国经济发展水平总体较高，路易十五王朝承接路易十四朝代的鼎盛国力，采用了不少现代资本主义的经营方式，例如摄政者奥尔良公爵支持开设了巴黎中央银行，发行了纸质货币和政府公债，并在美洲建立了法属印度公司（密西西比公司）来经营路易斯安娜殖民地的商业贸易等。在法国农村，出现了不少由工商经营和兼并而来的土地贵族，一些地主雇佣农业工人建立了资本主义的大农场。同时，法国的城市手工业逐渐发达，并开始使用珍妮纺织机和蒸汽机等现代机器，在少数产业中形成了规模生产的能力。工商业的兴旺使得城市平民阶层日益壮大，随着市场机制形成和大众教育扩展，许多"有才干的知识分子日益与有钱的权贵们相抗衡，……教授、文人、小说家、学者、艺术家、音乐家、歌唱家、演员和舞蹈家组成了一个松散和混杂的团体。"[1] 但是，宫廷、贵族和僧侣等统治阶级对第三等级的剥削却有增无减，而国王对于反抗者的镇压更是十分残暴。例如，企图行刺路易十五未遂的弗朗索瓦·达米恩斯（1714—1757）被执行死刑时，身体和四肢先是被烧红的火钳撕破，然后被滚烫的热油浇注在伤口上，接着又被四匹马拉着分尸。[2] 在 18 世纪的法国社会结构上，第一、第二等级的贵族和僧侣人口仅占全国人口的1%，却拥有全国 30% 的土地，享受着封建王朝的各种特权；占人口99% 的第三等级不仅没有任何政治权利，而且必须缴纳沉重的税负，还要忍受贵族的欺压。当时的乡村贵族利用权势霸占农民的田地，征收各种苛捐杂税，而城市平民包括小商人、手艺工匠、作坊工人和小资产阶级等也必须承担各种税负。不过，一些贵族由于把资产投入到工业生产或殖民地投机上，因此也赞成自由派争取权利的一些政治主张。在大革命爆发的前 10 年，法国遭遇到了农业灾害引起的粮食歉收，物价也不断上涨，但是广大民众的收入没有提高，却仍然要缴纳沉重的税负，因此陷入了困苦之中。18 世纪中叶起，农民暴动和贵族

---

① ［法］乔治·勒费弗尔：《法国革命史》，顾良等译，商务印书馆 2010 年版，第 51 页。
② ［英］彼得·沃森：《人类思想史》，姜倩等译，中央编译出版社 2011 年版，第 108 页。

反叛持续动摇了封建王朝的统治，而到了 1788 年农业大歉收以后，面包价格猛涨，人心更加动荡。"不论平民（手工业者、小店主和职员）和无产者（下等平民）还是农民（收成不足自给的小自耕农和分成制佃农，不生产粮食的葡萄种植者）和城市居民，他们一致把灾难归罪于政府和统治阶级。税收丝毫不减，收入却一落千丈。……旧制度的大厦已摇摇欲坠。"① 在这种形势下，上层贵族中的自由派和下层社会里的穷苦平民都开始响应卢梭等激进派的变革主张，逼迫法国王室同意增加三级议会中的平民代表。1789 年 5 月 5 日，法国三级会议在凡尔赛开幕，并在 6 月 17 日通过决议宣布成立国民议会。1789 年 7 月 14 日巴黎民众起义攻克巴士底狱，8 月 26 日国民议会颁布了《人权与公民权宣言》（常被称为《人权宣言》），10 月 6 日王室由凡尔赛宫迁至巴黎城内并立即受到公众的监视。自此，法国大革命的高潮开始出现，直到 1793 年 1 月法国国王路易十六被送上断头台。

作为大革命产物的"断头台"先是由法国医生、国民大会代表约瑟夫·吉约坦提议，再由安托尼·路易斯医生设计，最后交给一位名叫吉登的木匠在 1792 年制造成功。这座本意在实行人道行刑的断头台，大革命期间却成了暴民或"红色大众"革命恐怖的象征：先是贵族、君王和政府官员被送上断头台斩首，然后是革命者如罗伯斯庇尔和菲利普·布拉斯等两千多人也在此殒命。彼得·沃森指出，"1789 年的法国大革命之所以被人们牢记，最为关键的是由于黑格尔所说的'耸人听闻的结果'，五年的血腥恐怖活动，私刑和大屠杀，以及喧嚣的持续多年的政治巨变，最终以拿破仑·波拿巴的独裁统治和发动的 20 多年的战争为高潮而结束。"② 这一段评述简短地概括了法国大革命的激烈程度及其后果，指出了"以暴抗暴"的最终结局并不乐观。正是在这种历史教训中，雨果在小说《九三年》（1874）的结尾提出，在绝对正确的革命之上还有一个绝对正确的人道主义。托克维尔的著作《旧制度与大革命》也探讨了法国大革命的成因和后果，发现革命的悖论在于"革命并不是在那些中世纪制度保留得最多、人民受其苛政折

---

① ［法］乔治·勒费弗尔：《法国革命史》，顾良等译，商务印书馆 2010 年版，第 123 页。
② ［英］彼得·沃森：《人类思想史》，姜倩等译，中央编译出版社 2011 年版，第 110 页。

磨最深的地方爆发，恰恰相反，革命是在那些人民对此感受最轻的地方爆发的。"他的解释是，"最经常的情况是，一向毫无怨言仿佛若无其事地忍受着最难以忍受的法律的人民，一旦法律的压力减轻，他们就将它猛力抛弃。被革命摧毁的政权几乎总是比它前面的那个政权更好，而且经验告诉我们，对于一个坏政府来说，最危险的时刻通常就是它开始改革的时刻。"①这种解释并没有全面反映当时的社会变化状况，忽视了革命的爆发正是长期专制腐败所致这个事实，却把专制政府的有限改革视为革命的催化剂。

托克维尔看到了大革命爆发前法国经济的快速发展，而君主政府也在实行某些改革以缓和社会矛盾。但是，这些变化并没有改变专制政府的实质，贵族还在利用独占的权力来为自己谋得更多的财富，而广大第三等级人民却没有获得相应的报偿，还得缴纳沉重的税负。广大农民抛弃田园而涌入城市谋生，城市平民要忍受权势者的盘剥和压迫；金钱成为所有人争夺的唯一目标，为富不仁者加剧了社会的贫富差距。托克维尔并没有认识到，贵族和君主自身对于权力和财富的贪婪摧毁了少许改革带来的一点希望，而临近革命爆发之际的粮食歉收和物价暴涨促使广大民众奋勇群起铤而走险，最终彻底埋葬了法国封建君主专制制度。托克维尔认为，大革命的教训之一在于"平等超越了自由"，在近乎无政府的局面中，"理论的和善与行为的强暴形成对比，这是法国革命最奇怪的特征之一，如果人们注意到这场革命是由民族中最有教养的阶级准备，由最没有教养、最粗野的阶级进行的，就不会为此感到惊奇。"②托克维尔把大革命的这一矛盾现象归之于旧制度的影响和新专制的出现，即"民主专制"的出现。这一看法其实也是欧洲学者对于暴民政治的普遍看法，但是在大革命激进行为的背后却是受压迫阶级长期积累的仇恨在宣泄，同时也是统治阶级长期暴政所招致的具有相当盲目性的社会报复。所以说，卢梭的激进启蒙思想并不应该为大革命中的过激行为承担责任。实际上，卢梭对于封建专制体制的不妥协立场使他成为现代民主政治思想的一座里程碑。他

①　[法]托克维尔：《旧制度与大革命》，冯棠译，商务印书馆 2013 年版，第 65 页。
②　[法]托克维尔：《旧制度与大革命》，冯棠译，商务印书馆 2013 年版，第 243 页。

对于自由、平等、民主和人权的强烈呼唤和系统论述不仅对以后的西方政治思想产生了持久的影响，而且在当时法国民众抵抗外来干涉和打击内部叛乱的过程中也具有很大的影响。

在法国历史变革的重要时刻，后期启蒙思想家的政治理论和文学创作确实起到了激励和动员广大民众参与革命的积极作用。更值得重视的是，法国大革命是与封建专制和旧的社会秩序彻底决裂的一场运动，因此它对法国文化传统的革故鼎新也是极为重要的推动力量。如果说，英国的保守型革命使得旧制度下形成的民族文化习性仍然具有很强生命力的话——例如谨守绅士风度和讲究克制情感等习俗，那么，法国大革命给法兰西民族特性带来了张扬个性自由和标榜普世情怀的新因素。从文学创作上来看，英国自文艺复兴以来的文学创作具有十分鲜明的人文主义特征，尤其是莎士比亚的诗歌和戏剧到了18世纪已经被法国等欧洲诸国接受成为经典之作，例如伏尔泰就模仿过莎士比亚的戏剧题材来写作。但是，与英国启蒙文学注重现实主义创作方法和保持讽而不野的绅士风格所不同，法国启蒙文学的文风直白、奔放，为了展示才智或表现激情而放弃节制，充分表现了作家的思想情感。由于现代工商业的扩张导致城市人口增加和市场机制形成，因此在18世纪的英国、法国及意大利等地区市民社会产生了对于娱乐文化和通俗文学的需求。这种趋势进一步削弱了古典主义审美趣味的影响，增强了作品中对于世俗生活的描写和市民趣味的表现。托克维尔认为，18世纪的法国文学主流属于民主时代的文学，这种文学的特征是：

> 不像贵族时代文学那样喜欢描写秩序、规律、科学和艺术，而它一般又不注重形式，有时甚至轻视形式。它的文体往往是杂乱无章的，冗长而啰嗦的，但几乎总是热情奔放的，……凭才气而不靠实学，富于想象而缺乏深度。在这种文学中，有一种粗野的、甚至是蛮横的力量统治着思想，……作家们追求的目的，与其说是使读者快慰，不如说是使读者惊奇。作家们的努力方向，

与其说是使人感到美的享受，不如说是使人兴奋激动。①

　　托克维尔的论述区分了民主时代的文学和贵族时代的文学两种类型，前者具有启蒙思想和民族话语的双重特征，后者带着古典主义和贵族趣味的两种倾向。这种区分是以时间的、历时性的变化为基础的，而启蒙主义批评家斯达尔夫人（Madame de Staël, 1766—1817）对于文学特征的区分是以空间的、共时性的差异为基础的，强调了民族风俗和地理环境对于文学风格的影响。斯达尔夫人在《论文学》（1800）和《论德意志》（1810）等论著中认为，欧洲的南方地区历史悠久、文化深厚，传承了古希腊罗马的优秀遗产，因此古典主义文学兴盛；而北方地区民风活跃、崇尚想象，民间传奇丰富多彩，因此浪漫主义文学见长。托克维尔和斯达尔夫人的论述都肯定了民族习俗和时代精神的独特作用，在学术思想传承上既延续了伏尔泰在《风俗论》中的基本观点，也与丹纳等人的理论互相呼应。丹纳的《艺术哲学》从种族、环境和时代三个原则出发来研究文学艺术的历史变迁，强调了民族文化独特的建构作用。上述学者的这些论著代表了18世纪以后法国文化思想界的另一个重要变化，即民族主体意识和普世主义认识的同步增强。前者来源于法兰西民族文化摆脱了拉丁文化霸权后自主建构的历程，后者体现了法国启蒙主义思潮在全欧洲及美洲获得的国际性认同和影响。

　　由于欧洲近现代文化在14—18世纪期间——也就是从文艺复兴到启蒙运动这一个较长的历史时期内——产生了摆脱拉丁文化霸权的民族文化裂变，因此各民族国家在世俗君主统治下与罗马教廷所代表的天主教神权也产生了各种冲突。于是，民族意识的觉醒不仅意味着国家主权意识正在取代教会神权意识，而且意味着大众民权意识正在取代贵族王权意识。在启蒙运动期间，法国人的民族意识也不断高涨，正如达让森侯爵在1754年的随笔中所写道："民族和国家这两个词从未像今天这样，被如此频繁地重复着。在路易十四的统治下，这两个

---

① ［法］托克维尔：《论美国的民主》下卷，董果良译，商务印书馆1997年版，第580页。

术语从没人说，甚至关于它们的思想也都缺乏。我们从未如今天这般熟知民族的权利和自由的权利。"①虽然早期启蒙思想家孟德斯鸠和伏尔泰等人已经一再论述了"民族"概念的政治和文化意义，但还没有形成民族国家的思想。从 18 世纪中期开始，年轻一代的启蒙思想家则对"民族""祖国""爱国主义"之类概念有了更多的讨论。"民族"和"祖国"等概念逐渐与"公民"和"爱国"等概念共同使用，并且同"自由""共和"及"主权"等重要政治话语紧密结合。尤其是卢梭和马布里神父等启蒙思想家更是基于共和主义和社会契约论的立场，发展出了比较激进的民族国家话语，将民族视为拥有平等权利的自由公民的自治共同体，强调民族的最高主权即《社会契约论》中所阐发的人民主权即民族主权说。②但是，大革命之前的统治阶级仍然坚持"君权神授"和"朕即天下"的思想，这就与主权在民的共和思想产生了不可避免的冲突，而大革命进程的实际变化也意味着法兰西民族身份认同的转型和重建。张智的研究指出，在当时的出版物中，"民族"一词在书籍报刊中出现的频率剧增。据不完全统计，1690—1709 年间发行的书刊中，每 10 万词中，"民族"一词出现 4.7 次，而在 1750—1769 年间，则出现 22.2 次，到 1770—1789 年上升到 22.5 次。法兰西民族话语走向中心促进了法国启蒙文学的经典形成，从而实现了对古典主义文学思潮的颠覆。启蒙文学代表性作家如孟德斯鸠、狄德罗和卢梭等人反对僵化泥古和浮华轻佻的贵族文学，并以自己的创作实践支持了平民文学的兴起。狄德罗和卢梭等人否定了古典文学的"绝对美"，提出了美的标准依赖于不同的民族、社会、时代和社会阶层等因素，因而美是相对的。在进一步阐释文艺复兴以来兴起的自然观念上，启蒙思想家建立了以自然为文艺创作对象的现实主义原则，认为"自然"一词是指现实生活本身。例如，狄德罗系统地建立模仿自然的现实主义理论，其小说和戏剧主要描写生活的真实，体现了市民文学

---

① J. B. Rathéry, ed., *J ournal et mémoi res du marquis d'Argenson*, Paris, 1859 — 1867, Vol . 8, p. 315.

② 参见张智："法国启蒙运动与旧制度后期的民族主义话语"，《浙江学刊》2007 年第 3 期；又见卢梭：《社会契约论》，何兆武译，北京商务印书馆 1980 年版，第 35—45 页。

的世俗化艺术特征。卢梭把真实表现自然的原则运用到真实表现自我内心这方面，以坦诚的态度写出人性的本来面目，为张扬个性自由的启蒙原则提供了文学典范。在启蒙时期的哲理小说中，孟德斯鸠、伏尔泰和狄德罗等人都表达了鲜明的理性、正义和道德等思想观念，实际上为法国大革命的到来做好了社会舆论的准备。在启蒙思潮高涨和大革命的前夜，法国启蒙文学在卢梭和狄德罗等人的作品中表现出激进的时代精神和审美情趣，而其他作家如勒萨日、博马舍以及·圣皮埃尔等人的作品也体现了强烈的市民文学特征和个性解放思想。

让—雅克·卢梭（Jean—Jacques Rousseau, 1712—1778）是法国启蒙思想家中最具革命气质的学者，也是法国浪漫主义文学思潮的开创性作家。卢梭出生于瑞士日内瓦的一个钟表匠家庭，属于第三等级中的平民阶层。他自幼经受了许多生活的坎坷，例如他的祖辈因为信奉加尔文教而受过天主教的迫害，而他母亲在他幼时过早去世也给他的心灵带来了很深的创伤。卢梭自小就喜爱读书和思考，具有文学和音乐的敏锐天赋。1728 年，他因为不堪忍受学徒生活的艰辛而逃离日内瓦，并在贵族华伦夫人家里居住多年，卢梭将她当成母亲和情人看待，彼此形成了亲密的关系。1740 年，他离开华伦夫人来到巴黎，做过音乐教师和大使私人秘书等工作。卢梭知识渊博，熟悉哲学、拉丁文、音乐、物理学、几何学和植物学等各种知识，在教授音乐期间发明了音乐简谱，后来又应邀成为百科全书派的成员。1749 年，卢梭在狄德罗鼓励下撰写了《论科学和艺术》（*Discours sur les sciences et les arts*）一文，获得第戎学院公开征文的奖励。在该文中，卢梭主张"人性本善"而不是天主教的"原罪说"，只是人类的灵魂随着科学和艺术的发展而日趋腐败，变得邪恶而虚伪，与善良的风俗背道而驰，抑制了人们热爱自由的天性。该文赞美平民劳动者的善良淳朴，抨击封建贵族阶级的腐朽没落，因此具有相当突出的社会进步意义。但是，这篇文章过度批判古代文化传统，甚至将古希腊神话和艺术都视为人类道德堕落的产物，表现出作者反对一切传统观念的激进叛逆精神。1755 年，卢梭又写了《论人类不平等的起源和基础》一书，在社会上激起了更大的反响。在这部充满激情的著作中，卢梭把人类原始的野蛮人状态描绘成一种黄金时代，认为人类进入文明社会后所有的进步都与原始状态背道而驰。在他看来，文明进步使人类失去本性，由善变恶，人与人的关系变得虚伪，人与人的相互依赖造成了不平等、压迫和奴役。卢梭指出私有财产和私有观念的产生是人类不平等的根源，而富人为了保护财产必然会制定有利于自己的制度，这就是社会、法律、国家和政府的起源。他主张人生而平等，自由是天赋的人权，人民有权起来以暴力推翻暴政，争取新的平等。卢梭的这部专著公开号召人民起来反抗封建贵族专制统治，主张使用暴力来建立一个新的共和政体，以获得真正的解放。1762 年，卢梭又出版了《社会契约论》一书，彻底否定了君主政体的合法性，为启蒙运动提出了革命性的政治纲领。《社会契约论》共分 4 卷 48 章，其开篇就提出"人生而自由，却无往不在枷锁之中"这一人类社会的矛盾命题，进而论述了社会、家庭、公意、主权、法律、契约和政府等基本概念，提出了资产阶级民主共和国的理想。卢梭认为，人性的首要法则是维护自身生存，需要以社会契约为基础建立一个民主共和政体，将自身的一切权利转让给集体，置于公意的最高指导之下。国家应是自由的人们缔结社会契约的产物，是全体公民的民主协商成果。如果社会不公正，人民有权通过政治改革推翻旧的制度，建立一个民主平等的理想社会。他还主张思想和信仰自由，主张宽容一切能够宽容的其他宗教信仰，体现了法国人普世主义的文化情怀。

卢梭试图从人类经济关系和人类本性的角度去阐释社会压迫和剥削的缘由，从天赋人权的角度来谴责贵族专制和教会禁锢，以自由、平等和民主的号召来鼓吹资产阶级的价值观念。这些价值观念在他的启蒙文学作品中得到了集中体现，他的自传《忏悔录》和小说《爱弥儿》与《新爱洛伊丝》等作品充满了浪漫的激情，表现了个性解放和回归自然的思想主题，成为 18 世纪法兰西民族文学的经典之作。卢梭的《新爱洛伊丝》（*Julie ou la Nouvelle Heloise,* 1761）是一部书信体小说，由 165 封书信和一些短笺便条组成，借用 12 世纪贵族小姐爱洛伊丝和她的老师阿贝拉尔的爱情故事为题材，描写了 18 世纪法国一对青年男女于丽和圣·普洛的爱情悲剧。小说叙述平民出身的圣·普洛人品出众、学识渊博，在担任贵族小姐于丽的家庭教师期间与其日久生情。这对青年男女经常书信往返，倾吐衷肠，难舍难离。但是，在封建门第观念和习俗的束缚下，当时的平民和贵族之间无法结合组成家庭。于是，男主人公只得出走，女主人公则奉父命嫁给了贵族出身的沃尔玛。几年以后，圣·普洛回来寻找于丽，发现她已经结婚生子；沃尔玛在得知妻子隐情后却慨然大度地邀请圣·普洛做自己孩子的家庭教师。又过了几年，于丽因为救人落水而得了疾病，最终不治去世。圣·普洛则受于丽临终之托来教育她的孩子，并把这段情缘终生保存在心里。小说在静谧美丽的乡间自然景致中细致刻画了男女主人公的恋爱心理，从人性和人道的立场上谴责了贵族专制社会的门第偏见，歌颂了出自真实情感和自由意志的纯洁爱情，体现了法国启蒙运动时代广大第三等级民众反封建、反专制的普遍激情，表达了平民知识分子要求个性解放的强烈愿望。这部小说正如托克维尔所说的，其文体显得杂乱，叙事冗长，"但几乎总是热情奔放"。事实上，卢梭自己就提出了要把人类激情视为文学艺术的主要审美对象。他认为，感情的力量在于打动读者心灵，而"心灵就是这样懂得跟心灵对话。可是那些一无所感的，那些只有俚词点缀激情的人，绝不会懂得这种美，而且还蔑视这种美。"①卢梭在自己的小说中实践了描写个性和情感的艺术主张。例如，女主人公于丽在第 33 封信中写出了自己见到恋人时的内心激动情感："心里如此激动，脸上怎能平静？……我心慌意乱，脸上红得出奇，周围人似乎在注视我，到处去发现使我恐慌的因素。"②所以说，就艺术表现情感、张扬个性等浪漫主义艺术特征来说，卢梭的作品是法国启蒙文学作家中最具时代精神和最有个性解放理想的代表性人物。他的《新爱洛伊丝》可说是一部哀婉的抒情诗篇，表达了青年一代追求自由和平等的强烈呼声，因此受到了广大读者的欢迎。

卢梭的另一部作品《爱弥儿》（*L'Emile,* 1762）以"论教育"为副标题，是一部讨论教育问题的哲理小说。全书共分五卷，讲述了出

---

① [法]卢梭：《新爱洛漪丝》，伊信译，商务印书馆 2010 年版，第 14 页。
② [法]卢梭：《新爱洛漪丝》，伊信译，商务印书馆 2010 年版，第 116 页。

生贵族的爱弥儿从小到大的成长经历，直到他与苏菲结婚成家为止。在这部作品中，卢梭把人的年龄分成五个阶段，提出了自然教育法的原则，即按照儿童的身心发展状态而施行教育，最终培养出具有自然状态的人。他的教育理论为建立儿童心理学奠定了基础，成为西方 19 世纪教育理论的源头。该书第 4 卷中有一章"信仰自白，一个萨瓦省的牧师自述"，其中系统阐述了卢梭的自然神论思想，否定了一个至高无上的神的存在，提出了自然神的观点，认为上帝是纯精神上的信仰，而那些自称传达上帝旨意的说法都是荒谬的。《爱弥儿》一书因其鲜明的反封建和反宗教色彩而受到政府和教会的禁令，与《社会契约论》一起遭到查封。由于卢梭具有激进的反叛思想，他与百科全书派的一些成员如狄德罗等人逐渐产生了矛盾，甚至受到伏尔泰等人的排斥。为了维护自己的人格与尊严，卢梭感到有必要为自己的思想立场进行辩护，使世人了解真实的自己，于是他撰写了坦白自己一生的自传《忏悔录》。

　　《忏悔录》（*Les Confessions*, 1781—1788）是一部具有自传性的文学作品，分两个篇章记载了卢梭从出生到被迫离开圣皮埃尔岛而流亡海外多年的人生经历。作品第一篇的前六章写于 1766 年至 1767 年，第二篇后六章写于 1769 年至 1770 年，两部分都是在卢梭过世后才出版的。在第一篇里，卢梭怀着坦诚的热情回顾了自己童年和青少年时代的生活，坦白并反思了自己的过错恶行，如偷过苹果、撒过谎、嫁错于他人等。他希望可以通过自己的坦白和真诚来换得他人的理解与同情，因而在该书的第一行就宣布要把自己的真实面目"赤裸裸地揭露在世人的面前"。第二篇讲述了他到巴黎以后的社会经历与创作过程，讲述了与别人的种种矛盾以及自己遭受排挤和迫害的经历，认为人类的罪恶来自人自身。他还批判了专制暴政，倡导返回自然的生活理想。《忏悔录》是卢梭人生观的自白，也是其资产阶级人道主义和人性论思想的集中体现。作为一部开创性的自传作品，《忏悔录》对法国文学产生了重大影响，尤其是促进了回忆录、日记体和自传体小说这三种文学体裁的繁荣。在这部自传体经典作品中，卢梭传达了深刻的自我反思和个性解放的启蒙思想主题，并表现了深沉的民族意识和爱国意识。例如，卢梭在童年之后的生命体验中反思道："我们对于干坏事已不再觉得可耻，而是害怕遭到揭发，我们开始藏藏掖掖，争辩，撒谎了。我们这种年龄所具有的所有恶行坏事在腐蚀我们的天真无邪。""当我后来在巴黎成了反君主派和坚定的共和派时，……我更加痴迷地盼望着法兰西民族的强盛了。"①

上面引用了卢梭自己在《忏悔录》中的心灵自白，而这也是法国启蒙运动时期市民阶级所表达的个性解放和民族复兴的强烈意识。可以说，卢梭作为一位极具叛逆精神和艺术才情的启蒙思想家，他既是18 世纪法国启蒙运动和革命思潮的旗手，也是法兰西现代民族文学经典的开创者。他的曲折人生经历培育了他的激进启蒙思想和民主革命意识，而他深厚的艺术素养和创作天才又使他能够在自己的作品中充满激情地表现了这种思想和意识。朗松曾经指出，"卢梭一会儿激昂奔放，一会儿垂头丧气，一会儿满腔热忱，一会儿痛心疾首，有时是富有田园色彩的梦幻者，有时却是愤世嫉俗的叛逆者，就这样他的激情有时使他的思想光芒四射，有时使他的思想刻毒伤人。"②这段评价比较深刻地解说了卢梭的艺术风格和思想特征，而他对于启蒙主义思潮和现代政治学说的建树更是彪炳史册。卢梭身后受到了民族英雄式的尊荣就是法国人对他思想和艺术贡献的褒奖：他于 1778 年 7 月 2 日去世，死后被安葬在埃尔姆农维尔公园的杨树岛上，他的遗骸直到法国大革命爆发之后才于 1794 年迁入巴黎的先贤祠。卢梭对于法国启蒙主义运动的贡献是巨大的，而他对于开创法国民族文学的新时代却有更为重要的影响。实际上，卢梭对于整个欧洲浪漫主义文学思潮的兴起产生了很大的推动作用，而他的文学作品《新爱洛伊丝》等对德国等地的启蒙文学有着广泛的影响，如歌德的书信体小说《少年维特之烦恼》就是一例。

在法国启蒙思想家中，狄德罗的名字是与《百科全书》联系在一起的，而他的文学创作和戏剧理论对于法国现代民族文学的经典建构也是贡献巨大。德尼·狄德罗（Denis Diderot, 1713—1784）生于

---

① ［法］卢梭：《忏悔录》，陈筱卿译，上海译文出版社 2013 年版，第 15、143 页。
② ［法］朗松：《朗松文论选》，徐继曾译，百花文艺出版社 2009 年版，第 498 页。

法国小城朗格尔一个刀剪匠的家庭，长大后赴巴黎求学，并遵从父命学习法律。但是，狄德罗对艺术和哲学的兴趣远远比法学浓厚，因此放弃了律师职业的学习，在巴黎依靠做家庭教师和写作翻译等勉强维持生计。1746年，他发表了《哲学思想录》（1746），次年又发表了《怀疑论者的散步》（1747）。这些论著宣传了自然神论的思想，甚至对上帝的存在也表示了质疑。狄德罗的唯物主义立场和无神论倾向受到了政府和教会的压制，刚刚出版的著作被当局没收焚毁，自己也被捕入狱。这段曲折的经历不仅没有使狄德罗屈服，反而磨练了他的意志，增强了他宣传启蒙思想、反抗专制统治的决心。对于狄德罗来说，他从1746年开始编纂《百科全书》的数十年就是宣传启蒙思想的不懈努力过程，而这项浩大工程更是起到了聚集启蒙同道、颠覆旧文化秩序的关键作用。同时，狄德罗拒绝了出版商原先要求翻译英国版百科全书的提议，而使用现代法语重新编纂和解说迄今为止的全部人类知识。这一巨大文化成就不仅传播了启蒙思想观念和现代科技知识，而且为整个欧洲各国的现代化进程奠定了民族复兴的文化基础。狄德罗在编纂百科全书的同时，还发表了《对自然的解释》（1754）、《达朗贝尔和狄德罗的谈话》（1769）、《关于物质和运动的哲学原理》（1770）等哲学著作来宣传唯物论思想。他承认物质的第一性原则，将时空看成是物质存在的形式，认为物质和运动不可分，进而对上帝的存在本身加以质疑。狄德罗在生活困顿之际曾经将自己的藏书卖给俄国女皇叶卡捷琳娜二世，而立意改革的俄国女皇受到启蒙思想的影响，多次邀请他到俄国去，并为他在巴黎郊外购置了住宅。1773年，狄德罗应邀前往圣彼得堡为女皇讲课，然而他的政治改革建议并未受到女皇的采纳，因此他在俄国住了不到半年就离开了俄国。回到法国后直到去世，狄德罗一直专心于学术著述，在文艺学和心理学等方面也做出了很大的贡献。

在如何对待法国的君主专制和教会禁锢的态度上，狄德罗与卢梭都具有反对贵族君主专制、主张民主共和的政治立场，都反对教会经院哲学，主张理性和宗教宽容，因此他们两人就成了后期启蒙思潮的主要代表性人物。恩格斯曾经在《反杜林论》中把狄德罗的《拉摩的侄儿》和卢梭的《论人类不平等的起源》视为辩证法的杰作。这也是在哲学层面上把两位后期启蒙思想家的理论特征给予总结，是对同一时期法国、英国、荷兰和德国出现的近现代西方哲学成就给予的积极肯定。[①] 在哲学观念上，狄德罗认为世界统一于物质，人的认识是从感觉开始的，并需要上升为理性认识。人的理性认识需要经过思考、判断和推理等过程，然后再回到实践中去接受检验。他主张世间万物都在变动，因此运动是物质的主要特性，而上帝并没有创造世界。在文艺理论研究上，狄德罗主张现实主义的创作方法。他在许多随笔形式的论文中探讨了文艺创作的教化作用，强调了人性和美德的重要意义，并对小说和戏剧等艺术形式以及想象、性格、语言、主题和趣味等理论概念进行了细致的研究。在《美之根源及性质的哲学研究》（1750）、《论戏剧艺术》（1758）和《绘画论》（1765）等论著里，以及在名为《沙龙》的一系列艺术评论中，狄德罗提出了"真善美"统一的理论。他认为，美是以真和善为基础的，而这种真和善又是有具体的内容的，艺术中的美相当于现实中的真，只有真实的才是美的。他对于真善美统一的标准是建立在启蒙思想和人道主义基础之上的。正如他在《绘画论》中所指出的，共和国的民众是相互平等的，每个人的神情都是高傲的；但是，"在专制统治下，美德是奴隶的美德。你可以指给我看温和、柔顺、懦怯、谨慎、哀求和谦虚的面容。奴隶走路头向下；好像他一直伸出来，等待那准备斩人的剑锋。"[②] 这段论述明确地显示了狄德罗在文艺理论上反对贵族专制的政治思想立场，与卢梭在政治理论上的反专制立场互相呼应。

由于抱持着唯物主义的认识论立场，狄德罗得出了艺术美在于真实反映客观现实的深刻原理，并在此基础上建立了较为完整的现实主义创作论。他反对路易王朝时代浮华纤巧的洛可可艺术，提倡现实主义的艺术风格，反对古典主义文学思潮的清规戒律，主张以自然和人性为主要创作对象。狄德罗在 18 世纪西方戏剧理论上有着卓越的建

---

① [德] 马克思、恩格斯：《马克思恩格斯论文学与艺术》上卷，人民文学出版社 2002 年版，第 433 页。

② 伍蠡甫主编：《西方文论选》上卷，上海译文出版社 1979 年版，第 383 页。

树，因为他主张打破悲剧喜剧的界限，建立一个新的"中间类别"的正剧，即"严肃剧种"或"严肃的喜剧"。他从 17—18 世纪英国出现的感伤剧中得到启发，提出用散文而不是韵文来表现普通人的日常生活，传达积极的道德教诲。他认为，新的戏剧应该表现自然、接近生活，在题材上要涉及各种社会问题，在人物塑造上要体现人物的社会身份，要在尖锐的戏剧冲突中刻画人物性格，在情节上要求真实自然，在语言上要用口语化的散文，使得台词逼真，适合于不同的人物性格。这种新的戏剧结合了悲喜剧的因素，实质上就是一种市民剧，或者说是"正剧"。狄德罗的这些论述强调了资产阶级文艺思想，倡导符合市民阶级审美情趣、传达资产阶级价值观念的文学艺术。可以说，狄德罗在建构新的文艺理论体系、打破古典主义教条的束缚等方面做出了很大的贡献。他特别注重现实主义创作方法，提倡人性论和道德教诲，强调市民文学趣味，主张鲜活的、世俗的语言风格等。这些论说丰富了西方启蒙主义文学的理论体系，打破了古典主义体系的束缚，开创了西方文艺美学的新时代。还值得一提的是，狄德罗和伏尔泰等人都注重民族风俗与文学创作的关系，对 17—18 世纪西方诸国文学的民族特征和流行体裁做了较深入的比较研究。例如他曾指出，"我们法国有喜剧。英国人只有讽刺剧，却也充满着力量和欢乐，不过不谈风尚，口味也不高。意大利人则只有趣剧。"[1]这些论述有助于人们认识启蒙运动时期西方诸国文学创作的民族风格差异，而狄德罗自己的文学创作也在一定程度上体现了这种民族风格的差异和特征。

在 18 世纪法国启蒙文学创作中，狄德罗的三部哲理小说《修女》（1760）、《拉摩的侄儿》（1762）和《宿命论者雅克》（1773—1778）等奠定了他的启蒙文学经典作家地位。这些作品都是在他身后于 1796年才得以出版，但是都体现了强烈的启蒙主义精神和现实主义原则，并且很快地在国外被翻译和传播开来。《修女》是一部采用第一人称叙事的自传性小说，主要通过私生女苏珊的自述，真实地揭露了修道院内充满仇恨、虚伪和奴役的阴暗生活，批判了修道院内恐怖的黑暗内

---

[1] 伍蠡甫主编：《西方文论选》上卷，上海译文出版社 1979 年版，第 370 页。

幕和教会上层人士的荒淫无耻。这部小说对于封建专制和教会压迫的深刻批判还体现在修女苏珊无路可逃的情节安排和人物心理自白上。当苏珊因为蔑视修道院的戒律和专制而被投入地牢时，饱受折磨和苦难的苏珊发出了满含血泪和愤恨的心声：

> 陪院长来的那修女一把抓住我，扯掉我的头巾，下流地剥光我的衣服。……当我被拖到楼梯下面的时候，脚上和腿上已经鲜血淋漓，伤痕累累；我当时那副惨状，就是让一些铁石心肠的人看了也会动情的。这时候，她们用一些粗大的钥匙打开一个黑洞洞的小地牢的门。她们把我扔在一张潮湿的、半霉半烂的破席子上。在那里，我找到一小块干面包，一罐水和几只粗陋不堪可又必需的坛子。席子的一头卷着，样子像个枕头；一块大石头上放着一只死人骷髅头和一个木头的耶稣苦像。[①]

类似这段痛苦自述的表露在小说中还有多处，显示出作者对于专制和压迫的强烈批判和对于不幸修女的深切同情。在小说情节发展中，苏珊修女难以忍受修道院内衣食粗粝、地牢禁闭等折磨而逃出修道院，可是她在社会上仍然没有生存保障，被迫一边做女佣、一边时刻担心被抓回修道院那人间地狱中。这样的情节设计不仅控诉了教会禁欲主义对自然人性的窒息和摧残，而且揭露了无处不在的专制社会对贫苦人民的残酷欺压和威胁。与其他启蒙文学创作的故事比起来，《修女》这部小说的反封建、反教会的批判锋芒是十分尖锐的，也显示出狄德罗的启蒙观念与卢梭的思想同样具有激进的一面。在《修女》这部小说出版两年之后，狄德罗又发表了哲理小说《拉摩的侄儿》，在对话体的叙事中揭露了为富不仁、欺压百姓的贵族和恶棍，进一步深化了《修女》中体现的启蒙思想主题。《拉摩的侄儿》的主人公是一位平民出身的音乐家，其原型是狄德罗早年在咖啡馆认识的一个潦倒文人。拉摩的侄儿对音乐理论研究颇深，有着模仿和表演的天赋。但是，作为一位落魄的音乐家，他常常流浪街头，为了维持生

---

① ［法］狄德罗：《修女》，符锦勇译，上海译文出版社 2008 年版，第 49 页。

计不得不阿谀奉承贵族富豪，甚至卑躬屈膝地扮演小丑的角色以取悦观众。他为了生存下去而不得不放弃人的尊严，认为人对人就得像狼一样残忍。拉摩的侄儿最后饿死在收容所里，而他与叙述者的对话却让读者认识到这位悲剧性人物内心的矛盾冲突，即诚实与卑鄙、道德与堕落、人性与恶行等结合而成的一位悲剧性性格。这部小说显示了狄德罗对于法国社会黑暗现实的强烈批判意识，同时也体现了他对人性复杂性的深刻理解。实际上，作者写作这部小说的过程也是他思考人性和社会的过程，小说从 1762 年开始动笔到 1779 年完稿历经 17年时间。狄德罗的这部小说是对贵族骄奢和市民贫困强烈对比的深刻揭露，也是封建社会末期道德沦丧、人性堕落的形象写照。这部作品1805 年被德国的歌德译成德文出版，1821 年再从德文译成法文出版，而作者的法文原稿直到 1891 年才被发现。[①] 这一曲折的传播过程既是西方各国启蒙思潮互相关联的表现，也是法国启蒙文学影响其他民族文学创作的典型例证。

　　狄德罗晚年所写的《宿命论者雅克》是又一部对话体的小说，其主人公是一位聪明的男仆，在陪伴自己的主人、一位外地贵族青年游历法国时讲述了一个又一个故事，而他们一路遭遇的各种奇事更为有趣。雅克在一次战争中膝部受伤被送到城堡医治，并结识了女仆的女儿德妮斯，两人之间的故事奇遇吸引了贵族主人。雅克在讲述自己经历时不断加入对于自由、命运、机遇、天意等的闲谈和议论，嘲讽了贵族主人的愚蠢、昏庸和无能的寄生生活。这部小说传承了西方游历叙事的结构，通过小说人物之口揭露了人民苦难生活的根源，讽刺了贵族和教会的腐朽衰败本质。从叙事结构上来说，这部小说与孟德斯鸠和伏尔泰等人的游记体小说有许多相似之处，但是狄德罗的叙事语言更接近市民的通俗口语，没有古典主义的矫饰。作者放弃了全知全能的整一叙事结构，以启蒙主义思想作为连结许多零散故事和幽默对话的一根主线；作品以仆人的机智和理性嘲弄了主人的无能和愚昧，具有文艺复兴作家拉伯雷小说的叙事风格。狄德罗的文学创作具有十

---

　　① 参见刘意青、罗经国：《欧洲文学史》第 1 卷，商务印书馆 1999 年版，第 395 页。

分显著的市民文学特征，在语言运用、人物塑造、题材选择和主题意旨等方面都体现了 18 世纪市民大众的审美趣味和艺术倾向。狄德罗在创作理论上主张建立"市民剧"再现城市生活的真实场景，表现市民大众的喜怒哀乐。这既有抵制贵族文化趣味的积极意义，更是法国社会经济市场化和文化世俗化的具体表现。不过，狄德罗在对待君主专制的问题上与伏尔泰有一定的相似之处，即并不主张对君主政体采取激进的革命措施，这与卢梭的立场拉开了距离。狄德罗在其散文集《怀疑论者的漫步》中写道："人们要我们相信，我们的君主具有无与伦比的智慧；可是，我们的法典却是再晦涩不过的了，据说这个法典就是他的杰作。"[①]这些反讽的语言具有伏尔泰式的睿智和机巧，却与卢梭充满激情的话语形成了对照。

18 世纪的法国文学在世俗化道路上取得了很大的进展，这也是与反对封建贵族和宫廷文化的启蒙思潮主旨相符合的。当时的一些专业作家如勒萨日、博马舍和圣·皮埃尔等人的艺术贡献对于促进市民文化的发展做出了积极的贡献。阿兰·勒萨日（1668—1747）出生于一个平民家庭，自小失去父母后只能自食其力，依靠写作和翻译糊口。他受到西班牙文学的影响，转向小说创作后仍然采用了流浪汉小说的经典叙事体裁，以夸张和嘲讽的笔调描写了法国社会的风俗人情。他的代表作《吉尔·布拉斯》（1715—1735）描写了年轻仆人吉尔·布拉斯的奇特生活遭遇，渲染了他在面对欺诈和压迫等困境时的智慧和狡黠。小说传承了西方中世纪城市文学如《列那狐传奇》那样的艺术风格，对于封建统治阶级和强梁霸道之徒进行了揭露和嘲笑。18 世纪法国市民文学的另一位重要作家是加隆·德·博马舍（1732—1799）。博马舍出生于巴黎的一个平民家庭，后继承父业以制造和修理钟表为生。但是，博马舍与路易王朝的宫廷关系密切，担任过路易十五王朝的王室钟表匠、王室顾问等职，还参与调停过外交争端和支持北美殖民地的独立运动。博马舍受到启蒙运动的影响，自称是伏尔泰和狄德罗的学生，在风俗喜剧创作上做出了十分杰出的贡献。1772 年，博马

---

① ［法］狄德罗：《怀疑论者的漫步》，陈修斋等译，上海三联书店 1989 年版，第 71 页。

舍创作了戏剧《塞维勒的理发师》（1775 年上演），讲述了西班牙塞维亚的理发师、青年人费加罗如何帮助少女罗西娜与阿勒马维纳公爵成婚的故事。这部喜剧获得了很大的成功，也塑造了费加罗这样一个聪明能干、天性乐观、说话风趣的仆人形象，体现了第三等级大众的机智和正义。1781 年，博马舍又创作了《费加罗的婚礼》这部法国喜剧的经典之作。这部戏剧描述了仆人费加罗和侍女苏珊娜两人如何战胜贵族的欺压而结成夫妻的故事。这对青年恋人和广大民众机智勇敢地战胜了贵族阿勒马维纳对于初夜权的霸道要求，尖锐地抨击了封建贵族的专制暴政，宣扬了自由、平等和人权的启蒙思想观念。这部喜剧一度被宫廷下令禁演，却也更大地提高了作家的声誉，扩散了剧本所表达的反封建、求自由的时代主题。恩格斯曾经把伏尔泰和博马舍相提并论，认为他们以插科打诨式粗鲁话写作的作品已经"成为现在公认的卓越的典范著作。"[①] 另外，在 18 世纪法国文学主潮中，贝尔丹纳·圣·皮埃尔的爱情小说《保尔和维吉妮》（1789）是一部承先启后的浪漫主义代表作。小说讲述了印度洋小岛上的青年男女保尔和维吉妮两人青梅竹马、心心相印的爱情故事，而小说的高潮是在异域环境中描写了一场海上风暴如何摧毁了这对青年人的爱情和生命的悲剧情节。这部小说继承了卢梭在小说《新爱洛伊丝》中表现的爱情至上和回归自然的思想主题，开启了 19 世纪法国浪漫主义小说创作的新潮。

总之，18 世纪法国的启蒙思潮和启蒙文学是两个互相影响、互相促进的文化进步运动，对于法国进入现代民主社会和建构现代民族经典产生了极为重要的推动作用。孟德斯鸠、伏尔泰、卢梭和狄德罗等启蒙思想家的哲学、文学和政治论著开启了法国现代政治思想的民主化篇章，触发了法国大革命的澎湃浪潮，鼓舞了全欧洲以及美洲等地资产阶级和人民大众对于封建专制统治的斗争意志。法国启蒙运动和大革命的影响具有世界性的意义，而法国启蒙思想家在文化思想上的革命性建树更是推动了西方诸国的社会革命和科技革命。作为传播启蒙思想的重要载体，法国启蒙文学成为法兰西现代民族文学的经典核

---

① ［德］马克思、恩格斯：《马克思恩格斯论文学与艺术》上卷，人民文学出版社 2002 年版，第 458 页。

心。法国启蒙文学家以及众多受到他们影响的平民作家创作了大量的精品佳作，在反对古典主义和贵族趣味、反对教会愚昧和人性束缚、提倡人性自由和社会平等、促进市民文学特别是世俗小说和市民剧的繁荣等方面做出了巨大的贡献。没有这些极为宝贵的文化艺术成就做为时代进步的标记，法国启蒙运动以致整个西方启蒙主义运动和现代文学进程都将大大逊色。

第四章 德国启蒙思潮与民族
文学经典传承

　　德意志民族具有悠久的历史和独特的文化，中世纪以来形成的德意志民族文化在骑士传奇和抒情诗歌等文学作品中得到了传承，而 16 世纪由马丁·路德（Martin Luther, 1483—1546）开创的宗教改革对整个西方现代历史进程产生了极其重要的影响。但是，德国在 17—18 世纪时期内仍然十分落后，其经济主要是农业和手工业，政治上还是封建君主统治。30 年战争后的德意志处于四分五裂的诸侯割据状态，有 360 多个独立主权的诸侯国，而"德意志神圣罗马帝国"则是徒有虚名。当时各公国里都有自己的国王和统治体系，君主和贵族生活奢侈豪华，政治腐败，许多君主没有什么文化知识，有的甚至不懂拉丁文。在经济上，各公国的君主和贵族依然掌握着国家生产命脉，却没有建立起全国性的市场，各国之间交通不便、互相闭塞，因此资本主义工商业发展得极为缓慢。当时德国的市民阶级主要由商人、小手工业者和小职员等构成，凝聚力不强，而且分散在各地，在政治经济上仍然依赖封建诸侯，因此难以形成主要的社会变革力量。德国市民阶级的这些特性决定了德国资产阶级的软弱性和妥协性，而这些特点也在德国启蒙时期的文学创作中得到了一定的反映。同时，众多封建公国长期分裂割据造成了国家和民族认同的空虚，统一的德意志民族意识还没有形成，文化上也缺少本民族经典谱系的长期积累和传承。但是，在英国和法国等地的启蒙思潮影响下，德意志人民的民族意识和自主意识也开始觉醒，人们要求民族统一的呼声不断增强，市民阶级也在积极表达个性解放和身份平等的愿望。恩格斯认为，法国启蒙运动和大革命给予德国很大的影响，推动了德国思想家和文学家为摆脱封建贵族统治、争取民族统一、实现人的解放的历史进程。他指出，"法国革命带来了帮助 ……'人'的思想以及语言发展在 1700 年还是野蛮状态，1750 年出现了莱辛和康德，随后又出现了歌德、席勒、维兰德、海德、格留克、亨德尔、莫扎特。"① 确实，在 18 世纪的社会变革中，德意志民族逐渐从一个四分五裂的封建农业国向一个统一的现代民族国家转型，德国学者和作家在这一进程中为寻求民族文化复兴、倡导理性精神、追求人性自由和个性解放等做出了积极的努力。当时一批哲学天才和文化精英涌现汇集成为德国启蒙思潮的主要特色之一，而 18 世纪后期出现的狂飙突进运动则是启蒙思潮发展的最高峰。可以说，启蒙思想运动为德意志民族文化复兴和民族国家建立提供了巨大的思想动力，而这一时期里德国学者和作家在哲学和文艺等领域里都取得了辉煌成就，并对整个现代西方思想观念和文学经典传承产生了深远的影响。

第一节　德国近代思想建树与启蒙观念传播

16 世纪的马丁·路德宗教改革开启了德语文化思想的民族化进程，因为路德翻译的《圣经》推动了德国民族语言的传播，而且对罗马天主教和拉丁文化霸权形成挑战。尽管路德的宗教译著在一定程度上支持了封建诸侯的合法地位，但是，他却在"骑士，市民，农民，平民，觊觎主权的诸侯，下级僧侣，隐蔽的神秘派，文学界反对派"等人群中建构起了"他们共同语言"，把这些人群团结了起来。② 自那时起，德意志民族意识和民族文化身份开始了独自形成的发展轨迹，而 17 世纪西方学界出现的理性主义思潮也在德国思想界产生了回应。德国哲学家莱布尼茨（Gottfried W. Leibniz, 1646—1716）建立的单子论标志着大陆理性主义哲学的高峰，并为德国现代思想的传承做出了贡献。莱布尼茨出生于莱比锡的一个知识分子家庭，自幼天资聪敏，后

---

① [德] 马克思、恩格斯：《马克思恩格斯论文学与艺术》上卷，人民文学出版社 2002 年版，第 461 页。

② [德] 马克思、恩格斯：《马克思恩格斯论文学与艺术》上卷，人民文学出版社 2002 年版，第 381 页。

来还在莱比锡大学学习人文科学，获得了博士学位。在他青年时期，莱布尼茨与英国、荷兰和法国等地的学者建立起密切的联系，并访问过这些国家。1672，他来到法国巴黎游学，直到 1676 年才回国担任汉诺威图书馆长和布伦瑞克公爵的法律顾问。莱布尼茨在数学上提出过拓扑学和二进位计算法，并由于微积分理论上的建树而与英国的牛顿齐名。他因为创办德国柏林科学院和独特的哲学观点而在欧洲具有广泛的影响，并在晚年出访过奥地利和俄国。在他的哲学论著《人类理智新论》（1710）和《单子论》（1714）等书中，他认为世界是由自足的实体构成，既不依赖他物而存在，也不依赖他物而被认知。他提出，人的认知是主动且具有传承性的，这种传承就是理性，但是这种理性并非建立在笛卡尔的二元论基础之上。在他看来，世界的实体不是物质，而是不可见的单子，即一种精神性的原子，由上帝创造，不能分解消亡，却可以变化。莱布尼茨的哲学思想具有客观唯心主义的特征，但是他对人类理智的认识既修正了笛卡尔的"天赋观念"说，也拒绝了洛克的经验主义学说。他认为，人的大脑中先天存在着一些花纹似的印迹，只有通过感性活动才能使这些印迹或天赋的倾向变成清晰的概念。单纯的感觉经验不会上升到真理认识，只有通过个人的推理和逻辑等理性活动才能认识到真理。就这样，莱布尼茨建立起以"单子论"为核心的哲学思想，并由他的学生克里斯蒂安·沃尔夫将其哲学体系化。克里斯蒂安·沃尔夫（Christian F. von Wolff, 1679—1754）受到莱布尼茨和托马修斯（Christian Thomasius, 1655—1728）等人的影响，在德国启蒙主义思潮的发展进程中发挥了重要的作用。沃尔夫延续了托马修斯在启迪平民大众心智方面的努力，主张用德语写作哲学著作来"使那些没有上过大学，不懂拉丁文的人"也能读懂他的作品，把学院哲学变成大众哲学。[①] 沃尔夫认为，哲学不是神学的婢女，而是受到理性原则指导的科学；理性是一切事物包括道德行为的基础，也是实现自由平等、社会正义的途径。沃尔夫赞成自然法基础上的开明专制政体，因此呼应了英国君主立宪制度和法国前期启蒙思潮中的政治保守主义倾向。沃尔夫与 18 世纪前期德国启蒙思想家一

①　范大灿：《德国文学史》第 2 卷，译林出版社 2006 年版，第 22 页。

起首次建构了现代德国哲学的民族化思想体系，在广大市民中传播了启蒙思想，并在使用德语撰写和出版哲学著作的过程中为实现国家统一和凝聚民族意识作出了贡献。正如帕格登所指出的，被誉为"德国的牛顿"的沃尔夫在强调科学方法和启迪大众思想等方面功劳卓著，"他是最早采用德语而不是拉丁语或者法语写作的哲学家之一"，与康德等人一起"创立了独具德国特色的哲学语言"。[①]

　　18世纪中期以后，德国启蒙思想运动中出现了哲学家伊曼努尔·康德（Immanuel Kant，1724—1804）这样的大师级人物，其里程碑式的学术贡献和全欧洲性的思想影响为德意志民族文化奠定了坚实的哲学基础。1724年，康德出生在德国普鲁士科尼斯堡的一个平民家庭，其祖父和父亲都是熟练的马鞍匠，母亲也出生在皮革工匠家庭。他们全家都是新教徒，但是康德受到母亲的影响很大。1732年，康德在母亲的支持下进入腓特烈学院接受古典文化和拉丁文的教育。1740年，他进入科尼斯堡大学，学习了有关神学和自然科学的知识，接触到莱布尼茨和牛顿的学说。康德虽然不赞成无神论的观点，但他对于教会的愚民说教十分不满，所以很少参加宗教活动，成年以后更是不去教堂。1746年，康德的大学毕业论文研究了哲学和物理学的相关问题，探讨了笛卡尔和莱布尼茨等人有关运动力学的论说，并使用德语写作而成。但是，康德的思想观念被导师所拒绝，同时由于他父母去世导致经济困难，所以康德中断了学业，在几位乡村贵族和教会牧师家里担任家庭教师达数年之久。这段时期的工作为他提供了比较稳定的经济来源和专心著述的时间，使他得以在1755年出版了第一部重要著作《宇宙发展史概论》。在这本书中，康德讨论了宇宙和上帝的关系问题，认为上帝是宇宙的设计者，而宇宙天体起源于一团星云，这团星云中的物质粒子不断运动、旋转，在引力的作用下形成了日月星辰。这一观念还是传承了莱布尼茨的哲学思想，但却颠覆了宇宙不变论的形而上学观念。也是在这一年，康德在科尼斯堡大学提交了拉丁语论文《论火》并进行答辩，最后获得了学位。随后，康德就开始了

[①]　Anthony Pagden, *The Enlightenment*, New York: Random House, 2013, p.329.

在科尼斯堡大学长期而繁忙的教学工作，并撰写了不少见解独特的哲学论文和著作。他在 1770 年被任命为科尼斯堡大学逻辑学和形而上学教授，1786 年又升任该校的校长。1797 年，康德因为身体的原因辞去了在大学的任职，7 年后的 1804 年春天因病去世。

康德所处的年代是神圣罗马帝国空有其名、德意志民族四分五裂的社会动荡时期，也是周边国家与之产生冲突甚至战争的时期。1758 年，俄国军队一度占领了东普鲁士，康德的家乡也被占领，直到 1762 年俄国军队退出科尼斯堡。在这段时期内，康德更加专注于学术思考、课程教学和论著写作，逐渐形成了自己的哲学体系和人文观念。当时英国和法国的启蒙思潮及社会进步对康德产生了相当大的影响，他阅读了卢梭等人的启蒙著作，并在德国宣传天赋人权和自由平等的观念。从他进入学术界直到 1770 年，康德的思想主要受到莱布尼茨和沃尔夫等人哲学思想的影响，这段时期被称为"前批判时期"；1770 年以后，康德开始反思和批判莱布尼茨等人的形而上学观念，发表了著名的三大批判论著《纯粹理性批判》（1781）、《实践理性批判》（1788）和《判断力批判》（1790），建立起自己的哲学思想体系，这段时期被称为"批判时期"。康德的思想和论著在欧洲传播得十分广远，他因此获得了诸多国际学术声誉。他除了当选为柏林科学院院士外，还当选为俄国彼得堡科学院和意大利托斯卡那科学院院士。康德是法国大革命的积极支持者，对于启蒙思想运动做过独特的论述，晚年还出版过《论永久和平》（1795）和《实用人类学》（1798）等著作。在《论永久和平》中，他阐述了自由主义的民主政治理想，认为共和体制和道德规范是社会变革的两个重点。他还提出了世界联邦及世界公民的观念。康德认为，商业精神和国际贸易促进了人类交往和流动，因此有益于和平，而建立一个世界公民社会的远景更会促进永久和平的到来。在《实用人类学》中，他概述了一生研究过的论题，总结了自己的学术思想和基本观点。在该书的开篇他就写道："人能够具有'自我'的观念，这使人无限地提升到地球上一切其他有生命的存在物之上，因此他是一个人。"[①]这就再次肯定了人的主体地位和

---

① ［德］康德：《实用人类学》，邓晓芒译，上海人民出版社 2002 年版，第 3 页。

个人主义的自主原则，表达了启蒙思想的基本观念，加深了人们对于"什么是启蒙？"这个问题的认识和理解。

从17—18世纪欧洲哲学思想发展史上来看，康德的哲学思想吸收了英国洛克和休谟等人的经验论哲学、法国笛卡尔的唯理论哲学以及莱布尼茨等人的客观唯心论哲学。但是，他并没有对前人的成就亦步亦趋，而是通过批判前人的哲学思想而在哲学领域发动了一场"哥白尼革命"。康德认为，人类的知识是经由感官经验和理性活动两种方式而得到的，人需要借助理性来把经验上升为认知。人的理性属于先天的三种认识能力之一，另外两种是感性和知性的能力。但是，人类具有的这些先天能力并不能使人认识世界上的所有事物和真理，人的认知只能在经验范围内对现象进行认识，而不能超越感性的现象世界去认识那不可知的"物自体"或"自在之物"。可以说，康德的哲学传承了英国、法国和德国等哲学前辈的思想观念而自成一家，即如列宁所指出的那样："康德哲学的基本特征是调和唯物主义和唯心主义，使二者妥协，使各种相互对立的哲学派别结合在一个体系中。"[①]康德后期的学术论著主要是对前人哲学思想的批判，体现了启蒙理性的基本精神——批判精神。康德在《纯粹理性批判》中指出，"我们的时代要求理性必须对自己进行批判，""我说的批判并不是对书本和体系的批判，而是从理性可以不靠任何经验独立取得的一切知识着眼，对一般理性能力进行的批判。"[②]这段话表明康德后期哲学思想的基本特征就在于批判地辨析人类理性的认识能力及其局限，这一思想特征贯穿在他的"三大批判"等后期论著中。

康德的《纯粹理性批判》（1781）探讨了认识论的问题，其主要观点受到休谟的哲学观点影响，带有先验主义的思想特征，并对莱布尼茨和沃尔夫等人的形而上学思想进行了批判性反思。他认为，人的理性认识离不开经验，但是人的理性能力无法认知超出经验领域里的真理。这实际上是自柏拉图以来一直困扰着历代哲人的重要问题，但是康德没有采取上帝万能的立场或纯粹理性认知的态度来解说这一问

---

① [俄]列宁：《列宁选集》第2卷，人民出版社1995年版，第200页。
② 北京大学哲学系：《西方哲学原著选读》下卷，商务印书馆1983年版，第239页。

题，而是从人的三种认识能力出发来分析现象和本质、感觉经验和普遍真理等问题。康德指出，空间和时间里存在的物质需要通过人先天具有的理解力而转化成经验世界，而人的"知性"是人生来具有的思维能力，可以运用偶然和必然、原因和结果、统一和多样等十二个范畴来把感受对象整合成系统知识，进而认识到事物的真。但是，他认为理性对于不可感知事物的认识能力是有限的，因为理性无法把握现象界背后的物自体。他坚持认为，人类使用理性去探求形而上的物自体只会产生谬误性的推理，即二律背反的问题，例如时空既是无限的又是有限的等矛盾性推论。在他看来，物自体世界中的上帝、自由或灵魂等超越了经验范畴，因为上帝的存在不在时空之中，而是属于信仰的世界，是为了道德的需要而存在的，是不可能被经验所感知的。康德认为，人们正处于一个真正的批判年代，一切事物，包括宗教和神圣的科学、法律、尊严都不应免除理性的置疑和审视。康德的这些观点不仅具有反驳经院主义哲学的创新见解，而且在政治立场上具有反对专制君主和上帝崇拜的颠覆性意义。康德在《纯粹理性批判》中表达的思想观念是德国思想家在 18 世纪做出的巨大贡献，对于德国的辩证法思想和启蒙观念的传播都产生了极大的影响。

　　康德的《实践理性批判》（1788）探讨了人类社会的伦理学问题。在这本论著中，康德试图把人的存在分成道德的理性存在和幸福的感性存在两种，认为人追求幸福的欲望和道德原则的普遍性常常处于矛盾状态，而道德原则具有超越欲望和功利的性质，其最高理想是善。在他看来，人的心中存在某种善良意志或道德律令，或者叫做理性的"绝对命令"，而真正的道德行为是从义务出发而不是从功利出发的行为，人只有在道德行为中才能获得真正的自由。康德认为，人是理性动物，"是作为目的本身而存在的"，"不是仅仅作为手段给某个意志任意使用；"所以，"实践理性的公设都是从道德原则出发的，"而这些公设主要有三条：灵魂不死，意志自由，上帝存在。[①] 康德在这里强调了道德原则的超功利性和永恒性，而意志自由的公设就是指人的

---

① 北京大学哲学系：《西方哲学原著选读》下卷，商务印书馆 1983 年版，第 318—319 页。

自主判断能力和独立行动能力，体现了重视人的自由和个性尊严的意义。这种意志自由的观点带有人本主义的色彩，符合启蒙主义的基本精神。不过，康德在解说道德和善的意义上，还是把自主追求幸福和遵守道德律令两者的结合视为"至善"，而"至善"只能在彼岸世界和上帝存在中得到实现。这一观念显示了康德伦理学的保守一面，或者说，与法国激进启蒙思想比较而言，他的伦理学说因为把个性自由和道德至善调和起来而具有小市民阶层的精神状态，即马克思所说的"具有德国市民天性的'小资产者'"的"良心"。①显然，康德的思想观念仍然是德国社会发展进程的产物，他的伦理学说反映了市民阶级对于人文精神和个性自由的向往，也体现了德意志民族对于道德和律令的尊奉。英国学者鲍桑葵对于康德的思想贡献给予了高度的评价："有四十年之久，这位伟大的思想界的先驱在专业哲学的荒野中探索道路，并且终于把本国人民带到了自由的和人文主义的文化新世界门口。"②这段评价也是一种极高的赞美，它意味着康德的哲学论著和思想观念开创了德意志民族文化的现代化道路，因此也成为了现代德国民族文化经典的思想源泉。自此之后直到21世纪初期，德国文化思想的现代传统中仍然传承着康德等人开创的哲学和美学思想观念。

在《判断力批判》（1790）中，康德讨论了人类艺术创造活动中的美学问题，针对自由想象、审美判断、艺术鉴赏、崇高和天才等问题进行了深入分析和阐释。康德认为，艺术创造是人的属性，但是美和崇高却与功利无关；艺术天才的想象力和独创性超越平常人，并能在理性基础上创造出感性形象、制作一件美的艺术品。他提出，"美的艺术是一种意境，它只对自己具有合目的性，并且，虽然没有目的，它仍然具有促进心灵诸力的陶冶以达到社会性的传达作用。""审美的艺术是这样一种艺术，它是以反省的判断力而不是以官能感觉作为准则的。"③康德的论述积极肯定了艺术创造的非功利性审美特征，

---

① [德]马克思、恩格斯：《马克思恩格斯论文学与艺术》上卷，人民文学出版社2002年版，第516页。

② [英]鲍桑葵：《美学史》，张今译，海南出版社2005年版，第299页。

③ 伍蠡甫主编：《西方文论选》上卷，上海译文出版社1979年版，第407—408页。

强调了天才的心灵创造能力，并对审美创造活动进行了细致的分析和阐释。康德的《判断力批判》是一部重要的哲学和美学著作，它受到了伯克和温克尔曼等人美学观点的影响，但是康德却有自己的不同见解。他把美和崇高分别加以认识，把美归于鉴赏判断，而把崇高归于智力上的情绪感受。康德对"崇高"这个审美范畴进行了深入的讨论，认为人类对于观赏对象产生了自我主体的崇高感，在主客体的交流中意识到人类精神中善和正义的力量并产生了愉悦，因为审美的"崇高"本质上属于人的精神力量的展示，是作为主体的人从观念上战胜那些难以抗拒的力量的结果。因此，康德提出了"想象力的自由运用"这个观点，强调了审美意象的形成取决于天才作家在艺术创造中如何使思想与感情、语言与灵魂紧密联系起来。阿多诺认为，康德的崇高学说被人们理解为一种情绪感受，这是因为康德的美学具有启蒙主义的自然观。他写道："启蒙运动所持的自然概念，对崇高侵入艺术负有部分责任。……它开始被康德视为自然独有的性相——崇高的侵袭。逐渐地，崇高也与鉴赏力发生了冲突。基本力量的释放与主体的解放是一致的，因此与精神的自我意识是一致的。这种作为自然的意识将艺术精神化了。……主体凭借艺术而获得解放，与艺术本身向自律性的转变趋势一同发生扩展。"[1]阿多诺对于康德崇高学说的阐释清楚地表明了康德在德国启蒙话语建构中的贡献，因为康德把审美主体的精神解放与文学艺术的自律转向视为互相关联的扩展趋势，并且强调了主体意识和社会进步的紧密关联性。帕格登指出，康德受到启蒙思潮的影响，对于人的主体性和社会进步性持有积极态度，认为人的实践活动终会"使人类的进步成为可能"。[2]总之，康德的《判断力批判》这部论著不仅开辟了现代西方美学思想的一个重要来源，而且对于德意志民族的精神特征在艺术创造中的表现给予了理论总结。正是由于他的这些论著，人们才能更好地理解启蒙运动时期德国作家的主要创作成就，例如歌德的《浮士德》那样的艺术和思想巨著。

17—18世纪之交，德国大多数地区仍然存留着农奴制度，"同

---

[1]　[德]阿多诺：《美学理论》，王柯平译，四川人民出版社1998年版，第337页。

[2]　Anthony Pagden, *The Enlightenment*, New York: Random House, 2013, p.369.

中世纪一样，大部分地区的人民仍牢牢地被束缚在封建领地上。"①
但是，在普鲁士王国等地开始出现了资本主义经济发展的上升势头，
工商业经济出现了初步发展，交通运输等基础建设不断完善，国内货
币统一，军备振兴。这些发展促进了城市化建设和市民社会的扩张，
并且推动了德国启蒙运动的兴起。在英国和法国等地启蒙思想家的
影响下，② 德国市民文化开始兴起，宫廷文化的影响逐渐削弱，而民
族复兴意识的高涨也推动了德国学者和作家群体的自主创新活动。在
当时的德国文坛上，小说家维泽（Christian Weise, 1642—1708）和罗
依特（Christian Reuter, 1635—约1727），诗人京特（Johann Christian
Günter, 1695—1723）等人都做出了一定的艺术贡献。维泽的创作涉猎
体裁广泛，他除了小说和戏剧之外还写过诗歌。他的第一部小说《德
国的三大破坏者》（1671）描写了国王委托三个使臣去了解民间的情
况，结果得到了社会各界腐败和衰落的报告。作者从道德角度观察社
会，表达了克服人性弱点、建立道德社会的理想。维泽的小说代表作
是《全世界三个最可恶的大傻瓜》（1672），其艺术风格受到西方讽刺
文学传统的影响。这部小说讲述了一个名叫费罗林多的贵族青年有幸
继承一笔遗产，然而附加条件是他必须在遗产捐赠者住处的大厅里挂
上世上三个最大傻瓜的肖像。费罗林多就耗时多日与他的随从们到处
搜寻最大的傻瓜，结果发现到处都有傻瓜、怪人和蠢人。小说传承了
伊拉斯谟《愚人颂》的写作题材，以嘲讽式叙事批判了封建贵族统治
下的社会不公和人性堕落。罗依特主要创作的是戏剧作品，其第一部
喜剧《普利森纳的守本分的妇人》（1695）描写市民家庭出身的两个
少女爱慕浮华却落空的故事。剧中的两位市民少女头脑简单、行为庸
俗，但是却一心想成为贵族成员。她们为了加入上流社会而向两个贵
族大献殷勤，结果发现他们不过是大户人家的仆人而已。罗依特的创
作讽刺了庸俗势利的德国小市民，剧本一度遭受禁演，本人也被莱比
锡大学开除。他后期创作的小说如《舍尔穆夫斯基在水上和陆地进行

---

① ［法］托克维尔：《旧制度与大革命》，冯棠译，商务印书馆2013年版，第65页。
② 例如，伏尔泰与普鲁士的腓特烈二世长期保持通信联系，并将后者的著作《反马基雅
利》译成法文出版。

的奇特而又十分危险的旅行的真实记载》（1697）开创了"骗子小说"题材的先河。京特的诗作多为即兴抒情诗创作，主要表现诗人在遇到各种人生事件后的即兴感受。作为一位富有才情的年轻诗人，京特常常以世俗的个人生活为题材，描写凡人小事中的喜怒哀乐和情感涟漪。他代表作是《告别咏叹调》，抒发了诗人与女友从相爱到分手的感情波澜，以及从中感受到的人生哲理。1723年，京特的第一部诗集出版后受到了高特舍德等人的赞誉："他的诗歌宣布了德国诗歌新时代的开始。这种诗不再是故弄风雅，……它传达的是诗人自己的真情实感。"①

在18世纪上半期的德国历史转折时期，文学理论家约翰·克里斯托弗·高特舍德（Johann Christoph Gottsched，1700—1766）对德国启蒙主义思潮的高涨做出了可贵的贡献。高特舍德出身于普鲁士科尼斯堡的一个牧师家庭，自幼熟读经典著作。他于1714年进入科尼斯堡大学学习神学、语言和哲学，1723年获得学位。为了逃避服兵役，他在1724年来到莱比锡大学任教，10年后晋升教授，后来又做过该校的校长。高特舍德在莱比锡大学教书期间主办过《道德周刊》，翻译过法国古典主义文学经典作品，批评了17世纪德国市民戏剧的庸俗风格。他在文艺理论上的许多论著不仅推动了德国启蒙主义观念的传播和发展，而且他在丰富民族语言、提倡德语写作等方面也做出了重要的贡献。高特舍德受到沃尔夫哲学思想的影响，注重理性和规则，因此在论述德国文学艺术发展道路时主张严谨的创作风格，表现非个性化的艺术特征，赞赏三一律等古典主义创作原则。1730年，他发表了《为德国人写的批判诗学试论》一书，对于流行于世的庸俗戏剧表示不满，认为文学创作应该以教育观众和改善社会道德为目的。在这部文学批评论著中，高特舍德提出文学创作需要模仿自然，并遵守古典主义原则，但要反对滥用外来语。他的理论观点一方面传承了亚里士多德、贺拉斯和布瓦洛等人的学说，另一方面提出了理性是人类最高的美德、主张符合理性的文学趣味，反对禁欲主义和庸俗品味对文学创

---

① 范大灿：《德国文学史》第2卷，译林出版社2006年版，第45页。

作的不良影响。高特舍德反对在德国盛行的、充满小市民趣味的庸俗作品，主张文学应表现人的自由情感，反映现实生活百态，启发和培育广大市民观众的道德感和好品味。在德国启蒙运动的前期发展过程中，高特舍德的文学观念对于市民文学的健康发展和传播启蒙思想观念产生了积极的影响。但是，高特舍德接受了沃尔夫的理性主义而提出了"非个体化"思想，认为一体化才是理性主义要达到的目的。这一认识的来源既有法国古典主义思想的影响，也有开明专制的政治保守主义特征。高特舍德等人的思想"是以压制个体为己任，因而他们的美学以及以此为基础的文学创作就从原则上不能满足读者多样化的阅读要求，更不能满足读者在阅读时的猎奇心理。"①德国启蒙思潮的前期阶段——理性主义阶段实际上受到了法国前期启蒙思想的影响，当然也有英国保守政治现状的直接参照作用。高特舍德等人虽然主张约束君主和贵族的权力，但是却主张压制个体，也就等于否定了个人自由和天赋人权。所以，高特舍德等人的这些思想遭到了受到了许多学者的批判。

高特舍德提出悲剧创作的宗旨是为了改变德国文学艺术中的庸俗趣味，体现"好品味"、摒弃"坏品味"，因为当时在德国各地的戏剧舞台上，即兴式和杂耍式的演出占据了主流，这些戏剧演出助长了伤风败俗的社会风气。高特舍德认为当时德国戏剧的最大缺陷在于缺少文学性和规范性，因此他的目标就是要建立文学化和规范化的德国戏剧，克服"坏品味"对观众的腐蚀性影响，倡导在理性原则上培育的"好品味"的文学艺术，推动真和善的价值观念传播，提升市民阶级的艺术品位和道德意识。高特舍德把文学艺术提升到了教育启迪民众和传播启蒙思想的高度上，而这正是许多法国启蒙思想家正在从事的事业。所以说，高特舍德在18世纪前期德国启蒙运动中做出了十分重要的贡献。在戏剧创作中，高特舍德的第一部作品《濒死的卡托》是根据英国作家艾迪逊和法国作家德尚的两个剧本拼凑而成，并获得了观众的一致好评。他还创作了《纳瓦拉国王亨利的巴黎血腥婚礼》和

---

① 范大灿：《德国文学史》第2卷，译林出版社2006年版，第48页。

《斯巴达国王阿格斯》等另外两部悲剧。戏剧《濒死的卡托》讲述了罗马共和制的最后一位信仰者卡托的故事。主人公卡托坚决反对凯撒推翻共和、建立帝制的政治野心，但是，他与凯撒之间的斗争并不是该剧的基本戏剧冲突，戏剧的主要冲突是揭露罗马元老院的贵族们争权夺利、专横虚伪的面目，表现了主人公对于国家和人民的真诚热爱。在剧中，卡托早年失散的女儿由于偶然的原因又回到卡托身边，身份得到确认；但是，卡托因为女儿曾经爱过凯撒而始终拒绝与她恢复父女关系。卡托最后自杀身亡的结局表明了他对共和体制的忠诚和对专制帝制的反抗，因此该剧在借古喻今的氛围中传达了启蒙主义的政治思想观念。高特舍德的另一部剧作《血腥的婚礼》取材于法国16世纪宗教战争中的一段历史：胡格诺派的首领纳瓦拉国王亨利计划在1572年8月18日与玛格丽特公主举行婚礼大典，此时法国国王查理九世在太后的唆使下，下令血洗聚集在巴黎的新教徒，造成了两千多人丧生。这一事件又被称为"圣巴托罗缪之夜"，象征着君主可以通过狡诈和铁腕来达到攫取权力的目的而无需愧疚，体现了马基雅维利的政治道德观念。在这部剧作中，高特舍德探讨了宗教宽容和专制暴政等问题，对于查理九世违反理性、危害国家的大屠杀进行了严肃的反思。

　　高特舍德的文艺观念在18世纪中期以后逐渐显得落伍，因为他所主张的文学趣味仍然有着浓厚的法国古典主义的影响，过于重视理性戒律，是对启蒙运动主张人的精神解放和思想自由等历史要求的一种束缚。针对这种局限性，德国学者施莱格尔兄弟提出了一些文学主张来纠正高特舍德的理论偏颇，强调了文学创造和现实生活之间的能动性关系，反对亦步亦趋式的复制现实的创作方法。施莱格尔兄弟认为文学的娱乐功能是文学创作的主要目的，因此把高特舍德重视道德教谕的立场修正为"寓教于乐"的经典立场。同时，施莱格尔兄弟主张学习英国文学经典之作，纠正高特舍得独尊法国古典主义文学的误导。实际上，德国文坛在18世纪开始引进和译介了英国作家如莎士比亚和笛福等人的作品，在一定程度上平衡了法国古典主义文学和启蒙文学对于德国民族文学的巨大影响。在具体的文学创作中，德国的市民喜剧和通俗小说等文学体裁获得了长足的发展；前者受到了法国经典喜剧作家莫里哀的相当影响,后者则从英国游记体冒险小说和感伤主义言情小说中获得了许多创作灵感。在小说创作中,由于德国市民阶级逐渐崛起而形成了越来越大的读者群体,因此德国市民文学在英国现实主义小说影响下迅速发展。笛福的《鲁滨逊漂流记》和理查逊的《帕米拉》等通俗小说很快地在德国传播开来,而德国作家施纳贝尔(1692—1752)的小说《孤岛费尔森堡》(1731—1743)和盖特勒的小说《瑞典冯·G.伯爵夫人的一生》(1747)等作品也因为借鉴了英国小说的叙事题材而风行一时。[①]18 世纪上半期的德国文坛状况一方面说明了欧洲"文艺复兴—启蒙运动一体进程"的有效性和扩散性,另一方面也说明了德国文学仍然受到外国文学的巨大影响而尚未形成独立的民族经典谱系。实际上,18 世纪国家政治的四分五裂和经济发展的相对落后导致了德国启蒙思想和启蒙文学的独特历史走向,即致力于寻求民族国家统一和宣传资产阶级价值观念是其启蒙运动的基本任务,而英国式君主立宪或法国式政治革命并非其主要的运动目的。这种历史走向在一定程度上与意大利等国的曲折发展进程有相似之处,但是德国在民族复兴和启蒙运动的双重历史任务中很快地取得了进步,逐渐从普鲁士王国的强大走向整个德意志民族的统一。可以说,没有 18 世纪的启蒙运动就没有德意志民族的统一建国大业,也不可能有德语民族文学经典对现代欧洲和世界文坛的深远影响。

第二节 "狂飙突进"运动与民族文化自觉

18 世纪中期以后,高特舍德的古典主义文学理论受到了莱辛和克洛卜施托克等人的严肃批评,这也标志着德国启蒙思潮进入了一个新的阶段。莱辛等人不仅批评了高特舍德谨守古典主义趣味、轻视市民生活的理论局限,而且以新的文艺观念和文学创作展示了启蒙文学的新面貌,促进德国文学在 18 世纪末成为具有欧洲和世界影响力的民

---

① 在德国,《鲁滨逊漂流记》(1719)在 1720 年就被译成五个德文版本流行,不少德国作家开始写作"鲁滨逊式小说";理查逊的感伤主义小说传入德国后激发了"爱情与道德"题材的创作热潮。参见范大灿:《德国文学史》第 2 卷,译林出版社 2006 年版,第 109—111 页。

族国家文学重镇。在德国启蒙思潮和文化艺术的转型过程中，高特荷德·埃夫拉姆·莱辛（Gotthold Ephraim Lessing，1729—1781）做出了重大的贡献。莱辛出生在萨克森一个小城的牧师家庭，天资聪明、勤奋好学。1741年，他进入圣奥弗拉学校学习古典文化和神学，在语言和艺术方面受到了良好的基础教育。1746年，莱辛进入莱比锡大学学习神学和医学，并在这座德国最大的文化城市中观看过高特舍德等人倡导的古典主义戏剧演出。在莱比锡大学学习期间，莱辛还热衷于跳舞、击剑和骑术等贵族娱乐活动，并积极参与了当地剧团的活动，在法文剧本翻译和演出脚本撰写等工作中显示了自己的艺术才情。1748年，莱辛由于剧团的债务问题而不得不离开莱比锡，辗转来到普鲁士的柏林，开始为当地的报刊杂志撰写评论文章和进行文学创作。1752年，他在维滕贝格获得了硕士学位，随即回到柏林继续其自由撰稿人的生涯。18世纪50年代，莱辛主编和参与了一些报刊的出版工作，例如担任《柏林特许报》的副刊编辑，在《历史与戏剧丛刊》上介绍莎士比亚的戏剧创作，主办了《当代文学通讯》等刊物。他还翻译了法国启蒙学者狄德罗的戏剧作品。1755年，莱辛发表了五幕市民悲剧《萨拉·萨姆逊小姐》（*Miss Sara Sampson*），开启了德国的市民悲剧流派。在德国戏剧舞台上，古典主义悲剧和君主贵族人物长期以来占据了主流，而市民阶级的小人物往往只能作为喜剧中被嘲笑的对象出现。但是在《萨拉·萨姆逊小姐》这部戏剧中，市民阶级的普通男女成为了故事的主人公，现实生活中常见的爱情悲剧成为作品的主线。这部戏剧借鉴了古希腊欧里庇得斯的悲剧《美狄亚》和英国作家理查逊感伤主义小说的叙事题材，描写了英国青年梅莱福对妻子和爱人始乱终弃的悲情故事。梅莱福年轻放荡，在与玛尔伍相爱并生有一女阿拉贝拉之后，又去追求多情的萨拉·萨姆逊小姐。他用花言巧语欺骗萨拉·萨姆逊小姐与他私奔，两人来到伦敦附近一个小城的旅店居住下来。玛尔伍追踪到他们的行踪后找到了梅莱福，试图挽回他们的爱情。在遭遇失败后，绝望的玛尔伍单独约见了萨拉，并在下毒杀死后者之后带着女儿逃亡外地。梅莱福回来后发现萨拉已死，伤心之下自尽身亡。这部戏剧虽然模仿了西方文学经典和英国小说的题材与性格，却在德国文坛上第一次描写了普通市民的喜怒哀乐，在新兴的德国文化市场上引起了不小的反响。从德国文学史上来看，这部戏剧的出现标志着德国"市民剧"对于古典主义文学传统的成功挑战，代表了市民阶级个性意识和自觉意识的觉醒，并在现代德国文学进程中建构起了德意志民族文学的第一个戏剧经典流派。

从 1761 到 1765 年，莱辛在布雷斯劳担任了普鲁士将军弗里德里希·冯·陶恩青（Tauentzien）的行政秘书，并在工作之余悉心研究文艺美学的问题。1765 年，他回到柏林后重新开始文学创作和艺术理论研究，并在论文集《关于当代文学的通信》（1759—1765）中提出了建立德国民族文学的强烈主张。1766 年，莱辛出版了著名的美学论著《拉奥孔》（Laocoon）一书，分析了希腊神话中特洛伊神庙的祭司拉奥孔受难的题材在雕塑和史诗中的不同表现，探讨了诗和画的艺术界限，分析了静态的美和动态的媚，提出了"诗是时间艺术，画是空间艺术"这一影响深远的美学观点。1767 年，莱辛发表了喜剧《明娜·冯·巴尔赫姆》（Minna von Barnhelm），对德国市民剧的发展做出了新的贡献。马特·爱尔林认为，莱辛的喜剧《明娜·冯·巴尔赫姆》是作者寻求在戏剧创作中取得成功的一次尝试，显示了作者在柏林的职业写作生涯经历，"标志着 18 世纪德国文学文化开始出现新的市场导向的趋势；"并在这部剧本中把"城市经验与启蒙运动复杂地交织在一起。"[①] 确实，莱辛作为一位具有实际创作经验的理论家，对于德国戏剧和市民文学的发展做出了极大的理论贡献，其成果集中体现在他多年撰写的戏剧评论集《汉堡剧评》（1767—1769）中。在这部文集中，莱辛对于充斥在德国舞台上的法国古典主义戏剧进行了反思和批评，认为德国民族戏剧的繁荣需要有本国自己的独特创作和戏剧理论。他提出，"市民剧"符合当时德国社会发展现状，具有传播启蒙思想的积极作用，有利于打破贵族和平民之间的文化等级偏见，消除传统的悲喜剧之间的严格界限，能够传达出真正的时代精神，充分表现自由、平等和追求幸福等资产阶级的价值观念。

① Matt Erlin, "Urban Experience, Aesthetic Experience, and Enlightenment in G. E. Lessing's *Minna von Barnhelm*", in *Monatshefte*, Vol. 93, No.1, Spring, 2001, p. 21.

1771 年，莱辛发表了又一部市民悲剧《爱米丽雅·迦洛蒂》（*Emilia Galotti*），在意大利的域外环境中表现了市民阶级的自我尊严和道德理想。这部代表性的市民悲剧讲述了意大利古斯塔拉公国里发生的一段悲情故事：公国的亲王孔萨迦喜欢上校的女儿爱米丽雅·迦洛蒂，却苦于无法亲近而遂愿。在得知爱米丽雅即将嫁做他人妇的消息之后，孔萨迦在亲信的帮助下设下毒计，命人在路途上杀死了爱米丽雅的丈夫。为了欺骗爱米丽雅，亲王充当英雄，并将爱米丽雅掳到了自己的行宫。后来，亲王的情妇奥西娜伯爵夫人告诉了爱米丽雅真相，爱米丽雅为了保全贞洁而请求父亲杀死了自己。这个悲剧故事批判了贵族阶级的荒淫和残暴，表现了市民阶级的自尊和自爱，突出了当时正在德国社会中形成的市民阶级与封建贵族的尖锐冲突。这部剧作强调了市民阶级比封建贵族具有更加高尚的道德，赞美了他们强烈的人权意识和自由意识，歌颂了爱米丽雅及其父亲所代表的不惜牺牲生命去捍卫个人尊严的崇高品德。这部剧作实现了莱辛对"市民剧"所持有的艺术理想，表达了新兴资产阶级和市民群体对于封建贵族专制的反抗精神，极大地影响了 18 世纪 70—80 年代出现的"狂飙运动"主要作家的创作。在这部戏剧获得极大成功之后，莱辛还于 1778年出版了诗体剧《智者纳旦》（*Nathan der Weise*），针对当时社会只认可基督教为正统宗教的偏激观点，提出了宗教宽容的主张，认为犹太教、基督教和伊斯兰教之间并没有区别，更重要的是用行动来实现其教义。值得注意的是，这部作品的主人公是一位受到种族歧视的犹太人智者，"一个犹太人成为全剧的主角，这在 18 世纪的德国是绝无仅有的。"[①] 从西方经典传承的角度看，这部作品借鉴了薄伽丘《十日谈》中的故事题材进行创作，在相当程度上延续了意大利早期人文主义的思想观念，并体现了莱辛本人反对一切压迫和歧视的人道主义价值观。1780 年，莱辛因为长期贫困导致了健康恶化，终于病倒不起。1781 年 2 月他因病去世，时年 52 岁。莱辛的一生屡经磨难，从事过多种职业，但是他从不迎合封建贵族的艺术喜好，以无畏的创新精神

---

① 范大灿：《德国文学史》第 2 卷，译林出版社 2006 年版，第 171 页。

在戏剧理论、文学创作和美学论著等方面作了杰出的贡献。他的作品和论著促进了德意志民族意识的觉醒和复兴，对启蒙运动时期德国文学经典形成和民族身份认同起到了重要的推动作用。

莱辛在《汉堡剧评》中提出了几个重要的文学理论观点：首先，戏剧应该起到教育和宣传作用，因此剧作家应该有明确的创作目的，区分善恶正邪，写出美的作品来净化人的情感；其次，好的文学作品应该反映德国新兴市民阶级的现实生活，而不是宫廷和贵族生活，因为只有真实地反映自然生活的作品才能打动人心；最后，文学作品要通过人物性格的塑造和对具体环境的描写来刻画生活，进而抓住生活的本质，这也是作家的根本任务所在。他在《汉堡剧评》中写道："悲剧的目的远比历史的目的更富于哲学性；假如我们使悲剧完全变成对著名人物的颂诗，或者甚至用它来滋长民族的自豪感，那就是贬低它的真正价值。""天才对于主要人物性格的安排和形成总是寄寓更多更大的目的；他教育我们，什么该做，什么不该做；他使我们认识善与恶，认识什么是真正合乎礼俗的，什么是真正可笑的。""对于任何一种热情，每个人都有他自己的流畅的语言，……情感只适合于最简单、最普通而又平凡的话语和说话方式。"[①]莱辛的这些观点基本上还是传承了古希腊罗马诗学经典理论，即亚里士多德和贺拉斯等人的诗学理论，但是他也加上了自己对于德国戏剧的独特见解，即主张使用日常生活语言和反对类型化塑造人物性格等。从当时的文化历史背景中看，莱辛主张戏剧的道德教谕作用还是立足于传播启蒙思想观念，强调市民阶级的价值取向。同时，莱辛还对建立德国的民族文学、减少外来文学影响等问题作了明确的解说。他在《关于当代文学的通信》中提出要改进旧戏剧中浮夸、鄙俗和缺少规则等毛病，要模仿自然和现实而不是模仿古人作品，要反思"法国化的戏剧对德国的思想方式"是否合适的问题，认为英国人的趣味比法国人的趣味更适合德国人，"莎士比亚也是一位远比高乃依伟大的多的悲剧诗人。"[②]莱辛极力主张把德国现实生活作为艺术表现的对象，并采用当时流行的德

---

①　伍蠡甫主编：《西方文论选》上卷，上海译文出版社 1979 年版，第 425—431 页。
②　伍蠡甫主编：《西方文论选》上卷，上海译文出版社 1979 年版，第 418 页。

语语言写作，以克服德国舞台上充斥着法国戏剧的局面。这些观点实质上表现出莱辛对于建立民族文学的迫切愿望，并以建立"市民剧"等市民阶级的文化娱乐形式来抵制高特舍德等人主张的古典主义和贵族趣味创作。他在自己的戏剧、诗歌和语言等作品中也体现了这样的创作原则，因此为 18 世纪德国启蒙主义文学创作和现实主义创作方法的兴起开辟了宽广的道路。

在西方现代美学史上，莱辛的论著《拉奥孔》（1766）是一部开创性的学术经典。在这部论著中，莱辛细致分析了绘画和诗歌之间的界限，对空间造型艺术和诗歌书写艺术的审美特征和差异做出了十分精炼的评价。他认为，"诗还可以用另外一种方法，在描绘物体美时赶上艺术，那就是化美为媚，媚是在动态中的美，正因为是在动态中，媚由诗人写比由画家画就更适宜。"[①]莱辛的这些美学论述深入探讨了形象思维的特性和意义，对于西方现代文学理论和美学理论的发展具有重大意义。特里·雷纳德认为，《拉奥孔》实际上提出了"意象文本（imagetext）"的概念，试图鼓励作家书写一种能够"打破文字与意象之间界限的文本"，当然，这种书写也会给语言和意象在时空统一方面造成一定的困难。[②]特里·雷纳德的论文指出了莱辛美学理论在现当代西方文艺创作中的现实意义，而这显然说明了德国文学在 18 世纪建构起的民族经典谱系具有历久弥新的文化影响力。莱辛的文学理论和创作实践也反映了德国新兴资产阶级的文化需求和政治愿望，而他本人作为自由职业撰稿人的学术生涯进一步加深了他对于市民社会和文化市场的理解与认同。他对于"天才"的赞誉和对于市民生活题材的推重激励了平民作家中的一批后起之秀，培育了他们祈求民族和国家进步的热切愿望，推动了他们投身于德国的启蒙运动和民族复兴的伟业之中。如果说，18 世纪后期德国经济、政治、社会和文化的发展激发起青年知识分子们的艺术创新激情的话，那么，莱辛在文学艺术领域里筚路蓝缕的辛勤耕耘则为即将到来的"狂飙突进"运动铺平了

---

① 伍蠡甫主编：《西方文论选》上卷，上海译文出版社 1979 年版，第 423 页。

② Teri Reynolds, "Spacetime and Imagetext", in *Germanic Review*, Spring 1998, Vol. 73, Issue 2, p.161.

道路。由于德国社会发展进程的独特轨迹，18世纪70年代以后出现的"狂飙突进"运动给德国带来了一场影响深远的文学革命。正是在这场运动的激越浪潮席卷下，德国的民族文化和启蒙文学经历了革故鼎新的风云变化，为德意志民族的统一奠定了现代文化思想的坚实基础。

在德国"狂飙突进"运动中，赫尔德（Johann Gottfried Herder，1744—1803）的学术论著是十分重要的发端之作，开启了德国启蒙运动的一个崭新篇章。赫尔德出生在普鲁士的一个市民家庭，父亲是一位教师，母亲是一位勤勉的主妇。他从小喜欢音乐，青年时期在科尼斯堡大学学习哲学、文学和神学，曾授业于康德门下，深受其哲学思想影响。在大学学习期间，赫尔德接触了英国和法国等国传入的先进思想文化，特别是学习了莎士比亚的戏剧、休谟的哲学和卢梭的自然观等。1769年，他到法国等地旅行，在这期间结识了"百科全书派"的主要人物如狄德罗等人。他离开法国以后又去了荷兰、比利时和德国其他城市。在汉堡，他见到了莱辛，受到后者文艺观点的影响。1766年到1769年期间，赫尔德写下了两部重要的文学批评著作：《关于当代德国文学的断片》（1766—1767）和《批评之林》（1769）。在这两部著作中，赫尔德修正了莱辛对于不同艺术类型审美特征的探讨，指出绘画、音乐和文学的主要目的是表现情感，认为诗歌不仅是一种时间的艺术，而且可以表现人的心灵和自然感情。1770年，赫尔德在斯特拉斯堡见到歌德，两人很快发展出密切的学术交往关系，并曾一同在当地采风，收集民间歌谣中的优秀作品。1772年，赫尔德发表了语言学论文集《论语言的起源》（1772），反驳了《圣经》中巴比塔故事所隐喻的"语言源于上帝"的教义，认为语言源于人的精神本性，是人区别于动物的高级特质。他的研究从语言学的角度打破了宗教神学的迷信，推动了启蒙思想运动的发展。1773年，赫尔德发表了《论鄂西安和古代民族歌谣》一文，在广泛收集民间歌谣并进行研究的基础上提出了民族精神和文学特征之间的内在关联性，认为德国民族文学的复兴应该从本民族文化传统和民间文学中汲取营养和灵感。

1776 年，赫尔德在歌德的举荐下来到魏玛公国，担任了当地的教会总
监和宫廷首席牧师近 30 年之久，直到去世。[①]1778 年，赫尔德出版了
《民歌集》（1807 年再版时更名为《民歌中各族人民的声音》），包括他
长期收集的欧洲和德国民间歌谣 162 首。赫尔德的这些学术研究不仅
突破了法国古典主义文艺观念的束缚，解放了德国新一代作家的创作
精神，而且传承了 18 世纪德国学者如高特舍德和莱辛等人在建立德意
志民族文学方面的开创性论说，为丰富德国民族文学和传播启蒙精神
做出了重要的贡献。

　　从理论特点上看，高特舍德主张德意志民族语言的规范化和地方
化，莱辛则主张德国文学的市民化和民族化，而赫尔德进一步强调了
德国文学民间化和情感化的积极意义。以赛亚·伯林认为，赫尔德是
"民族主义、历史主义和民族精神这些互相关联的思想之父，是对古
典主义、理性主义以及对科学万能的信仰进行浪漫反抗的领袖之一，
一句话，他是法国启蒙哲学家及其德国门徒的对手中最令人生畏的
人。"[②]伯林对赫尔德这样的高度评价确实不易，但是赫尔德本人的思
想观念并非反对启蒙，他只是以地方性、民族性的文化观念来比照启
蒙思潮所倡导的世界主义和普遍真理。赫尔德的思想观点反映了德国
文化传承中的一个事实，即德国民间文化特别是民间故事书自 15—16
世纪起就十分繁荣的状况。当时的民间故事书以散文写成，主要为了
平民阶层阅读者而写作，例如《提尔·欧仑施皮格》（1515）和《约
翰·浮士德博士的故事》（1587）等作品。正是认识到了本民族文化传
承的重要价值，赫尔德才明确提出："一个民族越是粗犷，这就是说，
它越是活泼，就越富于创作的自由；……它的歌谣越活泼，越奔放，
越具体，越富于抒情意味！这个民族的思想方法，语言和文字的表达
方式越不是人为的，学术性的，那么它的歌谣也就必然更不适宜写到
纸上，必然更不是一些僵死的形之于文字的诗篇。"[③]这些论点肯定了

---

① 余匡复：《德国文学史》上卷，上海外语教育出版社 2013 年版，第 110 页。

② ［英］以赛亚·伯林：《启蒙的三个批评者》，马寅卯等译，译林出版社 2014 年版，第 179
页。

③ 伍蠡甫主编：《西方文论选》上卷，上海译文出版社 1979 年版，第 440—441 页。

民间文化的积极意义，激发了青年一代"狂飙突进"作家的创作热情和艺术灵感。所以说，赫尔德在德国"狂飙突进"运动中起到了思想先锋作用，对德国现代哲学和民族文化与文学的繁荣都做出了贡献。赫尔德指出，"意大利、法国和英国的人民都高度评价本国的诗人，却不公正地忽视了其他民族的诗人；只有德国人放任自己过度夸张外国人的优点，特别是英国和法国人的优点，因而失去了自我认识的视野。"① 这个看法是从文学创新的角度提出了民族文化自主性的问题，因而丰富了 18 世纪德国学者有关建立民族文学独立传承的理论论述。泽乌·斯腾赫尔近年来指出，启蒙时期诞生了民族主义的思想观念，而赫尔德"则是这种意识形态的真正奠基之父。"② 这一评价高度重视了赫尔德在德国启蒙运动时期的文化理论著述，而他对于德意志民族身份的苏醒和建构确实做出了重要的贡献。

"狂飙突进"运动出现在德国不是偶然的，因为 18 世纪德国的政治经济形势并不乐观，尤其是政治上四分五裂和贵族君主专制极大地损害了人民大众的根本利益。在这个历史阶段中，德国普鲁士国王腓特烈二世积极接受了启蒙思潮的影响，甚至把法国启蒙思想家伏尔泰请到自己宫廷里居住，给予年金，以便聆听指教。腓特烈二世于1740—1786 年在位期间在司法和宗教等方面做了一些改革，在一定程度上呼应了开明专制式的启蒙政治理想。但是，德国其他地区的广大农民、工匠、小商人和平民百姓在经济凋敝的情况下还要缴纳沉重的赋税来满足君主贵族的骄奢生活，于是德国的社会状况也变得十分糟糕，不满情绪笼罩了全国。恩格斯就此指出：

> [全国] 没有教育，没有影响群众意识的工具，没有出版自由，没有社会舆论，甚至连比较大宗的对外贸易也没有，除了卑鄙和自私就什么也没有；一种卑鄙的、奴颜婢膝的、可怜的商人

---

① David Damrosch, *The Princeton Sourcebook in Comparative Literature,* Princeton: Princeton University Press, 2009, p. 5.

② Zeev Sternhell, *The Anti—Enlightenment Tradition,* trans. Davia Maisel, New Haven: Yale University Press, 2010, p. 274.

气息渗透了全体人民。…… 这个时代在政治和社会方面是可耻的，但是在德国文学方面却是伟大的。1750 年左右，德国所有的伟大思想家——诗人歌德和席勒、哲学家康德和费希特都诞生了；过了不到二十年，最近的一个伟大的德国形而上学家黑格尔诞生了。这个时代的每一部杰作都渗透了反抗当时整个德国社会的叛逆的精神。①

上述所引恩格斯对德国现状的概括也是对"狂飙突进"运动兴起缘由的一种解说，其关键之处是指出了德国文化思想界在 18 世纪中期以后出现了普遍的反叛精神。这种反叛精神主要受到法国启蒙思想家卢梭的激进主义观点的影响，对于德国的封建政治制度和陈腐文化秩序形成了巨大的冲击。与其他欧洲封建制度国家一样，德国的封建专制和教会迷信扼杀了人的自由精神，也压抑了人的创造才能，而封建贵族所维护的社会等级制度更是压在平民大众身上的沉重大山。于是，市民阶级中最具有叛逆精神的年青一代知识分子终于奋起抗争，在启蒙思潮的影响下掀起了一场声势浩大的文学革命，即"狂飙突进"运动。"狂飙突进"（*Sturm und Drang*）这个名称来自于戏剧家克林格尔的同名剧本《狂飙突进》（1776），剧中主人公维尔德有句著名台词："让我们发狂大闹，使感情冲动，好像狂风中屋顶上的风标"，于是这句话就成了"狂飙突进"运动的高昂口号。这场文学运动实质上是德国启蒙运动的具体表现，是青年一代知识分子和作家群体要求摆脱宗教神学的束缚、废除封建贵族的等级制度、追求自由平等的社会理想、表现现实生活情趣的一场文化反叛运动。这个时期的德国文学家们积极地传播了启蒙主义思想，不再把贵族和宫廷生活作为主要表现对象，而是把市民阶级的日常生活和个性自由作为创作的主题，并在艺术创作中更加注意天才灵感和直觉想象而不是古典主义的教条原则。正如以赛亚·伯林在分析德国启蒙运动的特点时所指出的，德国哲学思想的主流发轫于莱布尼茨的思想观点，而到了 18 世纪中叶

① ［德］马克思、恩格斯：《马克思恩格斯论文学与艺术》上卷，人民文学出版社 2002 年版，第 472—473 页。

以后，德国人在启蒙思想、人道主义、理性原则和乐观主义等方面的思想解放已经可以比肩于欧洲其他地区；再之后，赫尔德和费希特等人的哲学论述开始"赞扬直觉、想象、历史感，赞扬预言家、富有灵感的历史学家、诗人、艺术家的幻想，赞扬天才的顿悟，赞扬传统或普通人民。"①换句话说，18世纪中期以后的德国文化思想领域里出现了重要的转变，一批年轻的思想家和文学家在启蒙思潮影响下开始建构了德意志民族文学艺术的现代经典谱系。18世纪中后期出现的"狂飙突进"运动也是一次声势浩大的全国性文学运动，这场运动是德国启蒙思想运动的继续和发展，标志着德国资产阶级的自主意识和民族意识有了进一步的觉醒，文学艺术的民族风格和本土文化受到推崇和张扬。1773年，赫尔德主编的著作《德意志的特点和艺术》出版后引起了很大的反响，其中包括了赫尔德、伦茨和歌德等人论述民间歌谣和莎士比亚戏剧的文章，主旨是推崇民族风格和天才创造。也就是在这一年，歌德发表了他的剧本《铁手骑士葛茨·冯·贝利欣根》（1773），次年又发表了小说《少年维特之烦恼》（1774）。于是，"狂飙突进"运动产生了具有全欧洲影响的代表性创作和文学主张，成为德国民族文学勃兴的时代标志，因而也把德国启蒙主义思想运动推向了一个新的高峰。在这一文学运动的兴起和发展的过程中，歌德和席勒显然是两大艺术重镇，但是还有不少作家也做出了显著的贡献。例如，克洛卜施托克和维兰德等人就在诗歌和小说领域做出了堪与莱辛媲美的重要贡献。

克洛卜施托克（Friedrich Gottlieb Klopstock, 1724—1803），生于奎德林堡的一个律师家庭。他自幼随父迁往乡村居住，受大自然的熏陶养成了自由自在的天性。1745年，他去耶拿上大学，学习神学和哲学，第二年转入当时的文化中心莱比锡大学。在莱比锡活跃的文化氛围中，克洛卜施托克聆听过高特舍德的课，并与文坛青年多有交流，思想变得更加活跃。1748年，他创作了史诗体裁作品《救世主》的前三篇，并由此一举成名。1751年，克洛卜施托克来到丹麦的哥本哈根继续写作《救世主》，直到1773年《救世主》四卷本全部完成。《救

---

① [英]以赛亚·伯林：《启蒙的时代》，孙尚扬等译，译林出版社2012年版，第237页。

世主》是克洛卜施托克花了数十年时间写作而成的巨著,《圣经》题材中耶稣受难和耶稣复活升天的故事构成了全书的两大部分。克洛卜施托克笔下的耶稣既不是神也不是现代人,而是处于原初阶段的人,按照上帝的旨意来到人间赎罪。人在耶稣的帮助下,摆脱了原罪的束缚,战胜了魔鬼撒旦,最终获得拯救。克洛卜施托克改变了《圣经》中对于耶稣单纯神圣化的描写,赋予耶稣人性和仁爱之心,使人能够在俗世不断地完善自我,培育出善良真情和高贵品格。这样的叙事宣扬了启蒙主义有关人性尊严的思想,倡导高尚的道德,但也肯定了耶稣基督和上帝的至高无上地位。从经典传承的角度看,这部史诗延续了英国诗人弥尔顿的《失乐园》题材,但是用全新的德语词汇和修辞手法来叙述耶稣的伟业,并采用了不少日常生活用语。他以新的德语句式结构改良了古典史诗的格律,创立了具有民族特色的"自由韵律体"颂诗。这部史诗虽然在 18 世纪后期受到冷遇,但是它和作者的其他创作一道实践了高特舍德、莱辛和赫尔德等人建立民族文学的呼吁,成为 18 世纪德意志民族文学的奠基之作。

在德国启蒙文学创作初期阶段,克里斯多夫·马丁·维兰德(Christoph Martin Wieland,1733--1813)的长篇小说也是十分重要的优秀成果。维兰德出生在比贝拉赫附近一个叫做施瓦本地区某小城的牧师家庭,他从小熟读古典文学经典作品,中学阶段就能够写诗,并阅读了莱布尼茨和伏尔泰等人的著作。1749 年,维兰德进入图宾根大学学习法律,后来又改行投入文学创作。1759 年,维兰德由苏黎世来到伯尔尼,逐渐接触到法国文化,并对英国和西班牙的文学也产生了很大的兴趣。1760 年,维兰德回到家乡居住,在此期间翻译了莎士比亚的 22 个剧本,对德国文坛产生了很大的影响。1764 年,维兰德的第一部长篇小说《自然战胜了狂热的幻想》出版,从此开始了长篇小说的写作生涯。这部小说的题材模仿了塞万提斯的小说《堂吉诃德》,讲述了主人公孤儿堂西尔维奥读了仙女故事之后,决定外出冒险的故事。堂西尔维奥一路打抱不平,伸张正义,也做出了一些荒唐可笑的事情。在路上,他遇到了一个年轻的寡妇,后者帮助他摆脱幻

想，回到现实，两人最终结为夫妇。1794 年，维兰德出版了长篇小说
《阿迦通的故事》，在叙事体裁上借鉴了菲尔丁的现实主义小说《汤
姆·琼斯》，但是把故事背景设置在公元前 4 世纪的古希腊。小说主
人公阿迦通的名字在希腊语中是"好人"的意思，他从小在德尔菲神
殿长大，接受了宗教教育，成为一个充满幻想的理想主义者。但是，
神殿的祭司们常常披着道德的面具，却做着可耻的事情。有位女祭师
出于私欲追求阿迦通，追求不成后就将他赶出了德尔菲神殿。阿迦通
离开神殿后一路游历来到雅典，他以出色的演说和强劲的体魄赢得了
人们的欢迎。但是他的成功也引起了一些人的嫉妒，并被逐出雅典。
阿迦通以后又经历了不少磨难：被海盗掠为奴隶，与一个妓女产生了
恋情，在锡拉库斯宫廷遭到暗算入狱。最后，这个"好人"被智者阿
修塔斯搭救，得到了命运的好报。这篇小说虽然延续了英国和法国等
地已经十分流行的海外游历和冒险故事的模式，但是却处处对德国的
现实社会进行了讽刺和批评，体现了启蒙主义对于社会进步的理想愿
望。这部小说的出版表明德国小说创作已经具有了欧洲文坛的竞争力
和影响力。维兰德在 1772 年来到了魏玛公国，担任魏玛公爵卡尔·奥
古斯特的文学教师。在这以后的一段时期内，他主编了文学期刊《德
意志信使》和《文学汇报》等杂志，并继续撰写文章和创作小说，晚
年还翻译了很多古典文献。他在写作和编辑工作中不仅传播了自己的
文学观念和启蒙思想，而且利用编著的杂志团结了一批重要的文学家
和理论家如赫尔德、歌德和席勒等人。因此，尽管维兰德的作品存在
着一定的思想局限，但是他对德国后期启蒙文学和"狂飙突进"运动
的贡献是不可忽视的。

　　从艺术特征上看，克洛卜施托克和维兰德两人在德国启蒙文学的
前期发展进程中似乎代表了两种不同的审美品位和语言风格，也就是
恩格斯所提到的"没有行动的享乐"和"没有享乐的行动"两者之间
的对立矛盾。[①] 克洛卜施托克从《圣经》中取材并描写了耶稣这样一
个英雄式的典型，维兰德借助古希腊背景来描写世俗生活中的情欲男
女；克洛卜施托克借鉴了民歌语言写作，因此给通俗德语带来了新鲜

---

　　① ［德］马克思、恩格斯：《马克思恩格斯论文学与艺术》上卷，人民文学出版社 2002 年版，
第 491 页。

的生活气息，维兰德采用洛可可式雕饰纤巧的语言，延续了法国宫廷文学的贵族审美趣味。在这些不同艺术风格的作品中，两位作家都表现了启蒙主义的理性、自由、平等、德行和个性解放等价值观念。但是，克洛卜施托克在艺术风格和语言运用上更多地体现了时代精神和市民趣味，而维兰德所表现的洛可可风格却受到资产阶级及平民阶层的蔑视。这两种艺术风格的尖锐对比实际上反映了旧文学传统和新审美标准之间的冲突，是启蒙时代政治斗争在文艺领域里的具体表现。这种冲突现象的出现不仅在于文学创作本身的风格多样性，而且在于当时德国小市民阶层所具有的守旧和叛逆的双重人格特征。一方面，德国一直没有实现民族国家的统一，因此德国朝野和民众都期望有一个强有力的君主或政府来实行这个历史使命，于是封建贵族文化的流风遗韵仍然颇有市场；另一方面，德国的资本主义生产正在兴起，国外资产阶级革命的浪潮又不断地冲击着德国民众的集体心理，因此文学艺术中的时代意识和创新意识不断增强。于是，德国启蒙思潮和"狂飙突进"运动都形成既妥协又突进的双重思想特征，在文学创作上则表现为出现了不少既守旧又叛逆的人物性格。在具体的创作中，启蒙理想和封建意识交织在一起影响了德国启蒙文学的书写和传播。这种思想特征在歌德和席勒的文学书写中也得到了一定的反映。事实上，青年时期歌德的文学创作就具有洛可可式专注爱情和悠闲生活描写的特征，而他成年以后的创作如《浮士德》等作品又倾向于采用鲜活的民族语言和表现启蒙思想的主题。可以说，18 世纪德国出现的"狂飙突进"运动既是启蒙主义思想运动的重要篇章，也是德意志民族文化自觉意识的突出体现。"狂飙突进"运动为德国培育了一批具有全欧洲以致全世界影响的经典性文学大师，这些文学大师的艺术创作特别是歌德和席勒等人的作品形成了现代德国民族文学的经典传承，进而也在文化思想上推动了德意志民族自觉意识和文化自主意识的成长。

第三节 德国启蒙文学与民族经典传承

德国启蒙文学的基本思想特征体现在理性原则和个性解放等普遍

价值观念上，但是，其文学创作的独特性更体现在民族文化自觉和民族精神重铸等方面。在18世纪前期，德国启蒙文学主要关注的是世俗社会生活与市民情感表现，但是，古典题材和宫廷生活仍然占据着一定的创作比重。随着德国的资本主义经济兴起和民族文化意识觉醒，描写资产阶级海外冒险经历的小说和抒发市民阶级个性情感的作品也不断出现佳作，古典主义原则和代表贵族审美趣味的巴洛克和洛可可艺术风格也逐渐削弱。在这种形势下，"狂飙突进"运动通过文学创作来高歌人性解放、赞美自由平等、崇尚自然天性和弘扬民族精神，因而为德国的文学经典建构和民族文化传承做出了历史性的贡献。在启蒙文学的前期发展进程中，莱辛、克洛卜施托克和维兰德在文学理论和文学创作方面发表了不少优秀的作品，而在"狂飙突进"运动期间，格奥尔格·哈曼、赫尔德、歌德和席勒等人相继书写了经典的民族传承之作。约翰·格奥尔格·哈曼（Johann Georg Hamann, 1730—1788）被称为"狂飙突进"运动的理论先驱，因为他反对文学创作对理性原则亦步亦趋，而是主张依靠诗人的灵感写出具有创造性的作品。哈曼出生于普鲁士首府科尼斯堡的一个牧师家庭，16岁进入科尼斯堡大学学习神学和法律。毕业以后曾经做过家庭教师和商社职员等工作。哈曼在思想上受到英国休谟怀疑主义的影响，对理性主义抱有质疑的态度，反对形而上学的体系性学说。1759年，哈曼出版了《苏格拉底值得缅怀的地方》（1759）一书，该书的副标题是《一个喜欢休闲的人为读者的休闲汇集而成的书》。在这部著作中，哈曼把苏格拉底描写成一位不修边幅、无视权威、任性而为的悠闲者。通过书写苏格拉底的形象和言谈，哈曼提出了感性认识和情感表现在文学创作中的重要意义，认为文学创作应该依靠灵感创造，而不能依照现有规律写出千篇一律的类型化作品。1762年，哈曼出版了《语言学者的十字军东征》一书，其中的《简明美学》一文被称为"狂飙突进"运动的第一篇宣言。以赛亚·伯林认为，哈曼的思想影响了20世纪维特根斯坦（1889—1951）及其追随者的哲学观念，因此是德国启蒙思潮中独具一格的哲人代表。例如，哈曼曾经提出对理性的质疑："问题并不是：理性是什么？而是：语言是什么？我想后者就是一切谬误推论和自相矛盾的基础，人们却把它们归咎于前者"；因此以赛亚·伯林认为，哈曼是"一个倾向于神秘主义的，离群索居、与世隔绝的思想家，康德的朋友和最激烈的反对者之一，哈曼的著作深受赫尔德和歌德的赞赏。"① 哈曼的论著影响了赫尔德和歌德等人的思想观念，并与"狂飙突进"运动的基本精神颇有合拍之处。如果从德国民族文化的传承轨迹来看，哈曼有关艺术创作的理论观念倡导天才独创和民族精神，因此对于赫尔德、歌德和席勒等人的论著及创作具有同气相应又激励独创的指导性意义。

在 18 世纪的"狂飙突进"运动中，最为著名、成就最大的当属歌德和席勒这两位德国文学的经典大师。约翰·沃尔夫冈·歌德（Johann Wolfgang von Goethe，1749—1832）生于法兰克福镇一个富裕市民家庭，其父曾经花钱买了一个皇家参议员的头衔。歌德自幼受到良好的家庭教育，熟读古典人文著作，学习多种外国语言，甚至在 8 岁时就能够写作诗歌。1765 年，歌德来到莱比锡大学学习法律，却因生活放纵、健康受损而荒废了学业。1770 年，歌德又来到斯特拉斯堡大学继续法律专业的学习，翌年获得法学博士学位。就是在这一时期内，歌德结识了正在斯特拉斯堡采风的赫尔德，并受其影响而广泛阅读了荷马史诗、莎士比亚剧本以及德国民间文学作品。这段学习和生活的经历影响了歌德以后的文学创作风格，使他能够积极借鉴经典作品和民间文学的生活题材和丰富语言，在自己创作中表现出宏大想象力和深刻思想性等重要特征。恩格斯曾经指出，"至于学德文，我可以向您介绍读歌德《浮士德》的头一部分——这部分基本上是用民间文体写的。"② 这一段评价也是对歌德在《浮士德》中表现了德意志民族文化特征的肯定，而事实上，歌德在斯特拉斯堡逗留期间与赫尔德一起学习和交流民间文化的经历也是他卷入"狂飙突进"运动的前奏曲。1771 年 8 月，歌德回到法兰克福进入律师行业直到 1775 年。

---

① ［英］以赛亚·伯林：《启蒙的时代》，孙尚扬等译，译林出版社 2012 年版，第 238—240 页。

② ［德］马克思、恩格斯：《马克思恩格斯论文学与艺术》上卷，人民文学出版社 2002 年版，第 480 页。

这段时期也是歌德创作成就的高产期，他写出了优美的抒情诗《欢会与离别》《五月之歌》和《野地上的小玫瑰》等，开创了德国抒情诗的新时代。同时，他创作的历史剧《铁手骑士葛兹·封·贝利欣根》（1773）和小说《少年维特之烦恼》（1774）等作品出版后产生了很大的反响，成为"狂飙突进"运动的标志性文学成果。1775年，歌德应魏玛公国奥古斯特公爵的邀请来到魏玛，担任过国务参议员等许多职务，但是其主要工作还是照料年轻公爵本人的活动。1782年，歌德获得了贵族身份，并与常在宫廷行走的施坦因男爵夫人建立起亲密的私人关系。在魏玛生活的最初10年中，歌德一方面忙于宫廷应酬和人际交往，另一方面也开始沉思人生和社会的意义，积累了更多的创作素材。歌德著名的抒情诗歌《漫游者夜歌》和《致月亮》等，以及叙事谣曲《魔王》和《渔夫》等均创作于这一时期内。1786年9月初，歌德改名换姓为"菲利普·米勒"，悄然来到意大利旅行。他在意大利被古老的宗教建筑、文艺复兴时期的绘画和雕塑所震撼，深受古典文化氛围的熏陶和启迪。这期间他完成了长期酝酿的剧本《埃格蒙特》（1775—1787）和《伊菲格尼亚在陀里斯岛》（1775—1787）等作品。《埃格蒙特》取材于16世纪尼德兰人民反抗西班牙统治、争取民族独立的史实，体现了"狂飙突进"运动的基本精神。该剧主人公埃格蒙特伯爵是尼德兰贵族，主张非暴力的政治改良，但是却在西班牙统治者的暴政中被处死。剧本宣扬了争取民族解放、反抗外族统治的主题思想，同时也揭露了市民庸众的屈从和麻木心态。《伊菲格尼亚在陀里斯岛》取材于古希腊神话，讲述伊菲格尼亚如何以自己的德行劝说国王弃恶从善的故事。该剧的定本从散文改成了韵文，剧情发展则遵守了古典主义艺术原则，显示出歌德文学创作风格的重要转变。1788年，歌德从意大利旅行归来返回魏玛，辞去了所有公职，潜心于文学创作和科学研究。1794年，歌德与席勒相遇，彼此相见恨晚，并共同经历了长达10年的文学创作和学术探索生活。歌德在这一时期写出了《德国避难者的闲谈》（1795）、《威廉·麦斯特的学习时代》（1796）和《浮士德》第一部（1806）等作品。中篇小说《德国避难者的闲谈》借鉴了薄伽丘《十日谈》的叙事结构，讲述了法国革命对于德国社会的影响和对于人类命运的深刻反思。《威廉·麦斯特的学习时代》则讲述了主人公威廉的"学习""漫游"和"为师"等不同时代经历，建构了德国"成长小说"这一叙事小说流派的第一座高峰。1806 年，歌德与同居女友克里斯蒂娜·福尔皮乌斯结婚成家，两人育有一子。进入老年时期的歌德依然笔耕不辍，完成了几部重要作品，其中包括《亲和力》（1809），《西方与东方合集》（1819），《威廉·麦斯特的漫游时代》（1829），《诗与真》（1830）以及《浮士德》第二部（1832）等。1832 年 3 月，歌德因年老多病而去世。

作为西方文学史上的一名经典作家，歌德成长于 18 世纪的启蒙主义运动，亲闻了法国大革命的风暴，参与了"狂飙突进"运动，经历了世纪之交的政治动荡，面见过法国的拿破仑，进行了许多科学实验，创作了大量的文学经典作品，其代表性著作《浮士德》深刻体现了德意志民族的精神气质和时代精神。但是，歌德本人也经历了一系列的社会变动，逐渐从小市民家庭的孩子成长为魏玛公国的贵族成员，这就使他的创作和思想历程具有复杂的、新与旧交织的矛盾特征。一方面，他受到西方启蒙思潮和自身艺术修养的影响，养成了叛逆的、不断追求自由和完美的诗人性格，这种性格使他得以充分发挥出创造性的艺术天才，为德意志民族文化建立了一座艺术丰碑；另一方面，他出身于德国市民家庭，后来又来到魏玛公国小宫廷任职，因此难免受制于狭窄的生活环境，又时常陷入男女爱情纠葛。这种复杂环境使他的性格中有着难以摆脱的谨小慎微心态，容易与现实产生妥协。所以说，歌德经常处在理想与现实、自由与束缚的思想矛盾之中，而这种矛盾实际上正是当时的德国社会和人民心理状态的真实体现。恩格斯在"诗歌和散文中的德国社会主义"一文中对于歌德有过如下的评价："歌德有时非常伟大，有时极为渺小；有时是叛逆的、爱嘲笑的、鄙视世界的天才，有时则是谨小慎微、事事知足、胸襟狭隘的庸人。……歌德过于博学，天性过于活跃，过于富有血肉，因此不能像席勒那样逃向康德的理想来摆脱鄙俗气；他过于敏锐，因此不能不看到这种逃跑归根到底不过是以夸张的庸俗气来代替平凡的鄙俗气。"① 恩格斯是从"美学和历史的观点"来责备歌德的，但他仍然肯定了歌德作品中所包含的现实批判精神和民族文化活力。实际上正如恩格斯所认识到、荣格后来也指出的，歌德是时代精神所培育的一位文学天才，他的伟大和他的局限都是德国社会的文化传统和集体心理所造就出来的结果。近年来，纳奥米·罗文斯基从心理学研究的角度提出，歌德就是荣格的祖先，"《浮士德》就好像为荣格心理学的发展提供了一个样板，一张地图。"② 所以说，要全面理解歌德对于德国启蒙思潮和民族经典建构的贡献，人们必须同时认识 18 世纪德国社会的文化环境和时代氛围。这就是荣格的名言"不是歌德创造了《浮士德》，而是《浮士德》创造了歌德"所高度概括了的真实状况。

在歌德数十年的创作中，不少天才独创之作生动刻画了恩格斯所谓的"博学思考、天性活跃和富有血肉"的人物性格，激励和影响了众多读者去追求自由、不断奋斗。歌德的小说《少年维特之烦恼》（1774）就是这样的一部经典作品，它使年轻的作者声名鹊起，享誉天下。《少年维特之烦恼》是歌德根据自己的亲身见闻和体验而创作的一部书信体爱情小说，其生活原型来源于作者 1772 年在魏茨拉的帝国法院实习时的朋友、公馆秘书耶路撒冷的自杀事件，并融入了作者自己两段不成功的恋情而写成。小说背景设置在宁静优美的乡村环境，主人公少年维特在一次舞会上认识了年轻貌美的乡村姑娘绿蒂，立即被她吸引而春心萌动。但是，绿蒂早已订婚，因此两人的恋情难以维系。为了躲避情感的纠葛，维特忍痛离开乡村，来到了一个公使馆任职。可是，维特在公使馆的环境里遇到的只是贵族的傲慢和蔑视，自己追求自由和幸福的理想无法实现。于是，他辞职回到乡间，却发现绿蒂已经与阿尔伯特结婚。由于没有勇气冲破世俗的枷锁，维特无法与绿蒂终成眷属，最后只得在绝望中自杀身亡。小说描写了一个常见

---

① [德] 马克思、恩格斯：《马克思恩格斯论文学与艺术》上卷，人民文学出版社 2002 年版，第 494—495 页。

② Naomi Ruth Lowinsky, "The Devil and the Deep Blue Sea: Faust as Jung's Myth and Our Own," in *Psychological Perspectives*, Dec., 2009, Vol. 52, Issue 2, p.167.

的爱情悲剧，但作者将它置于个性解放的视角中进行叙述，因此赋予维特的形象以强烈的现实意义。维特代表了德国社会上追求幸福的市民青年形象，在他的身上体现了要求个性自由，追求思想解放的时代精神。他从内心里厌恶贵族阶级和官场腐败，认为只有乡村的自然环境和淳朴民风才能让他自由呼吸。但是，曾经是他情感寄托的绿蒂之爱终究也是镜花水月，维特无法逃脱德国社会无处不在的小市民庸俗气息和生存禁锢，于是以自杀来进行抗争，以自身的悲剧来揭露封建社会的没落和腐朽。由于《少年维特之烦恼》表达了当时德国境内广大市民青年内心的苦闷与彷徨，引发人们思考人的解放和社会平等的现实问题，所以小说一经发表就引起了强烈的社会反响。① 歌德自己在阐述《少年维特之烦恼》的写作经验时指出，他的这部小说创作受到卢梭的小说《新爱洛伊丝》中情节的影响，而小说出版后产生巨大影响的一个原因在于，"当时的青年界已经埋藏有厌世观的炸药，故这本小册子在读者大众前所引起的爆炸更为猛烈。"② 歌德的自我评价指出了《少年维特之烦恼》与时代精神十分合拍的事实，而这一事实也是德国启蒙思潮和"狂飙突进"运动能够产生重大社会影响的具体表现。维特的悲剧具有批判封建贵族社会、唤醒青年一代奋起的思想激励意义，也可以说是对读者大众进行了一次情感净化的社会宣传活动。

从社会和文化变迁的意义上说，歌德的《少年维特之烦恼》等作品是德国市民文化繁荣和大众娱乐需求旺盛的产物，因而也为德国当时的文化市场开创了"消遣文学"这一通俗文学流派。同时，这部小说以积极的情感追求为德国启蒙文学和"狂飙突进"运动开创了一个新篇章，而他历经数十年创作完成的《浮士德》则书写了一个民族的心灵史。歌德的史诗性巨制《浮士德》总共花了作者60年的时间构思和书写，因此是他一生的呕心沥血之作。歌德早在斯特拉斯堡求学期间就有了重写浮士德故事的想法，并在1773年正式动笔写作，并于

---

① 《少年维特之烦恼》出版后第二年就再版7次，当年就有了法文译本，以后又出版了荷兰文、英文、意大利文和俄文的译本。据说拿破仑阅读了该书有7次之多，而德国境内也出现了"维特热"，青年男子穿上维特式服装以示喜爱。参见范大灿：《德国文学史》第2卷，译林出版社2006年版，第247页。

② ［德］歌德：《歌德文集》第5卷，刘思慕译，人民文学出版社1999年版，第574、625页。

1775 年初写出了部分初稿。1775 年，歌德前往魏玛公国任职，暂时中断了《浮士德》的写作。1786 年，歌德在去意大利访问后又恢复了创作，此时歌德年届 40 岁。1794 年，歌德在席勒鼓励下继续这部剧作的写作，并终于在 1806 年完成了作品的第一部。此后的二十几年里，歌德继续思考《浮士德》的主题意旨，并在 1831 年最后完成了第二部。《浮士德》全书共计一万两千一百一十行诗句，取材于德国民间故事中炼金术士浮士德与魔鬼进行灵魂交易的故事进行改编，并糅合了古希腊神话故事和中世纪传奇等内容。这部诗剧以魔鬼梅菲斯特与天帝打赌、梅菲斯特与浮士德打赌为开篇，接着叙述了浮士德博士所经历的五个悲剧来表现德意志民族自强不息的进取精神，传播了启蒙主义者追求世俗幸福、推动社会进步的崇高理想。这部作品主人公浮士德的形象来自于德意志民族的文化传承，但是歌德赋予了这个形象以现代人的价值观念和德国人的集体意志。在浮士德的原型故事中，浮士德是 15 世纪一个跑江湖的魔术师、星象家，他死后留下了许多传说故事。1587 年，《约翰·浮士德的生平》一书出版，叙述他如何与魔鬼订立合同，活着时魔鬼满足他一切要求，死后他的灵魂归魔鬼支配等传奇故事。文艺复兴时期，英国的克里斯托弗·马洛用这一题材写了戏剧《浮士德博士的悲剧》，在原先的故事情节基础上加以改编，使人物形象成为了一位人文主义者：他不信上帝，追求科学知识，追求快乐生活，企图用人的理性和力量征服大自然。在 18 世纪的德国，浮士德的故事成为大众文化的常见题材之一，还一度被改编成木偶剧进行演出，而莱辛和克林格尔等人也都改编过这一故事题材。可以说，浮士德题材的不断改编和重述就是民族经典传承的具体例证，而歌德创造性地运用了这个古老的题材，在诗剧《浮士德》中对人物形象和故事情节都进行了新的改编，使浮士德的人生经历更加复杂，思想意义更加深刻。从一定意义上说，浮士德的一生悲剧也是歌德自己思想和心路历程的写照，他的人生探索不仅反映了 18 世纪德国启蒙思潮的跌宕起伏，而且象征了自文艺复兴以来三百多年的欧洲思想文化的历史进程。当然，《浮士德》的思想意义是极为丰富的，因为它和但丁的《神曲》一样，都是在一个历史转型期出现的时代精神和人类理想的艺术写照。歌德晚年在与爱克曼的谈话中曾经提到,《浮士德》的思想意义是丰富的,但他主要表现的是"一个历程"而不是观念,"恶魔打赌失败;一个人从重大的错误中不断挣扎出来,走向较美好的东西,是应当获救的;——这思想是动人的,而且对许多人来说,也是富于启发性的。但它并不是全部作品的基础理念。"①这是一位充满诗人才情和哲人智慧的作家对自己作品的认识,也是人们难以穷尽对于《浮士德》作品意义阐释的一个缘由,因为歌德是从艺术创作的生动形象来表现那个时代人们的精神面貌,彰显历史风云变化中人类的奋斗意志和理想追求。

《浮士德》的结构既严谨又富有戏剧性。"天堂序曲"是全剧的引子,包括了两个赌赛:一是天帝和魔鬼梅菲斯特的赌赛,即天帝相信人能克服障碍和迷途,永远前进;但是魔鬼认为人的秉性难移,所以能把人引上歧途。于是引出了第二个赌赛,即魔鬼与浮士德的赌赛——魔鬼去做浮士德的奴仆保证帮他解除烦恼,让他尽情享受人世快乐;但是,浮士德一旦感到心满意足,就会死去而成为魔鬼的奴仆。这两个赌赛集中到一点,就是人的意志和欲望之间究竟孰胜孰负的一场较量。当浮士德遇到梅菲斯特时,已年过半百,在阴暗的书斋里过了大半辈子,却始终不知世间的玄机,因此苦闷欲绝。他"劳神费力把哲学、法学和医学,天哪,还有神学,都研究透了。现在我,这个蠢货!尽管满腹经纶,也并不比从前聪明。"②所以,他对于魔鬼的赌赛欣然接受,因为他相信自己只要不断努力就一定会胜利。于是,这个赌赛成为全剧矛盾冲突的中心,也是五段悲剧的剧情开端。五段悲剧——求知、爱情、政治、古典美和改造自然等五个悲剧构成了全书的主要情节,也表达了歌德对于人类灵肉冲突的生动想象和深邃思考。在走出书斋生活的悲剧以后,浮士德马上遇到了一场爱情的悲剧。魔鬼先让年满半百的浮士德喝了魔汤而恢复了青春,然后用感官享受引诱他。浮士德在大街上遇上了平民少女玛加蕾特,两人相互同情而相爱,但遭到少女家庭的反对。两人为了在一起,玛加蕾特给

---

① 伍蠡甫主编:《西方文论选》上卷,上海译文出版社 1979 年版,第 477 页。

② [德]歌德:《歌德文集》第 1 卷,绿原译,人民文学出版社 1999 年版,第 15 页。

病母服多了药而使母亲中毒身死；她哥哥因欲阻止他们幽会而与浮士德发生冲突，死于非命；玛加蕾特则因溺杀私生子而入狱，最后精神崩溃，自杀身亡。浮士德因为耽于肉体享乐而造成了一场悲剧，最后在良心谴责下结束了爱情生活。这一段爱情悲剧其实反映了市民阶级的自由恋爱被摧毁的故事，也是浮士德摆脱了女巫的药物而产生真情的悲剧，更是社会现状不允许如此真情得以圆满的悲剧。但是，玛加蕾特最终祈求天父拯救的祈祷反映了当时德国存在着强大的宗教势力的影响，这种影响使得献身爱情的玛加蕾特形象带上了些许小市民的保守思想意识。值得注意的是，歌德的《浮士德》第一部借鉴了经典作品中的一些章句，如莎士比亚戏剧《哈姆莱特》中的一些歌词、古罗马作家奥维德作品的词句和《圣经》中的许多意象等，因此形成了这部作品处处可感的经典余韵。由于歌德在诗剧中借鉴了不少民间歌谣词句和意象，因此歌德的这部巨作实际上体现了西方文学经典和德国民族文化的完美结合。

《浮士德》的第二部从德国现实社会上溯到古希腊的神话世界，继续展示了作者探寻人生真理的心路历程。浮士德在经历了爱情悲剧后再次获得了奋斗的勇气，变得意气风发："你大地，昨夜依然如故，而今呼吸在我脚下焕然一新，开始使我处处感到欢欣，你鼓舞着激励着一个坚强的决心，一再向最高的生存攀登。"[①]不久，魔鬼把浮士德带到神圣罗马帝国的宫廷，帮助他成为皇帝的大臣。由于皇帝无能，朝廷腐败，盗贼蜂起，帝国财政也面临着危机。于是，浮士德向皇帝建议发行纸币来渡过难关，暂时缓和了朝廷的危机。皇帝知道浮士德会魔术后，便令他设法让古希腊美女海伦的幻影出现，以供众人欣赏。浮士德依靠魔鬼的帮助，在宫廷中显出了海伦和帕里斯的身影。浮士德见到海伦美貌绝伦，顿时魂魄全销，昏倒在地。这一段故事讲述了浮士德从政的经历，他初进宫廷时的豪情壮志很快就被混乱腐败的政治现实所击破。这出悲剧既是歌德在魏玛公国从政经历的写照，也反映了德国资产阶级知识分子对于开明专制的某种幻想。歌德

---

① [德] 歌德：《歌德文集》第 1 卷，绿原译，人民文学出版社 1999 年版，第 211 页。

在这一悲剧叙述中触及到了德国的政治现实，因为当时的普鲁士和魏玛等公国君主采取了开明的施政措施，在一定程度上促进了社会的发展。但是，德国社会的发展进程证明，人们寄希望于君主进行自上而下的改革来实现社会进步是不可能的。接下来就是浮士德追求古典美的悲剧，其主要情节虚构了浮士德与古希腊美女海伦的结合、生子的故事。浮士德在宫廷昏倒后被魔鬼背回书斋，正好此时浮士德的学生瓦格纳正在玻璃瓶里制造出了"人造人"荷蒙库路斯。浮士德在荷蒙库路斯带领下来到希腊，终于见到复活了的古希腊美女海伦，两人结婚后生下一子名叫欧福良。这个孩子体现了现代人同古希腊美女的结合，也象征着古典艺术同启蒙思想的结合。但是，欧福良听闻远方人民在为自由而奋起，于是向高处飞去期望参加战斗，却不幸坠落夭亡，海伦也跟随孩子回到了阴间。这一出取材于古希腊神话的悲剧也以浮士德的失败而告终，但是却没有动摇浮士德继续奋斗的意志。在最后一出改造自然的悲剧故事里，浮士德得到了皇帝奖赏的一块海边领地，当他看着海滩潮汐涨落时，起了更大的雄心：他要填海造田，改造自然世界。他依靠魔鬼的帮助发动群众移山填海，开辟新的家园。年老的浮士德此时双眼已经瞎了，但是他仍然为群众挖土填海的劳动而激动，并从中悟出了人生的真理：人必须每日去开拓生活和自由，然后才能够快乐地生活，成为自由的国民。此时的浮士德感到心满意足，于是对正在逝去的瞬间说："逗留一下吧，你是那样的美！"[①]浮士德正是在自我满足中输掉了对魔鬼的赌赛，倒地而亡。但是，天使把浮士德接到天上，使他见到了圣母和玛加蕾特。这一出悲剧的尾声出现了许多《圣经·新约》中的教诲和场景，显示出作者本人对于人类最终获救的宗教归宿信念。

　　朱光潜在评论《浮士德》的思想意义时认为，"从希腊时代起，西方文艺家一直在利用现成的民族神话。歌德对基督教本是阳奉阴违的，在《浮士德》上下卷里都用基督教的犯罪、赎罪、神恩、灵魂升天之类神话作基础，……他的《浮士德》下卷的基本思想，是人必须

---

① ［德］歌德：《歌德文集》第 1 卷，绿原译，人民文学出版社 1999 年版，第 434 页。

在为人民造福的实际行动中才能获得拯救，这和基督教的忏悔和祈祷神恩的迷信是不同的。"①这段评论点出了《浮士德》借鉴古典艺术的风格特征和思想意义，不过却没有辨析出天主教和新教在仪式和观念上的差异。事实上，新教伦理就是主张人类必须经过俗世奋斗而获得来世拯救，这与天主教专注崇拜仪式和俗世苦行的教义相距颇大。所以说，《浮士德》所体现的终生奋斗不已的精神也是新教伦理的精髓，或者说就是资本主义的世俗精神。正是在这一主题意旨上，歌德的《浮士德》切合了启蒙运动的思想主旨，展现出新兴资产阶级上升时期的时代精神，谱写了一个时代的精神史诗。浮士德的形象是一个永远在追求、渴望在行动中改造世界和创造自我的现代英雄形象，但他也是一个肉体凡胎的世俗形象。他受到魔鬼梅菲斯特的引诱，一度沉迷于名利、地位、权势和情欲等各种人生陷阱，然而当浮士德一再鞭策自己从惰性中挣脱出来，不断追求崇高的事业和人生理想时，恶行磨难反而成了向善的动力，情欲终究会被意志所战胜。所以说，歌德在《浮士德》中表现了人类本性中善与恶的辩证关系，赞美了自由、向善和奋斗的资产阶级价值观念。阿兰·科特里尔认为，歌德塑造的浮士德已经超越了德国知识分子的形象，"学术在诗剧中起到架构的作用，是所有行动的主干，而行动又将学术提升到更高的层次，实现了学术的救赎，"因此《浮士德》已经成为现代西方精英在精神自由和自我觉醒道路上的写照。②凡·德兰认为，《浮士德》描述了文艺复兴以来西方人的自我心理反省的过程，这一过程在启蒙时代得到发展，又被浪漫主义时期的个人主义所强化，最后的结果是个人与自我分裂，而分裂的自我就是自己的他者。因此，《浮士德》颠覆了传统的基督教道德观，却把自我道德与权力意志联系在一起。③实际上，这种主体意识的变化体现了人的积极行动意志，强化了人对于自我本体和社会的自主意识，体现了启蒙思想对于人类主体意识的肯定和赞赏。

---

① [德]歌德：《歌德文集》第1卷，绿原译，人民文学出版社1999年版，第526页。

② Alan P. Cottrell, "Faust and the Redemption of Intellect," in *Modern Language Quarterly*, Sept. 1982, Vol. 43 Issue 3, p 242.

③ Van Der Laan, "Faust's Divided and Moral Inertia," in *Monatshefte*, Winter, 1999, Vol. 91, Issue 4, pp.452—461.

从艺术创新特征上看，这部作品也是一部积极传承西方文学和民族文化的经典之作，其语言充满哲理和热情，其思想饱含睿智和深沉，其意象渗透了古典和民间文化的丰富色彩。在写作技巧方面，这部诗剧采用了多种民间诗歌表现技巧，借鉴了古典和现代文学经典中的诸多诗行和警句。例如，诗篇开头有自由韵体诗歌，中间还穿插着抒情诗和民歌，讽刺性的话语机智犀利。在描写海伦的古典美悲剧部分时，作者又采用了古希腊悲剧风格的诗行，非常切合古希腊的人文环境。此外，作品中还穿插有中世纪的神秘剧、巴洛克寓言剧、文艺复兴时期的假面剧、意大利的即兴剧，等等。因此，《浮士德》可以被视为当时欧洲流行的诸多文学体裁的一部百科全书。尼尔·佛莱克斯甚至认为，歌德的《浮士德》第二部体现了他在艺术上的实验和创新精神，代表了当时德国戏剧舞台上实验戏剧的表演性和娱乐性相结合的特征。[①] 歌德善于用文艺创作来表现启蒙时期德国人的民族精神和政治诉求，这也是贯穿在他一生创作活动之中的突出特征。他的早期历史剧《铁手骑士葛兹·封·贝利欣根》（1773）就表现了追求自由和民族统一的重大主题，反映了德国新一代启蒙知识分子的政治呼声。正如歌德自己在论述这部剧作的艺术特征时所说的，"以巧妙的手腕把史实文艺化，使国民对本国的历史有新的记忆，是引起他们特别的兴趣的快事。他们看见祖先的种种优点而自鸣得意，看见祖先的缺点，则自以为早已克服而不禁微笑。"[②] 歌德在《浮士德》中积极采用了德国民间文化素材和民族语言，因而在文学创作中体现了"古典主义传统的终结"，并在"重振德语"方面达到了莎士比亚剧作那样的高度。[③] 可以说，歌德的文学创作不仅为德意志民族的精神史留下了生动的艺术画卷，而且还在文学创新的意义上为德国启蒙文学留下了民族语言书写的经典之作。

德国启蒙文学的另一位重要代表人物是戏剧家和文艺批评家

---

① Neil M. Flax, "Goethe's Faust II and the Experimental Theater of His Time," in *Comparative Literature*, Spring, 1979, Vol. 31, Issue 2, p. 154.

② [德]歌德：《歌德文集》第5卷，刘思慕译，人民文学出版社1999年版，第765页。

③ [美]哈罗德·布鲁姆：《西方正典》，江宁康译，译林出版社2011年版，第167—168页。

席勒。约翰·克里斯托弗·弗里德里希·席勒（Johann Christoph Friedrich von Schiller，1759—1805）出生在符腾堡公国的小城马尔赫尔一个市民家庭里。他的父亲是一名外科医生，后在军队里当军医，以后又成为宫廷花园的总管。他的母亲是一位面包师的女儿，对席勒的平民思想形成产生过一定的影响。席勒童年时代就对诗歌和戏剧有浓厚的兴趣。他在 1767 年进入拉丁语学校学习，学习了拉丁文、希腊文和希伯来文。1773 年，席勒被选入欧根公爵的军事学校学习法律，并接受相应的军事教育和训练。席勒在军事学校里度过了 8 年的时光，虽然他受到了严格的封闭式军营管束，但是却没有放弃文学创作的尝试。1780 年，席勒的学位论文《论人的动物性和精神性的关联》获得通过，因此从军校毕业，在斯图加特做了一名助理军医。1777 年，当席勒还在撰写学位论文时，他就开始了剧本《强盗》的创作。1781 年他自费出版了剧本《强盗》，并且采用了匿名的方式来避免欧根公爵的干扰。1782 年 2 月，《强盗》在曼海姆首次公演并获得了巨大的成功。据史料记载，当时剧院场场爆满，在观众中引起了极大的轰动。这部剧本出版后很快再版发行，成为"狂飙突进"运动的一部经典之作，人们甚至认为席勒堪称为德国的莎士比亚。但是，《强盗》剧本的首演成功也触怒了欧根公爵，席勒因为违抗公爵的禁令而被关了禁闭。1782 年 9 月，席勒在朋友的帮助下逃出斯图加特，来到曼海姆的一家小客栈栖身。不久，席勒又先后逃亡至法兰克福和奥格海姆，最后在朋友的鲍尔巴赫庄园居住下来。1783 年 7 月，他被曼海姆剧院聘为编剧，于是移居到曼海姆，并继续自己的戏剧创作。1784 年，席勒创作的第三部悲剧《阴谋与爱情》在曼海姆公演，受到了人们的高度赞誉。1785 年 4 月，席勒与友人前往莱比锡，在戈里斯村居住，并完成了名诗《欢乐颂》的写作。这首诗歌成为贝多芬所写乐章《第九交响曲》中的合唱《欢乐颂》的思想灵感，传扬世界、至今不衰。这以后，席勒又迁居至德累斯顿，在那里写下了戏剧《唐·卡洛斯》和几部小说如《无耻的罪犯》等。

《唐·卡洛斯》（1787）的故事背景发生在 16 世纪的西班牙宫廷，讲述了国王菲力普二世强占其子唐·卡洛斯的未婚妻、法国公主伊丽莎白，最终导致唐·卡洛斯反抗却遭到失败的悲剧。主人公唐·卡洛斯在失去未婚妻之后，又在好友及宰相波沙侯爵的帮助下与王后伊丽莎白约会。可是这桩约会被菲力普知道，于是波沙侯爵主动揽下与王后私通的罪名，以生命保护了唐·卡洛斯，希望他能带领人民推翻菲力普的残暴统治。好友的牺牲使得唐·卡洛斯幡然醒悟，决心起义反抗国王。不幸的是，唐·卡洛斯在最后约见伊丽莎白的时候被国王抓住，并被送上了宗教法庭受到审判。这部戏剧虽然揭露了专制君主的残酷和暴虐，但是却把推翻暴君的行动建立在开明君主的社会改良愿望之上，体现了德国市民阶级的政治软弱性。这部剧本也标志了席勒的创作风格向着古典主义文学倾向的转折，从"狂飙突进"式的反叛主题逐渐转入人道主义的探求，表现了以道德教谕来使坏人弃恶从善的政治妥协立场。对于德国市民阶级的政治软弱性，马克思曾经以席勒等人的立场为例指出："随着德国反动势力的猖獗和哲学的英雄时代的结束，具有德国市民天性的'小资产者'又重新抬头，……正如在这方面的权威裁判席勒早就指出的，小市民在解决一切问题时，总是把它归之于'良心方面'。"[①]事实上，随着1787年席勒来到魏玛并与歌德会面之后，德国的启蒙文学进入了一个新的发展阶段。1789年，席勒被耶拿大学正式聘为历史教授，由此进入了学术研究的高峰期。在对诗歌、美学、历史和哲学等领域的研究中，席勒发表了不少重要的理论著作，如《审美教育书简》（1795）、《论素朴的诗和感伤的诗》（1795）和《美学通信》（1795）等。在这些论著中，席勒接受了康德的美学思想，认为艺术是高于一切的自由创造，并提出用美育的方式改造社会的主张，反对暴力革命的极端做法。席勒在自己文风转折时期还写下了《希腊诸神》等诗歌，表现了对于西方古典文化特别是古希腊文化的推崇，间接地批判了基督教文化的专制特征。从18世纪德国历史演变过程来看，席勒从"狂飙突进"向古典文学的思想变化和创作转向也反映了德国启蒙思潮和文学运动的变化轨迹。由于他在魏玛与歌德等人的密切合作和辛勤耕耘，他的后期文学创作与歌德

---

　　① ［德］马克思、恩格斯：《马克思恩格斯论文学与艺术》上卷，人民文学出版社2002年版，第516页。

的作品一起构成了德国"古典文学"的经典之作。

席勒与歌德相识已久，但是两人之间的密切合作却是在1794年开始的，并一直持续了10年直到席勒去世。席勒在耶拿大学担任历史教授的同时还与费希特等人一起创办了《季节女神》期刊，专门登载当时的社会精英和文化名人的稿件。1794年6月，席勒写信邀请歌德为该杂志撰写稿件，很快获得了歌德的积极回应。同年9月，两位文学巨匠在耶拿见面，从此开始了长期的友谊与合作。他们两人在《季节女神》等刊物上发表文章，一致认为要复兴德意志民族文化和繁荣文学创作，并以各自的作品为德国民族文学经典传承做出了积极的贡献。在歌德的鼓励下，席勒于1796年重新恢复了文学创作，进入了一生之中第二个创作高峰，直至去世。这一时期席勒的著名剧作包括《华伦斯坦三部曲》（1799）、《玛丽亚·斯图亚特》（1801）、《奥尔良的姑娘》（1802）、《墨西拿的新娘》（1803）和《威廉·退尔》（1804）等。席勒创作的这些剧本以历史题材为主，他善于在剧情中营造悲壮、雄浑的气氛，作品主题也贴近宏大的社会变革题材。席勒与歌德两人合作写有箴言诗形式的"赠辞"二十几首，讽刺了当时的一些庸俗作品，最终编撰成为《赠辞年鉴》（1797）。两位大师还合作撰写了多首叙事谣曲，在民间文学的素材上进一步加工成为脍炙人口的民族诗歌精品，如席勒的《图根堡骑士》和《屠龙大战》，歌德的《魔术师的弟子》和《美丽的磨坊姑娘叙事谣曲》等作品。席勒和歌德的谣曲创作从流传在德国各地民间的传说、歌谣、域外奇闻中汲取艺术灵感，并用充满激情和意象丰富的语言来表达优美的艺术形象。从德意志文学的民族化进程来看，他们的谣曲创作把民间的通俗文学提升为高雅的民族文学，在传承德意志民族文化和西方文学经典方面提高了德国文学的审美品位。这些作品也为德国浪漫主义诗歌的兴起提供了巨大的艺术想象空间，为德国文学的民族化和大众化做出了贡献。所以说，歌德和席勒两人的合作既是德国文学的盛事，也是德意志民族文化的福音。事实上，歌德对于席勒的后期创作产生了相当大的影响，而且两人自1796年以来共同创作的近千首诗歌极大地彰显了民族文化的艺术魅力，对德意志民族在 19 世纪的统一做出了文化上的贡献。另外，歌德也在与席勒的合作中产生了更为深邃的艺术思想，并在《铁手骑士葛兹·冯·贝利欣根》和《浮士德》等作品中形象地表达了出来。他们两人合作的时期也是德国文学从激情澎湃的"狂飙突进"转向深沉细腻的古典文学之际，表明了在目睹法国大革命疾风暴雨事件之后的德国思想家的人生思考。由于长期漂泊不定的生活，身体长期不适的席勒在 1805 年 5 月因病逝世于魏玛，但是他所留下的文学创作和美学论著等已经成为德国民族文学经典的一部分。

在席勒后期创作中，《华伦斯坦》（1799）是一部重要的民族历史的叙事之作。这部戏剧取材于欧洲 30 年战争史，讲述了 17 世纪 30 年代奥地利哈布斯堡王朝军队的统帅华伦斯坦与瑞典军队交战的历史。该剧共分为《华伦斯坦的军营》《皮克洛米尼父子》和《华伦斯坦之死》等三部，再现了华伦斯坦从声名显赫的将领到与敌沟通以致身败名裂的史实。这部剧作也是席勒与歌德等人不断探讨和修改的成果，其中采用的诗歌体形式增加了剧本的经典传承意味，对于德意志民族历史进行了艺术的再现和书写。《威廉·退尔》（1804）也是这一时期席勒的重要剧作。该剧取材于 14 世纪瑞士英雄猎人威廉·退尔的传说，但是席勒将传说与 14 世纪瑞士人民反抗外族侵略者的斗争历史糅合在一起，写成了一部民族解放斗争的史诗剧。在瑞士人的传说中，威廉·退尔是一个神箭手，为人正直而勇敢，会对每个受到压迫的同胞伸出援手。起初，他幻想奥地利统治者拯救世界，后来他因为没有向总督的帽子行礼而受到迫害和监禁。此事激起了人民的愤怒，威廉·退尔也趁机逃出监牢，射死总督，并带领起义人民解放了家乡。这部剧本敏锐地捕捉到了人民独立和自由意识的觉醒，高度歌颂了广大群众反抗外来暴君统治的壮举。这部作品塑造的威廉·退尔形象十分鲜明，人物性格得到了细致的刻画，并不断地穿插着对瑞士风光的描写和赞美，爱国主义情感浓烈厚实。瑞士人民为了感激席勒对该国民族历史的书写功绩，甚至把威廉·退尔传说的发生地四林湖沿岸的一块巨岩命名为"席勒石"。

席勒也是耶拿大学的历史学教授，对于欧洲近代史和德意志民族史有着深入的了解。他的著作《三十年战争史》就是研究 17 世纪欧洲民族国家和帝国战争的一部力作。在他的后期文学创作如《威廉·退尔》中，他着力表现了反抗外来侵略、追求民族独立的思想主题，这对于正在寻求民族独立和统一的德意志民族来说是十分及时的精神召唤。实际上，追求国家统一和民族文化独立一直是德国启蒙运动的一个重要内容，因为对于国家分裂、外敌虎视的德意志诸邦来说，救亡和启蒙同属一个政治理想，即建立一个统一和富强的现代德国。对于从小就具有反抗强权意识的席勒来说，在文学作品中表达争取自由、反对压迫的思想主题，书写民族复兴和国家统一的理想正是恰得其人。这种思想主题在席勒早期剧作中就鲜明地体现了出来，例如"狂飙突进"时期的启蒙文学经典戏剧《强盗》（1781）就是这样的一部代表性作品。席勒创作的剧本《强盗》取材于诗人苏巴尔特在 1775 年发表的一部短篇小说《关于人的心灵的故事》。小说描写一个贵族之家的两兄弟卡尔和威廉因为继承权而结怨，前者任性却高尚，后者阴险而狡猾。长兄卡尔因为弟弟威廉的欺骗和挑唆而与父亲不和，直到最后父亲遇难却得到卡尔挺身相救，真相于是大白。席勒根据这个故事加以改编，把时代背景放入 18 世纪中期的德国，把主人公卡尔和弗兰茨两兄弟之间的冲突深化为人性善与恶之间的矛盾纠葛。卡尔是国王莫尔的长子，享有法定的继承权；但是，次子弗兰茨却认为强权就是道德，自己应该继承王位而成为主人。弗兰茨采用捏造卡尔罪名的方式使父王剥夺了卡尔的继承权，接着就要害死父亲而篡夺王位。卡尔被放逐后加入了当地的强盗团伙，并很快成为强盗的首领，成为"一个向全社会公开宣战的豪侠青年"。[①]但是，受到正义观念影响的卡尔在失去了未婚妻之后最终选择自首来回归社会，恢复了自己善良的本性，而弗兰茨却在阴谋败露后被迫自杀而结束了罪恶的一生。这部充满戏剧冲突和人性拷问的戏剧受到广大青年观众的欢迎，显示了追求正义和反抗邪恶的时代精神在德国人民心中的广泛

---

① ［德］马克思、恩格斯：《马克思恩格斯论文学与艺术》上卷，人民文学出版社 2002 年版，第 473 页。

影响。在剧中，国王莫尔的一番言辞明确地表达了德国人追求国家统一和富强的心声：

> 法律还没有造就过一个伟人，但是自由已经培育出伟岸宏大、异乎寻常的人才。他们躲进暴君的腹膜，奉承他那脾胃的脾气，让他的爪子把自己抓紧。——哎！但愿赫尔曼的精神还能在灰烬中发出火光！——让我率领一队像我这样的小伙子组成的军队，把德意志变成一个共和国，罗马和斯巴达和它相比，就只能是修女的修道院而已。[①]

在这段慷慨激昂的独白中，国王莫尔引出公元一世纪时期的日耳曼民族英雄赫尔曼为精神旗帜，表明了反抗外来入侵者和建立德意志共和国的决心。同时，剧本还描写了莫尔坚决惩罚帝国宠臣的壮志情怀，并借其他角色之口表现了众强盗杀富济贫和除暴安良的一面。可以说，这部剧作在批判人性邪恶和表现民族独立意志等方面做得十分出色，特别是剧中人物充满激情的对话和独白更是具有极大的艺术感染力。作为一部广受欢迎的剧作，《强盗》的主题是善良战胜邪恶，包含了寻求民族解放的宏大意旨，但却忽略了对于封建贵族势力的揭露和批判。这一忽略也反映了德国启蒙思潮与法国启蒙运动的差异所在，因为当时德国人民主要面对的是封建割据和社会停滞的问题，而法国人民则要推翻封建王朝的专制暴政。不过，席勒毕竟出身于平民阶级，生活经历坎坷多磨，在一定程度上与法国的卢梭具有相似的思想追求和政治倾向。因此，席勒在 1784 年出版的经典剧作《阴谋与爱情》就鲜明地表现出启蒙主义反暴君、争自由、求正义的思想主题。

《阴谋与爱情》的主要情节围绕着首相瓦尔特之子斐迪南同音乐师之女露易丝的爱情来展开，揭示了封建贵族与市民阶级之间存在着不可调和的阶级矛盾。这部戏剧也有着席勒本人生活经历的背景，因为他除了受到过符腾堡公国贵族的迫害之外，还曾经有过一段与一位

---

① ［德］席勒：《席勒文集》，张玉书等译，人民文学出版社 2005 年版，第 23 页。

贵族出身的小姐洛特·冯·沃尔佐根之间失败的恋爱。因此，这部剧本就有着类似卢梭《忏悔录》那样的真情实感；而事实上这部剧本首次在曼海姆上演时，剧情演出到第二场时就获得了全体观众起立鼓掌的热烈场面，显示出该剧的巨大感召力。《阴谋与爱情》的时代背景安置在 18 世纪的德国某一公国里，宫廷首相反对自己儿子斐迪南与宫廷音乐师女儿的爱情，却要求斐迪南娶公爵的情妇米尔福特夫人，以达到能够控制公爵、掌握大权的政治目的。另外，首相的秘书伍尔穆对露易丝怀有歹意，于是散布谰言，企图让斐迪南以为露易丝不忠而断绝来往。斐迪南读到伍尔穆伪造的露易丝给卫队长的情书之后，竟然对露易丝下了毒药。露易丝在临死前告诉斐迪南有关情书的事情真相，斐迪南知道实情后在绝望悲痛中也服毒身亡。这部戏剧具有多重矛盾冲突，其思想主题包含了爱情、嫉妒、阶级偏见和宫廷阴谋等多个层次，而席勒把戏剧背景放在当时德国的做法也增强了剧本的现实意义和政治倾向性。在剧中，首相瓦尔特是一个老谋深算、善于玩弄权术的官僚代表。他曾经用阴谋手段从前任手中夺取权力，又不惜牺牲儿子的幸福，企图通过公爵的情妇来控制公爵。瓦尔特的权力欲望使他失去了人性的善良，成为功名利禄所驱使的邪恶之徒。在剧中，最高统治者公爵并没有出场，然而席勒从侧面对他的荒淫无道进行了描写。如在第二幕第二场中，剧本描写公爵出卖七千个臣民给外国，只为了换来一盒珠宝给他的情妇作为结婚礼物。作为宰相之子的斐迪南具有善良和正义的品格，他不仅毅然打破门户之见与平民阶级女子恋爱，而且还不断揭露宫廷贵族的丑恶面目。例如在第一幕第四场中，斐迪南对露易丝表白爱情时说道："我是首相之子，正由于这个原因，我爸爸吸吮全国民脂民膏的罪孽将遗留给我。除了心上人，谁能为我消除痛苦？"[1]在第二幕第三场中，当斐迪南对米尔福特夫人询问她的来历时，这位来自苏格兰的夫人却慷慨激昂、又满含悲愤地陈词道：

---

① ［德］席勒：《席勒文集》，张玉书等译，人民文学出版社 2005 年版，第 421 页。

君主虽然侵袭了我无力抗拒的青春——可是诺福尔克家族的热血却在我心头恨恨不已。……宫廷和殿堂里麇集意大利的破鞋。巴黎的妖娆女子牝鸡司晨，令人咋舌。他们为所欲为而平民百姓便遭殃流血。这些人全没有好下场，我看着她们在我身旁倒入尘土之中，因为我比这些人都更有魅力。暴君纵情享乐，在我的拥抱中瘫软如泥，我就从他手里取过缰绳——你的祖国。[①]

这一段陈词虽然出自公爵的情妇之口，却控诉了封建贵族的骄奢淫逸，调侃了暴君和贵妇的堕落丑态，揭示了平民百姓的苦难处境。如果说《阴谋与爱情》最充分地表现了德国启蒙文学中反封建、争自由的革命精神的话，那么，席勒就是最具备有抗意识和启蒙精神的德国经典作家。在他的前期作品中，人们听到的是饱含愤怒和激情的战斗号角，看到的是平民阶级和底层大众毫无畏惧的造反行动。虽然从整体上说，德国启蒙文学表现了某种小市民阶级的思想软弱性，但是，席勒显然与卢梭等激进启蒙思想家的脉搏是跳动在一起的。换句话说，席勒就是"卢梭式"具备革命激情和强烈个性的启蒙知识分子及思想家，而不是"伏尔泰式"的凭借巧智和嘲讽来温和地表示政治异见的"智慧型作家"。正是席勒的强烈革命精神使他在《阴谋与爱情》中深刻地、毫不留情地揭露了封建贵族统治的虚伪和残暴，赞誉了敢于冲破阶级偏见或坚守平民立场的新一代青年如斐迪南和露易丝等人物。在这部戏剧中，席勒深刻揭示了贵族和官僚体制的腐败与黑暗，控诉了封建思想和专制体制对青年人个性和爱情的摧残，反映了在阶级矛盾和冲突中艰难挣扎的人们的心声。例如，戏剧塑造了斐迪南这样一个身份特殊的性格——他本人贵为首相之子，然而却不愿与那个阶级为伍；他充满了叛逆精神，看穿了父亲的罪恶；他崇尚平民的纯洁和善良，因此能够跨越阶级和世俗额偏见，爱上了美丽的平民姑娘露易丝。当爱情遇到困难与阻力的时候，他立场坚定，没有任何犹豫，当他得知爱人遇难的真相时，又毫不犹豫地以身殉情。另外，

---

① [德]席勒：《席勒文集》，张玉书等译，人民文学出版社2005年版，第451页。

平民姑娘露易丝美丽、纯洁、善良，既有真挚的感情，又有善良的操守；她渴望打破等级界限，自由地和所爱的人生活在一起；然而，她缺乏斐迪南那样的反叛精神，当自己无法突破阶级樊篱的时候，只能为奸人的阴谋所利用，最终埋葬了自己的爱情和理想。这部作品直接反映了当时德国的政治状况和社会现实，真实而细致地描写了平民和贵族两大阵营之间不可调和的矛盾冲突，充分反映了德国市民阶级的精神觉醒和反叛意识。正如杰妮弗·科洛思摩在评论席勒早期著作时所指出的，席勒的作品"有一种对大众的哲学和道德指引作用。"①在艺术上，这部戏剧借鉴了莎士比亚经典剧作如《奥赛罗》的核心情节，在紧张尖锐的戏剧冲突中表现出生动而丰富的人物性格，在主题上却超越了人文主义文学的思想局限，以激越的叛逆精神和犀利的批判锋芒为德国启蒙文学造就了一部无愧于时代的民族经典剧作。

席勒的文艺美学思想也是他在德国启蒙文学思潮中的一个重要贡献，特别是他在《审美教育书简》和《素朴的诗和感伤的诗》等论著中所提出的一些观点在现代西方美学史上具有十分重要的意义。由于德国启蒙思想家受到莱布尼茨等人哲学思想的影响，他们所认知的理性与法国思想家的理性有所不同。德国思想家的理性观念仍然受到天赋观念的影响，理性甚至被视为"神赋予人的天性"，②因此他们对于启蒙理性的认识受到不同时期社会变化的影响。席勒就认为，启蒙理性虽然具有不可否认的积极作用，但是，启蒙运动并没有解决人心向善的问题，而审美教育和自由的游戏却可以使得人性完美地发展。"自由的游戏冲动不满足于把审美的剩余带到必需的领域中去，终于完全从必需中解放出来，于是美的本身就变成了人们努力追求的对象。"③这一看法与康德的美学理论有着直接的关系，显示出德国学者在哲学和美学领域里独特的文化思想传承性。席勒还认为，素朴的诗人在现实性方面比感伤的诗人具有优越性；感伤的诗人却在表现理

① Jennifer Driscoll Colosimo, "The Artist in Contemplation: Love and Creation in Schiller's Philosophische Briefe", in *German Life & Letters*, 2007, Vol. 60, Issue 1, p. 18.

② 参见谷裕：《隐匿的神学——启蒙前后的德语文学》，华东师范大学出版社 2008 年版，第 10 页。

③ 伍蠡甫主编：《西方文论选》上卷，上海译文出版社 1979 年版，第 488 页。

想方面比素朴的诗人更为有利。不过，两种类型诗人的共同目的都在于"充分表现人性"。[①]这些论点对于人们认识现实主义和浪漫主义文学思潮的特征具有十分重要的意义，充分体现了席勒对于文艺复兴以来西方文艺思想的继承和发展，而他有关戏剧语言和演出心理等问题的论述进一步深化了自莱辛以来德国学者在戏剧理论方面的建树。约翰·古特里尔认为，席勒对于戏剧功能具有多方面的认知，因为他知道戏剧的各种特性包括了"社会的（戏剧有某种约束力），政治的（它有利于民族的团结），心理的（它有治愈性，在戏剧中我们会忘了自己，而在群体中重新找到自己），超自然的（戏剧中充满了设想和偶然），还有审美的（它给人以快乐，提升我们的意识水平）等。"[②]这些看法代表了近年来西方学者对席勒研究的新认识，并且说明了席勒的文学创作和理论著作在传承德国文学经典谱系方面的巨大影响和现实意义。

从启蒙思潮和文学创作的实际进程来看，18 世纪德国文学的经典建构受到了启蒙思潮的极大影响，出现了歌德、席勒、高特舍德、莱辛、赫尔德、克洛卜施托克、维兰德和莫里茨（1756—1793）等重要的作家和理论家。在"狂飙突进"运动和市民文学及古典文学兴起的过程中，德国文学界出现了一批具有深刻思想意义和独特艺术成就的代表性作品。这些经典作品体现了德国人独特的艺术观念、美学思想和创作主张，进而构成了现代德意志民族文学的奠基之作。不过，18 世纪的德国社会还没有实现工业革命的起飞，国家也没有实现政治统一，科技革命因此受到阻碍，而源自于农业文明的小市民阶级却成为社会变革的障碍。所以，德国启蒙思潮和启蒙文学还缺少与旧制度彻底决裂的革命精神。从一定意义上说，18 世纪德国启蒙思潮和启蒙文学的兴起得力于外来先进文化的影响和本土民间文化的复兴。因此，如果没有英法等国启蒙思潮的推动和激励，德国民族文学的形成与繁荣势必会受到延滞；而没有歌德和席勒等文学巨匠的深刻思考和

---

① 伍蠡甫主编：《西方文论选》上卷，上海译文出版社 1979 年版，第 492 页。

② John Guthrie, "Schiller's Early Styles: Language and Gesture in *Die Rauber*", in *Modern Language Review*, 1999, Vol. 94, Issue 2, p.440.

激情创作，德意志民族文化的现代化进程也一定会受到阻碍。正如赫伯特·史科弗勒在其论著《18世纪德国人文思想》（1956）中所指出的，正是在启蒙时期世俗化和宗教文化的转化过程中，"德语民族文学"逐渐形成，并成为现代意义上独立的审美范畴。①

---

① 参见谷裕：《隐匿的神学——启蒙前后的德语文学》，华东师范大学出版社2008年版，第9页。

第五章　美俄西瑞等国启蒙思潮
与民族经典传承

　　从西方文化思想史的传承角度看，欧洲启蒙思潮是由文艺复兴时代的早期人文主义一直发展延伸而来，并率先从一两个国家发端兴起、逐渐扩散至其他欧洲国家以及美洲大陆。在欧洲启蒙思潮处于高峰期的18 世纪，北美洲也发生了重大的社会变革事件——美国独立战争和美国革命的胜利。美国独立战争虽然发生在北美大陆 13 个殖民地和宗主国英国之间，但是法国政府和军队也积极参与了美国革命的进程，从财政上和军事上都给予美国独立战争很大的支持。虽然英国和法国之间存在着长期的国家利益冲突，但是两国的启蒙思想家却对启蒙思潮在北美的传播和影响同等重要。与此同时，启蒙思潮在欧洲其他国家如俄国、波兰、瑞典以及西班牙等国也开始传播，并在不同程度上推动了这些国家和地区的社会变革和文化转型。可以说，从 15 世纪意大利早期人文主义开始到西欧国家普遍出现文艺复兴思潮、再到英国工业革命和西方启蒙思潮的兴起，这是一个延续数百年、从数个国家逐渐扩散到整个欧美地区的一场西方社会大变革，也是新兴资产阶级与封建贵族阶级之间长期、曲折和艰巨的文化思想较量。这种"文艺复兴—启蒙运动一体化进程"的观点在托克维尔的论述中也得到了证实。托克维尔曾对法国大革命之前的欧洲历史进程作了深度分析，认为法国革命的思想和手段都是欧洲历史上早已有之的，而法国大革命正是罗马帝国灭亡以后欧洲各国对于封建体制进行长期斗争的集中表现。托克维尔指出：

　　　　不能认为法国革命所采取的手段是史无前例的，它所宣传的一切思想都是完全新颖的。在各个世纪，甚至在中世纪兴盛时期，都有这样的鼓动宣传者，他们为了改变具体的习俗而援用人类社会的普遍法则，并以人类的天赋权力反对本国的政体。但是，所有这些尝试都失败了，18 世纪燎原于欧洲的这同一火炬，在 15 世纪就轻易地被扑灭了。要想使这种学说产生革命，人们的地位、习俗、风尚必须已经发生某种变化，为这种学说的深入人心做好精神准备。①

托克维尔的这段分析指出了启蒙主义学说对于改变法国人民的习俗风尚和封建等级观念的重要作用，并且提示人们启蒙思潮对于改变 18 世纪全欧洲历史进程的深刻作用。实际上，在北美和欧洲其他国家逐渐兴起的启蒙思潮也导致了那些国家或地区发生了重大的思想革命和科技革命，并最终引发了改变历史进程的社会革命。正如托克维尔在分析美国革命与法国革命的关系时所指出的，"当美国革命在欧洲其他国家还只是一个新鲜奇特的事件时，对法国人来说它并不陌生，……美国人仿佛只是在贯彻实行我们作家的设想：他们赋予我们头脑中的梦想以现实的内容。"②托克维尔把法国启蒙思想家及文学家的论著视为西方启蒙运动的思想源泉，是点燃"18 世纪燎原于欧洲的这同一火炬"的革命火种。如果从历时性文化思想传承的角度来看，托克维尔的这一观点有待商榷，因为法国启蒙思想家受到了英国哲学家和思想家的很大影响；但是，如果从 18 世纪政治变革的共时性现实状况来看，在当时西方文化中心的法国确实出现了对其他西方国家影响深远的思想家和文学家。我们甚至可以说，没有法国启蒙思想家的影响，美国革命的历史进程也许就要改写，俄国、西班牙和瑞典等国的启蒙思潮有可能无从产生。

第一节　启蒙运动中心事件：
启蒙思潮与美国革命

正如托克维尔所指出的，18 世纪欧洲启蒙思潮对美国革命和美利坚民族文化的独立形成具有重大意义。在欧洲理性主义和启蒙思潮的影响下，北美大陆殖民地出现了一批具有启蒙思想、赞同民主政治、

---

① ［法］托克维尔：《旧制度与大革命》，冯棠译，商务印书馆 2013 年版，第 54 页。
② ［法］托克维尔：《旧制度与大革命》，冯棠译，商务印书馆 2013 年版，第 186 页。

主张民族独立的思想家和文学家。在新英格兰地区，英国科学家牛顿、思想家培根、哲学家洛克和霍布斯等人的思想观念通过印刷工业和文化市场而传播开来，清教主义也逐渐融合了新教伦理、自然神论以及本土的超验主义等现代哲学观念，而法国启蒙思想家有关自由、平等和人权等现代观念的论述更是激励了殖民地人民奋起反抗宗主国的压迫和剥削。正如罗宾·温克所指出的，"美利坚合众国的国父们不仅从孟德斯鸠《论法的精神》中，而且从最初 13 个州和英国先例中寻求指导。"① 实际上，随着经济和文化的逐渐繁荣，北美殖民地波士顿、费城和纽约等地市民社会也迅速崛起，从而进一步促进了北美启蒙主义思潮的传播和发展。但是，北美殖民地的文化思想变革有着独特的历史轨迹，即工商经济繁荣导致了开拓进取、追求成功的世俗观念盛行。正如保罗·约翰逊所指出的那样，18 世纪初的波士顿和费城等地的"商业精神在它繁忙的街道上欣欣向荣，在人满为患的教堂里，信奉国教的传教士们在煽动他们自鸣得意的会众们去聚敛更多的财富，作为内在恩宠的外在符号。"就这样，北美洲的繁荣导致了"清教乌托邦的终结"，使得美洲殖民地历史上出现了一个大的分水岭。从 17 世纪末到 18 世纪中叶，北美最初的 13 个殖民地形成了一个经济不断繁荣、边界比较固定的整体，其人口在 1750 年超过了一百万。② 也就在这一时期里，殖民地的居民开始向内陆迁移，形成了某种本土内部的资本主义扩张态势。例如 1750 年代大批宾夕法尼亚的移民受到弗吉尼亚政府的邀请而迁移过去，在印第安人的古老地盘上建构了一条主要的商业大通道。于是，"在殖民地从沿海低地向内陆扩张的同时，殖民者们也逐渐失去了他们最初的突出特征，完全成了纯粹的美国人。"③ 保罗·约翰逊的阐释要点在于，本土资本主义经

① ［美］罗宾·温克等：《牛津欧洲史》第 2 卷，赵闯译，吉林出版集团 2009 年版，第 194 页。
② ［英］保罗·约翰逊：《美国人的历史》上卷，秦传安译，中央编译出版社 2010 年版，第83、88、93 页。
③ ［英］保罗·约翰逊：《美国人的历史》上卷，秦传安译，中央编译出版社 2010 年版，第94 页。保罗·约翰逊运用具体的统计数字说明了，1750 年左右的殖民地经济发展不仅在于种植业的繁荣，而且在于制造业的兴盛，"甚至在出口方面，美洲的生产者都成功地与英国生产者展开了竞争。"见该书第 96 页。

济的快速发展促使北美殖民地人民摆脱对于宗主国的依赖心理，也改变了他们的民族身份意识，使得外来殖民者们逐渐形成了北美本土意识和自我群体意识，这就为美利坚民族意识的形成和巩固奠定了文化认同的基础。就在这个重要的历史转折时期，欧洲启蒙思想也迅速地在北美殖民地传播开来，特别是启蒙思想中反对封建专制、争取自由民主、主张个人奋斗等现代思想观念日益深入人心。这种政治文化的新形势逐渐酝酿了美国人的独立意识和革命意志，而美国革命的最后成功又反过来给予欧洲大陆的启蒙运动以极大的鼓舞力量。阿克顿在论述美国革命对于法国大革命的影响时指出，路易十五王朝时期的法国民众已经感到"一场大灾难正在逼近，在他的继任人那里，只来了一点点刺激，它就降临了；而将思想变成行动的那个火花，则是美洲《独立宣言》提供的。这是一个超越国界的、世界性的辉格党人理论体系，它的简单和严密远远超出了英国模式。它的力量也超过了巴黎和日内瓦的一切哲学思辨。"[1]阿克顿的看法高度重视美国革命在实践上的成功，因为这一历史性胜利比欧洲的任何启蒙理论都更具有说服力，也更具有代表性。换句话说，美国革命的胜利也是启蒙运动的胜利，因为美国革命为西方启蒙运动提供了新鲜的政治变革模式，而这种模式在法国大革命中再次得到了实践的成功检验。我们如果沿着阿克顿的思路来把西方启蒙运动所导致的诸国政治变革划分为"英国模式"和"法国模式"的话，那么，我们可以认为与"英国模式"所不同的"法国模式"是由美国革命成功这一中心事件所确立的。

在美国革命前后的历史变迁中，从1750年的历史转折到1776年独立战争爆发，再到1787年美国宪法颁布、华盛顿力主按照启蒙原则建立共和制联邦政府——这一长达近40年的社会变革时期构成了美国启蒙运动的胜利进程。在这一历史进程之中，美国人的民族意识开始高涨，传播新思想的启蒙文学随之兴盛，直到19世纪初期美国文学的民族经典开始形成。由于18世纪中叶开始的经济起飞，费城、波士顿、纽约和巴尔的摩等地的城市规模也迅速扩大，费城甚至成为英国治下仅次于伦敦的大城市。同时，大批欧洲移民移居到沿海一带的都

---

[1]　[英]阿克顿:《法国大革命讲稿》，姚中秋译，商务印书馆2013年版，第20页。

市地区，刺激了当地商业和贸易的发展，因而促进了市民社会的形成和文化市场的繁荣。更为重要的是，北美殖民地没有欧洲诸国长期封建君主统治的历史包袱，各殖民地政府与宗主国政府之间实际处于某种相互制约的机制，因此各殖民地的市民社会对地方施政和管理具有相当大的自主权利。在沿海一带的殖民地里，资本主义经济的飞速发展培育了市民殖民者的自立、自强、自主意识，因此也促进了中产阶级队伍的扩展及其政治要求的高涨。到了美国革命前夕的1760—1770年，除了遥远的边疆之外，所有的地方众议院都实现了代议制民主政治和多数人的统治，形成了"平民制度的胜利"；"如果说在经济学的意义上美国人到1760年已经是以中产阶级占优势的话，那么各殖民地在许多方面也是一种中产阶级的民主政治。"①这种政治形势对于启蒙思想的传播和民族身份的建构产生了极为关键的推动作用，并对即将到来的美国革命产生了重大的影响。正如约翰·亚当斯所指出的，美国启蒙运动的中心事件就是美国革命，而美国革命又为美国民族文化的现代转型铺平了道路。

当时在经济繁荣的北美沿海殖民地城市里，欧洲启蒙思潮随着印刷资本主义和文化市场的兴盛而传播开来，其传播形式主要是各种报刊的政论文章、免费发放的宣传小册子、大众生活年鉴和大众通俗读物等传媒手段。在18世纪中期，殖民地主要城市如纽约、波士顿和费城等地出现了将近20种报纸，其中的《波士顿新闻通讯》由威廉·坎贝尔于1704年创办，《新英格兰报》由富兰克林的哥哥詹姆斯于1721年创办，富兰克林本人在1729年接手主办了《宾夕法尼亚公报》，而《纽约周刊》则由约翰·曾格于1733年创办。这些报纸起到了公共传媒的作用，不仅向广大市民传递着每日的新闻，而且对宗主国政策和地方政府的治理常常发出批评的声音，形成了甚至在英国本土也没有的舆论自由的局面。②例如在1750年，后来担任了波士顿公理会

---

① ［英］保罗·约翰逊：《美国人的历史》上卷，秦传安译，中央编译出版社2010年版，第110页。

② 参见保罗·约翰逊：《美国人的历史》上卷，秦传安译，中央编译出版社2010年版，第100—101页。

牧师的乔纳森·梅修在题为《论无限顺从和不服从更高权力》的演讲中提出，殖民地民众不必顺从王室大臣们的专制统治，并警告宗主国政府不要过于专横和腐败，赞扬殖民地人民的清教革命和政治反抗是"反对专制力量对人权的不自然和非法侵犯，是维护人的自然合法权利中最正义最辉煌的抵制行为。"① 梅修的演讲充满了启蒙主义者的政治激情，对英国君主专制进行了毫不留情的抨击，因此很快地在殖民地人民中传扬开来。他的思想传承了欧洲启蒙思潮中"卢梭式"知识分子的激进革命立场，鼓舞了美国民众积极投入到即将爆发的独立运动和社会革命中去。在美国革命即将爆发的前几年，又一位带有"卢梭式"激进立场的英国思想家托马斯·潘恩来到美国，其充满革命热情的政论文章对独立运动产生了思想动员的催化剂作用。托马斯·潘恩（Thomas Paine，1737—1809）出身于英国一个低层官员家庭，成年后担任了工会领袖的工作，受到过王国政府的迫害，因此对于英国君主专制统治充满愤恨。1774 年潘恩来到美国费城之后，长期从事新闻报道和政论写作等工作。1776 年 1 月，他的著名政论文《常识》发表后立即产生了巨大反响，成为宣传革命、反对王室、寻求独立的有力思想武器。潘恩首次提出了"合众国"（the United States）的名称，其谴责王室、鼓吹独立的激进立场受到了华盛顿和杰弗逊等人的高度赞誉，并对《独立宣言》的起草产生了相当大的影响。潘恩在著名的政治论文《常识》中借助《圣经》的教义来反对君主专制政体，认为英国国王和上议院体现了君主贵族暴政的残余，所以，"如果不加以监督，国王是不足以信任的，或者换句话说，对于绝对权力的渴望乃是君主政体固有的弊端。""君主政体和世袭制度使整个世界（而非仅仅是某个王国）都倒在血泊与灰烬当中。这种政府形式乃是上帝出言反对过的，随之而来的自然便是血流成河。"② 潘恩继承了卢梭的政治思想，认为人人生来都是平等的，因此坚决反对贵族等级制。他在《常识》中掷地有声地宣布：

---

① ［美］萨克文·伯科维奇：《剑桥美国文学史》第 1 卷，蔡坚等译，中央编译出版社 2008 年版，第 336 页。

② ［美］托马斯·潘恩：《常识》，张源译，译林出版社 2012 年版，第 8、23 页。

　　自古以来贤君寥寥无几，他们的德行既未能使这一名号变
得神圣，亦未能抹去国王产生之起源所具有的罪孽。……君主政
体无一例外，不过是教皇制度的翻版罢了。除了君主政体之恶，
还有世袭制度之恶；正如君主政体乃是对我们自身的降格与贬
损，世袭制度——据称是一种权利——则是对我们后代的欺侮与
逼迫。因为，一切人最初都是平等的，任何人都无权以出身为依
据，赋予自己的家族永久的权利。①

　　潘恩的言辞激烈而畅达，充满了敢于挑战一切旧制度的战斗精
神，对于封建君主、世袭贵族和教皇制度都进行了犀利而深刻的批
判。潘恩的《常识》是美国革命的一篇战斗檄文，也是美国启蒙思潮
论著的一篇经典政论之作。潘恩痛斥了君主贵族专制的暴虐和腐败，
主张不惜以流血的革命来推翻君主政体，建立民主自由的独立共和
国。法国大革命爆发后，潘恩继续撰写政治论著，在《理性时代》和
《人权论》等著作中进一步深入论述了理性和人权等启蒙思想原则，
为传播启蒙思想和民主观念做出了重要的贡献。激进的潘恩直接把英
国国王当作人民公敌，把美国的新政体与上帝的"应许之地"联系起
来，从而得出了至高无上的权威应为"上帝"而非"国王"的结论。
他甚至借助《圣经》文本解读把欧洲的君主制和世袭制打上了"原
罪"和恶的印记，因此消除了殖民地人民心中可能存在的"叛乱"或
"犯上"的思想顾虑。所以说，潘恩的《常识》在宣传革命的正义性方
面具有振聋发聩的作用，也是对主张君主立宪制的保守主义思潮的有
力批判。
　　如果说启蒙思想家可以分为"卢梭式"和"伏尔泰式"两种类
型的话，那么潘恩和梅修等人的思想观念具有卢梭式激进主义的思想
特征，而在18世纪的北美殖民地，签署《独立宣言》的国父们和许
多当地的传教士们则采取了伏尔泰式理性主义的立场来宣传启蒙主义
思想。这些传教士们通过遍布基层的教会来传教布道，因此能够用群

---

① ［美］托马斯·潘恩：《常识》，张源译，译林出版社2012年版，第16—17页。

众熟悉的语言把启蒙思想直接灌输给平民大众，启迪了人们的自由、平等和人权意识。从 18 世纪初期开始，不少殖民地的传教士积极在社会基层进行宣传启蒙思想的活动。例如，马萨诸塞州的乔纳森·爱德华兹牧师（1703—1758）在布道词中宣传上帝的救赎和博爱思想；曾经和爱德华兹在耶鲁大学共事过的塞缪尔·约翰逊牧师（1693—1772）宣传了培根有关知识和科学的进步思想；以赛亚·惠洛克牧师（1711—1779）则为当地的印第安人开办了达特茅斯学院，以提高少数民族群体的文化水平。这些传教士的努力在殖民地草根阶层中掀起了一场"大觉醒"运动，使之成为鼓动美国独立革命的思想先导。同时，北美殖民地的经济起飞直接导致了城市大众文化的繁荣，而吸纳更多平民成员的普通高等教育也迅速发展起来，因此提升了整个社会的科学和民主精神，削弱了贵族和政客的精神贵族意识。到了 18 世纪中期，北美殖民地也出现了"伏尔泰的理性主义和卢梭的感情主义的结合"，即启蒙运动所触发的精英理性主义和大觉醒运动所唤起的平民政治热情相结合，从而为美国独立革命的爆发奠定了坚固的思想基础。①

在启蒙思想传播的过程中，作为"美国启蒙运动的鲜活象征"②的本杰明·富兰克林发挥了巨大的历史性作用。本杰明·富兰克林（Benjamin Franklin，1706—1790）出生在波士顿的一个清教徒家庭，其父亲是从英国移民到美洲的油脂零售商人。富兰克林只有短暂的学习经历，还没有成年就在自己哥哥的印刷厂做学徒，以后一边经商做生意、一边自学成才。富兰克林学习了西方文学经典作品如荷马史诗和希腊哲学著作，对于英国经典作家如蒲伯、班扬、笛福和洛克等人的作品十分熟悉。1723 年，富兰克林来到费城，很快就在第二年自己经营了一家印刷厂，并在业余时间里撰写政论文章。1729 年，他接手经办《宾夕法尼亚公报》，以后又创办了美国哲学协会和费城图书馆。

---

① [英]保罗·约翰逊：《美国人的历史》上卷，秦传安译，中央编译出版社 2010 年版，第 119 页。

② [美]萨克文·伯科维奇：《剑桥美国文学史》第 1 卷，蔡坚等译，中央编译出版社 2008 年版，第 358 页。

1732 年，富兰克林出版了《穷理查年鉴》第一版，以后又不断修订发行了 25 年之久。在这部语言流畅的通俗读物中，富兰克林借助格言警句或短诗韵文的形式，表达了充满人生智慧和实用知识的精辟见解。他在年鉴中还借鉴了英国启蒙作家斯威夫特等人的话语来写作，倡导独立自强、坚韧奋斗、节俭守信和珍视时间等新教伦理观念，从而对启迪民众心智和塑造民族性格产生了重要的文化影响。这部年鉴每年销售达到 1 万多本，每 100 个居民就有一本，1757 年还出版了集粹本《通向财富之路》，成为殖民地内受欢迎程度仅次于《圣经》的大众读物。[①]《穷理查年鉴》的出版不仅使得富兰克林赚取了不菲的版税，而且为他带来了广泛的声誉。1748 年，富兰克林把印刷厂生意交给合伙人经营，自己则退出生意场，先是从事政论写作和科学发明等工作，后来又投身于争取国家独立的政治和外交活动中。在美国建国史上，富兰克林是唯一签署过三份历史性文件——《独立宣言》《巴黎和约》和《美国宪法》——的政治家，因此为美国独立运动及建立联邦做出了杰出的贡献。

在著名的《自传》一书中，出生于平民家庭的富兰克林提出了体现新兴资产阶级价值观念的 13 种人生德行，即节制、寡言、有序、坚定、俭朴、勤奋、真诚、正直、中庸、整洁、平静、贞洁、谦逊（temperance, silence, order, resolution, frugality, industry, sincerity, justice, moderation, cleanliness, tranquility, chastity and humility）等自我完善的美德。这些美德源于清教伦理和启蒙思想，特别是他倡导"节制""俭朴""正直"和"贞洁"等美德来抵制封建贵族的骄奢淫逸生活，而他主张"有序""勤奋""真诚"和"中庸"等美德则体现了启蒙理性和新教伦理的基本精神。同时，富兰克林善于用最通俗的语言和大众读物的形式来传播这些美德，把启蒙理性和新教伦理等新的思想观念贯穿在生动而流畅的叙述中。他的著作虽然大多是生活感悟和智慧格言的简洁表述，但是他主要通过对殖民地平民大众普及文化知识的方式来传播启蒙思想。因此，富兰克林对于启蒙运动的积极贡献更多地体

---

① ［英］保罗·约翰逊：《美国人的历史》上卷，秦传安译，中央编译出版社 2010 年版，第137 页。

现在传播文化知识、启迪人民心智、激发变革热情等方面。正如他在《自传》中为建立费城图书馆所写的那样，"这些图书馆改善了美洲人的谈吐，使得一般的商人和农民也和其他国家大多数绅士一样拥有智慧，也许在某种程度上，它们对全殖民地人民纷纷奋起保卫自身权益也做出了贡献。"①富兰克林虽然不像潘恩那样持有激进的革命立场，但是他持之有恒地做了许多普及文化知识和传播启蒙思想的工作，并在研究闪电等科学实验中证明了科学和理性的巨大进步意义。富兰克林具有伏尔泰的智慧和才情，他的写作和发明等工作在革命爆发前的北美殖民地具有特别重大的文化意义。当时除了波士顿地区以外，从纽约到费城一带都没有好的书店或图书馆，只有文具店里出售年历、课本和宣传小册子，因此富兰克林撰写、印刷和出售政论小册子和年鉴实际上打破了从英国本土传输而来的宗主国文化霸权，为美利坚民族的文化独立和教育普及做出了富有成效的贡献。正是因为富兰克林的这些贡献，他在美国文学史上始终占有经典作家的一席位置，因为他的思想和文风不仅对 18 世纪的美国革命产生了重要的影响，而且对后代文学创作和经典传承起到了建构民族文化传统的铺路石作用。斯蒂芬·布隆纳认为，启蒙时代的知识分子和平民大众都具有某种乐观精神，"他们开始以新的方式生活、谈话、看待事物，……这种气氛显然激发了本杰明·富兰克林、卢梭、托马斯·潘恩和歌德等各色知识分子来赞美普通大众的常识。"②

确实，受到过本杰明·富兰克林和潘恩等人影响的既有普通的美国民众，也有后来成为政坛名人的美国精英。美国第二任总统约翰·亚当斯（John Adams,1735—1826）在年轻时就读过富兰克林撰写的著作，例如《反思求爱和婚姻》等论文；而他在 1776 年初前往费城路过纽约时，曾经购买了两本《常识》，一本留着自己阅读，另一本寄给了妻子阿尔盖比。③约翰·亚当斯早就意识到美国革命其实也

① [美]本杰明·富兰克林：《本杰明·富兰克林自传》，李梦圆译，外语教学与研究出版社 2010 年版，第 147 页。
② [美]斯蒂芬·布隆纳：《重申启蒙》，殷杲译，江苏人民出版社 2006 年版，第 80 页。
③ [美]戴维·麦卡洛：《约翰·亚当斯》，袁原等译，中国社会出版社 2003 年版，第 32、52 页。

是一场文化思想的变革，是美国启蒙运动的中心事件，更是实现启蒙理想的一次政治实践。许多美国学者和传教士们不断地探索建立一个民主共和国的途径，他们在政论著作中传播常识和真理，鼓吹自由和平等，反对王权和暴政，因而起到了制造革命舆论的巨大作用。所以说，美国革命的思想准备是由启蒙思潮的传播而实现的，因为启蒙理想观念改变了人们的传统思想，唤醒了人们的自主意识和反抗决心。正如约翰·亚当斯所指出的，"我们所知的美国革命究竟是什么？是美国战争吗？其实战争开始之前，革命早已发生。革命早就存在于人们的脑中和心中。" [1]约翰·亚当斯的看法是对美国革命的深刻认识，即这并非一场普通的政权更迭，而是思想观念革命在先、社会政治变革在后的革命。美国启蒙思想家为这场思想观念的革命做了大量的工作，尤其是富兰克林和亚当斯等人在对美国大众进行知识普及的同时所做的思想启蒙工作。正如约翰·亚当斯在《自由和知识》一文中所指出的，"凡是人民普遍有一般知识和觉察能力的地方，专制统治和各种压迫就会相应地减弱和消失。……我们的祖先已经为我们保卫了人类的固有权利，即反对国内外暴君和篡权者，反对专制国王和残酷的神父。" [2]由此可见，美国启蒙运动的重要特征之一就是传播启蒙思想和普及大众教育并行实施，而没有众多启蒙思想家以通俗的方式和直率的语言所撰写或宣讲的启蒙篇章，由广大民众英勇参与的美国革命也不会成为西方启蒙运动和民主宪政的第一场胜利乐章。对于这场推翻君主专制暴政、建立民主共和宪政的美国革命，旅美的法国学者克雷夫科尔（1735—1813）认为其崇高目的是建立一个"世界上现存最完美的社会；""这里没有贵族家庭，没有宫殿，没有国王，没有主教，没有教会控制，没有可以赋予少数人以显赫权力的那种无形的权力，……大家都尊重法律而不畏惧权力，因为法律是公平的。我们生气勃勃，充满实业精神，这种精神已被除去镣铐，不受任何约束，因为我们每个人都是为自己工作的。……在这里，来自世界各国的人

---

① ［美］戴维·麦卡洛：《约翰·亚当斯》，袁原等译，中国社会出版社 2003 年版，第 1 页。

② ［美］戴安娜·拉维奇主编：《美国读本》上册，陈凯等译，国际文化出版公司 2005 年版，第 23—24 页。

融合成一个新的民族，总有一天，他们所付出的劳动以及他们的后代将使世界发生巨大的变化。"① 在这本出版于欧洲的《一个美国农民的来信》（1782）合集中，克雷夫科尔表达了一个亲身经历过美国革命的欧洲人的真实感受，宣传了反对封建君主、主张自由平等的启蒙思想，展示了一个新的民族诞生的精神旅程。从西方启蒙主义运动的发展轨迹中看，克雷夫科尔的这部书信集最先发表在法国大革命之前的欧洲英法等国，实际上起到了宣传美国革命、传播启蒙思想的巨大作用。这一例子也说明了西方启蒙思潮的兴起和传播跨越了民族国家的疆界，使得以思想解放为目的的启蒙思潮和以政治变革为目的的启蒙运动为西方历史开启了一个新纪元——从 14 世纪开始的文艺复兴运动到 18 世纪的启蒙主义运动是一个长期的历史演变进程，而 1776 年和 1789 年的两次大革命则为现代西方的民主共和开启了新的纪元。实际上，西方文化思想的现代转型也基本完成于这个长达五百年的历史变革阶段，而美国革命则是西方现代历史上第一场完全战胜了君主体政的民主革命运动。

在美国革命的进程中，"公众记录、小册子、报纸和传单等"构成了一种遍及基层的文学现象，例如富兰克林、约翰·亚当斯、杰弗逊、潘恩、帕特里克·亨利和乔治·华盛顿等人所写的常识读物、时政论文、演讲词、宣言或社论等作品，这些都属于革命时期的文学文化成就。由于美国的启蒙运动与美国革命关系紧密，因此启蒙思潮自从出现在北美殖民地之日起就与政治自主意识和民族自决意识密切相关。所以，当时出现在大众媒体上的一些政治新闻或名人回忆录等一直被视为启蒙文学的一部分而传承下来。例如在近年出版的八卷本《剑桥美国文学史》中，罗伯特·A·佛格森所撰写的有关美国启蒙文学的章节提到了两篇具有文学审美意义的短篇文本：其一是 1770 年 2 月 26 日《波士顿新闻和乡村报》登载的一篇短文，描述了一位名叫塞得的 11 岁流浪儿的被杀害事件，将这位流浪儿塑造成一位反抗专制的小英雄；其二是 1818 年托马斯·杰弗逊以故事套故事的形式讲述他和

---

① ［美］戴安娜·拉维奇主编：《美国读本》上册，陈凯等译，国际文化出版公司 2005 年版，第 54—56 页。

富兰克林起草《独立宣言》时期的奇闻轶事，进一步宣传了美国革命的理想和独立建国的纲领。[①]另外，乔治·华盛顿所发表的修辞精湛的《告别演讲》（1796）、汉密尔顿在《联邦党人文集》中的第一篇论文，甚至是文字简练清晰、比喻生动的《独立宣言》等文献都构成了美国启蒙时期文学的经典文本。[②]确实，对于美国文学史家来说，18世纪北美殖民地和美国的文学主流就是启蒙主义思潮，其形式载体主要是各种政论文章、生活常识读物、政治宣言、演讲或布道词以及各种大众传媒读物。因此，美国启蒙文学的经典就是宣扬和传承启蒙思想的那些通俗读物和政论散文。例如在《独立宣言》中，杰弗逊等主要撰稿人写道：

> 我们以为下述真理是不言而喻的：人人生而平等，造物主赋予他们若干不可让予的权利，其中包括生存权、自由权和追求幸福的权利。为了保障这些权利，人类才在他们中间建立政府，而政府的正当权力，则是经被统治者同意所授予的。任何形式的政府一旦对这些目标的实现起破坏作用，人民便有权予以更换或废除，以建立一个新的政府。……然而，当始终追求同一目标的一系列滥用职权和强取豪夺的行为表明政府企图把人民置于专制暴政之下时，人民就有权，也有义务，去推翻这样的政府。[③]

显然，《独立宣言》有关政治体制的建构理论延续了洛克和卢梭等人的主要政治观点，对反对专制暴政和建立民主共和的政治目标再次进行了明确而简洁的阐述。正是因为有了美国革命的成功先例，所以法国大革命时期发表的《人权宣言》与美国《独立宣言》之间形成了不可置疑的思想传承脉络，并为美国和法国建立现代民主共和体制

---

① ［美］萨克文·伯科维奇：《剑桥美国文学史》第 1 卷，蔡坚等译，中央编译出版社 2008 年版，第 334—338 页。

② ［美］萨克文·伯科维奇：《剑桥美国文学史》第 1 卷，蔡坚等译，中央编译出版社 2008 年版，第 448 页。

③ ［美］戴安娜·拉维奇主编：《美国读本》上册，陈凯等译，国际文化出版公司 2005 年版，第 35 页。

奠定了思想理论的基石。但是，美国启蒙思潮与法国等欧洲国家的启蒙思潮在有关宗教的问题上有所不同，因此其文学文化和政治文化的宗教意识并没有削弱。在欧洲，不少国家的启蒙思想家往往对于基督教传统和教会权威加以质疑或批判，而美国启蒙思想家和政治家们常常借助清教观念来反驳英国国教和国王的专制权威，因此在 18 世纪的各种启蒙文献中都能看到对于上帝的另类表述以及对于《圣经》的不同阐释。在一定程度上说，美国革命是借助上帝的权威和人民的名义来进行民族解放和民主建国的伟大事业，因此美国人有着"上帝选民"和"应许之地"等自我身份的乐观认同；欧洲诸国情形的不同在于其历史上的长期君主专制和宗教上的长期思想压制，因此欧洲人必须完成从人性解放到人权解放的艰巨历程，也就是从实现个人的自我意识进展到实现全民的自主意识，从而为民主共和体制打下稳固的社会和思想基础。但是，欧洲从文艺复兴到启蒙运动期间存在着诸国王室之间的联姻或争斗、地理大发现以后西方资本主义重心的转移和扩张、以及欧洲诸国在现代民族国家建构中的先后不一等复杂的矛盾；因此，欧洲诸国的知识分子尽管在推崇理性、尊重科学、主张民主和强调人权等启蒙思想观念上基本达成了共识，但在如何实现民主共和政体方面却存在着较大的差异或矛盾。康德在 1784 年曾试图回答"启蒙是什么"的问题，而他并非给出一个确切的答案，而是在强调启蒙理性的批判精神之后一再突出了启蒙运动的过程性和矛盾性。在康德看来，启蒙本身是一种寻求光明而驱除黑暗、依靠理性战胜蒙昧的长期过程，而这一过程也是启蒙主义与蒙昧主义两种力量之间不断交锋、不断冲突的思想斗争过程。正是在这样一个长期的、复杂的、不断进展的思想解放过程中，美国革命和启蒙文学形成了相互影响、相互促进的有机统一运动。

实际上，美国独立运动中的许多革命家也就是美国启蒙运动的思想家，例如富兰克林和托马斯·杰弗逊等人。他们的政治论著和文化书写虽然不是严格意义上的"纯文学"作品，但是他们所撰写的各种论著语言流畅通俗、文风简洁朴素、思想先进深刻，因此他们确实为美国民族文学的建构和传承做出了重大的贡献。这种贡献不在于审美形象塑造上，却更多地体现在文学形式和主题思想的传承上，并通过启蒙书写而把西方文学经典与美洲文化传统糅合了起来。这一美国特有的文化传承特征在印第安部落酋长洛根的哀辞传播中就可见一斑。1774 年，北美俄亥俄地区的印第安人与白人殖民者之间爆发了激烈的流血冲突事件，当地的印第安人首领洛根的家人全部被白人士兵杀掉。印第安人随后的激烈反抗最终也被白人军队镇压下去，但是，洛根却没有屈服，而是向弗吉尼亚总督、负责镇压印第安人的白人军队首领德摩尔发出了一份谴责性的《哀辞》（*Chief Logan's Lament*, 1774）。这封浸透了血泪的简短哀辞谴责了白人士兵的忘恩负义和肆意滥杀，表示了绝不屈服的斗争意志："为了国家，我很高兴看到和平的曙光。但不要以为我的高兴是出于害怕。洛根从不惧怕。他不会为了保全生命而突然做180度的转身。"[①]这篇《哀辞》很快地在大西洋两岸的媒体上广泛传播，并且引起了托马斯·杰弗逊的注意。杰弗逊在 1784—1785 年出版的《弗吉尼亚记事》一书中报道了这次事件，并且刊载了这篇《哀辞》，对欧洲殖民者滥杀印第安人的罪恶加以谴责。这一事件留存在美国人的集体记忆中，并在以后的美国文学创作中不断地得到艺术书写。1826 年，菲尼莫·库柏（1789—1851）在小说《最后的莫希干人》中借鉴了这一历史事件，在小说中体现了《哀辞》所表达的主要意旨。[②]

　　18 世纪的美国启蒙思潮传播了民主自由和天赋人权等现代观念，并在文学创作的主题思想上充分地体现了出来。同时，美利坚民族文化和语言的本土特征也开始逐渐形成，在不少早期文学创作中建构起美国文学的经典传承谱系。在散文、诗歌和小说的创作中，虽然欧洲文学尤其是英国文学经典的影响仍然十分显著，但是，一些作家注重书写本土生活题材和革命政治立场，从而与那些著名的政论散文形成了强劲的呼应。在戏剧创作上，威廉·邓拉普（William

---

　　① ［美］戴安娜·拉维奇主编：《美国读本》上册，陈凯等译，国际文化出版公司 2005 年版，第 28 页。

　　② ［美］萨克文·伯科维奇：《剑桥美国文学史》第 1 卷，蔡坚等译，中央编译出版社 2008 年版，第 484 页。

Dunplap,1766—1839）的作品《安德雷少校》（*Major André*, 1798）以美国独立战争为题材，表现了人性论的思想主题，在纽约上演以后获得了广泛的赞誉。他还从事戏剧批评和理论研究工作，并经营剧院演出和设计舞台布景等，在其数十部描写美国本土风俗和历史事件的剧本中体现了美国民族文学的独特风貌。在诗歌创作方面，霍普金斯（Francis Hopkins，1739—1791）的讽刺诗《桶之战》（*The Battle of the Kegs*,1779）模仿英国启蒙作家斯威夫特的讽刺风格，调侃和嘲弄了独立战争中英国军队的蠢笨无能。在诗歌叙事中，英军士兵听闻北美民兵即将把装满炸药的木桶顺流漂下以进攻英军要塞的消息后，心惊胆战、日夜轮守；作者运用生动的语言讽刺了英军士兵失魂落魄、风声鹤唳的窘态。他的讽刺散文《趣事一则》（*A Pretty Story*，1774）政治色彩浓厚，以家庭成员之间因财产引发纷争的故事来影射英国宗主国与北美殖民地之间不可调和的冲突。伊森·艾伦（Ethan Allen,1738—1789）的《艾伦上校被俘记》（*A Narrative of Colonel Ethan Allen's Captivity*,1779）则是描写独立战争经历的一部传记体回忆录。该书记载了作者长达3年的战俘生活，回顾了独立战争期间的危难经历，表现出对死亡蔑视和对革命坚贞的崇高意志。这部作品出版后立即受到好评，随之又有类似题材的战俘叙事作品不断出版。

在小说创作中，休·布拉肯里奇（Hugh Henry Brackenridge,1748—1816）的四卷本长篇小说《现代骑士》（*Modern Chivalry*，1792—1815）模仿了《堂吉诃德》的叙事结构，讲述了宾夕法尼亚一位民兵军官法拉戈和爱尔兰裔仆人奥里根两人在美国的游历生活。小说以堂吉诃德—桑丘组合式的性格描写来塑造法拉戈—奥里根这对人物组合，并通过这组人物的见闻和对话对美国的社会状况、政治事件、道德民风进行了深入的观察和评论，小说语言简朴幽默，带有西方讽刺文学和"流浪汉小说"的传统特征。另一位作家查尔斯·布朗（Charles Brockden Brown,1771—1810）的长篇小说《威兰德》（*Wieland*,1789）讲述了威兰德家族的三个悲剧故事：老威兰德深信神秘教义，认定自己会因前世罪过而死于非命，于是他带着家人从德国移民到宾夕法尼亚的一个农场，并在农场附近的山坡上修建一座庙宇式建筑。可是，在一个暴风雨夜，老威兰德被冲到庙中而神秘地死亡。悲痛中的小威兰德与来访的朋友亨利的妹妹凯瑟琳结了婚，而已定婚约的亨利和克拉拉也产生了爱情。一位神秘人物卡尔文用计使小威兰德对妻子凯瑟琳产生疑心，而亨利也误认为克拉拉移情别恋则拂袖而去，转而与有过婚约的德国女子结了婚。卡尔文还残忍地运用诡计使小威兰德在宗教狂热中亲手杀死了自己的妻儿，以此作为进入天堂的献祭。小说结尾，卡尔文说出作恶的真相，小威兰德闻之痛悔而自杀，卡尔文则独自黯然离开，而亨利在妻子死后又与克拉拉相认并结婚。这部小说带有欧洲感伤主义小说叙事的浓厚印记，但是作者把故事背景移植到了美国本土，并以基督教的善恶冲突作为叙述的思想主线，从而在传承西方文学经典和建构美国文学经典谱系的双重轨迹上找到了一个很好的契合点。

在诗歌创作中，菲利普·弗瑞诺（Philip Freneau，1752—1832）创作了大量充满爱国热情的诗歌，并通过自己参与编辑的刊物来传播这些革命诗作。弗瑞诺毕业于新泽西学院，1790年开始在纽约的《每日广告报》（*Daily Advertiser*）、费城的《自由人报》（*The Freeman's Journal*）和《国民公报》（*National Gazette*）等报刊担任编辑。1793年，他回到家乡创立了《泽西记事》（*Jersey Chronicle*），同时担任过在纽约出版的文学刊物《时代作品》（*The Time—Piece*）的编辑。弗瑞诺的诗歌代表了美国独立战争时期革命诗歌的杰作，以后他的一些歌咏自然的作品也成为浪漫主义诗歌的经典。他的《政治祷文》（*A Political Litany*，1775）斥责英军将领康华利斯是"为破产国王到处掠夺的仆人""爬虫"和"猪猡"，而将华盛顿称为"大地上的英雄"。叙事诗《英国囚船》（*The British Prison Ship*，1781）根据弗瑞诺本人被关押于英军的囚船上一个多月的被俘经历写成。作品讲述了诗人的被俘、囚船上的可怕情境，以及后来诗人被转押至战俘医疗船的经历。对具体形象和事件的描述使诗歌成功地唤起了人们对英军的仇恨，起到了很好的革命宣传作用。[①] 弗瑞诺诗歌创作的题材丰富，除了革命诗歌以外，他还创作了歌咏自然和探讨死亡等主题的诗歌。例如长诗

---

① 张冲：《新编美国文学史》第1卷，上海教育出版社2000年版，第175页。

《美洲升起的荣耀》（*The Rising Glory of America*,1772）叙述了美洲新大陆从印第安原始文化、到哥伦布发现后被西方人殖民、直到国家建构和民族崛起的历史命运。在《美丽的圣塔克鲁斯》（*The Beauties of Santa Cruz*,1776）、《印第安人墓地》（*The Indian Burying Ground*,1788）和《野忍冬藤》（*The Wild Honey Suckle*, 1786）等诗作中，诗人歌颂了自然美景、抒发了爱国情怀。弗瑞诺歌颂自然的抒情诗歌堪比英国浪漫主义诗歌的杰出成就，而他以死亡为主题的诗歌则体现了哥特式叙事题材的阴郁和幻觉特征。例如在诗歌《夜屋》（*The House of Night*,1779—1786）中，作者描述了不断出现于脑海中的各种恐怖意境，表达了面临死亡时阴郁而沉重的心理状态。诗人在开篇几行写道：

> 颤抖中我写下梦中记忆，
> 可怕幻觉出现在子夜时分；
> 迟迟地，死神展开黑翼罩住了我，
> 沾满了邪恶力量的幻象！
>
> 让他人从微笑的天空摘取主题，
> 描述那不灭光芒的闪耀之地，
> 我却要描画那幽暗、忧郁的场景，
> 吟唱着夜屋那恐怖的歌。①

菲利普·弗瑞诺的诗歌创作既有美国革命文学的激越反叛的一面，但也传承了欧洲文学传统中哥特式叙事及心理探寻的阴郁风格。他的主要诗歌创作以歌颂革命、反抗暴政而开启了美国民族诗歌的新篇章，但他的《美丽的圣塔克鲁斯》和《夜屋》等诗歌表现出强烈的浪漫主义诗歌特征，预示了19世纪浪漫主义诗歌主潮的兴起。因此从文学经典传承的角度来看，弗瑞诺既是启蒙时期的一位美国诗歌经典作家，也是西方浪漫主义诗歌经典谱系的重要一环。在美国文学的

---

① George McMichael, et al. ed., *Anthology of American Literature*, Vol. I, 3ʳᵈ edition, New York: Macmillan Publishing Company, 1985, p. 509.

历时性视野中，非裔女诗人菲丽思·惠特利（Phillis Wheatley, 1754—1784）的作品也堪称美国少数族裔诗歌经典谱系的开创之作。菲丽思·惠特利 7 岁时从非洲塞内加尔被贩卖到波士顿一位裁缝约翰·惠特利家里作女仆。她在那里很快就掌握了英语阅读和书写的能力，并在 13 岁时就开始发表诗歌。1770 年，她发表了诗作《胡塞先生和棺木》（*On Messrs Hussey and Coffin*），而 1773 年发表的诗集《各种题材的诗歌》（*Poems on Various Subjects*）使她一举成名。1774 年，惠特利成为自由民，4 年后与约翰·彼得斯结婚。惠特利的诗歌表现了浓厚的宗教意识，吐露了对于非洲家乡的怀念之情，并对美国独立运动表示了理解和支持。例如在诗歌《从非洲被带到美洲》（1773）中，惠特利写道：

> 上帝的仁慈把我从异教之邦带来，
> 启示我的蒙昧心灵懂得了。
> 上帝和救世主的存在：
> 我不曾知道也不曾寻求的救赎。
> 有人对我们的黑肤不屑一顾，
> "他们的肤色是恶魔的染色。"
> 记住，基督徒们，黑人皮肤与该隐一样，
> 也许更加纯正，正行进在天路的旅途中。①

　　这首诗歌清楚地表明了作者反对种族歧视的立场，并以上帝的名义谴责了黑人所受到的不公待遇。在美国文学史上，菲丽思·惠特利是第一位坚定地表示反对种族歧视、主张精神平等的黑人女作家，而她书写诗歌的主旨正与美国启蒙作家的立场十分相似——以上帝的名义来反对专制暴政和种族歧视。② 这种思想特征也是美国启蒙思潮

---

①　George McMichael, et al. ed., *Anthology of American Literature,* Vol. I, 3ʳᵈ edition, New York: Macmillan Publishing Company, 1985, p. 497.

②　Kathryn VanSpanckeren, *Outline of American Literature,* United States Information Agency, 1994, p. 25.

与法国启蒙思潮之间的一个不同之处，即前者常常表现出"与上帝同在"的宗教意识，而后者常常表现出"与人民同在"的世俗意识。

法国当代学者雅克·索雷在总结美国革命的历史意义时指出，"从年代上说，1776 年的美国革命是 18 世纪末大西洋世界的第一场革命。……（殖民地反叛者）赋予这场反叛以某种信仰的全部特征，从而使其事业神圣化，……这些或多或少受新教教义启示的爱国者一起把美国转化为一种宗教，而这种宗教又将他们对英国的反叛变成一场圣战。"①这一概括是针对美国革命的特殊性而言的，其要点是强调美国革命的宗教意义，从而把美国革命与随后发生的法国革命加以区分。雅克·索雷对于美国文化中的新教伦理和法国文化中天主教与新教并存的局面是十分清楚的，所以他对于美、法两个国家的革命性质能够进行深入的分析。不过，美国革命的率先垂范还在于这块北美殖民地没有欧洲诸国的历史包袱，尤其是没有欧洲封建君主和贵族专制长达一千多年统治的消极影响。如果说，"文艺复兴—启蒙运动一体化进程"发端于意大利而高潮出现在法国的话，那么，以美国革命为中心事件的美国启蒙思潮则为推动建立第一个现代民主国家而产生了重大的影响。由于北美殖民地在政治上没有长期封建统治机制的羁绊，因此民主和法制观念更容易深入大众心灵，思想文化上的变革促使民主意识、人权意识和自由意识成为了美国民族精神的一部分。在经济发展上，美国的工业革命虽然直到 19 世纪中期才开始爆发，但是新教伦理对于个人奋斗和自由竞争的鼓励直接促进了资本主义精神的扩张与实践，因而推动了美国市场经济和科技革命的快速发展，市民社会和中产阶级相应地得到迅速扩张。这种独特的社会和文化环境不仅是美国启蒙思潮产生和传播的有利条件，而且是美利坚民族文学经典传承的血脉所在。因此从启蒙思潮和启蒙文学发展史的轨迹中看，18 世纪后期既是美国建国历程的肇始，也是美国民族文学形成经典谱系的开端。

---

① ［法］雅克·索雷：《18 世纪美洲和欧洲的革命》，黄艳红译，吉林出版集团 2008 年版，第 7、13 页。

第二节　启蒙思潮传播与俄国民族文学的崛起

　　1682 年俄国沙皇罗曼诺夫去世后，俄国王室一度陷于内乱而由彼得一世的姐姐索菲娅摄政。彼得一世审时度势，在 1689 年监禁了索菲娅，随即开始了励精图治的改革计划，试图改变俄国落后和孤立的状态而建立一个真正的帝国。从 17 世纪后期到 18 世纪前期，俄国在彼得一世（Peter the Great,1682—1725）的统治下逐渐成为欧洲的一个主要强国；以后叶卡捷琳娜二世（1762—1796）的统治进一步扩张了俄罗斯帝国的疆土，使得俄国经历了一个"黄金时代"的辉煌。随着俄罗斯民族国家的复兴，俄国文学也逐渐从模仿西欧古典主义创作转向以现代俄语书写的民族经典建构。但是，俄国的社会变革比起西欧诸国来说比较缓慢，政治和经济发展的进程也十分曲折，因此，俄国启蒙思潮和启蒙文学的形成与传播并没有出现法国那样轰轰烈烈的变革，而是在一波三折中逐渐改变了俄国民族文学兴起和发展的轨迹。

　　彼得一世执政时期的俄国仍然是一个庞大的内陆型农业国，其农奴制度造成了封建贵族与广大农民之间长期的尖锐矛盾，阻碍了生产力的发展和社会的进步。为了改变这种状况，彼得一世试图通过引进西欧先进技术和对外进行扩张来达到富国强兵的目的。但是，俄国没有经过文艺复兴运动的洗礼，因此宗教迷信和心智愚昧等人文思想缺失加重了俄国的落后状态。1695 年，彼得一世为了打开通向西欧的出海口通道而率兵进攻土耳其，以图占领亚速海。这次亲征失败后，彼得一世在 1696 年再次率领陆海军进攻土耳其，最终击败对手而占领亚速。为了吸收西欧国家的工业技术，彼得一世曾用化名与俄国考察团一起在 1679 年访问了尼德兰和英国等地，学习了当地的造船技术和制造业，并会见了一些学者和科学家。在粉碎了国内上层的叛乱之后，彼得一世开始推行改革措施。1700 年，彼得一世把俄罗斯旧历改为基督教公元纪年，形成了社会变革的一个重要历史标志。彼得鼓励国内外商人投资现代工业如冶金、纺织和造船业等，雇用了数百名外国技师，还派遣留学生到西欧学习工程技术，开办了各种技术学校如工程、航海、造船和军事等专门学校。在文化上，彼得一世接受了英国等国经验，建立了图书馆和博物馆，创办了报纸，并按照西欧上流社会的标准革新了俄国贵族的生活方式，如禁止下跪、留胡须和穿长袍等习俗。在国家机制改革上，彼得一世打破门第界限，把文武官员分成 14 个等级，所有的官员论功晋级。这一官制革新增加了社会的流动性，提高了低层官吏和军官的积极性。同时，彼得一世还建立了秘密警察队伍，并大举扩充军备，建立起一支能够对外征伐的陆海军。1700 年和 1703 年，俄军两次进攻瑞典，以争夺波罗的海的控制权。在第二次俄瑞战争中，俄军占领了瑞典城市纳尔瓦，并在大小涅瓦河口建立起要塞，控制了波罗的海的水道。1712 年，俄国在涅瓦河口建立彼得堡，并把首都从莫斯科迁到此地。在与瑞典的 20 年北方战争中，俄军最后取得胜利，并在 1721 年双方签订和约。俄国获得了波罗的海沿岸的大片土地，拥有了北方的出海口。1721 年，彼得一世改称彼得大帝，俄国也更名为俄罗斯帝国。彼得大帝的文治武功为俄国的现代化进程开辟了道路，但是他去世后的俄国政治改革和启蒙运动却经历了曲折而复杂的发展过程。

1725 年彼得大帝去世后，俄国开始了叶卡捷琳娜一世时代。1726 年，这位女王按照彼得大帝的遗嘱建立了俄罗斯科学院，为传播科学知识做出了贡献。在叶卡捷琳娜一世、彼得二世、叶丽萨维塔女皇和彼得三世等君主的统治下，俄国的社会变革进程比较缓慢，直到出生于德国的叶卡捷琳娜二世在 1762 年发动政变夺取彼得三世的皇位才有所转变。叶卡捷琳娜二世具有深厚的西方文化素养，对于启蒙思想颇有好感，一度主张建立平等的法制体系。她在登基不久即召集了一个委员会来修订俄国法典，其中参照了孟德斯鸠《论法的精神》一书的许多观点。叶卡捷琳娜二世还主张改善农奴处境，实行开明君主专制。她曾经邀请狄德罗到俄国来讲学，并同伏尔泰有着书信联系。这些法国启蒙思想家也对叶卡捷琳娜二世抱有好感，"当狄德罗在 1773 年游览俄国时，他说他认为凯瑟琳（Catherine，即叶卡捷琳娜二世）有着布鲁图的精神和克莉奥佩特拉的魅力。伏尔泰置身于俄国之外，但接受了凯瑟琳的恩惠，作为回报，他称其为'北极星'和'欧洲的女恩人'。"①叶卡捷琳娜二世通过对波兰、土耳其和瑞典等国的战争而扩大了俄国的领土。在对波兰的三次战争中，俄国联合普鲁士和奥地利等国瓜分了波兰，最终占领了包括白俄罗斯在内的46万平方公里的土地。在1768年到1774年的俄土战争中，俄国击败了土耳其军队，占领了黑海沿岸的土地，赢得了黑海的自由出海口。1783年，俄国吞并了独立不久的克里米亚，并在其领土上的塞瓦斯托波尔建立了海军基地。俄国经过彼得大帝和叶卡捷琳娜二世的对外战争，极大地扩展了俄国的版图，为俄罗斯帝国进入西方强国阵营打下了基础。

正是由于俄罗斯帝国的独特历史进程，启蒙思潮的传播和影响有着不同的运行轨迹。首先，彼得大帝和叶卡捷琳娜二世通过对外战争不仅为俄国夺取了大片的土地，而且使俄国彻底改变了内陆国家的闭塞处境，成为积极干预欧洲事务的一个新兴强权国家。国际地位的改变和国家实力的增强使俄国与西欧诸国的各种交流更加频繁，西欧启蒙思潮和科学文化在俄国的传播及影响也就不断扩大。其次，17世纪末到18世纪中期，俄国君主为了改变俄国的落后状况积极学习西欧国家的先进技术和科学知识，在启蒙思潮影响下试图进行文化和政治的改革。叶卡捷琳娜二世曾经读过法国启蒙思想家伏尔泰和孟德斯鸠等人的著作，资助过"百科全书派"的领袖人物狄德罗和伏尔泰等人。②她即位以后引入了市场经济机制，采取积极措施兴办学校，改善民众教育水平。1755年，她创建了莫斯科大学，并鼓励俄罗斯作家的民族文学创作。在此期间，俄国国内的一些青年贵族知识分子由于广泛接触到了西欧诸国的启蒙主义思想，向往更加自由和平等的社会机制；另外，一批平民知识分子在文学创作和科学技术上也受到法国等地文化思想的影响，在以现代俄语书写的文学事业中逐渐为俄罗斯民族文学的经典谱系建构开启了源头。最后，尽管叶卡捷琳娜二世的改革措施与她的"开明专制"思想是一致的，但是1773—1775年之间爆发的普加乔夫农民起义在一定意义上中断了俄国的改革进程。普加

①　[美]罗宾·温克等：《牛津欧洲史》第2卷，赵闯译，吉林出版集团2009年版，第181页。

②　狄德罗受到叶卡捷琳娜二世邀请帮助俄国改革法规制度，并从1774年到1784年期间一直从俄国宫廷领取年金。

乔夫以去世的彼得三世的名义号召起义，利用了原有宗教文化传统的影响，阻碍了民众思想解放的进程。同时，为了巩固帝国的统治，叶卡捷琳娜二世也不再进行启蒙意义上的任何实质性改革，俄国政治又回归到保守的君主专制轨道上。叶卡捷琳娜二世在 1775 年重组了地方政府以便于控制地方政权，即把原先的 20 个省改为 50 个省，每个省有 30—40 万臣民，同时还维持了农奴制和社会等级制。"尽管凯瑟琳（叶卡捷琳娜）大帝没能将理性时代的思想应用于实际，但是，她的名字还是经常出现在开明君主的名录上。"[①]俄国的例子比较典型地说明了开明君主专制的历史局限和体制弊端。这在叶卡捷琳娜二世 1796 去世后她的儿子保罗继位（1796—1801）和被谋杀的经历就可以得到证明。正如罗宾·温克等人所指出的，君主专制的旧制度无法解决开明与专制之间的平衡，而"开明专制为继承问题所削弱。只要君主凭借出生的偶然事实登上王位，就无法阻止不开明的或无能的君主继承开明的和有能力的君主的王位。"[②]不过，俄国的社会状况与西欧诸国的不同之处主要在于资产阶级力量弱小，贵族和君主在农奴制度的庇护下保持了长期的社会特权地位。俄国的经济无法形成市场化的工商经济模式，而只能长期保持"贵族—农奴"式农庄经济。由于城市化进程缓慢而导致文化世俗化的发展滞后，浓厚的东正教文化主导了社会的各个方面，新教伦理无法替代原有的文化习俗，更谈不上启蒙理性原则的思想主导意义了。在这种形势下，即使少数贵族甚至是君主抱有实行科技创新和政治民主的良好愿望，但整个社会发展进程中的曲折与反复必然会阻碍启蒙思想的传播和现代社会的建立。普加乔夫领导的农民起义既是对农奴制的反叛，也是对君主制的威胁；而为了稳固帝国的统治和维护贵族的利益，18 世纪的俄国君主在危机之际必然会放弃自由、平等和民主的启蒙原则，选择回归旧制度和旧观念以保证自身权势和利益的延续。于是，18 世纪俄国社会的主导思想不断地在政治保守和思想自由的两端摇摆和动荡，最终导致整个社会的思想混乱，固有的贵族—农奴矛盾更加尖锐，国家也无法真正进入现代

---

① [美]罗宾·温克等：《牛津欧洲史》第 2 卷，赵闯译，吉林出版集团 2009 年版，第 189 页。
② [美]罗宾·温克等：《牛津欧洲史》第 2 卷，赵闯译，吉林出版集团 2009 年版，第 180 页。

化的历史进程中。

　　18世纪启蒙思潮在俄国的传播途径是多重的，主要的有叶卡捷琳娜二世和部分青年贵族在接触到西欧诸国启蒙思想之后在俄国传播和实践了有关的思想主张，其次就是新一代知识分子在翻译西欧作品和自身文学创作中宣传了启蒙思想观念。如果说前者主要涉及具体的社会活动和机制变革的话，那么后者则主要是在文化艺术领域里进行的译介和创作活动。但是，俄国上层统治集团的变革思想终究无法突破自身的阶级局限，因此，文学创作在传播启蒙思想和唤醒民众觉悟的事业中发挥了主要的作用。18世纪的俄罗斯文学经历了民族文学的形成期，主要表现在文学作品的世俗化和民族化两方面。从彼得大帝时代开始，文学创作的题材逐渐从宫廷和贵族转向平民和市井，而西欧古典主义文学的影响也受到了俄罗斯民间文学传统的挑战。这种文化艺术转型的关键点是俄罗斯语言的规范化和系统化，而文学创作则发挥了重要的民族语言雅致化的塑造功能。由于俄国在17—18世纪进入了民族建构和社会变革的重大发展时期，所以歌颂爱情和赞美民族的主题与反对贵族君主专制、主张自由平等的主题互相并重，并延续到了19世纪俄国文学的繁荣时期。俄国文学史家德·斯·米尔斯基认为，"现代俄国文学的开端，即世俗文学的持续传统在18世纪20年代中期至40年代末确立。四位生于彼得大帝时期的人掌握法国古典主义规范，并各自做出成功尝试，将这些规范引入俄语，创作出符合规范的原创作品，他们的作为即是之后整个文学发展进程的起点。"①这一文学史分期的界定符合18世纪俄国文学的实际状态，而他所提到的四位现代俄国文学的先驱则是康捷米尔（Antiokh D. Kantemir，1708—1744）、特列季亚科夫斯基（Trediakovsky，1703—1769）、罗蒙诺索夫（Lomonosov，1711—1765）和苏马罗科夫（Aleksandr Sumarokv，1717—1777）。

　　安季奥赫·康捷米尔的父亲是摩尔达维亚大公德米特里·康捷米尔，因为在1711年俄土战争期间支持俄国而被土耳其人罢免。德米

----

① ［俄］德·斯·米尔斯基：《俄国文学史》上卷，刘文飞译，人民出版社2013年版，第54页。

特里·康捷米尔来到俄国后获赠大笔财产，成为俄国上层贵族。安吉奥赫·康捷米尔从小受到古典文学的熏陶，熟读拉丁文典籍，翻译过古希腊和法国文学作品，青年时期已享誉俄国。1730 年，他被任命为驻伦敦大使，1736 年又改任驻巴黎大使直到去世。在两任大使期间内，他广泛接触了启蒙思想家和文学家的作品，还同孟德斯鸠等人建立了密切关系。康捷米尔是俄国文学史上第一个反对贵族统治和为平民百姓说话的诗人。他的诗歌大都取材自彼得一世改革时期的社会生活，描写自然逼真，人物栩栩如生，语言生动贴切。他的讽刺诗传承了古罗马讽刺诗人朱文纳尔的艺术特征，辛辣地抨击愚昧和保守，谴责贵族地主的傲慢与残忍，赞誉启蒙运动和改革事业。例如，他在作于 1730 年的诗《致我的诗篇》中赞扬了自由和真理，并热切地预言自己的诗作将会广泛传诵，"每个人都会像迎接嘉宾似地愉快地接待你们，/ 都会喜爱你们，从中寻找教益和乐趣。"①与康捷米尔同时代的诗人特列季亚科夫斯基出生在天主教神甫家庭，青年时因公到过荷兰和巴黎。他的诗歌除了一些应景之作外，还常常涉及歌颂爱情、赞美自然等人文思想主题，而他的论著《俄语诗简明新作法》（1735）和《论诗歌及一般诗作之起源》（1755）从理论上首次阐述了俄罗斯民族诗歌的韵律和规范等问题。

在 18 世纪俄国文学传承中，罗蒙诺索夫堪称现代俄国文学和民族文化的真正奠基人。罗蒙诺索夫出生于农民家庭，父亲是一位深海捕鱼人，所以他从小就随着父亲下海捕鱼。罗蒙诺索夫天资聪敏、勤奋好学，幼年就掌握了斯拉夫语读写能力，并于 1730 年独自前往莫斯科求学。1736 年，他被送往德国访学，来到马尔堡后师从著名学者克里斯蒂安·沃尔夫（Christian Wolff）学习哲学和自然科学，以后又到萨克森的弗莱堡学习矿业。罗蒙诺索夫 1741 年回国后，历任俄国科学院要职，并参与创办莫斯科大学。罗蒙诺索夫除了在自然科学上颇有建树外，还创作了不少场面宏大、语言精美的颂诗，赞誉俄国军队和君主的丰功伟绩，流露出强烈的民族自豪感。他在俄语诗歌创作

---

① 《俄罗斯抒情诗选》上卷，张草纫译，上海译文出版社 1992 年版，第 2 页。

中注重描写平民生活，表现了理性和自然神论的思想主题。例如，在诗歌《因见壮丽的北极光而夕思神之伟大》（1743）第四节中，罗蒙诺索夫写道：

> 然而，大自然，你的规律在哪儿？
> 竟然从北方生起朝霞！
> 莫非太阳在那里留下了自己的宝座？
> 还是冰海闪出火花？
> 这冰凉的火焰照耀着我们，
> 在夜晚带来白昼的光华！ ①

　　罗蒙诺索夫的诗歌运用了丰富的自然意象，充满了热烈的情感，语言雅致庄严，结构严整有序，具有生动的韵律美。正是通过自己文学创作和理论著作如《修辞学》和《俄语语法》等作品，罗蒙诺索夫为俄罗斯民族语言的雅致化和规范化做出了很大的贡献。正如米尔斯基所强调的，"文学中的罗蒙诺索夫，首先是一位立法者。他制定文学语言的标准，引入新的作诗体系，这一体系尽管遭遇无数试图推翻它的革命性尝试，如今却依然统领着俄语诗歌之大部。"②同时代与罗蒙诺索夫的贡献堪比的还有古典主义作家亚历山大·苏马罗科夫，其诗歌和戏剧创作嘲讽和批驳了贵族阶级的腐败专横，同情农奴的贫困处境，体现了启蒙主义反封建专制的战斗精神。苏马罗科夫出生在莫斯科上流社会家庭，受到法国古典主义文学的长期影响，并与伏尔泰本人有过多次书信联系。他在创作上积极汲取民间文学的营养，在讽刺诗、抒情诗和寓言写作等方面的创作成就很高。他所写的将近四百多首寓言诗取材自民间传说和日常生活，语言朴实，具有韵律感，对19世纪初俄国作家克雷诺夫的寓言创作产生了影响。他的悲剧《伪皇德米特里》（1771）取材于俄国历史上一位窃取王位的暴君故事，抨击了专制君王的暴政，赞美有德行的开明君主。从主题思想上看，

---

① 《俄罗斯抒情诗选》上卷，张草纫译，上海译文出版社1992年版，第16页。
② ［俄］德·斯·米尔斯基：《俄国文学史》上卷，刘文飞译，人民出版社2013年版，第59页。

苏马罗科夫的作品虽然受到法国古典主义作品的影响，但是他把政治批判意识带入文学创作中，对俄国启蒙思想的传播发挥了积极的作用。苏马罗科夫和前述其他几位诗人除了自己创作作品外，还进行了不少译介西欧启蒙文学作品的工作。这种翻译往往是有针对性的，即注意选择那些影响重大的启蒙思想家的作品或具有古典主义及感伤主义特色的代表性著作引入俄国文坛。18世纪俄国文坛上还有其他作家也都参与了外来文学的翻译工作，对传承西方经典和建构民族文学起到了积极的作用。例如，诗人波格丹诺维奇（1743—1803）翻译过伏尔泰和卢梭的作品，出身平民的诗人科斯特诺夫（1752—1796）翻译过古希腊罗马名著《伊利亚特》和《变形记》，小说家卡拉姆津（Karamzin，1766—1826）翻译过莎士比亚的戏剧《裘力斯·凯撒》，剧作家冯维辛（Denis Ivannovich Fonvizin, 1745—1792）翻译过有"北欧莫里哀"之称的丹麦喜剧家霍尔堡（Holberg）的作品，等等。

翻译、介绍和借鉴西欧诸国启蒙思想家和文学家的著作是俄国接触西欧国家文化的重要途径之一。18世纪的俄国正处于一个从狭隘的、神权的农业文明走向理性的、民权的工业文明时代，因此向先进的西欧国家学习就成为实现现代化的必经之路。当彼得大帝和叶卡捷琳娜女皇相继为俄国引进西欧的先进技术和现代观念时，启蒙思想和世俗主义也逐渐渗透进俄国社会各阶层的生活之中。翻译作品直接把启蒙思想和理性观念等带入俄国文化的中心地带，而在西欧国家接受教育或游历过的文化精英们返回俄国后也形成了一股改革的社会力量。这种变化迅速体现在教育普及和文化市场等改革方面。例如，彼得大帝鼓励兴办新闻出版业，当时出版了600多种书籍，其中翻译作品占据了相当大的比例。1702年，俄国第一份公开发行的报纸《新闻报》出版，产生了很大影响。同时，彼得大帝还参与改革了俄语字母系统，创造了由斯拉夫、希腊、拉丁字母组成的现代俄语字母，并在1710年由国家通过法令规定实行。正是在这种文化变革的形势下，那些思想解放、才情勃发的诗人或作家以文学创作为俄罗斯民族文化和语言的现代化打下了坚实的基础。在教育改革方面，彼得大帝除了曾派遣几百名留学生到国外学习之外，还在国内创办新型学校，如1701

年在莫斯科创办第一所数学和航海学校，并对教会学校进行了改造，还鼓励私立学校的创办。为了传播现代科学知识，彼得大帝在圣彼得堡创办了对公众开放的自然科学馆和大型图书馆，并筹备创立圣彼得堡科学院。18世纪中期以后，叶卡捷琳娜二世传承了彼得大帝的未竟事业，鼓励新闻出版业的发展，邀请过法国百科全书派的代表性人物达朗贝尔来俄国做太子监护（未果），并创办了更多的现代学校如莫斯科大学等。18世纪的最后25年里，俄国文化市场的发展越加迅速，出版书籍有七千多种，发行报刊有八种。对于东正教占据思想统治地位、农业人口占大多数的俄国来说，这些变化确实形成了某种深层次的冲击，启蒙思想观念也逐渐传播开来。

但是，俄国传统文化在宗教和忠君两种思想牢笼束缚下仍然盘根错节，因此俄国启蒙文学的创作缺少深刻而宏大的经典杰作。18世纪俄国启蒙文学的成就实际上只是19世纪俄罗斯文学繁荣时期的先声，而在哲学思想和政治观念方面也没有出现足以比肩英法等国启蒙思想家的杰出人物。所以说，18世纪俄罗斯启蒙文学主要是在传播西欧先进文化和发掘民族民间文化两方面取得了显著的成就，并为民族文学经典谱系的建构做了基础性的铺垫。在这一文学文化史的转折中，除了上述的那些诗人和作家以外，拉吉舍夫、杰尔查文、卡拉姆津和冯维辛等作家也为俄罗斯民族文学的兴起和发展做出了重要的贡献。

拉吉舍夫（Aleksandr N. Radishe，1749—1802）出生于地主家庭，在莫斯科大学接受过教育，后来又去德国莱比锡大学留学。他在国外的5年时间广泛阅读了法国和德国作家的作品，思想上接受了启蒙主义的影响，形成了比较激进的政治立场。拉吉舍夫回国后除了就职于工商部门外，还积极投入到反对农奴制的政治斗争之中。1790年，拉吉舍夫由于在诗作《从彼得堡到莫斯科旅行记》（1789）中批判了封建专制的罪恶，被叶卡捷琳娜二世流放到西伯利亚达10年之久。拉吉舍夫利用诗歌进行反抗暴政和解放农奴的斗争，特别是在《从彼得堡到莫斯科旅行记》这首诗中揭露了君主专制的残暴，讽刺了社会不公和欺诈等弊病。在诗歌《自由颂》（1788—1789）里，他颂扬了反对暴政的人民革命，诗中的政治激情和自由思想完美地结合在一起，代表了俄国启蒙文学的新成就。在诗歌《你想知道，我是谁？》中，拉吉舍夫写道："我还是过去的我，而且终生是我：/ 不是牲口，不是树木，不是奴隶，而是人！"[①]这首诗歌表达了强烈的自由平等意识，对于俄国社会的贵族等级和压迫制度进行了激烈的抨击。显然，拉吉舍夫的思想立场与法国大革命时期激进启蒙思想家的立场是一致的，体现了鲜明的反抗专制压迫、鼓动人权解放的革命精神。实际上，拉吉舍夫的诗歌充满了革命激情和崇高理想，对于19世纪俄国文学思潮和革命运动都产生了深刻的影响。

正如拉吉舍夫在文学创作中表现出"卢梭式"启蒙激情那样，另一位俄国诗人杰尔查文（Gavrila R. Derzhavin，1743—1816）也可以被视为同一种类型的启蒙文学家。加夫里拉·罗曼诺维奇·杰尔查文生于喀山省的一个小乡绅家庭，他在当地完成了高中学业，以后又进入彼得堡的步兵部队服役。杰尔查文在普加乔夫起义事件中参与了军队的镇压行动，后来转入彼得堡政府部门供职，并开始诗歌创作。1782年，杰尔查文因献给叶卡捷琳娜二世的颂诗《费丽察》（Felitsa）而名声大噪，但是他的其他诗作却因为尖锐的批判话语而开罪了权贵大臣。在他的《致君王与法官》（1780）一诗中，杰尔查文写道：

> 至尊的上帝昂然站起来，
> 对一大批尘世的帝王进行审判；
> 到什么时候，说，到什么时候，
> 你们才不偏袒恶人和坏蛋？
> ……
> 他们不愿意倾听！——熟视无睹！
> 他们的眼睛里只有金钱；
> 横行不法的行为震撼大地，
> 不仁不义的勾当摇撼苍天。[②]

---

① 《俄罗斯抒情诗选》上卷，张草纫译，上海译文出版社1992年版，第71页。

② 《俄罗斯抒情诗选》上卷，张草纫译，上海译文出版社1992年版，第83—84页。

杰尔查文借助《圣经》文本的神圣性而把上帝尊奉为人世间最高的君王，以颠覆俄国君主和贵族专制的合法地位。他的这首诗歌充满了激烈的反抗精神，尖锐而犀利地揭露、批判了沙皇和官僚的暴政和恶行。虽然当时的俄国社会还没有形成社会革命的大潮，但是他的战斗诗篇却象征了西方启蒙思潮在俄罗斯的回响，预示了俄国社会变革的大潮终会到来。正是因为他的鲜明立场和艺术贡献，所以别林斯基称赞他为"一个伟大的、天才的俄罗斯诗人，这诗人是俄罗斯人民生活的忠实回声。"① 事实上，18 世纪俄罗斯文学家与人民的联系十分紧密。他们不仅从民间文学中获取艺术启迪，而且注重描写现实生活中人民的喜怒哀乐。这种世俗化倾向不仅存在于诗歌创作中，而且在戏剧创作中也得到显著体现。杰尼斯·伊万诺维奇·冯维辛（Denis Ivanovich Fonvizin，1745—1792）就是最杰出的俄国早期剧作家之一。

冯维辛出生于莫斯科一个贵族家庭，1760 年进入莫斯科大学接受了良好的人文教育，并开始了写作和翻译活动。大学毕业后他担任了俄国大贵族潘宁伯爵的秘书，与俄国文化界名流多有交往，接受了启蒙主义的基本思想。1777 年，他到法国旅行一年，接触了一些法国启蒙学者如达朗贝尔等人，其经历在《旅法书简》中得到描述。他的文学生涯传承了西方讽刺文学的传统，在喜剧创作中表现了自己的艺术才情和启蒙思想。1766 年，他完成了第一部风俗喜剧《旅长》（The Brigadier— General），剧本受到丹麦启蒙文学家霍尔堡的影响，嘲讽了封建贵族的愚昧无知，因而受到了观众的热烈欢迎。1782 年，他的第二部喜剧《纨绔少年》（The Minor）问世，为他赢得了很高的声誉。冯维辛借鉴了古典主义戏剧的创作原则如三一律等，但他十分关注现实社会问题，在《纨绔少年》中尽情地讽刺了贵族地主的专横和无知，倡导开明专制和道德治国的理念。《纨绔子弟》以外省乡村为背景，描写了乡村贵族普罗斯塔科夫（俄文意思：傻瓜）的没落生活。在剧中，反面主人公普罗斯塔科娃太太一贯专横跋扈，对 16 岁的儿子米特罗凡溺爱纵容。不过，她关注的仅仅是让米特罗凡吃饱穿暖、

---

① ［俄］别林斯基：《文学的幻想》，满涛译，安徽文艺出版社 1996 年版，第 44 页。

无疾无忧，能娶一位有财产的女继承人，为家族生儿育女。她的儿子米特罗凡是粗鲁庸俗、自私无情的乡村贵族的典型，他身上看不到任何人类情感的特征，对那位倍加疼爱他的母亲没有任何的感情回报；而她的弟弟斯科季宁（俄文是"牲口"之意）更是公开承认他对猪比对人怀有更多的情感。普罗斯塔科娃太太希望把自家的养女索菲娅嫁给自己的弟弟，但是在得知索菲娅的舅舅会赠予大笔嫁妆之后，她又谋划让自己儿子与索菲娅成婚。戏剧结局是普罗斯塔科夫一家因为虐待农奴而被政府审判，纨绔少年米特罗凡被迫从军，而索菲娅则嫁给了一位正直的青年贵族米隆。这部剧作犀利地讽刺了贵族生活的愚昧和没落，揭露了农奴所受到的欺压和剥削，鲜明地体现了反对专制压迫、主张自由平等的启蒙思想原则。冯维辛的喜剧特别注意采用性格语言来表现人物的本质特征，人物对话则充满生活气息，剧本全部采用散文体写成，在喜剧风格上传承了西方讽刺文学的深厚传统。如果我们从整个西方启蒙文学的大视野中来看的话，冯维辛的作品与意大利作家哥尔多尼的喜剧、英国作家蒲柏的讽刺叙事诗、法国作家博马舍的喜剧以及丹麦作家霍尔堡的喜剧等都有着思想和艺术的血脉相通之处。尽管由于历史进程不一致而导致了各国启蒙文学发展的一定差异，但是冯维辛的喜剧创作在18世纪俄罗斯文学史上还是具备了民族经典的地位，并为俄罗斯讽刺文学在19世纪的繁荣打下了基础。

德·斯·米尔斯基认为，18世纪后期俄罗斯出现了散文创作的新文学，它开端于罗蒙诺索夫，高峰出现在卡拉姆津登场。"叶卡捷琳娜执政时期的最后几年见证了一场文学运动的开端，这场运动与卡拉姆津的名字相关联。……这场新运动在一定程度上甚至就是18世纪精神之体现。"①这也就是说，18世纪后期的俄国文学经历了一场较大的变革和转向，其特征就是以卡拉姆津为代表的新一代文学家吸收了启蒙时期西欧感伤主义文学的成就，改变了古典主义的艺术原则，弃用许多斯拉夫词汇而引入法语词汇来改进俄语文学语言。尼古拉·米哈伊洛维奇·卡拉姆津（Nikolay Mikhaylovich Karamzin, 1766—1826）

---

① [俄]德·斯·米尔斯基：《俄国文学史》上卷，刘文飞译，人民出版社2013年版，第81页。

出生在西伯利亚辛比尔斯克一个贵族地主的家庭，青年时期在莫斯科大学一位德籍教授的私塾里完成了中学学业。他在莫斯科结识了启蒙主义者诺维科夫，后来又为诺维科夫编撰期刊《儿童读物》并为之撰稿。1787 年，卡拉姆津翻译了莎剧《裘里斯·凯撒》，成为莎士比亚剧作的第一位俄语本译者。1789 年开始，他游历了德国、法国、瑞士和英国等地，受到了各国启蒙思潮的相当影响。回国以后，卡拉姆津在 1791 年创办了文学期刊《莫斯科杂志》。他除了亲自为这份发行一年多的刊物撰写文稿以外，还广泛介绍了西欧国家的启蒙主义思想和感伤主义文学。1802 年，卡拉姆津创建了政治和文学月刊《欧洲导报》，在严格的书报检查制度下仍然针砭时弊，鼓吹以君主立宪为理想的温和政治主张。卡拉姆津晚年致力于撰写 12 卷本的《俄罗斯国家史》，对于俄罗斯民族国家的文化身份建构与认同产生了很大的影响。正是由于在文学创作、学术著述和创办刊物等方面的开创性工作，卡拉姆津成为 18 世纪后期到 19 世纪前期俄国文学界的领袖人物之一，为俄罗斯民族文学的经典传承做出了很大的贡献。

　　卡拉姆津的文学成就主要是小说创作，其中以《叶甫盖尼和尤丽娅》（1789）和《可怜的丽莎》（1792）等感伤主义小说影响最大。在前一部小说中，作者描写了一位孤儿尤丽娅爱上了寄居其家的女主人的儿子叶甫盖尼，可是叶甫盖尼从国外求学回来之后不幸得病去世，于是尤丽娅和女主人双双受到无尽哀思的折磨，时常感叹人生短暂、命运无常。这部小说的感伤情调十分浓厚，却显示了欧洲感伤主义文学在俄罗斯文坛上的延续和扩散。1792 年，卡拉姆津创作了著名的小说《可怜的丽莎》，描写了一位农村女孩丽莎的爱情悲剧，批判了贵族子弟轻浮虚伪、始乱终弃的不道德行为。小说叙述丽莎在失去了父亲之后不得不辛勤劳动养活母亲，她在织布和卖花挣钱的苦难生活中结识了一位贵族青年埃斯特拉，后者的风流倜傥很快地征服了淳朴的乡村姑娘丽莎。在两位年轻人陷入热恋之后的一天，埃斯特拉以参军为借口忽然消失。等到几个月后丽莎再见到埃斯特拉的时候，后者已经决定和一位贵族富孀结婚，只是塞给丽莎一百卢布作为补偿。可怜的丽莎不能承受这样的打击，在绝望痛苦之中投水而死，结束了自已短暂而可怜的一生。这部小说借鉴了感伤主义文学的基本题材，却把贵族和平民之间的尖锐矛盾充分展示了出来，从不同人物对待爱情和婚姻的态度上揭露了贵族阶级的虚伪无耻，并以饱含情感的语句对丽莎的不幸遭遇给予了极大的同情。这部小说在题材上与英国作家理查逊的小说《克拉丽莎》（1748）和德国作家席勒的戏剧《阴谋与爱情》（1783）等作品有不少相似之处，但是作者所展示的时代背景却是18世纪君主贵族统治下的俄国封建农奴制社会。小说女主人公丽莎的悲剧命运反映了俄国封建制度的黑暗一面，而小说对于埃斯特拉丑恶心灵的揭露更是在思想和情感层面上对俄国农奴制罪恶的深沉控诉。因此从社会变革的意义上看，卡拉姆津的感伤主义小说在主题思想上体现了启蒙主义的反封建专制的基本信念，并且在带动一批作家和诗人汲取民间文学营养、创作民族文学精品等方面起到了重要的引领作用。

18世纪的俄罗斯文学在复兴民间的世俗文化传统、引进西欧的古典主义文学原则和规范俄罗斯民族语言等方面做出了积极的贡献。在这一个俄国现代文学的开启时代，启蒙主义思想对于18世纪的俄国文学具有十分重要的引领作用，特别是在批判封建农奴制度、讽刺贵族腐朽生活、宣扬爱国主义情怀等方面影响显著。但是，18世纪俄国仍然是一个落后的农业国家，东正教信仰和忠君思想在广大民众之中根深蒂固，因此俄国本土的启蒙思想传播主要依靠译介西欧国家的启蒙著作和本国作家的新文学创作。当然，彼得大帝和叶卡捷琳娜二世等俄国君主对于传播西欧国家的先进科学技术和启蒙思想还是比较积极的，特别是在普加乔夫起义之前的一段时期内俄罗斯社会的现代转型比较迅速。在经历了经济和文化的一定改革措施以后，俄罗斯帝国在18世纪中期达到了所谓的"黄金时代"，而其依靠战争实行的对外扩张逐渐把俄国从一个内陆国家转变为一个具有强大陆海军的欧洲强国。在这种时代转型中，启蒙主义思潮促进了俄国科技和工商经济的发展，但是俄国没有能够真正完成工业革命的历史任务，因此国内的资产阶级不够强大，市民社会也没有能够建立起自主和自由的政治共识。同时，俄国宗教改革没有借鉴新教改革的自由、开放和进取精神，而是徘徊在古老习俗和东正教教义传统之中裹足不前。因此，彼得大帝和叶卡捷琳娜二世时期的俄国政治环境只是某种权宜式改良形态，并没有形成英国那样的君主立宪式政治改革。实际上，俄国长期实行的书报检查制度就是对思想自由这一启蒙原则的压制，因此，需要自由思想和创新精神的现代科技也难以兴起。正是因为思想革命和科技革命的未竟而无法产生真正的社会革命，所以俄国的发展进程一度停滞不前。从文化史发展的延续性来看，俄罗斯帝国虽然在18世纪建立起民族国家的文化身份认同和帝国认同，但是其国民并没有与保守传统和忠君思想彻底决裂，更谈不上彻底完成现代国家转型和实现启蒙主义理想。这些历史和文化的局限性在俄国启蒙文学中也体现了出来，因此其民族文学的传承谱系在18世纪没有产生代表其民族文化最高成就的经典之作。

第三节　西班牙和瑞典等欧洲国家的启蒙思潮

在启蒙时期的其他欧洲国家中，西班牙、瑞典和荷兰等国都发生过比较重要的文化和社会变革，而这些国家的文学创作也在这些变革中传承和建构了本民族的经典谱系。实际上，西班牙在西方文化发展史上具有十分重要的地位，而它在17—18世纪所经受的曲折变故也为启蒙思潮的浮沉埋下了历史隐患。在西方文明史上，西班牙的阿尔塔米拉洞穴壁画如野牛等多种动物图画就有长达1万年以上的历史，而在公元前5—6世纪的伊比利亚半岛南部就出现了书写文字。但是，西班牙在14世纪以后的历史进程中却没有很快地出现工业革命和现代社会，却在封建贵族和天主教会的长期控制下徘徊不前。因此，西班牙在西方启蒙时期的时代变局中没有成为新兴的资本主义强国，而是在过度消耗了地理大发现带来的商业利润以后就逐渐衰退，并在其无敌舰队被歼灭之后被迫将海上霸权拱手交给英国。罗宾·温克等人以精炼的语言概述了17—18世纪期间欧洲诸国实力的变化：

　　西班牙和法兰西分别是 16 世纪后期和 17 世纪后期占统治地位的欧洲强国。荷兰也曾经在 17 世纪经历了一段贸易与财富的黄金时代。在 18 世纪，欧洲国家更加均势力敌。一些在 17 世纪已经失势的国家重新回升，如西班牙和奥地利，而法兰西尽管仍旧是欧洲大陆上最强的国家，却在缓慢地衰落。力量的中心由欧洲腹地移向东、西的边缘。在东面，俄国首次在欧洲事务上扮演了重要的角色，而普鲁士尽管国家还小，经济基础尚显薄弱，但到 18 世纪中叶已经表现为一个主要的参与者。在北面，信奉新教的瑞典失势于俄国。在西面，不列颠进行着竞争，并在海上胜过了法兰西，因而对欧洲大陆施加着它之前从未有过的影响。①

　　如此的欧洲列强势力格局在西班牙内部也引起了上层的政治变动，并带来了启蒙思潮的传播和扩散。1700 年，西班牙卡洛斯二世去世后引起了王位继承人的战争，即法国及其盟友支持的安茹公爵（法国路易十四国王的孙子）和英国及奥地利支持的卡洛斯公爵（卡洛斯二世外甥）之间争夺王位的 13 年战争。1713 年，交战双方在乌德勒支签署和约，具有路易十四血统的菲利普五世（1700—1746）继承了王位，但西班牙也失去了比利时和意大利的部分殖民地。王位之战的胜负标志着法国对西班牙的影响取代了奥地利王室长期统治的影响，因此当 18 世纪中期法国启蒙思潮开始高涨之际，西班牙也开始了自上而下的文化和政治改革，其主要改革措施发生在费尔南多六世（1746—1759）和卡洛斯三世（1759—1788）在位期间。在对外政策方面，西班牙改善了与美洲殖民地的关系，加强了双方的商品贸易联系；在国内政策上，宣传启蒙思想的共济会教士费霍神甫受到了国王费尔南多六世的保护；卡洛斯三世在美化城市建设、推动民营经济、发展科学教育、限制耶稣会权力等方面也采取了许多积极的措施。②然而，法国大革命时期雅各宾专政的激进政策震惊了温和派改革家，

---

①　[美]罗宾·温克等：《牛津欧洲史》第 2 卷，赵闯译，吉林出版集团 2009 年版，第 104—105 页。

②　参见沈石岩：《西班牙文学史》，北京大学出版社 2006 年版，第 107 页。

导致欧洲诸国出现了保守主义的政治回潮。在西班牙，卡洛斯四世（1788—1808）继位之后急忙终止了各项改革进程，拘禁了一些改革派领袖人物，并禁止法国等地启蒙思想家的著作在境内传播。同时，天主教的势力和影响卷土重来，宗教裁判所也恢复了思想警察的功能，封建贵族的权势更加强化。西班牙王室在政治上的复辟倒退不仅阻碍了工业革命的产生，而且中断了社会和文化的变革进程。于是，自上而下的保守势力复辟回潮迟滞了国家现代化的建设进程，从而导致西班牙的君主专制政体一直延续到 20 世纪后期。

近代西班牙的曲折历史使它与西欧和北美其他国家的现代化进程拉开了相当的距离，但是 18 世纪中期自上而下的政治改革毕竟还是给这个古老的君主国家带来了新的面貌，特别是文学艺术界受到法国启蒙思潮的影响而产生了不少有影响的经典作品。在卡洛斯三世统治时期，西班牙在科技文化领域里采取了与英国、法国、瑞典和俄罗斯等国相似的做法，即建立起皇家语言学院、历史学院、圣菲尔南多皇家美术学院等文化机构，还派遣留学生到国外进修，鼓励出版业和报业的发展。1726 年，西班牙皇家语言学院开始编撰出版西班牙语《权威词典》，例句选自西语经典作品，直到 1739 年完成这项民族语言词典的编撰工作。1771 年，《西班牙语法》一书出版，成为现代西语的规范化和雅致化的标志。民族语言的系统化建构是一个国家文化自主地位的重要标志，而欧洲诸国在完善民族语言、消除拉丁文霸权的事业中似乎竞相取得了显著成效。彼得·李伯赓指出了启蒙时期欧洲诸国普遍出现的文化民族化和大众化的现象："启蒙精神进入文坛，它在初期是一种具有普世视野的精英文化；经过社会政治运动，获得了比先前广阔得多的社会基础。……当欧洲各国都极力为民族利益而运用科学技术成就时，文化就更加民族化了。"[1]在西班牙，正是建构了民族化和世俗化的现代语言体系，启蒙思想才得以通过教育的普及深入到广大民众之中，并成为市民社会壮大和思想文化解放的催化剂。18 世纪的西班牙文学发展既传承了前期黄金世纪的文学经典之作，又接受

---

[1]　［荷］彼得·李伯赓：《欧洲文化史》下卷，赵复三译，明报出版有限公司 2003 年版，第 132 页。

了古典主义和启蒙主义等文学思潮的影响，在表现理性精神、完善艺术形式、纯洁民族语言等方面做出了较大的贡献。

在 18 世纪西班牙文学的创作轨迹上，17 世纪的经典作家作品和巴洛克（Barroco）等文艺流派仍然有着较深的影响痕迹。17 世纪西班牙戏剧家卡尔德隆（Pedro Calderón,1600—1681）的剧本就属于黄金世纪文学经典的代表作。卡尔德隆出生在马德里的一个小官员家庭，自幼受到了良好的教育。他在大学毕业后即开始文学创作，主要代表作有一百多部喜剧作品，如《人生如梦》（1635）和《萨拉梅亚的镇长》（1642）等剧作。《人生如梦》这部喜剧讲述了波兰王子出生后因为巫师预言而被囚禁在古塔之中，国王在老迈之际释放了王子并接入宫廷，然而王子却无法适应现状并产生暴力行为；此时国王再次囚禁王子于古塔，而王子则产生了人生如梦的感叹。不久，民众起义拥戴王子，并推翻了老国王的统治。王子登基后宽恕了老国王，并与表妹成亲。这一戏剧的奇特情节带有古希腊悲剧《俄狄浦斯王》的影响印记，但却安排了一个大团圆的结局，又塑造了一位开明的专制君主形象，还给予人民大众以一定的政治自由来选择理想君主。从思想主题上来看，这部结构严谨的喜剧强调了理性精神和明君思想，因此带有一定的历史进步意义。由于西班牙南部在 12 世纪以后曾经受到北非穆斯林国家的入侵，因此其文化传承中融入了一些非基督教的因素。在卡尔德隆的戏剧作品中，偶尔会出现带有东方文化特别是阿拉伯文化和印度佛教文化的影响印迹，上述《人生如梦》的主题即是如此。另外在他的十四行诗《致鲜花》的最后一节中，卡尔德隆写道："富贵如烟虚无，/ 悲欢尽在朝夕；/ 岁月如梭，弹指之间。"[①]这些诗句的情趣带有人生无常、时不我待的出世思想，显示了近代西班牙文化传统的某种杂交性质。卡尔德隆的另一部喜剧《萨拉梅亚的镇长》以现实生活为蓝本，讲述了富裕农民科内斯波的女儿遭到贵族军人阿塔伊德侮辱，科内斯波就任萨拉梅亚的镇长后要求阿塔伊德娶自己女儿为妻；在遭到拒绝后，科内斯波以镇长的权力将阿塔伊德处死。在军队和民

---

① 陈众议：《西班牙文学大花园》，湖北教育出版社 2007 年版，第 98 页。

众形成对峙冲突之际，国王来到当地化解了冲突，并赐封科内斯波为终身镇长，而他的女儿则去了修道院。这一故事改编自西班牙经典戏剧家德·维加（1562—1635）的同名剧本，也受到其代表作《羊泉村》的一定影响。但是，卡尔德隆在这部剧本中强化了反对封建贵族恶行的情节描写，赞誉了平民百姓依靠智慧和勇敢战胜邪恶的反叛举动，同时也延续了德·维加剧本中对开明君主的形象塑造。可以说，从德·维加到卡尔德隆的文学创作实际上奠定了西班牙文学经典的基本思想特征，而这些特征在 18 世纪的文学创作中也得到了传承。

在本民族文学经典和外来文学特别是法国文学经典的双重影响下，18 世纪的西班牙文学在短暂的启蒙时期也出现了不少优秀的作品。贝尼托·赫罗尼莫·费霍（Benito J. Feijóo y Montenegro,1676—1764）是当时一位重要的启蒙作家和教育家。费霍出生在一个贵族之家，后来成为天主教的修士，并在奥维耶多城长期教书为业。他受到英国哲学家培根和法国百科全书派思想家的影响，在其论著文集《总体批判战场》（1726—1739）和《奇异的博学书简》（1742—1760）中传播了启蒙主义的理性观念和科学思想。费霍认为，坚持理性的批判精神可以帮助人们找到真理，但大众往往被愚昧所驱使而无法掌握真理，因此人们有必要普及现代教育，传播科学知识，摒弃传统陋习。在第二部著作中，费霍以多篇短文书简的方式介绍了国外各种科学技术的新进展、新发现，例如他探讨了牛顿的万有引力定律，哥白尼的天文学理论，妇产科学，地震及宗教等现象。费霍的论著传播了科学知识和理性观念，并以简洁明快的文笔取代了雕饰浮夸的文风，为现代西班牙书面语言树立了一种新的美文典范。

另一位西班牙文学家何塞·德·卡达尔索·伊·巴斯克斯（José de Cadalso y Vázquez,1741—1782）出生于加的斯，幼年时在耶稣会学校受到教育。1754 年，卡达尔索去法国巴黎学习了拉丁文和人文科学知识，并受到了法国古典主义文学和启蒙思潮的影响。他回到西班牙之后开始了文学创作，其代表作有诗歌、戏剧和散文等，如讽刺散文集《假学者》（1772）、诗集《我青年时代的消遣之作》（1773）和书信体文集《摩洛哥信札》（1774）等作品。卡达尔索的诗歌如《舍弃爱情与抒情诗》和《怀念死去的菲利斯》是具有浪漫色彩的十四行诗，而他的哲理诗如《命运》等则表现了启蒙理性精神。在散文体剧本《忧郁的夜晚》（1798）中，卡达尔索描写了主人公特迪阿托在失去了恋人后的悲痛心情和举止，特别是描写了特迪阿托在伤心欲绝之际竟然雇用掘墓人洛伦索为他掘开恋人的墓穴，把尸体带回家一同自焚的情节。这部剧作的结局讲述了特迪阿托与洛伦索两人互相鼓励，决定忍受生活苦难而生存下去。以后虽然有匿名作者续写了这部剧本结局，但是都没有完全表现出卡达尔索的真实主旨。实际上，这部剧作传承了哥特式小说的阴森恐怖特征，在奇特的想象中揭示了下层社会民众的苦难生活。显然地，这部主题思想离经叛道的剧作受到了天主教会的责难和不少学者的批评，但是这部剧作在破除古典主义创作戒律、传承浪漫主义文学上具有可贵的价值。实际上，在18世纪英国"墓园诗派"代表作家杨格的伤悼长诗《夜思》（1736—1741）中，以及在19世纪法国诗人波德莱尔和美国作家爱伦·坡的作品中，这种哥特式场景渲染和阴郁人物描写都有着相当的经典传承的印迹。卡达尔索的《摩洛哥信札》这部作品从1789年2月至7月以连载的形式在《马德里邮报》上发表。作品中90封书信的写作者是三位主要人物：青年加塞尔，加塞尔的老师本·贝莱伊和加塞尔在西班牙的朋友努尼奥。加塞尔跟随摩洛哥大使来到西班牙旅行，借此机会，他深入观察了西班牙生活的真实状况，常常感叹当地文化的奇异民族特性。加塞尔的西班牙朋友努尼奥是个怀疑主义者，他对周围的人事变故始终抱有一种旁观者的审视态度，对社会弊端多有批评。加塞尔把自己在西班牙的观感写信寄给自己的老师本·贝莱伊，而后者则以老成世故的智者身份给予点拨教诲。在这部作品中，卡达尔索借助叙述者努尼奥和加塞尔之口表达了对于西班牙宫廷和民间生活的反思，传播了启蒙理性的批判精神。这部作品的构思带有法国启蒙思想家孟德斯鸠的《波斯人信札》的叙事风格，但是在表达启蒙思想之时也掺杂了卢梭式的孤芳自赏意味。

在18世纪西班牙文坛上，不少作家借助翻译外来文学作品传播了启蒙思想观念，并推动了本民族文学的创新和发展。例如，拉蒙·德·拉克鲁斯（1731—1794）在文学观念上受到古典主义的影响，译介了一些法国和意大利的喜剧作品。他也注重西班牙民族文化的传承，其创作的多部独幕喜剧富有西班牙世俗文化的特色，因此深受西班牙大众的喜爱。在西班牙文学民族化和世俗化的过程中，迭戈·德·托雷斯·比利亚罗埃尔（Diego de Torres Villarroel, 1694—1769）也是一位重要的作家。他出生于萨拉曼卡，1715 年外出游历，到过葡萄牙和法国。他的创作倾向具有平民色彩，特别是 1718 年起以笔名"萨拉曼卡的历书"出版的《历书》含有一些政治预言，引起了大众的关注和贵族的批评。从 1742 年到 1758 年，他发表了自传体小说《迭戈·德·托雷斯·比利亚罗埃尔博士的生平：家庭出身、诞生以及成长经历》，以自己切身经历讲述了平民子弟如何通过个人奋斗而功成名就、进入上流社会的过程。这部小说传承了西班牙"流浪汉小说"的传统体裁和风格，但是在主题思想上表达了新兴资产阶级的价值观念和人生理想。另一位启蒙时期作家加斯帕尔·梅尔乔·德·霍维亚诺斯（1744—1811）出生于一个没落贵族家庭，后来成为费霍神父和卡达尔索的朋友。他受到英法等国启蒙思想家伏尔泰和休谟等人的影响，积极参加了启蒙派人士的集会和卡洛斯三世的改革。1789 年，在他被保守派政府流放到萨拉曼卡之后，他还致力于编写西班牙语的语法著作，设计了新的人文课程，并在阿斯图里亚斯创办学校普及现代教育。

由于西班牙在费尔南多六世（1746—1759）和卡洛斯三世治理下（1759—1788）出现过自上而下的社会政治改革，因此法国启蒙思潮的影响一度十分强大。在诗歌创作上，诗人胡安·梅伦德斯·巴尔德斯（Juan Melendez Valdes, 1754—1817）早期受到古典主义文学的影响，后期创作表现了浓厚的浪漫主义特征。他在卡达尔索影响下创作了很多牧歌式田园诗，歌颂爱情的甜蜜，赞美恋人的美貌，如《多莉拉的红唇》《爱情之吻》和《双颊上的酒窝》等。在他的后期创作中，诗人以哲理性书信体诗歌表现了对自由的向往和对科学的崇敬，如《耕地的人》和《田野里的哲人》等作品。值得一提的是，梅伦德斯从民间歌谣中汲取了创作灵感，在《清晨》《傍晚》和《雨》等描写自然景色的谣曲中传承了民间口头文学的精华，开启了后代抒情谣曲和浪漫诗歌创作的经典先河。从启蒙思想的传播轨迹来看，梅伦德斯的诗歌虽然具有古典主义的艺术特征，但是他的哲理诗"宣传了启蒙主义思想"，而他的田园诗则把"卢梭的思想与文艺复兴的传统加以综合"，所以说他对西班牙启蒙文学的贡献还是不应被忽视的。① 与梅伦德斯同时期的诗人菲利克斯·玛丽亚·德·萨马涅戈（Félix Maria de Samaniego,1745—1801）以创作寓言诗而闻名。萨马涅戈曾经在法国留学，受到了古典主义和启蒙主义思潮的影响，并从古希腊伊索、法国拉封丹和意大利费德罗等人的寓言经典作品中汲取了艺术营养。他的两卷本寓言诗《用卡斯蒂利亚语韵文写就的寓言》（1781—1784）收录了 160 首寓言诗，如《老人与死神》《挤牛奶的女人》和《青蛙要求上帝给他们一个国王》等诗作。他的寓言诗常常以形象的比喻和拟人化描写来抨击懒惰者、自大者和愚昧者，赞扬正直、勤奋、耐心和善良等美德。在诗歌《宫鼠和田鼠》中，萨马涅戈写道：

> 宫鼠住在宫里，
> 当然奢华无比。
> 突然有人来临，
> 老鼠无处藏身，
> ……
>
> 田鼠从此知情：
> "宁要粗茶淡饭，
> 不要担惊受怕。
> 宫殿不比田径。"②

这首诗具有童谣的韵律和节奏，但是却以拟人化手法表现了平民大众对于贵族和宫廷生活的轻蔑，并对乡野平民的生活表现了自尊和自爱。在 18 世纪西班牙的特定历史情境下，萨马涅戈的寓言诗通

---

① 参见沈石岩：《西班牙文学史》，北京大学出版社 2006 年版，第 136 页。
② 陈众议：《西班牙文学大花园》，湖北教育出版社 2007 年版，第 103 页。原诗由吴为翻译。

过大众文化教育来传播启蒙思想和平等观念，因此具有相当大的思想意义和传承价值。如果说寓言诗是一种世俗的大众文化艺术的话，那么，戏剧创作和演出在18世纪的西班牙也属于雅俗共赏的一种流行艺术。在西班牙戏剧创作中，法国的古典主义戏剧具有十分重要的影响力，而政府对于戏剧演出的支持进一步促进了戏剧创作的繁荣。在那些著名的戏剧家中，维森特·加西亚·德拉·乌尔塔（1734—1787）的戏剧人物富有世俗的人情味，戏剧情节充满悬念，引人入胜。他的悲剧《拉克尔》（1778）是以西班牙语言创作高雅品味作品的一次成功尝试。这部作品以西班牙民族历史逸事为题材，严格采用了古典主义戏剧原则，并以十二音节的半谐音格律诗歌体写成。这部戏剧讲述了犹太美人拉克尔成为国王最宠爱的新贵族，而旧贵族加西亚和法涅斯则鼓动民众起义反对国王对于拉克尔的偏袒，最终拉克尔被杀，而国王与旧贵族和民众取得了和解。这部剧作表现了西班牙人民的民族情怀，并对君主昏庸、贵族明智等题材进行了戏剧化的表现。

18世纪西班牙最有成就的启蒙戏剧家要数莱安德罗·费尔南德斯·德·莫拉廷（Leandro Fernandez de Moratin,1760—1828）。莫拉廷（或称小莫拉廷）出生在马德里的一个戏剧之家，其父尼古拉斯·费尔南德斯·德·莫拉廷也是一位小有名气的戏剧家。小莫拉廷从小在家里受到戏剧艺术的熏陶，熟读了古典文学名著，并翻译过莎士比亚的戏剧《哈姆莱特》，改编过莫里哀的喜剧作品。1786年，他的第一部戏剧作品《老人与少女》出版并很快上演。1792年，他的讽刺剧《新戏剧或咖啡馆》上演获得成功，随即他就游历了法、英、德、意等国，直到1796年返回西班牙。小莫拉廷的代表性剧作是《姑娘的默认》（1801），剧情讲述了一位少女如何摆脱与一位老骑士的婚约，最终与自己的心上人、年轻军官菲利克斯成婚的喜剧。这部剧作严格遵守了三一律的规则，表现了女性追求恋爱自由和人性解放的主题。戏剧从年老骑士堂迭戈准备与未婚妻弗朗西斯卡回马德里成婚开始，接着叙述弗朗西斯卡的母亲堂娜伊雷内为了钱财而包办了女儿的婚姻，然后叙述菲利克斯急忙赶到修道院来与恋人弗朗西斯卡会面之事。最后，菲利克斯为了解救弗朗西斯卡而来到马德里附近的客栈，结果发现堂迭戈竟然是自己的叔叔。在戏剧冲突达到高潮之际，堂迭戈偶然得知弗朗西斯卡的真爱是自己的侄子，于是欣然割爱，成全了两位年轻人的婚姻。这部戏剧情节紧凑，语言幽默，人物心理刻画十分生动，因此更加深化了作品所宣扬的恋爱自由、婚姻自主的主题意旨。这部作品在 1806 年首演后立即获得了广泛的好评，并在马德里连演 26 天又到外省巡回演出，其剧本当年就被再版六次。这部剧作在贵族等级制度森严的西班牙社会引起轰动是必然的，因为剧作者采用了流行文化的方式来传播启蒙思想和自由观念，极大地打动了广大平民阶层的观众，而作者最后以骑士的光环赞赏了老贵族堂迭戈也在一定程度上取悦了上层阶级观众。这一部剧作的成功代表了西班牙文学经典的民族化和世俗化转型，同时也代表了 18 世纪西方文学传承在西班牙所取得的成就，如讽刺文学、"流浪汉小说"和古典主义戏剧等经典谱系的延续与丰富。当然，这部戏剧在颂扬妇女解放的主题时也赞许了开明贵族的德行，因此表明了西班牙社会文化变革的某种局限性，即启蒙思潮所宣扬的自由、民主、平等和人权等现代价值观念并没有完全战胜旧制度和旧思想的长期影响。

从"文艺复兴－启蒙运动一体化进程"的历时性视野中看，西班牙的启蒙思潮兴起和消沉与俄国的历史经验具有很多相似之处：自上而下的启蒙思想传播和一定的社会制度变革，知识分子和青年贵族从国外翻译和引进先进的哲学和文学等启蒙著作，科学技术在经济发展中开始产生效用，市场经济和大众教育开始形成。但是，这两个国家在法国大革命之后却出现了历史的倒退，保守的君主势力和教会势力联合起来中止了启蒙运动在政治文化领域里的进一步发展，农业经济和传统习俗阻碍了工业革命的切实完成，因此在这些国家里也无法建立起现代市民社会和民主共和政体。如果我们把英国式保守变革和法国式激进变革作为两种基本的启蒙运动模式的话，那么，西班牙和俄国在启蒙运动时期的经验却似乎形成了第三种变革模式——民族意识觉醒而政治意识复旧的惰性变革模式，或可称之为"俄国模式"。在整个西方（欧美）诸国的启蒙变革经验中，英国和荷兰等国实现了君主立宪制的保守型民主社会，美国和法国等国形成了民主共和制的现代型民主社会，西班牙和俄国则出现了先启蒙、后复旧的传统君主专制社会，而意大利和德国则借助启蒙运动的思想动员力量来实现民族独立和国家统一，但最终建立的是民族国家的传统君主专制社会。正是在这些复杂的历史因素影响下，启蒙运动时期西方诸民族文学和文化的经典传承形成了不同的谱系特征，而西班牙文学在传承古典文学和建立民族文学的结合上做出了重要的贡献。

　　从西方诸民族走出中世纪到启蒙思潮兴起的长时期内，欧洲诸民族纷纷摆脱神圣罗马帝国和拉丁文化的霸权，在建构民族国家身份认同之际也开始了各自民族文化的建构，而规范和倡导本民族语言文学则成为建构民族身份的重要途径。就是在这一时期内，北欧地区的日耳曼人逐渐从氏族社会演变到封建社会，并在多次对罗马帝国的南下入侵过程中接受了基督教文化思想，改变了北方蛮族的某些文化习性。1028 年，丹麦建立了包括斯堪的纳维亚和英伦三岛在内的北欧帝国，1060 年，瑞典斯腾克尔王朝在北欧形成，1066 年，北欧的征服者威廉攻占伦敦后自立为英格兰国王，1389 年，由丹麦主导的北欧卡尔玛联盟形成。1397 年，瑞典加入了卡尔玛联盟，使北欧的势力更加强大。北欧各民族传承了原始部落文化的模式，多神教的信仰和祖先的神话传说塑造了独特的北欧文化传统。从一定意义上说，北欧文化在基督教传入之前一直保持着轴心时代的文化原创性，在起源传说和民间歌谣等原始文化中建构了自己的民族文化谱系。从公元 9 世纪后期开始，基督教逐渐传入北欧地区，直到公元 10 世纪初期完全改变了北欧原有的多神教信仰，并促进北欧国家建立起民族语言体系和世俗王权体制。由于北欧国家比南欧和西欧国家迟了数百年时间才接受基督教文化的主导，因此造成"基督教在北欧传播的不彻底性，北欧地区固有的日耳曼氏族社会的原始共和式民主政体得以全部（如冰岛）或部分地保存下来。王权和制衡世俗政权的神权虽然居于统治地位，但是它们的势力和影响却和南欧（如意大利、西班牙等）难以同日而语。"[①] 事实上，北欧地区诸国在 16 世纪开始了全面的民族国家

---

① 石琴娥：《北欧文学史》，译林出版社 2005 年版，第 3 页。

建构进程，例如瑞典摆脱了丹麦主导的卡尔玛联盟的控制，于 1523 年重新获得独立，古斯塔夫一世成为国王。在此期间，拉丁文本的《圣经》也在 16 世纪上半期分别被译为丹麦文、瑞典文和芬兰文等北欧国家文字出版。这些政治和文化的变革虽然是缓慢、渐进式进行的，但却标志着北欧诸国的现代化进程开始与西欧诸国逐渐接轨。同时，马丁·路德的宗教改革再次推动了北欧国家的文化转型，丹麦和瑞典先后通过宗教改革而接受了新教伦理，解除了天主教神权对于王权的束缚，促进了世俗文化和市民社会的形成。

欧洲三十年战争（1618—1648）期间，新教国家和天主教国家之间的对立势同水火。战争结果以德国为首的"天主教联盟"最后失败而告终，并导致了德国版图的碎片化，出现了三百多个小公国；英国则经过克伦威尔专政和光荣革命建立了现代资产阶级君主立宪体制，导致国力迅速壮大。参加这场战争的丹麦和瑞典也出现了很大的变化，前者逐渐衰落，而后者则迅速强大起来。从 1563 年到 1660 年之间的近百年期间，瑞典和丹麦为了争夺地区霸权而不断交战，最终以瑞典战胜丹麦而成为领土广阔的地区强国。1644 年到 1654 年的 10 年是瑞典女王克里斯蒂娜统治时期，瑞典出现了空前繁荣的文学艺术创作，法国古典主义思潮和本土世俗文化同时得到了传播和发展。1700 年，瑞典国王卡尔十二世率军在纳尔瓦战胜了俄国大军，使得瑞典国力一时达到了极盛。在这一历史转折时期里，瑞典社会文化的发展出现了重大的变化，民族意识和强国意识的高涨助长了现代化进程的发展，例如新式大学的建立、新兴工业的出现和民族文学的繁荣。埃尔文等学者认为，瑞典的崛起受到了两个因素的影响："这些影响一方面是从外国的科学、文学和艺术方面获得新的推动力，另一方面是瑞典的民族自尊心突然高涨。因为，像瑞典这样一个国家的人民突然进入欧洲大国的行列，极其需要表明自己祖先的高贵。"[1]民族自尊心的高涨必然呼唤民族文化身份的寻根和建构，而瑞典所处北欧的特殊地理环境造成了其文学和文化的不同发展轨迹。事实上，欧洲文化的地域

---

① [瑞]雅·埃尔文、古·哈塞尔贝里：《瑞典文学史》，李之义译，外国文学出版社 1985 年版，第 49 页。

差异对于西方诸国的现代化进程有着很大的影响，特别是欧洲文化经济中心从地中海沿岸转移到大西洋沿岸之后更是如此，而北欧地区古代文化对于丹麦、瑞典、挪威、芬兰和冰岛等地民族身份建构的影响更为久远。

德国学者赫尔德在研究古代民间文化艺术时提出，"一个民族越是粗犷，这就是说，它越是活泼，就越富于创作的自由。"[①]这一判断也有助于人们阐释北欧国家民族文化和文学经典的形成特征。例如，冰岛口头流传的民间文学《埃达》（800—1000 A.D.）以诗歌和散文的形式讲述了北欧氏族社会的神话和英雄故事，挪威、冰岛、瑞典和丹麦等地长期流传着一百多种民族英雄传说《萨迦》（1300 A.D.），以及中世纪流传北欧的民间歌谣如瑞典的《古斯塔夫·瓦萨和达拉那好汉》等作品。这些作品体现了氏族社会人们的原始思维特征，对于基督教文化来说属于异教信仰，但对北欧人民来说却是他们历史记忆的核心组成部分，因为其中传承了北欧人民的生活智慧和价值观念。同时，这些民间文学经典对北欧诸国民族文学的形成和流变也产生了很大的影响，在后世北欧作家的审美心理和哲学观念上都留下了不可磨灭的思想印迹。例如在《埃达》第二首"高人的箴言"中，有几段这样的诗行：

> 为人最宜才智适中，
> 聪明过人未必是福。
> 不露锋芒避害趋利，
> 安享太平岂是庸碌。
> ……
>
> 路边坟茔虽是多，
> 石碑墓志却稀疏。
> 皆因立碑须有儿，

---

① 伍蠡甫主编：《西方文论选》上卷，上海译文出版社 1979 年版，第 440 页。

无子祭祀断香火。①

　　这些诗行出自北欧民间流传的歌谣，表达了非基督教的祖先崇拜信仰和质朴粗犷的民间谣曲风格。这种独特的民族文学传统在 17—18 世纪的北欧作家作品中得到了延续，如"瑞典诗歌之父"希恩耶尔姆（Georg Stiernhielm，1598—1672）所作的长诗《赫拉克勒斯》（1658）就传承了北欧文化传统中的人生信仰。希恩耶尔姆出生于一个矿场主家庭，年轻时在德国和荷兰留学多年。回国后就职于多尔帕特法院，后任文物管理局局长。希恩耶尔姆接受了古典文化和拉丁文的教育，所以他的长篇英雄诗歌《赫拉克勒斯》具有巴洛克式华丽雕饰的文体风格。不过，他在留学期间也受到了启蒙主义思潮的熏陶，因此当瑞典人的强国梦兴起之际，他开始采用瑞典民族语言创作具有爱国主义思想的诗歌。1650 年，他为了庆贺克里斯蒂娜女王加冕礼而创作了诗歌《被囚禁的爱神》，诗歌采用瑞典语韵律和节奏，并以边舞边颂的芭蕾形式进行表演。在他创作的诗歌中，希恩耶尔姆赞誉了理性、节制、爱国和教养等品德对于高尚人格的塑造作用。例如在《赫拉克勒斯》中，诗人描写了瑞典青年贵族赫拉克勒斯如何先与几位美女周旋，后又彻底醒悟而为国效命于疆场的故事。这部诗作的思想主题传承了北欧民族的爱国精神，其故事情节则取材于瑞典的现实生活，因此被视为"瑞典的第一部伟大诗作。"②希恩耶尔姆在去世前出版了诗歌集《女诗神现在教我们用瑞典语写诗和吟唱》，为推动以瑞典民族语言进行文学创作树立了典范。在 17 世纪的北欧文学中，丹麦的诗人托马斯·金果（Thomas Kingo，1634—1703）被誉为"丹麦的荷马"，其创作的诗歌受到法国古典主义的影响，具有较强的巴洛克雕饰风格。在为国王克里斯蒂安五世加冕所写的颂诗《霍西安娜》（1671）中，金果赞颂了新国王的开明和英武，支持丹麦君主摆脱神权控制的举措。在他的一些抒情赞美诗中，金果善于用生动的比喻来表现北欧人特有的

① 石琴娥：《北欧文学大花园》，湖北教育出版社 2007 年版，第 15 页。
② ［瑞］雅·埃尔文、古·哈塞尔贝里：《瑞典文学史》，李之义译，外国文学出版社 1985 年版，第 53 页。

思想情怀。例如在诗歌《别了，世界，再见》中，诗人以充满反叛意志的激情写道：

> 别了，世界，再见！
> 奴隶的生活我早已厌倦。
> 我逃避长期压在肩头的重担。
> 我要摆脱它们。
> 走上自由之路。
> 我深感厌倦，我蔑视以对，
> 那空虚的一切！①

　　这首诗体现出与基督教救赎观念不同的人生观和世界观，充分显示了逃避人生的遁世思想，传承了北欧民族特有的非基督教文化价值观。正是由于本土文化渊源深厚而拉丁文化霸权薄弱，所以北欧国家特别是丹麦和瑞典等国的启蒙文学创作取得了很大的成就。在这一时期里，丹麦、瑞典和挪威等国的文学观念也发生了重要的转变，即不再单纯模仿法国古典主义，而是注重以本民族语言来创作现实主义作品。丹麦作家路德威格·霍尔堡（Ludvig Holberg,1684—1754）就是18世纪北欧启蒙文学思潮的一位代表性人物，其喜剧和叙事诗创作为北欧启蒙文学的兴起做出了很大的贡献。霍尔堡出身在挪威一个贫寒之家，后来在亲友资助下从挪威到丹麦读书，1704年毕业于哥本哈根大学神学院，以后又广泛游历了英、法、德、意等国。他在回到丹麦后一边在哥本哈根大学教书，一边用丹麦语言进行文学和学术写作。他受到英国思想家托马斯·莫尔和文学家斯威夫特的影响，在讽刺性幻想小说《尼尔斯·克里姆地下之行》（1741）中描写了主人公克里姆如何在山洞裂缝中来到地球深处，在周游列国中感受到理想国的美好前景。这部游记体小说以斯威夫特式的讽刺语言调侃了挪威社会生活的现状，传承了西方"流浪汉小说"的叙事模式。他在讽刺喜剧《山上

---

① 石琴娥：《北欧文学大花园》，湖北教育出版社2007年版，第39页。

的耶比》（1722）中，借用身份变换的传统情节来描写佃农耶比如何一觉醒来成为男爵，然而耶比在经历了一系列奇遇之后终于在监牢里又变回佃农身份。这部剧作以丹麦现实社会为背景，讽刺了贵族地主蛮横欺压平民的恶行，揭露了官吏和教士们贪婪伪善的面目，体现了反对贵族专制和主张自由平等的启蒙价值观念。霍尔堡吸收了法国古典主义喜剧和意大利即兴喜剧的艺术风格，真实地再现了北欧社会的世俗生活场景。他的创作对俄国启蒙主义剧作家冯维辛的作品有着相当大的影响，而他所写的风俗喜剧《假面舞会》（1724）还被改编成歌剧在欧洲诸国上演，迄今不衰。

从 17 世纪末到 18 世纪初，瑞典在两次战胜丹麦以后成为了北欧最强大的国家，并积极地介入了欧洲事务，甚至与俄国和波兰也发生过争夺波罗的海沿岸地区控制权的战争。1709 年，瑞典军队在莫斯科城下遭遇到俄国军队的沉重打击；1721 年，瑞典又被丹麦、普鲁士和俄国的联军击败而失去了大片土地。在瑞典国内，贵族和平民之间的矛盾更加尖锐，而经济生产也遭遇衰退的打击。在国家面临危亡之际，瑞典人的民族主义意识却没有消退，国内局势在 18 世纪后期古斯塔夫三世（1772—1792）的治理下出现了经济复苏和文化复兴的局面。在经济发展上，瑞典人积极吸收西欧国家的科学技术来发展工农业生产，并依靠皇家科学院来聚集自然科学人才；在文化上，瑞典学者和作家受到法国古典主义和启蒙主义思潮的双重影响，特别是吸收了伏尔泰等欧洲启蒙思想家为皇家学院的院士，进而在哲学和文学等方面做出了新的成就。1739 年，瑞典皇家科学院（The Royal Swedish Academy of Sciences）按照国王弗雷德里克的旨意而在斯德哥尔摩建立，成为继伦敦皇家自然科学促进会和巴黎皇家科学院之后又一个著名的欧洲学术机构。这一学术机构的建立标志着科学和理性精神在瑞典的深入传播和重大影响，其选举产生的数百名国内外院士专长于数学、物理、化学、生物、天文、医学、经济学和人文科学等诸多领域，对自由传播科学知识和倡导现代价值观念做出了巨大的贡献。

18 世纪中后期，瑞典在国王古斯塔夫三世（Gustav Ⅲ ,1772—1792）的统治下实施开明政策，因而推动了瑞典的文化艺术进入活跃而繁荣的"自由时期"。古斯塔夫三世受到自己的导师达林的影响，十分崇敬法国文化，并接受了伏尔泰的启蒙主义观念，积极主张政治宽容和自由平等的思想。他即位不久就平息了贵族的反叛，随即又在国内实行文化宽容政策，特别是启用了一大批平民知识分子参与国政，并鼓励和资助了许多年轻作家创作出饱含启蒙精神的喜剧和诗歌作品。1776 年，瑞典国王颁布了出版自由法，成为继英国之后第二个对独立思想和自由言论加以宽容的欧洲君主制国家。1778 年，瑞典第一家报纸《斯德哥尔摩邮报》创刊，标志着新闻和出版行业的逐渐市场化。在文化艺术上，古斯塔夫三世采取了不少具体的措施来推动瑞典文化艺术的发展。他除了在 1786 年颁令建立瑞典文学院以外，还早在 1782 年就命令修建了斯德哥尔摩皇家歌剧院，并在此汇聚了一批有艺术才华的戏剧家和诗人。这些具有新思想的作家如谢尔格伦（John Hernik Kellgren, 1751—1795）和卡尔·莱奥博尔德（1756—1829）等人对于传播启蒙思想、建构民族文学做出了积极的贡献。但是，古斯塔夫三世的许多改革措施不断地激怒了封建贵族集团，最终他被贵族势力派人谋杀在宫廷的假面舞会上。

正如古斯塔夫三世的个人统治经历所表明的，18 世纪的瑞典社会处于波澜起伏和动荡不安的时代。瑞典王国从 17 世纪末开始直到 18 世纪末，其间经历了强国崛起扩张、对外战争失败、国内经济萧条、社会逐渐复苏等几个大起大落的发展阶段，其文学创作也经历了古典主义、启蒙主义、新浪漫主义等文学思潮的洗礼，进而构成了民族文学经典传承的一个重要时期。在瑞典社会和经济由衰退到复苏期间，市民社会和世俗文学也逐渐成长起来。表现男女爱情的田园诗和讽刺人性弱点的寓言诗等题材创作开始兴旺，与描写贵族生活题材的古典主义作品形成一定的抗衡。由于市民社会的成长和外国新思潮的传入，瑞典出现了代表资产阶级审美趣味的各种艺术沙龙和阿卡狄亚诗社，其中积极传播启蒙主义思想观念的诗社以"思想建设社"为代表。① 这一文艺社团成立于18世纪50年代，其主要成员出身于贵族家庭，大多不满瑞典社会的现状，积极接受和传播英法等国启蒙思想家和文学家的作品。这一诗社的主要成员创作了不少具有启蒙思想意识的作品，例如诺登弗里克特（1718—1763）的政论诗《为妇女辩护》和克留茨（1737—1785）的田园诗《夏之歌》等。同时，这些诗社成员也积极传承了北欧民族文化传统，如尤伦伯格（1731—1808）在《冬天之歌》（1759）等作品中表现了北欧先民传世初期的英雄精神。不过，瑞典的社会结构仍然具有传统的贵族等级制，市民阶层没有充分成长起来。正如瑞典文学史家雅·埃尔文等人指出的，瑞典"启蒙运动从来没有成为人民性的运动，这个世纪处于急剧上升状态的资产阶级更多地受到虔信主义的影响，这种虔信主义极力追求内在的和更富有个人色彩的虔诚。"② 这就是说，瑞典的市民阶级仍然没有形成自主的政治诉求，仍然受到宗教观念的思想束缚，因此导致贵族文化习性的持久不消。石琴娥认为，18世纪瑞典文化思想界出现了某种混乱状态，不少学者和作家既向往自然田园生活，也传播了启蒙主义思想观念，反对专制和蒙昧，却因为自身的贵族家庭背景"而不肯向新兴的资产阶级靠拢。"③ 这一看法指出了瑞典在现代化进程中遇到的社会转型矛盾，即旧的制度和阶级不肯轻易地向新的制度和阶级认同，即使一些有理性、有抱负的启蒙主义者也难以逾越自身的阶级局限性。实际上，这种政治思想的局限性在启蒙运动时期欧洲各国都存在着，而在瑞典、俄国、意大利、西班牙和德国等地表现得尤为突出，因为这些国家普遍存在着长久的君主专制统治，贵族文化传统和农业文明习性根深蒂固、积重难返。只有在工业革命兴起较早、市场经济比较发达的地区和国家，如英国、荷兰和法国，资产阶级和市民社会才能

---

① 意大利启蒙时期也出现过"阿卡狄亚诗派"，其在艺术上继承了意大利早期文艺复兴的文学遗产，发扬了彼特拉克所开创的抒情诗风，并在吸取古典文学题材和通俗文学形式等方面做出了积极的贡献；另外，"阿卡狄亚诗派"也成为团结意大利文化精英的一个重要阵地，为传播市民阶级追求人性解放的价值观念发挥了重要作用。

② ［瑞］雅·埃尔文、古·哈塞尔贝里：《瑞典文学史》，李之义译，外国文学出版社1985年版，第85页。

③ 石琴娥：《北欧文学史》，译林出版社2005年版，第81页。

建构起比较坚实的政治和文化基础，启蒙运动和民主政体才能较快地建立起来。如果我们把美国革命考虑进去的话，那么这一判断就更加有力度，因为美国没有贵族君主统治的传统，所以宗主国的封建贵族文化不能对新大陆的资产阶级文化和工商经济秩序产生严重的威胁。

　　当然，欧洲启蒙思潮在瑞典还是得到了相当程度的扩散，自由民主的思想观念能够持久地传承下去，甚至对19世纪以后瑞典的君主立宪政制也产生了持久的影响力。在18世纪瑞典启蒙思潮的兴起过程中，瑞典作家受到英国启蒙文学家笛福和斯威夫特等人作品世俗题材和语言风格的影响，并从法国思想家伏尔泰、孟德斯鸠和卢梭等人那里汲取启蒙思想精华，从而在民族文学创作中传播和宣传了启蒙价值观念。在这些瑞典作家中，乌洛夫·达林（Olof von Dalin, 1708—1763）是传播启蒙思想的代表性人物之一。达林出生在一个牧师家庭，青年时期曾在瑞典隆德大学求学，19岁时来到斯德哥尔摩。达林先是做过一些初级官员的工作，后来在1732年创办了杂志《百眼神》，并撰写了大量的寓言和讽刺短文，因此他很快在首都赢得了众多的读者和较高的声誉。在这份每期只有八页的杂志里，达林从古典主义和启蒙主义经典作品中汲取灵感来撰写寓言式散文，例如《马的寓言》（1740）等作品，描写了人民的真实生活，讽刺了贵族子弟的奢侈作风。仿照英国《观察者》杂志风格而出版的《百眼神》虽然只是篇幅短小的周刊，却在两年多的发行时期内发表了大量的寓言、诗歌、讽刺散文和日记信札等，广泛传播了启蒙思想观念，引导众多瑞典读者接触到西欧诸国的新思想和新文化。同时，达林还运用北欧民间歌谣的形式来撰写诗歌如《帽子的谣曲》等，并曾模仿伏尔泰的史诗创作而写了《瑞典的自由》叙事诗。可以说，达林在传播英法等国启蒙主义思想和作品、推动本土启蒙思想和启蒙文学的兴起发挥了重大的作用。他也因此享有"北欧的伏尔泰"之声誉。达林的文化著述和主办刊物等活动体现了启蒙时期"伏尔泰式"知识分子的主要思想特征，即在理性和智慧的指引下尽可能地传播启蒙价值观念，反对封建制度，但又与君主贵族保持着联系，主张改良性的开明君主统治。这种保守的思想模式与激进、革命性的"卢梭式"知识分子形成了强烈的对照，因为后者主张以革命的暴力推翻君主暴政，清除封建贵族的旧思想，建立完全的民主共和式新政权。这是西方启蒙时代常常出现的两种知识分子思想模式的典型，而瑞典的社会现状和文化传统也决定了只有"伏尔泰式"的知识分子可以活跃于本国的文化思想舞台。

在 18 世纪瑞典诗人中，贝尔曼（Carl Michael Bellman,1740—1795）是一位十分独特的瑞典民族诗人。贝尔曼出生在斯德哥尔摩的一个官员之家，从小就显示出音乐和诗歌的天赋，并在 17 岁时就创作和朗诵过诗歌作品。他虽然没有积极宣传启蒙思想观念，但是他善于从民间文学中汲取营养，注重描写市井生活和平民形象。他的代表作有《弗列德曼诗体书信》（1790）和《弗列德曼之歌》（1791）等抒情诗集，具有当时流行的洛可可风格，但也传承了古希腊文学和中世纪传奇等西方文学经典元素。在这两部诗集中，诗歌《一个乡巴佬的妻子》描写了农夫妻子与胆小调情者的戏谑情节，而谣曲《致爱神和酒神》则歌颂了人生在世须尽欢的世俗理想生活。例如在后一首诗中，诗人写道："爱神和酒神／我且为他们干杯！／这两位神灵／男女老少人人都喜欢。／一个让我神魂颠倒，／另一个使我身体轻飘飘。"[1]这首诗歌典型地反映了北欧人的生活观念，带有古希腊酒神式及时行乐的狂欢情趣。从经典传承的角度来看，贝尔曼的诗歌创作体现了人性解放的情感奔流，带有强烈的人文主义个性解放特征。事实上，贝尔曼的抒情诗歌促进了 19 世纪新浪漫主义文学的兴起，并成为瑞典民族文学经典谱系的一个耀眼光环。

在 18 世纪瑞典启蒙思潮的发展进程中，还出现了一位十分重要的思想家和文学家斯威登堡（Emanual Swedenborg,1688—1772）。斯威登堡出生在一个牧师家庭，年轻时毕业于乌普萨拉大学，后来又去英国深造科学技术，听过牛顿的课程。除了英国以外，斯威登堡还曾在法国、荷兰和德国游历过，因此接受了英国牛顿的科学思想和经验论学说，信奉法国笛卡尔的理性主义，并是瑞典科学院的第一批院士之一。但是，斯威登堡在将近 60 岁的时候忽然转向了神秘主义，认为

---

① 石琴娥：《北欧文学大花园》，湖北教育出版社 2007 年版，第 57 页。

世间万物都是精神世界的对应物，物质形态只是精神存在的反映和象征。斯威登堡受到笛卡尔哲学的影响，在 1734 年出版的《哲学和逻辑学著作集》中系统阐释了自己的自然哲学观点。他认为，世间万物都是由无限可分的微粒组成，而这些微粒始终处于永恒的运动之中。他还研究过人体解剖学，认为人的灵魂就在大脑之中。斯威登堡在多年撰写的《天上的秘密》（1749—1756）等论著中反驳了康德有关神和信仰的世界无法用理性来证明的看法，认为灵魂是一个有机体，人在生或死的各个阶段都会和神相遇。他在神学著作《论天国、地狱及其奇迹》（拉丁文本，1758）和《上帝的基督教》中进一步发展了自己的理论，提出博爱和智慧才是上帝的本质，人类的心灵可以通过神秘的精灵和天堂进行沟通。他认为，"天堂由无数的社区构成，""天堂的每一社区都反映了一个对应的人，"因此，"天堂里万物都与大地和人世万物联通在一起，""天堂和人的结合经由语词完成。"[①] 这些解说重新定义了上帝和人的相互关系，带有新柏拉图主义的影响，但是却强调了人自身与上帝直接交流的可能性。从基督教的基本教义来看，斯威登堡的神学观念已经偏离了天主教或新教对于上帝的正统阐释，而带有某种泛神论的异教思想特征。实际上，斯威登堡受到但丁《神曲》的叙事结构所影响，在天堂和地狱之间设置了一个中间地域，其间充满了幽灵魂魄，人死后仍然具有肉身外形，并在这里与天使或魔鬼进行交谈，决定是否进入天堂、或是坠入地狱。不过，他还认为天堂是爱和智的领地，也允许人间的合理情欲，而禁欲者和退隐者却不能在此居留。斯威登堡的神秘主义在一定程度上修正了基督教关于天堂、地狱和获救等原教旨的观念，并且带有北欧原始信仰中的泛神论思想，即万物有灵论的思想。在斯威登堡看来，巫术和通灵术具有不可估量的神秘法力，能够帮助人类与神灵进行交流。斯威登堡的神秘主义思想对于后世西方文学创作和现当代西方哲学都产生了深远的影响。德国的歌德和 19 世纪英、法、美、瑞典及丹麦等国的作家都受到过他的影响。斯威登堡的神秘主义有助于人们摆脱基督教信仰的束缚、解放

---

① Emanual Swedenborg, *Heaven and Its Wonders and Hell*, New York: Swedenborg Foundation, 1946，pp. 41, 68, 102, 303. See http://www.swedenborgdigitallibrary.org/contents/HH.html

人类的想象力空间，但却带有浓厚的非理性主义色彩。他的神学观念对于启蒙理性也是一种明显的背离，但是却影响了 19 世纪的欧洲浪漫主义和现代主义文学思潮的兴起。

由于北欧地区独特的人文环境，特别是基督教渗透比较迟、本地氏族文化传统深厚等原因，所以瑞典的启蒙思想传播具有复杂的、曲折的历史进程。在瑞典启蒙思想的兴起和传播过程中，自然科学家卡尔·冯·林奈（Carolus Linnaeus, 1707—1778）是传播科学知识和理性精神的重要启蒙思想家之一。林奈出生在一个乡村牧师家庭，自幼就对野外的各种植物抱有浓厚的探索兴趣。他曾在瑞典的隆德大学和乌普萨拉大学就读医学专业，后来又去荷兰最后完成了医学博士学位。他在 1735 获得博士学位后，马上到丹麦、德、荷、英、法诸国游历。在将近三年的游历中，他接触到了现代科学知识和启蒙理性思想。1738 年，林奈回国后做了开业医师，三年后在乌普萨拉大学任教授。他在荷兰撰写的《自然系统》在 1735 年出版后多次再版，并不断地大量增补和修订词条。他在 1758 年的第 10 版《自然系统》中，首次提出了对动物分类的"双名法"，建立了科学的近代动物分类学。在 1768 年出版的《自然系统》的第 12 版中，他删去了有关"物种不会变"的论述，为后来达尔文等人的进化论思想提供了较早的科学论证。[①]他长于植物学和生态学的分类和辨析，其重要著作《植物种志》于 1753 年出版，由此奠定了近代植物分类学的基础。林奈还是一位多产的作家，在其游记体散文集《厄兰岛和哥特岛游记》（1745）和《西约特郡游记》（1747）等作品中展示了瑞典各地的社会现状和民情风俗。可以说，瑞典启蒙思想的传播在一定程度上得益于林奈所建立的自然科学研究成果，其撰写的科学著作和人文游记对于瑞典的民族文学谱系的建构也起到了积极的推动作用。

在瑞典启蒙思潮的兴起中，约翰·谢尔格伦（Johan Henrik Kellgren）是一位十分重要的人物。他既是瑞典的著名诗人和剧作家，也是推动启蒙理想在瑞典政治文化中得以实施的重要人物。谢尔格伦出生于一个牧

---

① ［英］彼得·沃森：《人类思想史》，姜倩等译，中央编译出版社 2011 年版，第 74 页。

师家庭，大学毕业后曾经担任过记者和教师，并在古斯塔夫三世身边做过秘书达 10 年之久。他接受了伏尔泰等人的启蒙思想观点，曾以古斯塔夫之名撰写了几部歌颂开明君主的戏剧，而他的诗歌则充满了人文主义的浪漫情绪。在诗歌《不能因为发疯就成为天才》（1787）中，谢尔格伦以嘲讽的笔调批判了斯威登堡的神秘主义及其反启蒙倾向，赞扬了反对禁欲主义的人性之爱。在《我的嘲笑》这首诗中，作者写道：

> 你没有遵守《圣经》所言，
> 在那帝国的一片辉煌中，
> 你只超越不会说话的畜生。
> 放下你的权杖——
> 饥饿的狮子会吞下
> 你这陛下，全能的陛下，
> 除非你广布善心爱意。
> ……①

谢尔格伦以寓言的手法把专制君主比喻为畜生的同类，尖锐地嘲讽了君主的残暴统治。在他为《斯德哥尔摩邮报》撰稿期间，他与图里德尔（1759—1808）等人展开了论战中，批判了旧浪漫主义否定古典主义美学的倾向。他的后期诗歌如《新创世纪》（1789）以浪漫的激情来赞颂启蒙主义思想，而他的讽刺诗《光明之敌》（1792）则被誉为"一部伟大的启蒙诗歌"。② 谢尔格伦的诗歌摆脱了法国古典主义戒律的束缚，采用了无韵诗体（如诗歌《致克里斯蒂娜》），注重渲染诗人的情感和希望，艺术地表现了时代的精神。在瑞典文学史上，他的诗歌创作因为具有审美创新特征，因此成为 19 世纪瑞典的新浪漫主义文学潮流的艺术渊源之一。

---

① Johan Henrik Kellgren, *Mina Löjen*（《我的嘲笑》），瑞典隆德大学吴红博士译。
② ［瑞］雅·埃尔文、古·哈塞尔贝里：《瑞典文学史》，李之义译，外国文学出版社 1985 年版，第 111 页。

从整个西方启蒙运动的演变历史来看，西班牙和瑞典等欧洲国家启蒙思潮的兴起和传播一方面受到了法国和英国启蒙主义思潮的持久影响，另一方面受到这些先进国家经济繁荣和国力强盛的直接刺激，因此出现了某种"自上而下"的启蒙主义改良运动。这种启蒙思潮的发生模式应该类似"英国式"的保守型变革模式，但是却没有像英国那样取得最后的成功，属于这种变革模式的还有德国、俄国和意大利等国；还有一种启蒙思潮发生模式属于"法国式"的激进变革模式，它彻底推翻了封建君主的专制政治，实行了民主共和的政治体制，在社会秩序重建中形成了现代资产阶级的文化价值观和道德观，属于这种变革模式的只有美国和法国两个国家。但是，不管西方启蒙运动的历史进程是如何曲折，在启蒙理性和新教伦理影响下，欧洲诸国先后出现了文化思想领域、科学技术领域、社会政治领域、日常生活领域里的革命性变革。这些革命性的变革力量集合起来促进了资本主义的大发展，进而推动了西方诸国现代民族国家的主权建构和身份认同。虽然俄国、西班牙和瑞典等国的启蒙思潮经历了从高涨到消沉的波澜曲折，但是，现代工业革命和民主政治变革却是一股不可抗拒的历史进步潮流。那些在18世纪没有完成启蒙运动历史使命的欧洲国家最终也融入了这一历史大潮之中，而这些国家的进步知识分子和文学家们都在这一历时长久的现代化进程中发挥了举足轻重的推动作用。

结 语　西方启蒙思潮和启蒙
文学的意义

　　从 14 世纪初到 18 世纪末，西方诸国经历了从文艺复兴到启蒙运动这样一场历时数百年的历史变革进程。这场变革在经济发展史上见证了西方工商经济中心从地中海沿岸向大西洋沿岸经济地理带的转移，而在文化思想史上则见证了从神性→人性→理性、从神权→王权→人权的现代思想转型。如果说，人文主义思潮确立了以人性为中心的人类自我意识的话，那么，启蒙主义思潮则进一步促成了以理性为核心的人类自我批判意识。从启蒙主义的发生学形态来看，西方启蒙运动包含了文化思想变革的启蒙思潮和社会政治变革的启蒙革命两种主要形态。启蒙思潮的远源发于意大利和英国等地的市民人文主义，近源始于英国的经验论哲学和法国等地的唯理论哲学。启蒙思潮的形成和传播与启蒙文学的创作和流行几乎是同步的、相辅相成的。从实际发生的状态看，没有启蒙文学就没有启蒙思潮，因为启蒙思想家大多通过启蒙文学创作来宣传启蒙思想观念、倡导时代变革精神。在启蒙思潮的影响下，启蒙革命主要以英国光荣革命、美国独立革命和法国大革命等三大社会和政治变革事件为核心。启蒙运动主张自由、平等、民主和人权等现代的价值观念，弘扬理性、宽容、科学和批判等进步的时代精神。正是这些共同的价值观念和时代精神推动了西方诸国逐渐建立起"欧洲新社会的政治制度"，使得启蒙对迷信的胜利"在更大程度上反映了当时整个世界的要求。"[①] 马克思的这些论述指出了西方启蒙运动的普世性意义，强调了法国大革命对于改变

---

　　①　参见马克思：《资产阶级和反革命》，载《马克思恩格斯选集》第 1 卷，人民出版社 2012 年版，第 442 页。

世界历史进程的巨大作用。不过，西方诸国在建立新的社会政治制度过程中却表现了不同的发展轨迹。阿克顿在研究法国大革命的起因时指出，曾经断言"权力是毒药"的法国作家费纳隆（Francois de la M. Fenelon，1651—1715）堪称法国大革命的最初理论奠基人；但启蒙运动"在费纳隆时代开始之时，还只是警告、进谏和热情地要求保王，它形成了两大变革方案，一种是由国王进行变革，另一种是靠推翻国王来进行变革。这场运动最后的结局，则是狂暴地呼吁进行报复，激烈地要求火与剑。"① 阿克顿在这里说出了一个基本的事实，即17—18世纪西方启蒙运动期间所出现的社会政治变革主要采取了两种模式，即自上而下的变革模式和自下而上的变革模式；前者可用"由国王进行变革"的"英国模式"为指称，后者可用"靠推翻国王来进行变革"的"法国模式"为指称。不过，自上而下的"英国模式"变革只在英国和荷兰等国获得成功，而在俄国、西班牙和瑞典等国都遇到了贵族保守势力的反扑，最终使得主张改革的君主要么重回旧制，要么人亡政息，由此形成了复兴与复旧交错的惰性变革。自下而上的"法国模式"变革只有在缺少君主和贵族传统的美国最终取得了胜利，而在法国本土甚至也出现了拿破仑称帝和波旁王朝复辟等历史曲折。

在文化思想领域里，启蒙思潮在欧洲传播期间除了受到天主教会的抵制以外，还受到了非理性主义思潮和保守主义思潮的各种挑战，例如意大利的维柯、德国的哈曼和瑞典的斯威登堡等人对于启蒙理性和现实经验的轻视或反驳。所以说，启蒙运动长期而曲折的历史已经证明，旧制度的复辟需要旧思想的支撑，而旧思想的延续又依赖旧风俗的残存。狄德罗曾经把专制政治和宗教迷信视为"拴在人类脖子上的两大绳索"，但伏尔泰对于各民族风俗史的研究却提示人们旧风俗对于新思想的顽强阻碍作用。可以说，旧风俗是拴在人类脖子上的第三条绳索。改朝换代易而移风易俗难，因此启蒙思潮必然要面对旧制

---

① ［英］阿克顿：《法国大革命讲稿》，姚中秋译，商务印书馆2013年版，第23页。另外，法国作家费纳隆（Francois de la M. Fenelon，1651—1715）曾经做过宫廷教师，著有《论女子教育》和《死人对话》等书。他的代表作《忒勒马科斯历险记》借鉴了《荷马史诗·奥德修记》的情节，描写少年忒勒马科斯海上冒险、寻找父亲的故事。这部小说是西方早期儿童文学的代表作之一，其中影射批评了国王路易十四的专横作风和极权统治。

度、旧思想和旧风俗的不断挑战。1830 年，雨果的戏剧《欧那尼》在巴黎上演引起了古典派和浪漫派的公开冲突。这个事件从一个侧面说明了新思想、新风俗的兴起和传播绝不可能一蹴而就，但旧制度和旧思想的回潮却会不断发生。从一个较长的历时性视野中看，法国大革命以后出现的王政复辟和思想回潮正好说明，新的社会理想和旧的政治势力之间的矛盾和冲突是难以调和的。从文艺复兴到启蒙运动的五百年间，西方诸国各种政治势力围绕统治权力而进行的较量往往以理想为口号，实际上以各势力集团的切身利益为进退，却很少以艰巨的变革来实现其美好理想。虽然启蒙思想家们不断向广大民众描绘一幅自由、平等和富强的理想社会，但从法国大革命至今二百多年的西方历史并没有见证启蒙理想的完全实现，而种族冲突、性别歧视、政客欺诈和权力腐败等社会不公造成的人道灾难仍然频频发生。即使在美国这样经历了比较成功的启蒙运动洗礼的国家，这些社会问题迄今仍在不时地动摇着既有的社会秩序，困扰着现存的政治制度。在今日西方世界贫富矛盾和种族冲突等社会不公有日益尖锐化趋势之际，斯蒂芬·布隆纳在《重申启蒙》一书中尖锐地指出："资本主义的全球新扩张、官僚国家的崛起、媒体的联合、盲目的消费主义、对环境的忽视以及文化相对论都破坏着启蒙运动提出的诸多理念。"[①]可以说，在人的解放和全人类的解放还没有彻底完成之际，启蒙思潮所标举的自由、平等、民主和人权等价值观念以及理性、宽容、科学和批判等进步意识仍然值得人们去追求，仍然需要人们去捍卫。

在 17—18 世纪的西方诸国社会转型中，"英国模式"和"法国模式"的二分法指的是启蒙时期两种主要的政治变革模式，而相应地在启蒙观念上则有"温和启蒙"（the Moderate Enlightenment）和"激进启蒙"（the Radical Enlightenment）两种思想变革模式。[②]从启蒙思潮发展进程来看，倡导这两种模式的启蒙思想家之间"存在着深刻的内部分歧"，[③]其中最有代表性的是"伏尔泰式"和"卢梭式"两种类型的

---

① ［美］斯蒂芬·布隆纳：《重申启蒙》，殷杲译，江苏人民出版社 2006 年版，第 1 页。

② John Gascoigne, *Science, Philosophy and Religion in the Age of the Enlightenment,* Burlington: Ashgate Publishing Company, 2010, p. vi.

③ Jonathan Israel, *Democratic Enlightenment,* Vol. I, Oxford University Press, 2011, p. 7.

知识分子。在这两类知识分子中，"伏尔泰式"具有睿智和妥协的人格特征，"卢梭式"具有激情和反叛的人格特征。"伏尔泰式"知识分子往往主张理性的社会改良，希望建立君主立宪的政治制度，主张以权力约束权力，在倡导理性的同时不忘上帝的存在；"卢梭式"知识分子不断强调自由和人权，坚决主张以暴力推翻暴力，以革命的方式推翻封建统治，建立民主共和体制，在赞赏理性的同时却具有非理性的思维特征。从思想特征来看，启蒙理性注重对新思想的发现和传播，而不是对旧传统的维护和坚守；它强调的是批判和自我批判，而不是智者高高在上、愚者唯唯诺诺。因此，启蒙理性不承认抱有上智下愚心态的传教士人格，无论是"伏尔泰式"或是"卢梭式"知识分子都需要接受理性原则的检验，任何人都不能自诩为当然地掌握了真理。启蒙运动的一个重要经验在于，进步思想必须以大众话语来进行传播才能动员起广大民众，而不能让一些自命精英的知识分子以雕饰晦涩的词语来自娱自乐。事实上，17—18世纪开始兴盛的印刷资本主义直接促进了各地文化市场的形成，而文化市场上的启蒙出版物常常以大众的语言和便宜的价格为广大市民阶级所喜爱。伏尔泰曾经指出过启蒙出版物和文化市场的关系，认为"20开的长篇巨著永远不可能掀起革命；那些小而轻便、售价30个苏的书才真正危险；"斯蒂芬·布隆纳就此认为，当代反启蒙思潮的理论家们过于轻视大众群体和通俗文化的积极意义，"他们深奥的学术风格无法与那些在公众场合对基本原理展开辩论的知识分子们匹敌，……（所以）要令启蒙适应于现代，就必须再度拾起大众语言。"[①] 这一看法其实说明了17—18世纪西方启蒙思潮传播过程的真实状况，即启蒙思潮的平民话语特征和大众传播途径，也说明了英国、荷兰、法国和美国等国启蒙思想家和广大平民阶层之间形成的积极呼应关系。事实上，大多数启蒙思想家来自于市民阶级，能够使用大众的通俗语言来书写和宣讲，因此使得启蒙主义思想观念能够深入民心，启蒙运动的革命舆论能够感召大众。所以，没有启蒙思想论著和文学创作的大众化、世俗化和民族化写作，就没有启蒙运动的伟大胜利。

西方中世纪以来的宗教迷信和神权统治的思想基础是建立在拉

---

① [美]斯蒂芬·布隆纳：《重申启蒙》，殷杲译，江苏人民出版社2006年版，第5页。

丁文霸权之上的；罗马教廷对于诸国君主的加冕权和对于《圣经》的
阐释权更是以拉丁文话语来实施的。从文艺复兴开始直到启蒙运动结
束这数百年的时期内，西方诸国对于拉丁文化霸权的颠覆就是对于罗
马教廷和神权文化的颠覆，于是就出现了诸国语言文学的民族化和世
俗化的转型过程。在启蒙运动阶段，西方诸国启蒙思想家或文学家积
极使用本民族语言进行理论著述和文学创作，因而在社会各个阶层，
尤其是在使用地方俗语的民众中形成了深入人心的启蒙舆论造势。在
西方诸国的启蒙文学创作中，民族化的语言和世俗化的情节常常是小
说、戏剧和诗歌的主要艺术特征。例如，歌德的《浮士德》第一部分
就是以民间文体写成的；18 世纪上半期英、法、德等国各自出版的
民族语言多卷本《百科全书》和《综合大辞典》则意味着"拉丁文失
去了欧洲共同语言的地位"，也标志着西方诸国完成了从拉丁文化霸
权向民族文化建构的深刻转型。① 从文艺复兴到启蒙运动这一漫长的
历史时期内，西方诸国的文学书写经历了从拉丁文一统天下到民族语
言竞芳斗艳的多元局面。当然，各国的启蒙文学经典大多在思想主题
上认同了反对君主专制、批判宗教迷信的启蒙思潮，并通过艺术形象
来传播自由、平等、民主和人权等共同的价值观念。正是这些共同的
现代价值观念把西方诸国文学经典整合为"西方文学经典"的现代谱
系，并在多姿多彩的艺术创新中传承了不同国别、不同地区的民族文
化精髓。可以说，没有启蒙运动的洗礼，就没有各民族文学的繁荣；
而没有启蒙思想的熏陶，更不会有西方近现代文学的卓越成就。布克
哈特在论述意大利文艺复兴时期的文化特征时指出，《神曲》的主题也
包含了意大利民族获救和新生的意旨，但丁由于显示出来的丰富个性
而成为"他那个时代最具有民族性的先驱。"② 布克哈特所赞赏的是意
大利早期人文主义者的民族文学创作，而但丁的《神曲》也为西方各

---

① 按照彼得·李伯赓的看法，1728 年英国出版的《钱伯斯百科全书》、1751—1772 年法国
出版的《百科全书》和 1732 年德国出版的《科学艺术综合大辞典》等事件标志着"拉丁文失去了
欧洲共同语言的地位"，而各国的地方性民族语言开始得到官方和民间的普遍采用。参见彼得·
李伯赓：《欧洲文化史》下卷，赵复三译，明报出版有限公司 2003 年版，第 131 页。

② ［瑞士］雅各布·布克哈特：《意大利文艺复兴时期的文化》，何新译，商务印书馆 1983
年版，第 126 页。

民族文学的近现代经典建构开启了先河。马克思曾经说过，"法国革命以及与之相联系的启蒙运动的……第二个反作用是越过中世纪去看每个民族的原始时代，而这种反作用是和社会主义趋向相适应的。"①马克思所重视的是原始氏族社会中存在的自由和平等价值观，同时也指出了启蒙运动与民族复兴之间的紧密联系，而启蒙思潮正是通过批判神权和君主统治来帮助人们从诸民族远古历史中发现了马克思所说的"最新的东西"。事实上，从但丁的时代到启蒙的时代，西方诸民族文学都在相当程度上发现、传承和优化了本民族独有的文化语言传统，而最具标志性的转型就是各国启蒙文学在民族语言的书写中形成了独立的国别文学谱系，彻底摆脱了拉丁语言文化的一统霸权。

从西方文学经典的传承史来看，17—18世纪的古典主义文学观念仍然传承着古希腊罗马文化中的贵族审美趣味，作品中主要人物多是君王和显贵；但是，启蒙运动使得各国民间艺术和市民文学创作登堂入室，世俗人情和平民形象经过启蒙作家的创作而进入了文学经典的传承谱系。正是这个新的建构过程显示出西方文化裂变、诸民族文学经典形成的重大文化转型，而这一转型最终产生了西方诸国的文学经典谱系和现代审美观念。在启蒙思潮的广泛影响下，西方各国的启蒙文学传承了三个重要的艺术精神来源，即来源于文艺复兴运动的现实精神、来源于近代科技革命的理性精神和来源于民间及市民文学的世俗精神。这第三个来源正是随着启蒙运动的扩展和深入而被各国作家不断发掘出来，并在感伤主义小说、书信体小说、风俗喜剧、市民悲剧、抒情谣曲、讽刺寓言和教喻散文等艺术形式中得到了发扬光大。在整个西方启蒙文学的创作成就中，"理性文学"和"感性文学"构成了两种基本的风格类型。如果我们仍以伏尔泰和卢梭来代表两类不同作家个性及风格类型的话，②那么，伏尔泰式"理性文学"作品常常

---

① ［德］马克思、恩格斯：《马克思恩格斯论文学与艺术》下卷，人民文学出版社2002年版，第5页。

② 法国批评家朗松在论述伏尔泰和卢梭的精神气质时提出，伏尔泰的文风在于清晰优美和活泼轻松，因此他的气质与浪漫主义不相投；卢梭的气质多愁善感，因此他的语言充满了热忱和奔放的激情。朗松的评价虽然是对两位启蒙作家的艺术个性进行了比较性总结，却说明了启蒙文学在弘扬民族精神的同时也在张扬着经典作家的个人才情。参见朗松：《朗松文论选》，徐继曾译，百花文艺出版社2009年版，第432—437页。

以辛辣和犀利的讽刺来批判封建专制的弊病，以同情和含蓄的描写来塑造市民阶级的形象，以冷静和智慧的语言来传播启蒙思想的要义，从而形成了哈罗德·布鲁姆所谓的"智者的文学"①；卢梭式"感性文学"作品常常以生动感人的形象来体现人性和自我，以优美细腻的笔触来描写青年的爱情追求，以激越坚定的语言来张扬启蒙时代的精神，进而体现了浪漫主义的文学艺术特征。无论如何，这两类风格、两种个性的文学家所创作的启蒙文学经典代表了西方近现代文学的又一座高峰，前者传承和丰富了西方现实主义的文学经典脉络，后者启迪和张扬了西方浪漫主义的艺术想象魅力。更值得人们注意的是，启蒙思潮培育的民主和宽容意识也促进了各民族文学中非基督教文化因素的发掘和复兴，例如北欧人源自氏族部落文化的神秘主义和南欧人源自古希腊文化的享乐主义等审美趣味也在启蒙时代得到复苏和传承。意大利的维柯、德国的赫尔德和瑞典的斯威登堡等人注重民族文化渊源和非基督教的地方风俗，其文化思想中的非理性主义虽然对启蒙思潮产生过一定的消极作用，但却开启了 19 世纪以来西方现代主义文学思潮的先河。

　　最后从思想史的角度看，人类历史的演进不仅在于物质文明的进步，更在于精神文明和思想观念的进步，所以黑格尔把人类社会和人类思想看作一个不断运动和变化的历史进程。然而，人类思想的进步还需要自由思想的环境，需要精神独立的人格。在西方启蒙思潮兴起的时代，资本主义市场的扩张和市民阶级的壮大为思想自由和精神独立提供了宽容的社会文化环境。在西方启蒙思潮的传播过程中，各国学者之间频繁而自由的交流和学习是一个重要的推动因素。由于资本主义商品市场和国际贸易的日趋扩大，作为启蒙思想载体的各种出版物和报刊杂志等也随之在各国之间广泛流行，而奔波于跨国旅程中的各国学者和出版商们则成为引介、诠释和论述启蒙出版物的积极分子。在实行出版自由和宗教宽容政策的英国、荷兰和瑞士等国，各国启蒙思想家或文学家常常来到这里，或游历学习、或政治避难。正

---

① Harold Bloom, *Where Shall Wisdom Be Found?*, New York: Riverhead Books, 2004, p.153.

是在启蒙运动中形成的跨国界"文人共和国"（the republic of letters）里，出现了"来自世界各国的文人学者，他们将自己的思想公之于众，使其在批判的洗礼中成熟或湮灭。"① 也正是在这种跨越国界、自由平等和互相切磋的"文人共和国"里，各国启蒙思想家们得以交流、切磋和深化启蒙主义的思想理论，进而产生出具有历史进步意义的现代思想价值观念。法国批评家斯达尔夫人（1766—1817）在回顾大革命经验时曾提出，"在纵观世界各国的革命以及时代的交替时，……我并不认为精神世界的这个伟大产物曾稍被抛弃；无论是在光明的时期或是黑暗的世纪，人类思想的逐步前进是从来没有中断过的。"② 卢梭的这位女信徒在 1800 年提出的这一认识代表了启蒙思潮对于人类历史必然不断进步的乐观看法。实际上在启蒙思潮兴起之际，由于古希腊罗马文化的重新发现而产生的古典主义思潮仍然强劲，而柏拉图的"理想国"和托马斯·莫尔等人对"乌托邦"的憧憬也启迪了启蒙运动时期空想社会主义的理论形成。但是，启蒙理性与古典理性的不同在于：后者受到古典主义思潮影响，恪守古人戒律而反对开拓创新；前者来源于人文主义思潮，却始终坚持自主意识和批判精神，反思一切现存的价值观念和道德准则，在批判的基础上提出了人的解放和社会进步的崇高理想。同时，启蒙理性也不等于机械论的工具理性，因为启蒙思潮推崇人的解放和自然情感，对于人的感性经验和独立人格给予了高度重视。不过，启蒙思潮在传播迄今的数百年中，其积极倡导的崇高理想和价值观念不断地受到各种西方思潮的挑战。20 世纪后期出现的后现代主义思潮曾经广泛质疑启蒙理性原则和人类解放理想，甚至以历史虚无主义的态度来否定具有历史进步意义的启蒙运动。但是，21 世纪初的西方思想史发展现状已经说明，启蒙思潮的持久影响不会消退，启蒙理性的思想原则仍然具有现实意义，启蒙主义的宏大叙事再次受到重视，因为"启蒙运动仍然事关重大。"③

---

① ［英］亚历山大·布罗迪主编：《苏格兰启蒙运动》，贾宁译，浙江大学出版社 2010 年版，第 5 页。

② ［法］斯达尔夫人：《论文学》，徐继曾译，人民文学出版社 1986 年版，第 32 页。

③ Anthony Pagden, *The Enlightenment,* New York: Random House, 2013, p. 415.

乔治·勒费弗尔曾经指出，法国大革命"还是一场思想斗争，革命的敌人把革命视为理性主义的产物，而理性主义大逆不道的批判揭示了世界的奥秘，并使支持旧世界的传统观念陷于破产。"①这一看法其实恩格斯早在一百多年前的《反杜林论》（1876—1878）中已经提出过，即启蒙理性的核心价值在于它的批判性，而这种批判性是由"思维者的悟性"所表现出来的。②确实，思想的批判可以使批判者敏锐、深刻，使被批判者反省、觉悟。霍克海默和阿多诺在《启蒙辩证法》一书中也曾强调指出："思想如果存心想摆脱其批判环节而单纯服务于现存制度，那么，它就会在违背意志的情况下推动它所选择的积极因素向消极的破坏因素转化。"③尽管这两位学者在批判意识的促进下还对启蒙本身进行了批判，但是他们的看法却再次提示人们：推崇启蒙理性的目的就是为了进行思想的批判，而只有思想的批判才会带来思想的进步，也就是人类社会的进步。法国文豪雨果曾经指出，"思想的征服者将抹去地域的扩张者。促成思考的人，这才是真正的征服者。……所有那些顽石：寡头统治、贵族阶级、神权政治，都必将被东南西北风所吹散。唯有思想不朽。"④这位以长篇小说《九三年》叙述过法国大革命历史的经典作家说出了一个真理，即思想的力量要比任何专制君主或征服者的刀剑更为强大，因为人类的历史也是思想进步的历史，这一历史趋势决不是各种落后顽石所能阻挡的。所以说，西方启蒙思潮和启蒙文学相互砥砺、相互促进造就了西方人文思想史的进步历程；在延续至今的这一漫长历史进程中，启蒙思潮所传播的现代价值观念和启蒙文学所传承的文学经典谱系仍将继续启迪众人、历久弥新！

---

① [法]乔治·勒费弗尔：《法国革命史》，顾良等译，商务印书馆 2010 年版，第 630 页。

② [德]马克思、恩格斯：《马克思恩格斯论文学与艺术》上卷，人民文学出版社 2002 年版，第 424 页。

③ [德]霍克海默、阿多诺（阿道尔诺）：《启蒙辩证法》，渠敬东等译，上海人民出版社 2003 年版，第 2 页。

④ 参见[法]雨果：《威廉·莎士比亚》，丁世忠译，团结出版社 2001 年版，第 282 页。

引用文献

外文文献

Baron, Hans. *The Crisis of the Early Italian Renaissance: Civic Humanism and Republican Liberty in the Age of Classicism and Tyranny*. Princeton: Princeton University Press, 1955.

Bender, John. *Ends of Enlightenment*. California: Stanford University Press, 2012.

Bloom, Harold. *Genius*. New York: Warner Books, 2002.

Bloom, Harold. *Where Shall Wisdom Be Found*. New York: Riverhead Books, 2004.

Burroughs, Charles. *The Italian Renaissance Palace Façade*. Cambridge: Cambridge University Press, 2002.

Colosimo, Jennifer Driscoll. "The Artist in Contemplation: Love and Creation in Schiller's Philosophische Briefe". *German Life & Letters*. Vol. 60, Issue 1. 2007.

Cottrell, Alan P. "Faust and the Redemption of Intellect". *Modern Language Quarterly*. Vol. 43, Issue 3. Sept., 1982.

Damrosch, David. *The Princeton Sourcebook in Comparative Literature*. Princeton: Princeton University Press, 2009.

Erlin, Matt. "Urban Experience, Aesthetic Experience, and Enlightenment in G. E. Lessing's *Minna von Barnhelm*". *Monatshefte*. Vol. 93, No.1. Spring, 2001.

Ferguson, Wallace. *The Renaissance in Historical Thought*. Toronto: University of Toronto Press, 2006.

Fermanis, Porscha. *John Keats and the Ideas of the Enlightenment*. Edinburgh: Edinburgh University Press, 2009.

Flax, Neil M. "Goethe's Faust II and the Experimental Theater of His Time". *Comparative Literature*. Vol. 31, Issue 2. Spring, 1979.

Freeman, Jeffrey. *Books without Borders in Enlightenment Europe*. Philadelphia: University of Pennsylvania Press, 2012.

Gascoigne, John. *Science, Philosophy and Religion in the Age of the Enlightenment*. Burlington: Ashgate Publishing Company, 2010.

Guthrie, John. "Schiller's Early Styles: Language and Gesture in *Die Rauber*". *Modern Language Review*. Vol. 94, Issue 2. 1999.

Harvey, David Allen. *The French Enlightenment and Its Others*. New York: Palgrave Macmillan, 2012.

Israel, Jonathan. *Democratic Enlightenment*. Vol. I. Oxford University Press, 2011.

Laan, Van Der. "Faust's Divided and Moral Inertia". *Monatshefte*. Vol. 91, Issue 4. Winter, 1999.

Landa, Louis A., ed. *Jonathan Swift, Gulliver's Travels and Other Writings*. Boston: Houghton Mifflin Company, 1960.

Lowinsky, Naomi Ruth. "The Devil and the Deep Blue Sea: Faust as Jung's Myth and Our Own". *Psychological Perspectives*. Vol. 52, Issue 2. Dec., 2009.

McMichael, George, et al. eds. *Anthology of American Literature*. Vol. I. 3rd edition. New York: Macmillan Publishing Company, 1985.

Nauert, Charles G. *Humanism and the Culture of Renaissance Europe*. 2nd edition. Cambridge: Cambridge University Press, 2006.

Pagden, Anthony. *The Enlightenment*. New York: Random House, 2013.

Palmer, R. R., et al. eds. *A History of the Modern World, to 1815*. 10th edition. Peking University Press, 2009.

Parini, Guiseppe. *El día*. Trans. Mª Cristina Barbolani. Alicante: Bibliotheca Virtual Miguel de Cervantes, 2012<http://www.cervantesvirtual.com/obra/

el—dia/>.

Rathéry, J. B.,ed. *Journal et mémoi res du marquis d'Argenson.* Vol.8. Paris, 1859— 1867.

Rawson, Claude. "Gulliver, Travel, and Empire". *Comparative Literature and Culture.* Vol. 14, No. 5. 2012.

Reynolds,Teri. "Spacetime and Imagetext". *Germanic Review.*Vol. 73, Issue 2. Spring, 1998.

Saviñón, Antonio. *Bruto ó Roma Libre. Tragedia en cinco actos.* Valencia: Imprenta de Domingoy Mompié, 1820 <http://books.google.com.hk/books?id=gR5zs6ST-YkC&printsec =frontcover&hl=zh-CN&source=gbs_ge_summary_r&cad=0#v=onepage&q&f=false>.

Schmidt,James.*What Is Enlightenment?* Berkeley: University of California Press,1996.

Stalnaker, Joanna. *The Unfinished Enlightenment.* Ithaca: Cornell University Press, 2010.

Sternhell, Zeev. *The Anti-Enlightenment Tradition.* Trans. Davia Maisel. New Haven: Yale University Press, 2010.

Swedenborg, Emanual. *Heaven and Its Wonders and Hell.* New York: Swedenborg Foundation, 1946 < http://www.swedenborgdigitallibrary.org/contents/HH.html>.

Thomsen, Mads Rosendahl. *Mapping World Literature.* London: Continuum, 2008.

Trevor-Roper, Hugh. *History and the Enlightenment.* New Haven: Yale University Press, 2010.

VanSpanckeren, Kathryn. *Outline of American Literature.* Washington: United States Information Agency, 1994.

中文文献

[德]阿多诺：《美学理论》，王柯平译，成都：四川人民出版社1998年版。

［英］阿克顿：《法国大革命讲稿》，姚中秋译，北京：商务印书馆 2013 年版。

［德］爱德华·傅克斯：《欧洲风化史·资产阶级时代》，赵永穆等译，沈阳：辽宁教育出版社 2000 年版。

［英］艾瑞克·霍布斯鲍姆：《资本的年代》，张晓华等译，江苏人民出版社 1999 年版，第 108 页。

［俄］巴赫金：《拉伯雷研究》，李兆林等译，石家庄：河北教育出版社 1998 年版。

［英］保罗·约翰逊：《美国人的历史》上卷，秦传安译，北京：中央编译出版社 2010 年版。

［英］鲍桑葵：《美学史》，张今译，海口：海南出版社 2005 年版。

北京大学哲学系：《西方哲学原著选读》下卷，北京：商务印书馆 1983 年版。

［美］本杰明·富兰克林：《本杰明·富兰克林自传》，李梦圆译，北京：外语教学与研究出版社 2010 年版。

［美］本尼迪克特·安德森：《想象的共同体》，吴叡人译，上海：上海人民出版社 2003 年版。

［英］彼得·伯克：《意大利文艺复兴时期的文化与社会》，刘君译，北京：东方出版社 2007 年版。

［荷］彼得·李伯赓：《欧洲文化史》上下卷，赵复三译，香港：明报出版有限公司 2003 年版。

［英］彼得·沃森：《人类思想史——平行真理：从维柯到佛洛依德》，姜倩等译，北京：中央编译出版社 2011 年版。

［意］彼特拉克：《歌集》，李国庆等译，广州：花城出版社 2000 年版。

［俄］别林斯基：《文学的幻想》，满涛译，合肥：安徽文艺出版社 1996 年版。

［意］薄伽丘：《十日谈》，方平等译，上海：上海译文出版社 2010 年版。

陈众议：《西班牙文学大花园》，武汉：湖北教育出版社 2007 年版。

［意］但丁：《神曲·地狱篇》，黄文捷译，南京：译林出版社 2011 年版。

［法］丹纳：《艺术哲学》，傅雷译，北京：人民文学出版社 1983 年版。

[英] 丹尼尔·笛福：《鲁滨逊漂流记》，高诚译，北京：外文出版社 2000
年版。

[美] 戴安娜·拉维奇主编：《美国读本》上册，陈凯等译，北京：国际文
化出版公司 2005 年版。

[美] 戴维·麦卡洛：《约翰·亚当斯》，袁原等译，北京：中国社会出版
社 2003 年版。

[俄] 德·斯·米尔斯基：《俄国文学史》上卷，刘文飞译，北京：人民出
版社 2013 年版。

[法] 狄德罗：《怀疑论者的漫步》，陈修斋等译，上海：上海三联书店
1989 年版。

[法] 狄德罗：《修女》，符锦勇译，上海：上海译文出版社 2008 年版。

[德] 迪特里希·施万尼茨：《欧洲：一堂丰富的人文课》，刘锐等译，太
原：山西人民出版社 2008 年版。

[德] 恩格斯：《俄国沙皇政府的对外政策》，载《马克思、恩格斯论艺
术》第 2 卷，北京：中国社会科学出版社 1983 年版。

[德] 恩格斯：《〈共产党宣言〉1893 年意大利文版序言》，载《马克思恩
格斯选集》第 1 卷，北京：人民出版社 2012 年版。

[德] 恩斯特·卡西勒：《启蒙哲学》，顾伟民等译，济南：山东人民出版
社 1988 年版。

范大灿：《德国文学史》第 2 卷，南京：译林出版社 2006 年版。

[法] 伏尔泰：《伏尔泰中短篇小说集》，曹德明等译，南京：译林出版社
2000 年版。

[德] 歌德：《歌德文集》第 1 卷，绿原译，北京：人民文学出版社 1999
年版。

[德] 歌德：《歌德文集》第 5 卷，刘思慕译，北京：人民文学出版社 1999
年版。

[意] 哥尔多尼：《哥尔多尼戏剧集》，孙维世等译，北京：人民文学出版
社 1999 年版。

谷裕：《隐匿的神学——启蒙前后的德语文学》，上海：华东师范大学出
版社 2008 年版。

[美]哈罗德·布鲁姆:《西方正典》,江宁康译,南京:译林出版社 2005 年版。

[德]汉斯·耀斯:《审美经验与文学解释学》,顾建光等译,上海:上海译文出版社 1997 年版。

侯维瑞主编:《英国文学通史》,上海:上海外语教育出版社 1999 年版。

[德]霍克海默、阿多诺(阿道尔诺):《启蒙辩证法》,渠敬东等译,上海:上海人民出版社 2003 年版。

[美]吉尔伯特·哈特:《讽刺论》,万书元、江宁康译,南宁:广西人民出版社 1990 年版。

江宁康:《启蒙思潮·经典建构·文化转型——论启蒙运动与现代西方诸民族的文化转型》,载《清华大学学报(哲社科版)》,2011 年第 6 期。

[德]康德:《实用人类学》,邓晓芒译,上海:上海人民出版社 2002 年版。

[意]康帕内拉:《太阳城》,陈大维等译,北京:商务印书馆 1980 年版。

[法]朗松:《朗松文论选》,徐继曾译,天津:百花文艺出版社 2009 年版。

李赋宁等主编:《欧洲文学史》第 1 卷,北京:商务印书馆 1999 年版。

[俄]列宁:《列宁选集》第 2 卷,北京:人民出版社 1995 年版。

刘意青、罗经国主编:《欧洲文学史》第 1 卷,北京:商务印书馆 1999 年版。

刘意青主编:《英国 18 世纪文学史》,北京:外语教学与研究出版社 2006 年版。

柳鸣九等:《法国文学史》上册,北京:人民文学出版社 1979 年版。

[法]卢梭:《论人类不平等的起源和基础》,李常山译,北京:商务印书馆 1982 年版。

[法]卢梭:《社会契约论》,何兆武译,北京:商务印书馆 1980 年版。

[法]卢梭:《新爱洛漪丝》,伊信译,北京:商务印书馆 2010 年版。

吕同六:"前言",见哥尔多尼:《哥尔多尼戏剧集》,孙维世等译,北京:人民文学出版社 1999 年版。

[美]罗宾·温克、托马斯·凯泽:《牛津欧洲史》第 2 卷,赵闯译,长春:吉林出版集团 2004 年版。

[美]罗伯特·达恩顿:《启蒙运动的生意》,叶桐等译,北京:三联书店

2005 年版。

[美] 罗伯特·勒纳等：《西方文明史》，王觉非等译，北京：中国青年出版社 2003 年版。

[法] 罗杰·法约尔：《批评：方法与历史》，怀宇译，天津：百花文艺出版社 2002 年版。

[法] 罗素：《西方哲学史》下卷，马元德译，北京：商务印书馆 1996 年版。

[德] 马克思、恩格斯：《马克思恩格斯论文学与艺术》上卷，北京：人民文学出版社 2002 年版。

[德] 马克思、恩格斯：《马克思恩格斯论文学与艺术》下卷，北京：人民文学出版社 2002 年版。

[德] 马克思、恩格斯：《马克思恩格斯论艺术》第 2 卷，北京：中国社会科学出版社 1983 年版。

[德] 马克思、恩格斯：《马克思恩格斯全集》第 2 版第 4 卷，人民出版社 2004 年版。

[德] 马克思：《〈政治经济学批判〉导言》，载自《马克思恩格斯论文学与艺术》上卷，北京：人民文学出版社 2002 年版。

[德] 马克思：《资本论》第 1 卷，北京：人民出版社 2004年版。

[德] 马克思：《资产阶级和反革命》，载自《马克思恩格斯选集》第 1 卷，北京：人民出版社 2012年版。

冒从虎等主编：《欧洲哲学明星思想录》，北京：中国青年出版社 1988 年版。

[法] 孟德斯鸠：《论法的精神》，孙立坚等译，西安：陕西人民出版社 2001 年版。

[法] 乔治·勒费弗尔：《法国革命史》，顾良等译，北京：商务印书馆 2010 年版。

[美] 萨克文·伯科维奇：《剑桥美国文学》第 1 卷，蔡坚等译，北京：中央编译出版社 2008 年版。

沈石岩：《西班牙文学史》，北京：北京大学出版社 2006 年版。

石琴娥：《北欧文学史》，南京：译林出版社 2005 年版。

石琴娥：《北欧文学大花园》，武汉：湖北教育出版社 2007 年版。

[法] 斯达尔夫人：《论文学》，徐继曾译，北京：人民文学出版社 1986 年版。

[美] 斯蒂芬·布隆纳：《重申启蒙》，殷杲译，南京：江苏人民出版社 2006 年版。

[法] 托克维尔：《旧制度与大革命》，冯棠译，北京：商务印书馆 2013 年版。

[法] 托克维尔：《论美国的民主》下卷，董果良译，北京：商务印书馆 1997 年版。

[英] 托马斯·莫尔：《乌托邦》，戴镏龄译，北京：商务印书馆 1982 年版。

[美] 托马斯·潘恩：《常识》，张源译，南京：译林出版社 2012 年版。

王军、王苏娜：《意大利文化简史》，北京：外语教学与研究出版社 2010 年版。

[意] 维柯：《新科学》，朱光潜译，北京：人民文学出版社 1986 年版。

伍蠡甫主编：《西方文论选》上卷，上海：上海译文出版社 1979 年版。

[瑞典] 雅·埃尔文、古·哈塞尔贝里：《瑞典文学史》，李之义译，北京：外国文学出版社 1985 年版。

[英] 亚当·斯密：《道德情操论》，王秀莉译，上海：上海三联书店 2011 年版。

[英] 亚当·斯密：《国富论》下卷，谢祖钧译，广州：新世界出版社 2008 年版。

[法] 雅各布·布克哈特：《意大利文艺复兴时期的文化》，何新译，北京：商务印书馆 1983 年版。

[英] 雅克·索雷：《18 世纪美洲和欧洲的革命》，黄艳红译，长春：吉林出版集团 2008 年版。

[英] 亚历山大·布罗迪主编：《苏格兰启蒙运动》，贾宁译，杭州：浙江大学出版社 2010 年版。

阎宗临：《欧洲文化史论》，桂林：广西师范大学出版社 2007 年版。

[英] 以赛亚·伯林：《启蒙的三个批评者》，马寅卯等译，南京：译林出版社 2014 年版。

[英]以赛亚·伯林：《启蒙的时代》，孙尚扬等译，南京：译林出版社
　　2012年版。

[荷]伊拉斯谟：《愚人颂》，载《西方伦理学名著选辑》上卷，周辅成
　　编，北京：商务印书馆1964年版。

[法]雨果：《威廉·莎士比亚》，丁世忠译，北京：团结出版社2001年版。

余匡复：《德国文学史》上卷，上海：上海外语教育出版社2013年版。

余秋雨：《戏剧理论史稿》，上海：上海文艺出版社1983年版。

[美]约翰·杰洛瑞：《文化资本》，江宁康等译，南京：南京大学出版社
　　2011年版。

[德]席勒：《席勒文集》，张玉书等译，北京：人民文学出版社2005年版。

[法]茨维坦·托多罗夫：《启蒙的精神》，马利红译，上海：华东师范大
　　学出版社2012年版。

张草纫编译：《俄罗斯抒情诗选》上卷，上海：上海译文出版社1992年
　　版。

张冲：《新编美国文学史》第1卷，上海：上海教育出版社2000年版。

张椿年：《从信仰到理性——意大利人文主义研究》，北京：方志出版社
　　2007年版。

张世华：《意大利文学史》（修订本），上海：上海外语教育出版社2003
　　年版。

张智：《法国启蒙运动与旧制度后期的民族主义话语》，《浙江学刊》，
　　2007年第3期。

人名索引